DE
SANG-FROID

DE
SANG-FROID

TONI ANDERSON

Traduit par Diane Garo
pour Valentin Translation.

AUTRES LIVRES DE TONI ANDERSON EN FRANÇAIS

Le sommeil des justes

Dans l'ombre de la loi

Par une nuit si froide

Entre chien et loup

L'eau qui dort

En clair-obscur

Comme l'ombre d'un doute

Des agents au secret

Obscurantisme

Une ombre au tableau

De sang-froid

Le Sommeil des Justes – Les Négociateurs

Glacé à cœur (Bientôt disponible)

Consultez le site web de Toni Anderson pour connaître toutes ses nouvelles parutions en français :

www.toniandersonauthor.com/french-translations

PROLOGUE

Il ENTRA DANS le laboratoire équipé d'une tenue de protection intégrale. Les cris stridents et le cliquetis des barreaux des cages lui apprirent que les animaux étaient bien vivants. Il retint son souffle pendant qu'il faisait le tour de chaque cage, notant les comportements et les expressions faciales des macaques rhésus. Il leur donna des fruits et s'assura qu'ils avaient suffisamment d'eau, remarquant les yeux brillants et les regards intéressés de ces créatures fascinantes. Parfois, ils semblaient si humains qu'il devait détourner le regard par honte, mais pas cette fois.

Il n'y avait pas de singes morts.

Un frisson d'excitation le parcourut. Encore plus exaltant, il n'y avait pas de singes *malades*. Au cours de toutes ses expériences passées, les singes exposés au SAHCAM45-65 étaient morts dans les vingt-quatre heures malgré le vaccin. Mais ce nouveau vaccin fonctionnait.

Il fonctionnait !

Enfin.

Enfin, il avait trouvé, mais l'heure n'était pas au triomphe.

C'était le week-end et il avait proposé de s'occuper de tous les animaux du laboratoire, ce qu'il faisait périodiquement quand il voulait échapper aux regards indiscrets. Officiellement, aucune expérience n'était en cours, et il fallait simplement que quelqu'un nourrisse et aille voir les animaux à intervalles réguliers.

Il préleva des échantillons de sang, puis sortit de la salle des singes, prit une douche dans sa combinaison avant de se rendre dans une autre zone à accès restreint. Une unité d'isolement d'urgence dont peu de gens connaissaient l'existence et à laquelle très peu de personnes avaient accès.

Les macaques partageaient quatre-vingt-treize pour cent de leur ADN avec les humains, mais les sept pour cent restants suffisaient pour qu'on accepte de faire des tests plus approfondis sur eux avant qu'un vaccin ne soit déclaré sûr pour l'homme. Malheureusement, la loi interdisait de tester leur efficacité sur des êtres humains.

La lumière au-dessus de sa tête grésilla et vacilla. Il se figea.

Il jeta un coup d'œil par la fenêtre de la chambre d'isolement, la petite pièce sécurisée plongée dans l'obscurité. Le primate était allongé sur un lit à l'intérieur d'une tente en plastique, attaché, inerte, le visage détourné de la fenêtre. Il avait l'air mort.

Son cœur se mit à tambouriner dans sa poitrine, de façon inquiétante.

Déception ? Frustration ? Colère ?

Personne ne prétendait que la science était une promenade de santé.

Il poussa un profond soupir qui embua l'intérieur de son masque.

Il avait l'air mort.

Comme tous les autres sujets de test.

Chassant le découragement, il entra dans la pièce par une porte verrouillée et scellée. Le subtil flux de l'air aspiré dans la pièce s'apparentait à une inspiration et empêchait les microbes de s'échapper.

Le bruissement de draps le cloua sur place. Il faillit faire dans son pantalon en apercevant un mouvement sur le lit alors que la créature tentait de s'asseoir.

— Où suis-je ? Qu'est-ce qu'il s'est passé ? Sa voix était fluette et effrayée.

Oh, mon Dieu. Oh, mon Dieu. Oh, mon Dieu ! Ça fonctionnait. Il avait réussi. Il avait envie de brandir le poing en l'air, mais s'abstint.

Son pouls battait à tout rompre. Il y était arrivé. *Enfin* !

— Qui êtes-vous ? demanda-t-elle. Où suis-je ?

Heureusement, elle ne se souviendrait de rien, cette fugueuse qu'il avait récupérée dans la rue et à qui il avait offert un repas chaud. Elle lui avait proposé de le sucer en échange, mais il voulait autre chose. Quelque chose de bien plus précieux. Il l'avait amenée là, lui avait administré un tranquillisant, l'avait infectée et ne s'attendait pas à ce qu'elle soit encore vivante après minuit.

Elle tenta de se défaire de ses liens alors que sa panique s'intensifiait.

— Vous allez bien. Vous ne craignez plus rien, lui dit-il calmement. Vous étiez malade. Très malade, mais je vous ai soignée. Vous êtes sortie d'affaire.

Il glissa sa main à l'intérieur de sa combinaison et utilisa une petite caméra numérique pour enregistrer une courte vidéo comme preuve de vie, puis il s'avança et prit une nouvelle dose d'anesthésiant, l'injectant dans la canule qu'il avait insérée dans sa veine le vendredi soir. Elle fixa l'aiguille, incapable de faire autre chose que regarder le liquide clair pénétrer dans son système vasculaire.

— Tout va bien se passer, lui assura-t-il. Vous allez vous

sentir mieux que jamais.

Elle eut un léger sourire avant que ses paupières ne s'abaissent.

Ça changeait tout.

Il ferma les yeux pendant un moment. Tout irait bien. Il ne serait plus vu comme un raté.

Il préleva des échantillons de sang avec une efficacité clinique, les conservant dans de petites fioles qu'il analyserait en même temps que le sang des singes. Il prit le pouls du sujet, attendit que son cœur ralentisse. De plus en plus, jusqu'à ce que ce ne soit plus qu'un murmure. Il lui administra une nouvelle dose, juste pour être sûr qu'elle ne se réveille pas.

Il dézippa la tente en plastique et retira la canule, défaisant ses attaches qui s'ouvrirent en cliquetant.

Il souleva son corps inerte. Elle était légère, facile à porter. Il la serra contre lui alors qu'ils entraient dans la douche chimique, se faisant désinfecter de tous côtés pour que chaque micromètre de leur corps soit stérilisé. Au bout de deux minutes, le jet s'arrêta. Il ouvrit la porte du vestiaire, puis plaça la fille sur un chariot métallique pendant qu'il se déshabillait et accrochait sa combinaison avant de la faire rouler vers la station de douche suivante. Une fois qu'ils furent parfaitement propres, il les sécha tous les deux et la recouvrit de deux grandes serviettes. Le plus grand danger étant de tomber sur quelqu'un à l'improviste, il jeta un coup d'œil alentour avant d'approcher le brancard.

Il n'y avait pas un chat.

C'était pour ça qu'il travaillait au milieu de la nuit.

Il s'habilla rapidement et prit ses affaires. Puis il vérifia le couloir avant de pousser sa précieuse cargaison vers l'incinérateur. Il toucha la délicate veine bleue sur son poignet.

Il traça du bout des doigts son nez et le contour de ses lèvres douces. Mémorisant ses traits pour ne jamais oublier cet instant de triomphe.

Il la plaça à l'intérieur, en essayant d'être respectueux. Elle était si petite que la place ne manquait pas.

Il ferma la porte et alluma la machine. Il fallut du temps pour atteindre 800 degrés et il s'efforça d'attendre patiemment, comme il l'avait fait avec les autres sujets, bien qu'il les ait cachés dans des sacs mortuaires noirs amorphes doublés pour contenir leur cargaison mortelle de germes. Celle-ci ne représentait aucun danger, mais il aurait aimé avoir plus de temps pour l'étudier.

Une fois que l'incinérateur atteignit la température nécessaire pour brûler l'os, il tourna les talons et partit.

Tout était sur le point de changer.

CHAPITRE UN

LE BRUIT DE chargeurs qu'on insérait résonna dans l'open space en une symphonie métallique de puissance de feu gouvernementale. L'impatience le tiraillait tandis qu'il vérifiait son SIG Sauer et son Glock de secours. L'agent spécial du FBI Hunt Kincaid du bureau régional d'Atlanta était prêt pour les réjouissances.

Hunt se baissa pour récupérer les mandats d'arrêt et de perquisition, et les remit à l'agent Mandy Fuller.

— Merci beaucoup, agent Kincaid.

Elle lui adressa un clin d'œil exagéré en prenant les documents. Fuller était blonde, jolie et d'une douceur trompeuse. Elle était sous couverture depuis quatre mois et méritait d'être celle qui passerait les menottes à leur principal suspect vu le nombre de fois où ce dernier lui avait caressé le cul.

— Tout le plaisir est pour moi, agent Fuller.

C'était l'aboutissement d'une enquête de quatorze mois sur une affaire de corruption à l'hôtel de ville. Le processus avait été long et laborieux, et avait nécessité des milliers d'heures de planque, de surveillance, d'épluchage de données bancaires, de communications électroniques et de traque de menu fretin pour qu'ils leur livrent des cibles plus importantes – tout cela sans que l'homme en tête de leur liste de suspects ne soupçonne quoi que ce soit. Le travail de Fuller avait permis de trouver un témoin coopératif, et la surveillance avait finalement permis d'obtenir suffisamment de preuves solides pour qu'un juge accepte de signer les mandats.

Le conseiller Jim Crowley et quatre de ses sbires allaient tomber.

Hunt vérifia ses munitions de rechange et mit trois autres chargeurs dans la poche de son gilet. Il ne pensait pas en avoir besoin, mais si les choses tournaient au vinaigre, il serait prêt.

Son collègue, l'agent Will Griffin, s'approcha et lui adressa un signe de tête. Will faisait partie de l'équipe du SWAT renforcée du FBI et vérifia subrepticement le gilet et l'équipement de Fuller. Cette dernière lança à son petit ami un regard qui en disait long et Will réussit héroïquement à ravaler le conseil stupide qu'il s'apprêtait à lui donner.

Hunt et Fuller étaient peut-être actuellement affectés à la brigade de la criminalité en col blanc, mais ils étaient tous deux des agents de terrain forts d'une grande expérience. Le SWAT n'agirait qu'en renfort lors de ces arrestations.

Fuller se dirigea vers leur chef immédiat, l'agent spécial superviseur de l'unité de criminalité en col blanc du FBI d'Atlanta, et lui tendit la paperasse.

Hunt sourit à Will qui regardait la femme partir.

— Tu veux vérifier mon gilet aussi ?

— Je voulais juste vérifier sa capacité de résistance aux balles.

Will afficha un sourire forcé qui s'effaça rapidement.

— Avant, j'étais d'accord pour que Mandy aille là-bas tous les jours, mais...

— C'est l'amour, mon pote. Ça te rend faible.

Will roula des yeux à cette suggestion, ses joues brunes s'empourprant. Il niait encore la profondeur de ses sentiments, mais Hunt avait déjà vu ça. Son collègue était fou d'elle.

— Qu'est-ce qu'elle pense du fait que tu te destines à la libération d'otages ?

Will grimaça.

— Tu ne lui as pas encore dit ?

— Je n'ai pas trouvé le bon moment.

Hunt renifla.

— Elle le saura dès que l'appel à candidatures sera lancé. Surtout avec tous nos entraînements.

Will lui jeta un regard malheureux.

Hunt fit machine arrière. Il n'avait pas l'intention de se retrouver au milieu de la vie personnelle de deux agents qu'il appréciait et respectait, mais pour sa part, il ne comptait pas se laisser prendre au piège des relations.

Il avait les yeux rivés sur son objectif, qui était de rejoindre le groupe d'intervention d'élite destiné à la libération d'otages.

Le chef de son équipe cria dans l'open space :

— C'est l'heure.

L'adrénaline monta en flèche dans les veines de Hunt tandis qu'il vérifiait la chambre une dernière fois. Peu importait combien de fois il avait arrêté des gens pendant ses cinq années passées au Bureau. On n'était jamais trop prudent. Il récupéra sa veste d'intervention sur le dos de la chaise. Il descendit le couloir vers les escaliers du nouveau bureau régional. Vingt autres agents devaient les rejoindre en plus des gars du SWAT. Ça allait être amusant.

— Kincaid !

Le mugissement strident le fit sursauter et l'arrêta net dans son élan. Il se retourna.

Merde.

Caleb Bourne, agent spécial responsable du bureau régional du FBI à Atlanta, lui criait dessus dans le couloir.

Hunt n'avait pas réalisé que le SAC connaissait son nom. Et les autres non plus, à en juger par les regards surpris que les gens lui lancèrent. Il n'avait pas le temps pour ça. Le SAC savait sûrement ce qui se passait ? Réprimant un juron, Hunt se sépara de la bande et se dirigea vers l'open space.

— Patron ?

Le SAC Bourne éleva la voix pour se faire entendre du reste de l'équipe.

— Vous allez devoir faire ça sans Kincaid.

Quoi ?

Hunt inspira profondément et retint les mots qui lui vaudraient un autre blâme s'il ne se contenait pas.

— Avec tout le respect que je vous dois, monsieur, je travaille sur cette affaire depuis plus d'un an. Je mérite d'être dans l'équipe d'arrestation.

— En effet.

Le regard froid de Bourne se posa sur son visage, mais l'expression de l'homme n'avait pas changé.

— Malheureusement, cela n'arrivera pas. J'ai besoin de vous à mes côtés.

Le SAC tourna les talons et s'éloigna.

Hunt jeta un regard furieux à Will qui le fixait, bouche bée, avec une expression qui signifiait *qu'est-ce que c'est que ce bordel ?*

N'ayant guère le choix, Hunt suivit Bourne, le rattrapant juste au moment où les portes de l'ascenseur s'ouvraient. Il parvint à se contenir assez longtemps pour se demander ce qui se passait. Depuis quand le SAC s'occupait-il de ses propres affaires ? Depuis quand le SAC éloignait-il un agent d'une opération potentiellement dangereuse et très médiatisée où la démonstration d'une force écrasante était le meilleur moyen de s'assurer que les suspects se rendent calmement ?

Hunt avait-il merdé ?

Il essaya de penser aux règles qu'il avait transgressées récemment, mais rien ne lui vint.

Bon sang, il voulait voir la tête de Crowley quand Fuller lui passerait les menottes. Il voulait voir ce gros bâtard transpirer quand il réaliserait que le FBI le tenait pour accusations de corruption, comportement menaçant, abus de pouvoir, appartenance à des organisations mafieuses et frauduleuses…

Ça ne pouvait pas attendre une putain d'heure ?

Hunt ne dit rien.

En tant qu'ancien membre de la cellule de négociation de crise du FBI, le SAC du bureau d'Atlanta était connu pour utiliser le silence à son avantage. Bourne fixait simplement les gens et ils se mettaient à confesser des péchés dont il ignorait tout. Hunt n'allait pas tout gâcher en ouvrant sa grande bouche. Il consulta sa montre. Avec un peu de chance, il pourrait rejoindre l'équipe à temps pour procéder aux arrestations.

Hunt suivit le SAC et passa devant les visages curieux des assistants et des secrétaires qui aidaient à gérer cet énorme bureau régional jusqu'au grand bureau d'angle avec une vue fantastique sur le campus de l'université Mercer et les bois environnants. Un panorama que Hunt n'avait jamais eu le privilège de voir auparavant.

Bourne s'assit derrière son bureau.

— Fermez la porte. Asseyez-vous. Taisez-vous.

Eh bien…

Il n'avait pas l'air d'être sur le point de recevoir un prix.

Bourne appuya sur quelques boutons de son ordinateur

portable et un écran mural s'anima. Sur celui-ci, un type en costume sombre, les mains dans les poches, se prélassait devant un ensemble de moniteurs montrant diverses cartes derrière lui. Il se redressa quand le direct commença, les yeux prudents et perspicaces.

— Agent Hunt Kincaid, voici l'ASAC Steve McKenzie du SIOC.

Le SIOC était le centre d'information et d'opérations stratégiques basé au quartier général de Washington.

À quoi cela rimait-il ?

Un petit sourire se dessina sur le visage de l'ASAC McKenzie.

— Désolé de vous arracher à vos autres missions. Je crois comprendre que vous étiez sur le point de vous amuser.

Les agents n'avaient pas l'habitude de porter du Kevlar et des holsters de cuisse au bureau. Hunt acquiesça, sans prendre la peine de cacher sa frustration. La liaison vidéo se scinda en deux et Hunt reconnut la légende qu'était Lincoln Frazer sur le côté droit de l'écran.

Frazer était un gros poisson au FBI. C'était lui qui leur avait fait cours sur les tueurs en série pendant la formation des nouveaux agents cinq ans plus tôt. Hunt ressentit un fourmillement entre les omoplates, ce qui signifiait généralement que quelque chose d'important allait se produire. Quoi que ce soit, c'était du sérieux.

Une superbe femme asiatique aux cheveux bruns, vêtue d'un jean et d'un t-shirt, se leva de sous le bureau de Frazer.

— Ça devrait fonctionner maintenant, dit-elle à Frazer. Ne touchez à rien.

Fraser s'éclaircit la gorge, légèrement gêné en réalisant qu'il avait un auditoire.

— Merci, agent Chen. Dites à tout le monde que la réunion d'équipe est reportée à midi.

La femme haussa un sourcil. Hunt interpréta ce geste comme voulant dire *est-ce que je ressemble à votre secrétaire ?*, mais la diplomatie l'emporta :

— Bien, patron.

Hunt travaillait manifestement dans le mauvais bureau.

Bourne les présenta formellement, puis dit :

— Messieurs, l'agent Kincaid est le coordinateur ADM d'Atlanta, comme demandé.

Hunt pencha la tête et plissa les yeux. Chaque bureau avait un coordinateur ADM. ADM : armes de destruction massive – parce que les malfaiteurs cherchaient des moyens toujours plus grands et plus efficaces pour tuer autrui. Hunt avait repris le rôle de coordinateur ADM un mois plus tôt, lorsque l'une de ses collègues était partie en congé maternité. Rose Geddy lui avait dit de ne pas prendre ses aises et il avait répondu qu'il n'avait aucune envie d'assister à d'interminables réunions de planification de la santé publique, surtout après cette affaire de criminalité en col blanc. Il aurait préféré plonger les yeux dans un bain d'acide.

McKenzie, McKenzie...

Cela lui revint et Hunt se redressa. McKenzie et Frazer avaient tous deux été impliqués dans la tentative d'attentat à la bombe au siège du FBI en février. Cette sensation de chatouillement se transforma en une véritable démangeaison qu'il ne pouvait pas gratter à travers les couches de nylon, de coton et de Kevlar.

— Que savez-vous sur l'anthrax ? demanda abruptement McKenzie.

Hunt se concentra.

— C'est un agent biologique de catégorie A, monsieur.

La catégorie A représentait les armes biologiques les plus puissantes – des machines de mort terribles et insidieuses. Les agents de catégorie A comprenaient d'autres joyeusetés comme la variole et le virus de Marburg. De vraies merdes.

— L'anthrax envoyé par le système postal américain en 2001 a entraîné le développement de la forme inhalée de la maladie chez onze personnes.

Le ton de McKenzie laissait entendre que cette information allait être pertinente pour le reste de la journée de Hunt et un frisson l'envahit.

— Cinq de ces personnes sont mortes.

Hunt acquiesça. Ils avaient étudié l'affaire AMERITHRAX en détail à l'académie. L'enquête avait duré plus de huit ans et le FBI était convaincu que le bioterrorisme était l'œuvre d'un scientifique de l'armée en poste à Fort Detrick.

Tout le monde n'était pas d'accord. Le scientifique s'était tué avant d'être jugé.

Hunt ne comptait pas mentionner la difficulté de cette affaire, car le suicide professionnel n'était pas à l'ordre du jour. Mais un cours magistral sur l'anthrax non plus.

— Ce que vous allez entendre est strictement confidentiel et ne doit pas être divulgué. Vous êtes associé à cette affaire comme tous les autres coordinateurs ADM du pays, expliqua McKenzie.

Ce n'était donc pas seulement lui. Mais Hunt avait le sentiment qu'il était parmi les premiers à être briefés. Sa localisation y était sûrement pour beaucoup. Au moins deux laboratoires de confinement de niveau de biosécurité maximal (BSL-4) se trouvaient à proximité de l'endroit où il se trouvait, l'un d'eux au CDC, le Centre de contrôle et de prévention des maladies, l'autre à Georgia State.

— Quelques grammes de *Bacillus anthracis* normal dispersés d'une certaine manière ont le potentiel de tuer jusqu'à cent mille personnes.

McKenzie avait l'air sinistre.

Un Bacillus anthracis *normal* ?

Frazer prit le relais.

— Il y a moins d'une semaine, un courtier en armes illégal nommé Ahmed Masook a tenté de vendre au marché noir ce qu'il prétendait être de l'anthrax militarisé.

— Militarisé ? demanda Hunt.

— Modifié en laboratoire.

Frazer pinça les lèvres comme pour contenir sa colère.

— Il est censé agir plus rapidement et être plus virulent que les souches naturelles. Il se disperse plus facilement avec le vent. Et il est résistant aux vaccins actuels.

La sensation de malaise s'insinua plus profondément le long de l'échine de Hunt.

— La semaine dernière, nous avons eu de la chance. Nous avons intercepté la transaction et empêché la vente de l'arme biologique. Malheureusement, le marchand d'armes n'a pas survécu et nous n'avons pas pu l'interroger sur son fournisseur.

Le sourire de Frazer devint tranchant comme un rasoir.

Mais si c'était tout, Hunt ne serait pas là pendant que le reste de son équipe procédait aux arrestations les plus importantes de l'année.

— Une des conversations que nous avons entendues suggérait que cette nouvelle souche provenait d'une source américaine. Nous avons trouvé une correspondance en ligne, mais le fournisseur a fait un gros effort pour couvrir ses traces.

Frazer était avare de détails, ce qui était particulièrement frustrant.

Hunt se redressa.

— Si vous avez empêché la vente d'armes, je suppose que vous avez ce qu'ils essayaient de vendre.

Frazer hocha la tête prudemment.

— Et vous l'avez depuis la semaine dernière. Donc, je présume que vous l'avez fait tester ?

Hunt n'était pas sûr de sa position dans cette pièce. Il ne savait même pas s'il devait ouvrir la bouche ou juste hocher la tête et soulever sa casquette. Mais le FBI ne l'avait pas engagé pour son apparence.

— Pas encore.

Les yeux bleus et froids de Frazer devinrent glacés.

— L'arme biologique et le vaccin qui l'accompagnait ont été… récupérés… par un agent d'une nation étrangère. Nous avons exercé une pression considérable et ils ont fini par nous envoyer des échantillons à analyser.

— Avez-vous confiance en eux ? Vous ont-il fourni la vraie arme ?

Frazer acquiesça.

— Je le crois. Nos intérêts convergent et nous avons un poids considérable. Nous attendons des autorisations de transport spécial du CDC et de l'USDA. Dès que nous aurons obtenu cette approbation, les échantillons devraient être remis en main propre et entrer dans le pays dès demain matin.

Frazer poursuivit.

— Un échantillon sera remis à l'USAMRIID.

L'Institut de recherche médicale des maladies infectieuses de l'armée américaine.

— Un autre au CDC. Le CDC organisera un souséchantillon pour le séquençage de l'ADN, afin de voir si nous pouvons retrouver l'empreinte génétique de l'anthrax en question.

Il était logique de prendre des précautions et de ne pas envoyer les échantillons à un seul laboratoire. La dernière fois que le FBI avait mené ce genre d'enquête, l'aide initiale était venue de l'homme qui était finalement devenu leur principal suspect. L'expertise et la préparation du FBI en matière de bioterrorisme s'étaient considérablement accrues depuis lors, mais personne ne voulait rien laisser au hasard.

La technologie avait été radicalement affinée et accélérée grâce à l'affaire AMERITHRAX.

— Pensez-vous que ce fournisseur a déjà vendu des lots d'anthrax militarisé aux terroristes ?

Ce qui aurait pu expliquer l'urgence soudaine. Non pas que l'idée que quelqu'un puisse modifier de l'anthrax pour le vendre à des terroristes n'était pas assez effrayante comme ça.

— Nous ne le pensons pas.

McKenzie tordit les lèvres.

— Les sommes dont il a été question au cours de cet échange suggèrent que le produit a une grande valeur et qu'une partie de cette valeur proviendrait de l'exclusivité – vraisemblablement de la souche bactérienne et du vaccin. Nous aurions entendu parler de victimes si la substance avait été libérée. Les services de renseignements étudient cette possibilité. Nous creusons davantage dans les communications et les dossiers bancaires de toutes les personnes que nous savons impliquées, à la recherche d'un lien.

Très bien.

— Alors comment le fournisseur d'anthrax a-t-il contacté le marchand d'armes ?

Ce n'était pas comme si ces gens avaient pignon sur rue.

— Via le dark web. Nous sommes sur le coup, dit McKenzie. Nous coordonnons évidemment notre action avec la Direction des ADM, mais le président a ordonné la création d'une unité antiterroriste pour cette enquête et j'en suis le responsable. Les premiers signes pointent vers le sud des États-Unis.

Hunt écarquilla les yeux. Le président ? Le président des États-Unis, Joshua Hague, était impliqué ? Il s'agissait donc d'une menace réelle.

— Qu'attendez-vous de nous ? interrompit Bourne.

Techniquement, il était le supérieur des deux hommes à l'écran, mais il était évident qu'il ne menait pas la barque.

— Nous voulons que les coordinateurs ADM du FBI de tout le pays contactent tous ceux dont le travail implique ou a impliqué le *Bacillus anthracis*. Le CDC tient une liste à jour.

— Ça ne va pas alerter notre suspect ?

Hunt tapa de l'index sur le bureau de son patron.

— Ils pourraient se débarrasser des preuves.

— Nous préférerions qu'il détruise tout son stock d'anthrax plutôt que d'en produire davantage.

Le ton de Frazer était sinistre.

— À moins que les suspects ne soient des pirates informatiques, ce n'est qu'une question de temps avant que nous ne découvrions qui est impliqué, déclara McKenzie.

Lincoln Frazer regarda Hunt d'un œil critique.

— Nous voulons que vous alliez sur place pour voir qui fréquente régulièrement des laboratoires travaillant sur l'anthrax et pour vous assurer qu'ils savent que vous l'avez remarqué. Recherchez tout élément suspect dans leur comportement.

— Nous avons de nombreuses installations gouvernementales de haut niveau, des universités et des entreprises privées de biotechnologie à un jet de pierre de ce bureau, souligna Bourne.

McKenzie acquiesça.

— Et vous n'avez même pas besoin d'un laboratoire de niveau 4 pour travailler avec de l'anthrax. Les labos de niveau 2 peuvent travailler avec des souches inactives.

— Les souches inactives ne valent pas des millions sur le marché noir, fit valoir Frazer.

Bourne passa une main dans ses cheveux courts.

— Avez-vous la moindre idée du nombre de microbiologistes hautement qualifiés qui résident dans notre juridiction et qui ont les connaissances et la capacité de produire des lots considérables de ce microbe ?

— Des centaines, dit Frazer.

— Si ce n'est des milliers, ajouta Hunt.

— Nous avons besoin de plus d'hommes, fit Bourne.

McKenzie secoua la tête.

— Pas encore. Nous ne voulons pas déclencher une panique générale. Il faut donc que tous les coordinateurs ADM contactent les chercheurs dans le cadre de leurs fonctions habituelles. Nous donnons la priorité aux coordinateurs qui vivent dans des zones où il y a des laboratoires de niveau 4 et nous descendons dans la liste. Ce qui signifie que vous êtes les premiers. L'agent Kincaid est nouveau. Il peut aller se présenter et suggérer que le FBI envisage de revoir les règles concernant les personnes autorisées à travailler sur ces substances à l'avenir. En général, cela amène les gens à vanter les mérites de leurs recherches. Dès que vous partirez, ils téléphoneront ou enverront des e-mails à leurs amis pour leur demander ce qui se passe et comment l'arrêter. La nouvelle se répandra. Les criminels pourraient bien paniquer, et nous comptons dessus. Nous avons une salle pleine d'analystes au SIOC qui examinent les données et surveillent les activités. Nous allons suivre vos contacts avec les scientifiques et nous intéresser aux conséquences.

— Suivre ? demanda Hunt, surpris. Vous allez surveiller mon portable professionnel ?

— Nous n'effectuerons pas d'écoute, assura Frazer. Mais nous enregistrerons les coordonnées GPS, les heures d'appel et les e-mails pour pouvoir cartographier vos mouvements et vos communications par rapport à l'activité des scientifiques. Ce sera plus efficace ainsi. Nous surveillerons les activités de toutes nos ADM avec l'aide d'un superordinateur et de nos amis de la NSA. Des objections ?

Frazer haussa un sourcil impérieux.

— Non, monsieur.

Même si ça allait être étrange de se savoir surveillé.

McKenzie consulta l'heure.

— Vous avez une réunion avec un chef d'unité au CDC dans trente minutes pour établir à qui parler en premier avant de commencer vos enquêtes. Un certain Dr Jez Place. J'ai envoyé les détails sur votre portable. Contactez-moi directement si quelqu'un éveille vos soupçons. Le coordinateur ADM de San Antonio est le prochain sur notre liste. Restez vigilants.

Hunt se détendit quelque peu. La Géorgie n'était pas le seul État à être saturé de savants fous, mais elle était bien lotie.

L'anthrax était un tueur invisible qui abattait sans discernement. Comment quelqu'un pouvait-il créer quelque chose capable de tuer des milliers d'innocents, pour de l'argent ? Cette idée était révoltante pour les êtres humains normaux et le mettait vraiment mal à l'aise.

Il attendit d'être congédié, puis ôta son équipement tactique pour enfiler l'un de ses nombreux costumes, ajustant sa cravate dans le calme inquiétant du bâtiment.

On aurait dit qu'il allait retourner derrière un bureau ou sur le terrain, à discuter avec des scientifiques. Comme c'était exaltant. Plus tôt la sélection pour le groupe de libération d'otages commencerait, mieux ce serait.

Cette sensation de picotement était de retour entre ses omoplates, cependant, et il se gratta frénétiquement. La sensation ne disparut pas et il comprit finalement ce que c'était.

La terreur.

CHAPITRE DEUX

ON ÉTAIT SEULEMENT en avril, mais dans la Géorgie rurale, à neuf heures du matin, il faisait déjà assez chaud pour faire frire des œufs sur le capot de la vieille Honda de Pip West. Un filet de sueur coulait dans son dos et elle écarta ses cheveux de son front humide. La voiture rebondit en passant sur une ornière. Elle grimaça.

Son regard anxieux se dirigea vers le voyant rouge du moteur et la jauge de température qui augmentait régulièrement. Bon sang. Il lui restait moins de quatre cents mètres à parcourir. Si elle s'arrêtait maintenant, sa voiture risquait de ne plus jamais démarrer. Elle serra les dents et mit le pied sur l'accélérateur.

La berline était remplie de toutes les affaires de Pip, ce qui n'arrangeait pas la situation. À vingt-huit ans, les possessions de toute sa vie pouvaient être condensées dans une Civic de dix-huit ans. Elle ne savait pas si elle devait être impressionnée ou horrifiée.

La nuit précédente, Cindy lui avait envoyé un message disant qu'elle avait fini sa thèse. Sa joie avait été éclipsée par leur récente dispute et Pip avait honte de n'avoir pas été la première à lui tendre la main.

S'excuser n'avait jamais été facile pour elle, mais Cindy et Pip avaient toujours été honnêtes l'une envers l'autre. Douze jours plus tôt, elles avaient été un peu trop honnêtes.

Mais Cindy avait raison.

Pip avait quitté son travail et sa vie à Tallahassee. Désormais sans abri et sans emploi, la seule raison pour laquelle elle n'était pas dans la misère était qu'elle avait une meilleure amie compatissante, compréhensive et indulgente.

Pip devait apprendre à dire « Je suis désolée » et ne pas faire une fixation sur de vieilles blessures. Elle devait s'extraire de ce schéma.

— Allez. On peut le faire.

Pip tapota le volant en signe d'encouragement désespéré. Si elle arrivait jusqu'à la bifurcation, elle pourrait descendre le chemin de terre jusqu'au cottage et arriver à bon port.

Pip prit un virage et poussa un cri de surprise, donnant un coup de volant à droite alors qu'un SUV noir passait en trombe, mordant sur son côté de la route. De la poussière arrosa son pare-brise comme une pluie sale. Son pouls battait la chamade et son cœur se serra méchamment tandis qu'elle luttait pour maintenir son véhicule sur le gravier.

— Pauvre type !

Pip ne relâcha pas l'accélérateur. Elle regarda la jauge de température alors que de la fumée commençait à s'échapper de la calandre. L'allée apparut sur la gauche, de la poussière s'élevant sur toute sa longueur, suggérant qu'une autre voiture avait récemment emprunté ce chemin tranquille.

Pip fronça les sourcils. Elle avait essayé d'appeler Cindy avant de prendre la décision finale de déménager à Atlanta, comme Cindy la poussait à le faire depuis des années, mais son amie n'avait pas répondu. Pip avait supposé qu'elle avait éteint son téléphone et s'était couchée. Elle espérait qu'elle n'était pas déjà partie en ville.

Les doigts de Pip serraient le volant et elle ralentit à peine en prenant le virage. Elle s'engagea à toute vitesse dans l'allée envahie par la végétation du cottage, bringuebalée en tous sens, claquant des dents, secouée jusqu'aux os. En coupant le moteur pour le sauver, elle descendit le chemin plein d'ornières. Le bâtiment apparut, en retrait du lac sur une courte et raide montée. La voiture déboula à pleine vitesse sur le sol irrégulier, roulant beaucoup trop vite. Elle freina à plusieurs reprises et s'arrêta finalement en tremblant à côté du SUV rouge cerise que Pip avait aidé Cindy à choisir à Noël.

Un intense soulagement l'envahit et elle resta assise, respirant difficilement, alors qu'elle n'avait rien fait de plus que conduire toute la nuit. Elle klaxonna doucement pour faire savoir à son amie que quelqu'un était là.

Pip était à deux doigts de s'effondrer. Elle voulait prendre Cindy dans ses bras, sangloter, jurer, rager, célébrer, s'excuser et promettre de ne plus jamais porter de jugement. De ne plus jamais faire d'erreur.

Le moteur sifflait. De la fumée s'échappait de sous le capot en grands nuages blancs apocalyptiques. La mort de sa voiture semblait être une métaphore appropriée de l'état actuel de sa vie.

Elle sortit de la voiture en claquant la porte, faisant fi de la fumée et s'étirant après une nuit blanche au volant. Elle devrait vérifier le radiateur et appeler un mécanicien, mais le moteur devrait quand même refroidir et la voiture pouvait attendre. Elle n'avait pas l'intention d'aller où que ce soit de sitôt.

Attrapant son sac à main et son téléphone portable sur le siège passager, elle gravit les marches latérales du cottage et frappa à la porte principale. Elle écouta attentivement. Rien. Elle contourna le porche enveloppant jusqu'à l'avant du cottage où d'immenses baies vitrées s'ouvraient sur le lac paisible et tranquille.

— Cindy ?

Elle tapa sur la vitre de la porte coulissante qui menait de la terrasse au salon.

Pas de réponse.

Elle actionna la poignée et fut surprise de voir qu'elle n'opposait aucune résistance. Cindy était d'habitude à cheval sur la sécurité de la maison. Pip entrouvrit la porte et lança :

— Cind ? Tu es chez toi ? C'est Pip.

Toujours pas de réponse. Pip ouvrit plus grand la porte. Cindy lui pardonnerait, mais elle espérait ne pas faire mourir de peur son amie. Et elle espérait que Cindy ne lui tirerait pas dessus avec le pistolet qu'elle avait acheté pour se défendre l'été précédent.

— Cindy ? appela-t-elle.

Ravalant la boule dans sa gorge, Pip sortit son portable et composa le numéro de la ligne fixe du cottage – elle n'avait *vraiment* pas envie de se faire tirer dessus – et entendit la sonnerie du téléphone dans la cuisine. C'était un de ces modèles démodés avec un cordon extensible qui devait faire quatre mètres de long. Elle pouvait le voir d'où elle était.

Aucune Cindy groggy et grincheuse ne sortit en titubant de la chambre et ne descendit les escaliers. Personne ne bougea du côté du bureau. Pip réessaya d'appeler sur le portable de Cindy. Elle pencha la tête sur le côté, cherchant à entendre la sonnerie. Rien.

Il était peut-être en mode silencieux, ou les écouteurs étaient branchés. Pip jeta un coup d'œil au SUV. Cindy devait être là quelque part. Peut-être était-elle sous la douche.

Pip entra, puis ferma discrètement la porte-moustiquaire

derrière elle, car son amie détestait les moustiques.

— Cindy ?

Rien, à part le cri d'un quiscale venant des arbres.

Pip regarda autour d'elle. L'endroit était propre et bien rangé, à l'exception d'une bouteille et d'un verre vide sur la table basse. Ce n'était pas le genre de Cindy de laisser du désordre. Elle était ordonnée et méticuleuse, très attachée à la propreté, sa vie professionnelle reflétant sa vie personnelle.

Pip resta bouche bée lorsqu'elle repéra des résidus de poudre blanche sur le plateau de la table en verre. À côté de la poudre était posée une paille.

Qu'est-ce que… ?

Pas question. C'était impossible.

Cindy était bien trop intelligente pour sniffer des produits chimiques.

Avait-elle un nouveau petit ami qui aimait cette merde ? Elles étaient toutes deux sorties avec leur lot de losers au fil des ans, mais cela ne ressemblait pas à son amie. Pip ne comptait pas les juger, mais elle allait contribuer à écarter ce loser de sa vie.

Peut-être que Cindy était plus stressée qu'elle ne le laissait croire et que leur dispute l'avait fait basculer ? Elle sentit la culpabilité l'envahir. Pip aurait dû extérioriser sa colère et contacter son amie. C'était stupide de rester ainsi agacée et de ne pas pouvoir creuser l'abcès.

Mais c'était son genre, apparemment.

Elle traversa le salon et passa devant le petit coin-cuisine avec son bar à l'ancienne pour le petit-déjeuner.

— Tu es là, Cind ?

Alors qu'elle se dirigeait vers le bureau situé à l'arrière de la maison, les lattes du plancher grincèrent sous ses pieds. Elle s'arrêta, ses cheveux se dressant sur sa nuque – comme si un fantôme traînait une main froide sur sa peau.

— Cindy ?

Sa voix tremblait.

La pièce était vide. Tout l'air s'échappa de ses poumons et elle s'accrocha au montant de la porte, comme paralysée.

— Ninny.

Cindy allait mourir de rire en apprenant la frayeur de Pip. Elle ne paniquait pas facilement, mais ces dernières semaines lui avaient rappelé que les monstres existaient.

Pip redressa les épaules. C'était dingue. Peut-être que Cindy était retournée en ville avec un autre véhicule et avait oublié de fermer à clé. Ou elle avait eu besoin de quelque chose au magasin et s'était rendue en ville à vélo. Ou peut-être qu'elle était sortie baiser le gars sexy du cottage voisin qu'elles avaient rencontré l'année précédente.

Pip grimaça en repensant à leur dispute. Et si Cindy avait ramené un type, c'étaient ses affaires.

Elle avait mentionné ne pas se sentir bien la nuit précédente. Peut-être que sa meilleure amie était au lit, affaiblie, avec de la fièvre.

Pip courut dans les escaliers en criant son nom. Il y avait deux petites chambres à l'arrière de la maison et la chambre principale qui avait été celle des parents de Cindy jusqu'à l'avant-dernier été.

La pensée de M. et Mme Resnick et du petit frère de Cindy, Richie, fit monter une boule dans la gorge de Pip, mais elle la chassa.

Le lit de la chambre principale était fait, comme c'était la norme pour son amie maniaque de la propreté. Aucun signe de Cindy cependant. Pip fut rassurée par la vue du maquillage de son amie rangé de manière ordonnée sur la coiffeuse. Pip se dirigea vers le petit balcon surplombant le lac et fixa la surface lisse de l'eau. Cette vue chère et familière apaisait généralement son cœur. Mais pas cette fois. Cette fois, elle était trop inquiète pour Cindy.

Où était-elle ?

Le petit bateau était amarré au quai. Le kayak jaune que Cindy aimait utiliser pour se promener sur le rivage était rangé à côté du grand chêne.

Quelque chose fendit la surface à côté du quai et provoqua des cercles concentriques dans l'eau.

Un poisson, sûrement.

Il refit surface.

Quelque chose de pâle.

Presque blanc.

À moitié sous le quai.

Il n'avait pas la forme d'un poisson ou d'une tortue. On aurait dit une branche d'arbre sans écorce. Pip plissa les yeux pour se protéger de la lumière qui se reflétait sur l'eau.

Soudain, elle prit conscience de la situation dans un éclair aveuglant. La panique la gagna. Chaque nerf. Chaque vaisseau sanguin se mit en action. Son pouls battait fort dans sa gorge.

Elle dévala les escaliers, glissant sur le plancher en bois lisse, passant en trombe la porte coulissante Elle courait aussi vite qu'elle le pouvait. Elle avait l'impression d'être au ralenti, les pierres s'entrechoquant alors qu'elle dévalait le chemin escarpé. Elle jeta son sac à main et son téléphone portable sur la berge, et sauta à l'eau, nageant à moitié, pataugeant à moitié, cherchant désespérément à attraper la personne qui flottait face contre terre dans le lac froid.

Pip sut que c'était Cindy avant même de la retourner. Elle

reconnut sa taille, sa silhouette, ses cheveux blonds courts plaqués sur son crâne. Ses lèvres étaient bleues. En sanglotant, Pip l'attrapa sous les bras, les muscles brûlants, le dos tendu, utilisant chaque once de force pour la sortir de l'eau et la hisser sur la rive.

La seule chose que Cindy portait était son tatouage. Elles s'étaient toutes deux fait tatouer à Noël. Celui de Cindy indiquait « Esprit » avec une ligne en dessous, et le mot « Matière » encore plus bas.

L'esprit au-dessus de la matière.

Pip se servit de cette philosophie pour hisser le corps imposant de Cindy sur la berge.

Où étaient ses vêtements ?

Avait-elle été agressée ?

Le sang battait dans les oreilles de Pip.

L'horreur envahit son estomac et sa gorge, et se déversa en un cri.

— Tu n'as pas intérêt à me lâcher, Cindy Resnick !

Cindy ne respirait plus.

Pip ignora le désespoir qui menaçait de la transformer en un tas de déchets inutiles et préféra faire appel aux compétences en matière de sauvetage qu'elle avait acquises pour l'aider à financer ses études universitaires. Elle inclina la tête de Cindy, scella ses lèvres à sa bouche, insufflant de l'air chaud dans ses poumons immobiles. Elle pressa deux doigts sur sa peau lisse comme de la glace, à la recherche d'un pouls.

Rien.

Elle essaya à nouveau, les larmes remontant à la surface, entravant ses efforts. Elle essuya sa main mouillée sur l'herbe et attrapa son portable, entrant rapidement le code lorsque l'empreinte de son pouce ne fonctionna pas.

— Quelle est votre urgence ?

— J'ai besoin d'une ambulance. Mon a-amie. Je viens de la sortir du lac. Elle ne respire plus. S'il vous plaît, envoyez-nous de l'aide dès que possible. Je ne peux pas parler. Je dois lui faire un massage cardiaque.

Elle donna leur adresse et commença les compressions thoraciques, son portable sur haut-parleur à côté d'elle. Elle évitait les yeux aveugles de Cindy et se concentrait pour ne pas s'effondrer.

Je vous en supplie, mon Dieu, aidez-moi à la sauver et je ne vous demanderai plus jamais rien.

Des miracles se produisaient parfois.

Le lac était froid.

Trente compressions thoraciques. Deux expirations. Regarder les mouvements artificiels de la poitrine de Cindy remplissait Pip d'espoir. Elle respirerait pour elle. Aussi longtemps qu'il le faudrait. Encore et encore, jusqu'à ce que ses membres tremblent de fatigue et que ses lèvres craquent et se fendent.

Chaque seconde durait un million d'années et pourtant le temps s'écoulait comme du sable dans une tempête et son amie ne revenait toujours pas. Elle ne toussait pas, ne respirait pas avec un souffle rauque. Elle ne faisait pas circuler son propre sang dans son corps inerte.

La peur s'installa. Les mains de Pips tremblaient. Ses bras lui faisaient mal. Ses genoux la lançaient.

Ses poumons brûlaient du manque d'oxygène, mais elle n'abandonna pas. Cindy était la seule personne au monde qui comptait pour elle.

— Je suis là, Cindy. Je m'occupe de toi. *Ne meurs pas.*

Pip l'aimait tellement.

Ne la laissez pas mourir. Je ferai n'importe quoi.

Il fallut presque une heure pour que les urgentistes arrivent. Pip ne cessa pas d'essayer de ranimer son amie. Elle aurait continué pour toujours s'il y avait eu le moindre espoir que Cindy puisse être sauvée.

Respire, bon sang !

Lorsque l'urgentiste l'écarta gentiment, elle roula sur le côté dans la poussière, trop épuisée pour bouger, la sueur recouvrant chaque parcelle de son corps tandis qu'elle fixait le ciel d'un bleu infini.

Ses efforts n'avaient servi à rien. Cindy était morte.

HUNT REBONDISSAIT SUR la route rurale pleine d'ornières près du lac Allatoona à la recherche de la bonne adresse. Will Griffin et Mandy Fuller lui avaient tous deux envoyé des SMS pour lui apprendre que Crowley et ses acolytes avaient été placés en détention, bêlant comme des moutons que c'était une énorme erreur. Jusqu'à ce qu'ils réalisent que le premier à parler aurait les meilleures chances de se sauver. Inutile de dire qu'ils avaient tout déballé.

Will voulait savoir ce qui se passait avec le SAC, mais Hunt était tenu au secret et ne pouvait rien lui dire.

Après un rapide passage au CDC, il s'était rendu à l'université Blake, au sud-est de la ville, pour parler au personnel et aux étudiants qui travaillaient sur le *Bacillus anthracis*. La professeure Karen Spalding, responsable du département de microbiologie, était en train de lui faire visiter les tout nouveaux laboratoires de biosécurité lorsqu'elle avait reçu un appel urgent de la secrétaire du département.

Visiblement bouleversée, Spalding lui avait expliqué qu'une étudiante de troisième cycle du département avait été retrouvée morte dans sa maison au bord du lac, à une heure au nord de la ville. Cindy Resnick travaillait sur un nouveau vaccin contre l'anthrax – une double peine sur sa checklist d'enquête. La coïncidence était trop importante pour l'ignorer.

Il avait laissé sa carte et ses coordonnées à Spalding et appelé McKenzie au SIOC pour le mettre au courant. Il avait été mis en contact avec une analyste nommée Libby Hernandez qui compilait des informations sur la morte pour voir s'il y avait des liens avec l'affaire, dont le nom de code était BLACKCLOUD.

Hunt vérifia l'itinéraire sur son téléphone. Il roulait vraiment en pleine cambrousse à présent. Des arbres clairsemés bordaient la route et les broussailles créaient un écran impénétrable. Un groupe de cerfs de Virginie se dispersa devant lui et il ralentit dans sa Buick beige – la voiture la plus laide de la flotte du bureau régional du FBI d'Atlanta. Son idée de l'aventure n'impliquait pas de voir passer un cerf à travers son pare-brise.

Les inspecteurs locaux étaient censés le retrouver sur les lieux.

La zone lui était vaguement familière. Will et lui avaient fait des excursions en canoë et du rafting sur certaines des rivières environnantes. Une forêt verte et tranquille l'entourait. De grands arbres à feuilles larges s'étendaient jusqu'au rivage.

Il tourna et atteignit finalement la bifurcation donnant vers le cottage. Après un court trajet, le lac apparut et le reflet éblouissant de la lumière sur l'eau lui piqua les yeux.

Un petit ponton. Un bateau. Un kayak. Un cottage rustique, mais bien entretenu. Un SUV rouge garé à côté d'une berline de modèle plus ancien, décolorée par le soleil. Son regard s'attarda sur les plaques de Floride.

Il s'arrêta à côté d'un joli cabanon, avec du bois soigneusement empilé dans l'appentis. Six paires d'yeux observèrent sa progression lorsqu'il sortit du véhicule fourni par le Bureau – sa « Bucar » dans l'argot de l'agence. Un médecin légiste et son assistant étaient penchés sur le corps au bord de l'eau. Une femme aux cheveux noirs était assise sur une souche, serrant ses genoux à l'ombre des arbres. Le fait qu'elle soit jolie était sûrement la principale raison pour laquelle un adjoint planait au-dessus d'elle comme une ombre surprotectrice.

Un autre adjoint tenait un registre près des marches de la propriété.

— Agent Kinca, s'annonça calmement Hunt.

Il montra son badge à l'homme et signa le registre.

Un flic en civil s'approcha et se présenta. Inspecteur Lance Howell. Ils se serrèrent la main. Hunt lui avait parlé au téléphone.

— Qu'est-ce qu'on a ? demanda Hunt.

— Femme de 28 ans, nom Cindy Resnick, retrouvée morte dans l'eau. Overdose suspectée. Son amie, déclara Howell en désignant d'un signe de tête la femme brune au bord de l'eau, Pippa West, affirme qu'elle est arrivée de la banlieue, qu'elle a trouvé la victime dans l'eau à 9 h 05 et qu'elle a immédiatement appelé les secours. Les urgentistes ont trouvé West en train de lui faire un massage cardiaque quand ils sont arrivés une heure plus tard. La victime était déjà morte.

Il était midi et ces gens avaient attendu toute la matinée qu'il arrive, ce qui n'allait pas contribuer à sa popularité.

— La victime était nue ?

Hunt regarda le corps pâle sur la terre sombre.

L'inspecteur hocha la tête.

— Quelques contusions mineures sur les bras, mais pas assez pour indiquer clairement un traumatisme.

Les yeux de l'inspecteur n'exprimaient aucune sympathie, seulement de l'agacement que cela lui ait pris autant de temps.

— Les proches ont été informés ?

— Selon Mlle West, la victime n'avait pas de famille vivante. Nous sommes en train de vérifier.

Howell posa ses mains sur sa ceinture. Il portait une chemise en denim et un jean délavé, et donnait à Hunt l'impression d'être coincé et trop bien habillé.

— La photographe est dans le cottage, elle a déjà pris des clichés du corps. Franchement, nous n'avons pas l'habitude de faire beaucoup d'efforts dans des affaires comme celle-ci, mais quand le FBI a dit qu'il voulait s'impliquer…

L'homme cherchait à savoir ce qui se passait. Hunt aurait aimé pouvoir le lui dire.

La chaleur était étouffante sous le soleil de midi, et Hunt enleva sa veste. Il ouvrit la portière de la voiture et l'accrocha au dossier du siège. Il sentit des yeux braqués sur lui et se retourna pour trouver la femme qui avait découvert le corps, le regardant attentivement, essayant clairement d'entendre ce que l'inspecteur et lui disaient.

Elle ne détourna pas les yeux quand il la surprit en train de la fixer. Elle avait un visage ovale, des yeux marron-noir et des cheveux d'un bleu noir profond comme un ciel nocturne dégagé. Ses yeux étaient intelligents – ils jaugeaient et évaluaient tout, de son badge à l'expression amère de l'inspecteur.

Une autre scientifique ?

Le médecin légiste fit rouler la victime sur le côté et le

regard de la femme revint sur son amie. Elle avait l'air dévastée.

— Qu'est-ce qui vous fait dire qu'elle a fait une overdose ? demanda Hunt.

L'inspecteur grogna.

— J'ai trouvé des traces de poudre blanche sur la table en verre à l'intérieur.

De la *poudre blanche*… Et merde.

L'inspecteur avait dû faire réaliser un test de couleur indiquant la présence possible de cocaïne. Ce qui n'indiquait pas que *c'était* de la cocaïne. Et même si c'était de la cocaïne, ça ne voulait pas dire que c'était *juste* de la cocaïne.

— On dirait que quelqu'un a bu quelques verres et s'est fait quelques rails. Elle n'a peut-être pas fait d'overdose, concéda l'inspecteur avec son accent géorgien exagéré. Elle a pu se défoncer et décider que c'était une bonne idée de se baigner nue et se noyer. Mais c'est toujours lié à la drogue, et ça me frustre toujours autant.

Ses épaules se crispèrent.

Mais cela pourrait être plus qu'une simple histoire de drogue. La mort de Cindy Resnick pourrait être liée à la tentative de vente d'une arme biologique à des terroristes internationaux.

Une légère brise fit bruisser les feuilles des arbres voisins. En pensant à des spores d'anthrax flottant dans l'air, invisibles, Hunt jeta un regard inquiet en direction du cottage. La douleur dans son bras due au vaccin qu'il avait reçu au CDC un peu plus tôt n'était soudain plus aussi inconfortable.

Toutes les personnes présentes sur les lieux allaient devoir être vaccinées par précaution, y compris la civile – bien que, si l'on en croit McKenzie et Frazer, le vaccin actuel pourrait ne pas fonctionner sur cette souche particulière de la bactérie mortelle.

Hunt regarda l'amie. Quelque chose lui disait qu'elle allait être un problème. Elle s'approcha et toucha la main de l'adjoint, qui roula pratiquement des mécaniques devant cette attention. Ouaip. De sérieux problèmes.

— Pourquoi les Fédéraux sont-ils impliqués ? demanda enfin Howell, jugeant que le silence s'étirait trop.

Hunt aurait aimé pouvoir le lui dire, mais c'était confidentiel. Seules quelques personnes étaient au courant.

— J'ai besoin d'une autorisation pour vous mettre dans la confidence. Laissez-moi parler à mon patron.

Malgré son mécontentement, Howell hocha la tête et s'éloigna. Hunt appela McKenzie et l'informa de la situation.

McKenzie poussa un juron.

— Considérez-la comme une mort suspecte. Je vais contacter le CDC pour qu'ils envoient une équipe pour rechercher immédiatement des spores d'anthrax. J'ai une équipe de HMRU qui se dirige vers Atlanta et une autre qui se prépare à Los Angeles.

La HMRU – l'équipe d'intervention spécialisée dans les matières dangereuses – était généralement basée à Quantico.

— Ils pourront recueillir des preuves sur les lieux au cas où ce serait de l'anthrax.

Certains types de preuves étaient plus éphémères que d'autres : les empreintes digitales, par exemple, se détérioraient avec le temps. Si Cindy Resnick était une terroriste et non une accro à la coke, ils devaient découvrir qui d'autre était impliqué. Il regarda l'amie.

— Faites passer ça pour une opération de routine.

McKenzie lui demandait de mentir.

Formidable.

Hunt raccrocha le téléphone et fit face à l'inspecteur, en gardant la voix basse, conscient que l'amie – Pippa West – les observait attentivement.

Il tourna le dos à la femme.

— Vous vous souvenez des lettres à l'anthrax envoyées par la poste juste après le 11 septembre ?

L'inspecteur Howell grimaça.

— Qui ne s'en souvient pas ?

Hunt acquiesça.

— Depuis l'affaire AMERITHRAX, l'USDA a mis en place une série de nouvelles règles.

— Ils aiment vraiment ça. Qu'est-ce que ça à voir avec ça ? demanda Howell en plissant les yeux.

— Ces règles définissent également ce qui se passe après la mort suspecte de toute personne faisant des recherches sur certains agents pathogènes, c'est pourquoi je suis ici.

Le regard de l'inspecteur se fit perçant.

— La victime était une chercheuse ?

— Une chercheuse doctorante.

— Qu'étudiait-elle ?

— L'anthrax.

Howell glissa ses pouces dans les passants de son jean et grimaça.

— Qui est une poudre blanche. *Merde.*

Il fallait espérer que l'inspecteur n'ait pas goûté la poudre comme le faisaient certains flics des stups.

— Avec votre permission, les Fédéraux vont prendre en charge le traitement de la scène par précaution et nous allons également vacciner toutes les personnes qui se sont rendues sur les lieux, juste au cas où.

En espérant que le vaccin fonctionne contre cette nouvelle version militarisée de la maladie.

— Nous ne nous attendons pas à trouver des spores ici, précisa-t-il, soucieux de ne pas déclencher une vague de panique, mais nous ne pouvons ignorer cette possibilité.

Hunt fixa le cottage.

— Nous devrions sûrement faire sortir la photographe jusqu'à ce que les lieux soient déclarés sûrs. Je voudrais des copies des photos qu'elle a prises, si possible.

Howell hocha la tête, l'air bouleversé.

Hunt essaya de le rassurer.

— Je suis sûr que c'est ce que vous pensez. Un décès lié à la drogue sans risque pour vous ou les autres. Le CDC viendra tester la poudre pour s'assurer que c'est de la coke. J'apprécierais votre aide pour interroger tout témoin potentiel autour du lac ou dans la communauté locale. Il nous faut retracer les mouvements de la victime au cours de la semaine. Trouver où elle a eu la drogue. Je suis tout seul…

Il leva les mains. Le message était implicite. *Ce n'est pas assez important pour que le Bureau y consacre beaucoup d'efforts et j'ai besoin d'aide.*

L'expression de l'inspecteur passa de la peur à l'irritation.

— Ce n'est pas contagieux, n'est-ce pas ?

— Non. Pas contagieux.

Bien sûr, l'arme biologique qu'un connard avait essayé de vendre au plus offrant était une entité inconnue. Hunt regarda la femme qui avait soi-disant essayé de sauver son amie. Il se demanda dans quelle mesure un agent pathogène était contagieux si quelqu'un faisait du bouche-à-bouche à une personne infectée.

— Ce qu'il y a, c'est que… fit Hunt en baissant la voix, si

quelqu'un repère le CDC ici, on va prétendre qu'il y a une épidémie d'Ebola dans la Géorgie rurale.

La femme aux cheveux noirs le fixait avec une telle intensité qu'il commença à se demander si elle ne pouvait pas lire sur les lèvres.

— Puis-je vous demander de parler à vos adjoints, et aux autres personnes qui ont assisté à la scène ? Pour leur assurer que c'est une opération de routine ? Le médecin du CDC peut se rendre au poste de police ou à l'hôpital local pour vacciner toutes les personnes présentes et leur administrer des antibiotiques. Ils peuvent signer une clause de renonciation et refuser s'ils le veulent. *Pas de pression. Ce n'est rien.*

L'inspecteur jeta un coup d'œil à la jolie amie.

— Que voulez-vous que je fasse d'elle ?

Hunt fronça les sourcils. Les personnes qui trouvaient les corps étaient toujours suspectées dans les affaires de meurtre, mais celui-ci ne semblait pas, à première vue, être un homicide. Mais il était possible que ce soit quelque chose de bien plus sinistre.

Il appela Hernandez au SIOC, lui donna la plaque d'immatriculation et le nom, et lui demanda d'effectuer une vérification rapide des antécédents et de le rappeler.

— Je devrai l'interroger après avoir examiné le corps et la scène, ce qui prendra un certain temps en raison du nouveau règlement, qui exige dans ce cas que la scène soit testée pour trouver d'éventuels pathogènes. Nous devons recouper l'heure de la mort avec l'histoire de Mlle West.

— Je peux la ramener au poste.

Howell fit un signe de tête vers la Honda.

— C'est son véhicule. Le tas de ferraille. Elle a dit qu'elle avait des problèmes de moteur en venant. Il faudra peut-être la remorquer en ville. Ça pourrait être un bon moyen de la ralentir pendant quelques heures tout en la convainquant que nous sommes les gentils.

Hunt regarda les piles de cartons sur la banquette arrière et se demanda ce qu'il y avait d'autre à l'intérieur.

— Elle déménage ?

L'inspectrice lissa sa moustache.

— Elle vient de quitter son travail à Tallahassee. Elle prétend qu'elle avait l'intention de rester avec la victime jusqu'à ce qu'elle décide de ce qu'elle allait faire ensuite.

À présent, l'amie était morte.

Était-il possible qu'elle ait fourni à la victime ce qui l'avait tuée ? S'étaient-elles battues ? Cindy avait-elle voulu écarter l'autre femme ?

Ou la victime vendait-elle de l'anthrax militarisé à des terroristes internationaux ? Peut-être que c'était un suicide parce qu'elle avait compris que ce n'était qu'une question de temps avant que le FBI ne la retrouve. Et si c'était le cas, il était aussi possible qu'elle leur ait laissé une bombe biologique en guise de vengeance tordue.

— Nous devrions vérifier ce que Mlle West a dans sa voiture avant de la laisser partir.

Il pensait à un risque biologique potentiel, mais il pourrait le présenter comme une recherche de drogue. Hunt fit un geste du menton en direction de la Honda remplie à craquer.

— Au cas où elle ne nous dirait pas tout.

Howell hocha lentement la tête.

— Elle est suspecte ?

— Tout le monde est suspect, dit Hunt d'un ton las. Jusqu'à preuve du contraire. Nous en saurons plus après l'autopsie.

L'inspecteur partit s'occuper de la photographe et informer les autres de ce qui se passait. Avec un peu de chance, ils seraient partis avant l'arrivée du CDC. Parce que rien ne criait davantage « Pas de panique ! » que des hommes en combinaison spatiale.

CHAPITRE TROIS

UN HOMME GRAND, large d'épaules et aux hanches fines, vêtu d'un costume gris léger était arrivé, prenant manifestement les rênes.

— Qui est-ce ? demanda Pip à l'officier en uniforme qui l'avait d'abord interrogée à son arrivée sur les lieux et qui, depuis, planait autour d'elle comme une ombre.

Elle ne savait pas s'il pensait qu'elle allait s'enfuir ou se déchaîner.

Une partie d'elle aurait voulu ramper et entourer sa meilleure amie de ses bras, protégeant son corps nu des yeux de ces inconnus. Elle plaqua son poing contre sa bouche pour réprimer un sanglot. Elle espérait que Cindy lui pardonnerait de les laisser faire leur travail.

L'adjoint haussa les épaules, apparemment peu impressionné par le nouveau venu.

— Vous ne savez pas ? le chercha-t-elle.

— Un agent fédéral.

Ses lèvres se tordirent. Il était jeune et rasé de près. Il se tenait debout, les mains sur sa ceinture d'équipement, une hanche levée.

Oh non. Elle comprit qu'il essayait de l'impressionner. Il ne comprenait pas que, même dans un bon jour, son cœur était aussi impénétrable que de l'acier.

Elle détourna les yeux, le regard attiré par le nouvel arrivant. Il dégageait une autorité naturelle, même s'il n'était pas si vieux que ça. Il devait avoir son âge, peut-être quelques années de plus. Il se débarrassa de sa veste et la rangea dans sa voiture, en prenant soin de ne pas froisser le tissu.

La colère s'insinua en elle malgré son hébétude.

Son amie était étendue, morte, à la vue de tous et il s'inquiétait de froisser son costume ?

L'agent fédéral parla à l'inspecteur, tous deux la regardant comme s'ils la jaugeaient avant de lui passer les menottes.

Qu'ils aillent se faire voir.

Pip regarda les cheveux courts et bruns, la chemise blanche impeccable, l'étui d'épaule et le badge en or brillant accroché à sa ceinture. Combiné à sa posture assurée et à la réaction de son garde du corps, le fait qu'il soit un agent fédéral ne faisait aucun doute.

Les stups ? D'après son expérience, ils étaient rarement aussi soignés.

Elle avait dit cinquante fois aux flics que Cindy n'avait jamais pris de drogue et qu'elle était trop bonne nageuse pour se noyer. Pip s'était dit qu'ils ne la croyaient pas. Peut-être l'avaient-ils crue et avaient-ils demandé un deuxième avis.

Mais un agent fédéral ?

Le médecin légiste et son assistant retournèrent Cindy. Pip regarda ces inconnus la malmener. Elle aurait aimé pouvoir protéger son amie de tout cela. L'humidité dans sa bouche se transforma en larmes chaudes qui ne voulaient plus s'arrêter de couler.

Pip n'avait eu la force de traîner Cindy que sur la moitié de la rive. Les pieds de son amie étaient toujours dans l'eau. Pip aurait désespérément voulu que quelqu'un retire les orteils de

Cindy du lac froid, mais elle savait aussi qu'à ce moment-là, Cindy serait emmenée à la morgue et Pip devrait faire face à la triste réalité : son amie était partie pour toujours.

Elle se leva et toucha la main de l'adjoint pour attirer son attention. Elle demanda dans un chuchotement rauque :

— Ne peuvent-ils pas la couvrir ? S'il vous plaît ?

Le regard de l'adjoint se posa sur le corps nu de son amie, mais il ne fit rien pour répondre à sa demande. Elle reposa sa main sur ses genoux.

L'agent fédéral la regarda d'un air dur et se retourna pour passer un coup de fil. Malgré ses efforts, elle ne pouvait entendre ce qu'il disait. Il se retourna pour la regarder avec une nouvelle expression sur le visage, celle-ci la transperçant jusqu'à l'os. Ce qu'il venait d'apprendre n'était pas bon. Elle frissonna et détourna les yeux. Lesquels de ses péchés avait-il découverts, et pourquoi avaient-ils de l'importance ?

Après quelques minutes, le nouvel arrivant s'approcha de l'endroit où Cindy était allongée sur l'herbe mouillée. Il l'étudia attentivement, regardant le tatouage de son amie, avant de s'accroupir et de regarder encore plus attentivement les endroits privés du corps pâle et vulnérable de son amie.

La bile monta dans la gorge de Pip.

Cindy aurait détesté ça. *Elle* détestait ça. L'ignominie de la mort. L'insensibilité désinvolte des observateurs. La mort aurait dû leur faire détourner le regard de honte. Au lieu de cela, ils la fixaient.

— Et maintenant ? demanda-t-elle au policier.

Elle était habituellement douée avec les gens, surtout les flics et les cols bleus, les mères célibataires et les étudiants ayant deux emplois pour payer leurs études. C'étaient ses pairs. C'était de là que venaient la plupart de ses informations.

Des gens normaux, décents, qui travaillaient dur. Du moins, c'était de là qu'elles étaient venues.

Après son dernier article, elle doutait que quelqu'un lui confie à nouveau ses secrets.

Au moins mon travail ne fait pas mourir des gens...

— Ça dépend, lui répondit le flic, détournant son attention du passé.

Il avait des sourcils d'un blond tirant sur le blanc. Une tache rouge se formait sur son cou où sa peau était grillée par le soleil.

— La plupart des overdoses ne justifient pas une autopsie.

Elle sentit un sanglot se bloquer dans sa gorge.

Elle avait déjà assisté à une autopsie et savait comment la mort était évaluée objectivement. Elle était déchirée entre la volonté de ne pas voir le corps de son amie profané et la colère naissante de voir les forces de l'ordre considérer que la mort de Cindy ne méritait pas une enquête.

Le comté ne pouvait sûrement pas se permettre d'autopsier tous les cas suspects d'overdose, mais là c'était différent.

— Cindy n'a pas pris de drogue, répéta Pip.

Personne ne faisait attention à elle, et elle commençait à se sentir invisible. Peut-être que si elle commençait à crier, elle pourrait attirer leur attention. Ou ils la traiteraient d'hystérique et l'ignoreraient.

— Mlle West ?

Pip leva les yeux et croisa un regard bleu et franc. De fines bandes dorées entouraient ses iris comme les anneaux d'une petite planète. Elle appuya ses paumes sur ses cuisses glacées pour se redresser et ne pas être désavantagée par sa taille. Ses mouvements étaient lents et raides.

Le policier s'effaça pour aller voir l'inspecteur – Howell –
qui les observait depuis la terrasse.

— Je suis l'agent Kincaid, dit le fédéral en lui tendant la
main. Toutes mes condoléances.

— Pip West.

Elle accepta sa poignée de main, ses doigts si engourdis
qu'elle nota à peine la pression de la sienne. Elle sentit son
odeur de pin frais combiné au parfum subtil de la lessive.
C'était mieux que l'odeur de l'eau du lac marécageux qui
imprégnait ses vêtements.

Elle frissonna.

— Vous avez froid, fit-il observer.

Ses os ressemblaient à des glaçons prêts à se briser. Elle
grinça des dents et regarda Cindy. Le froid était loin de
pouvoir décrire son état.

— Pouvez-vous me raconter ce qui s'est passé plus tôt
dans la journée ?

Il avait une belle voix. Grave, mais pas bourrue. Douce –
comme si ses bords rugueux avaient été poncés par une bonne
éducation. Elle n'arrivait pas à identifier son accent alors
qu'elle était habituellement douée pour ça.

Elle lui raconta comment elle avait trouvé Cindy plus tôt
ce matin-là.

— À quelle agence avez-vous dit que vous apparteniez ?

Son sourire n'atteignit pas ses yeux.

— Le Bureau fédéral d'enquête.

— Depuis quand les agents du FBI enquêtent-ils sur un
seul décès ?

Il l'ignora.

— Mlle Resnick ne vous attendait pas ?

Elle secoua la tête. La chair de poule se répandit sur ses

bras et elle frotta sa peau rugueuse.

— Vous aviez tout de même prévu d'emménager avec elle ?

Ses mots étaient mordants et elle tressaillit.

Elle hocha la tête, incapable de parler. Ses dents commencèrent à claquer. Son haut humide collait à sa poitrine et elle se rendit soudain compte que ses tétons étaient clairement visibles sous le coton. Elle croisa les bras sur sa poitrine. La mortification s'infiltrait entre les couches de chagrin.

— Je dois récupérer un pull dans ma voiture.

L'hébétude d'avoir trouvé Cindy commençait à s'estomper. La fatigue d'une nuit blanche et d'une heure de réanimation la rattrapait, et elle se sentait nauséeuse.

Il se cala sur son pas tandis qu'ils montaient la colline jusqu'à sa Honda cabossée. Elle se dirigea vers la portière passager et attrapa une polaire rouge drapée sur un carton d'albums photo et de bibelots posé sur le siège avant.

Deux plantes en pot que Cindy lui avait offertes pour Noël étaient par terre. Cindy avait dit qu'elle avait besoin de plus d'amis.

Bon sang.

Les larmes lui montèrent aux yeux.

L'agent Kincaid ne le remarqua même pas. Il examinait le contenu de sa voiture, mais il n'y avait rien d'intéressant. Un carton de casseroles et d'assiettes était glissé à côté de son imprimante et de sa télévision. Ce bazar était recouvert par une couette cramoisie. Elle avait deux valises de vêtements et tous ses papiers et livres dans le coffre. Elle avait laissé ses meubles pour le prochain locataire en Floride.

Kincaid ne dit rien. Elle n'avait aucune idée de ce qu'il pensait. Savait-il qui elle était ? Ils avaient forcément fait une recherche sur ses plaques, mais avaient-ils fait le lien entre elle et la journaliste qui avait publié un article sur un flic véreux et fait tuer sa source ?

Elle avait des crampes d'estomac.

L'agent Kincaid sortit un carnet de sa poche.

— Quand avez-vous parlé à Mlle Resnick pour la dernière fois ?

— On s'est envoyé des textos hier soir. Je ne me souviens pas exactement quand nous avons parlé pour la dernière fois.

— Essayez toujours.

Le ton de sa voix suggérait qu'il savait qu'elle mentait.

Douze jours plus tôt.

Elle baissa les yeux sur ses pieds nus couverts de terre et de morceaux de feuilles mortes. Ses chaussettes et ses baskets mouillées séchaient au soleil à côté de la vieille souche d'arbre qu'elle et Cindy avaient souvent utilisée comme table entre deux chaises longues pendant la chaleur étouffante d'un été en Géorgie.

Ses yeux glissèrent vers les pieds de l'agent Kincaid. Il portait des chaussures en cuir noir de bonne qualité qui avaient parcouru beaucoup de kilomètres.

Les gens qui travaillaient pour le gouvernement ne le faisaient généralement pas pour l'argent. En espérant que cela signifie qu'il ferait ce qu'il fallait pour son amie.

Elle avait mal aux yeux à force de retenir les larmes.

— J'ai essayé de l'appeler hier soir après nos échanges de textos, dit-elle d'un ton bourru, évitant sa question. Elle n'a pas répondu.

Était-elle déjà morte ?

Elle couvrit sa bouche de sa main. Elle ne pouvait pas faire ça. Pas maintenant.

— Vous avez quitté votre travail ?

Il examinait à nouveau ses affaires.

— Ouais.

Elle laissa échapper un rire dur.

— Mon travail. Mon appartement.

Deux semaines plus tôt, elle était la fille prodige du petit journal qui était sur le point de publier un article important sur la corruption de la police. À présent, elle n'était plus rien.

— Cindy ne se serait jamais droguée, lui dit-elle.

— Et vous ?

Elle releva le menton.

— Je ne me drogue pas non plus.

Les yeux de l'agent étaient durs.

— Alors comment expliquez-vous cette arrestation pour possession de drogue à 17 ans ?

Elle fit un pas en arrière comme s'il l'avait agressée physiquement.

— J'ai été accusée d'un délit mineur.

Son regard la transperça comme si c'était important.

C'étaient des conneries.

Elle serra les dents et sentit les muscles de sa mâchoire se contracter.

— Ce n'était pas ma drogue, mais personne ne m'a jamais crue.

— Vous avez plaidé coupable.

— Mon avocat commis d'office de merde m'a dit que j'avais de la chance que ce soit mon premier *délit*. En fait, j'avais encore seize ans à l'époque et mon *petit ami* a fourré sa réserve dans la poche de mon manteau lorsque les flics l'ont arrêté pour avoir brûlé un feu rouge. Il a dit qu'ils ne me fouilleraient pas, et que même s'ils le faisaient, j'étais mineure et qu'ils me laisseraient partir.

Elle détourna les yeux.

— Ils m'ont fouillée, et ils ne m'ont pas crue quand je leur ai dit la vérité, alors j'ai arrêté de lutter.

— Les prisons sont remplies des cris des innocents.

Il réprima un ricanement et elle retint un regard noir.

C'était une expérience qui l'avait poussée vers le journalisme. Pour essayer de révéler la vérité sur les personnes qui avaient baissé le bras.

— Quand avez-vous parlé à Cindy pour la dernière fois ? redemanda-t-il avec force.

Elle regarda à nouveau ses orteils sales.

— Il y a douze jours. Nous avons eu une dispute.

— À quel sujet ?

Elle approcha son nez de la douceur de sa polaire et ferma les yeux.

Tu travailles trop dur. Tu ne manges pas correctement. Tu sors avec des gars que tu connais à peine.

Tu ne sais pas tout, et au moins je ne suis pas trop terrifiée pour sortir avec quelqu'un. Au moins mon travail ne fait pas mourir des gens.

— Rien de bien méchant. Des trucs stupides.

Quand elle ouvrit les yeux, son regard pénétrant lui fit détourner les yeux. Les mots de Cindy l'avaient profondément blessée et Pip lui avait raccroché au nez. Le jour suivant, Pip avait quitté son emploi et essayait de trouver une solution pour la suite. Si seulement elle avait trouvé un jour plus tôt, Cindy serait peut-être encore en vie.

— Hier soir, elle m'a envoyé un texto pour me dire qu'elle avait fini sa thèse, puis elle a dit qu'elle ne se sentait pas bien. J'avais déjà donné mon préavis pour mon travail et mon appartement, alors je me suis dit que je lui ferai une surprise ce matin. J'ai les textos sur mon téléphone. Je vous les montrerai.

L'étau se resserra à nouveau autour de sa gorge.

— J'ai essayé d'appeler, mais elle n'a pas répondu. Je me suis dit qu'elle était sûrement couchée et que je voulais être là avant qu'elle ne se lève, alors j'ai pris le volant.

Avait-elle été tellement prise dans le drame de sa propre vie qu'elle avait complètement manqué ce qui se passait dans celle de Cindy ? Elle savait que Cindy lui avait caché des choses ces derniers temps. C'était l'une des raisons pour lesquelles elle avait poussé son amie lors de leur dernière conversation téléphonique.

Qu'est-ce qui se passe ?

Rien.

Menteuse.

Laisse tomber, Pip.

— Elle avait terminé sa thèse ? demanda l'agent Kincaid.

— Oui. Tout ce travail pour rien.

— Savez-vous sur quoi elle travaillait ?

Pip ferma les yeux alors que le rire de Cindy résonnait clairement dans son esprit.

— L'anthrax.

Elle essuya une larme du bout des doigts. En faisant comme si de rien n'était.

— Elle travaillait sur un nouveau vaccin.

Elle prit une inspiration tremblante.

— Ça m'a toujours fait flipper qu'elle étudie quelque chose d'aussi dangereux. Je sais qu'elle était bonne dans ce qu'elle faisait, mais nous discutions rarement des détails.

— Pourquoi pas ?

— Parce que la science me passe tellement au-dessus de

ma tête que c'est comme une comète traversant la haute atmosphère.

Pip mit les mains sur ses hanches.

— Elle avait juste besoin de faire une pause parfois.

Pip n'avait pas non plus raconté à Cindy tous les détails de son travail. Elle n'était pas la seule dont le métier pouvait être dangereux. Pip ravala ses larmes. Elle devait les cacher. Elles n'apportaient rien de bon et révélaient une faiblesse qu'elle ne voulait pas voir exposée.

— C'était la personne la plus intelligente que j'aie jamais connue.

L'agent Kincaid fronça les sourcils, visiblement pas convaincu.

— Et sa famille ?

Le chagrin était comme un clou rouillé enfoncé dans ses tripes. Elle avait envie de se recroqueviller et de hurler devant l'injustice de tout ça, mais elle devait tenir, pour Cindy. Elle devait savoir ce qui était arrivé à son amie.

— Ses parents et son petit frère sont morts dans un accident de voiture il y a 17 mois.

Les yeux bleus cerclés d'or de l'agent se plissèrent dans un mélange de compassion et de suspicion. Elle ne put soutenir son regard et baissa les yeux sur son torse. Sa cravate marine avait de minuscules menottes dessus. Le pistolet qu'il portait avait l'air effrayant et mortel.

— Vous étiez proche de la famille ?

Elle acquiesça.

— Et les autres membres de la famille ?

Pip pinça les lèvres.

— Le père de Cindy avait un demi-frère en Alaska et sa mère avait quelques cousins dans le sud. Ils ne sont jamais venus aux funérailles.

Ce qui avait énervé Cindy, au plus haut point.

— Est-ce que Cindy avait un petit ami ?

— Je ne pense pas, mais je ne suis pas sûre. C'est la première chose qui m'a traversé l'esprit quand j'ai vu les objets sur la table basse, admit-elle. Cindy est une maniaque de la propreté et fait toujours le ménage immédiatement, même si ça implique de le faire à quatre heures du matin. Mais elle n'a pas mentionné de nouvel homme dans ses textos et elle était venue ici pour travailler, pas pour s'amuser.

— Les gens ne prévoient pas toujours de se fréquenter.

Une lueur témoignant de nuits blanches et de membres entrelacés passa dans les yeux de l'agent.

Elle se sentit rougir.

— Mais elle a dit qu'elle ne se sentait pas bien. Je ne peux pas imaginer qu'elle se soit mise à faire la fête.

— Peut-être qu'elle mentait pour ne pas avoir à discuter. Vous vous racontiez toujours quand vous sortiez avec quelqu'un, même pour une nuit ?

Pip ne voulait pas parler de sa vie sexuelle avec un inconnu. Et en parler avec un type qui l'aurait attirée si elle l'avait rencontré dans un bar ? Hum hum.

— Nous nous disions tout, mais pas toujours tout de suite, admit-elle à contrecœur. Mais elle me l'aurait dit si elle sortait avec un nouveau type.

Pas vrai ?

Tu ne sais pas tout.

— Vous n'avez pas l'air très convaincue, fit-il remarquer.

Son estomac se serra.

— Pouvez-vous me donner le nom de son dernier petit ami ?

La plupart des victimes de meurtre étaient tuées par quelqu'un qu'elles connaissaient. La majorité par quelqu'un avec qui elles avaient une relation. Pensait-il que Cindy avait été assassinée ? Cette idée était horrible, mais plus logique que celle de Cindy expérimentant soudainement des narcotiques.

— Dane Garnett. Je ne l'ai jamais rencontré, mais je lui ai parlé plusieurs fois sur haut-parleur. Il avait l'air d'être un brave type.

Les lèvres de Pip étaient sèches et craquelées. Elle frotta sa peau rugueuse.

— Cindy disait qu'il était beau et musclé, mais pas très intelligent.

Pip se sentait gênée de partager les confessions intimes de son amie, mais elle voulait que cet agent ait suffisamment d'informations pour découvrir exactement ce qui s'était passé.

Il lui adressa un petit sourire. Il aurait fallu qu'elle soit aveugle pour ne pas remarquer qu'il était musclé, et d'après la lueur dans ses yeux, il était aussi intelligent.

— Où se sont-ils rencontrés ?

— Dans un bar. Mais il faisait aussi partie de son club de running. Ils ne sont sortis ensemble que pendant un mois environ. Ils ont rompu au début du mois de mars.

— C'était une coureuse ?

L'agent Kincaid prit des notes dans son carnet à spirale.

Pip hocha la tête.

— 8 km tous les jours. C'est elle qui m'y a mise à l'université. Elle me traînait avec elle pour ne pas sortir seule la nuit.

Toutes ces années à être prudente.

— C'est comme ça que vous vous êtes rencontrées ? demanda-t-il.

Toutes ces années en sécurité.

— En première année à l'université. Oui.

Pip sentait qu'elle risquait de s'effondrer en repensant à leur passé commun. Elle changea de sujet.

— Elle est sortie avec un autre type pendant deux ans à l'université, mais elle a découvert qu'il la trompait et l'a largué. Leur relation était assez sérieuse.

Le trou du cul.

— Pete Dexter. Elle pensait qu'ils allaient se marier et avoir des enfants.

Pip regarda le médecin légiste et son assistant mettre le corps de Cindy dans une housse mortuaire noire. Des sacs en papier recouvraient ses mains – pour préserver les preuves, Pip le savait. Les deux hommes, avec l'aide d'un adjoint, hissèrent Cindy sur un brancard. Pip fit un pas en avant involontaire pour les aider.

Des doigts puissants s'enroulèrent autour de son bras, leurs jointures effleurant accidentellement le côté de sa poitrine. Elle sursauta et ses yeux croisèrent les siens. Sa bouche se tordit d'un sourire d'excuse, mais il ne lâcha pas prise.

— Ils vont s'occuper d'elle, dit-il doucement.

Son estomac se noua alors qu'elle les regardait charger sa meilleure amie à l'arrière d'une ambulance.

— Est-ce qu'elle a été violée ?

Elle posa la question entre ses dents serrées. Elle lui brûlait les lèvres chaque fois qu'elle regardait le corps nu de son amie.

— Je ne sais pas.

Elle poussa un soupir résigné. Au moins il n'avait pas menti. Il lâcha son bras et elle se retourna pour lui faire face.

— Et maintenant ?

— J'ai besoin que vous alliez au poste de police le plus proche et que vous fassiez une déposition écrite. Comme Cindy travaillait sur l'anthrax et que nous avons trouvé de la poudre blanche sur les lieux, nous traitons cette affaire comme une mort suspecte et nous allons vacciner toutes les personnes concernées contre l'anthrax. Juste au cas où.

Pip était consterné par l'idée que la poudre blanche puisse être plus mortelle que la cocaïne.

— Cindy n'aurait jamais été aussi imprudente avec des spores d'anthrax. Elle était extrêmement soucieuse de la sécurité.

— C'est la procédure standard, dit l'agent Kincaid en regardant le ciel. Depuis les lettres à l'anthrax après le 11 septembre.

Elle leva le menton et plissa les yeux.

— C'est pour ça que vous êtes là ?

Il hocha la tête.

C'était logique, ce qui était très inhabituel pour une agence fédérale.

Le médecin légiste claqua les portières de l'ambulance et tapa à l'arrière du véhicule, et Pip sursauta à nouveau. Le moteur gronda et le véhicule commença à remonter lentement le chemin de terre.

Pip se mit à trembler. La glace dans ses os commençait à se briser et à craquer. Elle ne savait pas comment elle tenait encore debout.

— Que va-t-il lui arriver maintenant ?

— Nous allons faire une autopsie avant de rendre son corps pour l'enterrement.

Il avait l'air si terre à terre alors que son monde s'écroulait à ses pieds.

— Je veux m'occuper de l'organisation des funérailles.

— Vous êtes l'exécutrice testamentaire de Mlle Resnick ?

Ses yeux bleus avec leur éclat d'or étaient froids et évalua-
teurs.

Elle n'aurait sûrement pas dû fantasmer sur le fait de frapper ce type à la tête.

— Je ne sais pas.

Elles n'en avaient jamais parlé. Elles avaient parlé de romances torrides, des hommes de leurs rêves et de vacances
parfaites.

Des choses qui n'avaient plus d'importance.

Mais l'idée que quelqu'un d'autre organise les funérailles
de Cindy ?

Hors de question.

Pip trouverait un travail ou un prêt, ou les deux, et ferait
en sorte que ce soit le meilleur enterrement qu'Atlanta ait
jamais vu.

— Je peux y aller maintenant ?

Le besoin de partir était soudain irrépressible, mais elle ne
savait pas où aller. Elle regarda sa voiture. Parviendrait-elle au
moins à démarrer ? Pourrait-elle trouver de l'eau pour le
radiateur ? Cindy avait un tuyau extérieur. Elle espérait que
personne ne s'opposerait à ce qu'elle l'utilise.

La voix de Kincaid piégea la partie d'elle qui voulait
s'échapper.

— L'inspecteur a mentionné que vous aviez des problèmes
de voiture.

Elle acquiesça.

— J'ai roulé jusqu'ici en pensant que c'était mon dernier
arrêt pour un moment et puis…

Les larmes lui obstruèrent la gorge. Elle était incapable de poursuivre. Elle les chassa en clignant des yeux. Elle avait déjà montré trop de faiblesse devant ces gens.

— Je vais faire remorquer votre voiture jusqu'au poste et vous pourrez appeler un garage en ville pour qu'il y jette un coup d'œil. L'un des adjoints peut vous raccompagner pour que vous puissiez faire votre déposition officielle. J'aimerais vous parler plus tard dans la journée si possible.

Elle vit quelque chose bouger au fond de ses yeux. Une lueur d'impitoyabilité.

— Et dans le cas contraire ?

— Alors je vous ferai arrêter pour suspicion d'homicide.

Son sourire n'atteignit pas ses beaux yeux. Il haussa les épaules dans un geste d'impatience.

— C'est à vous de voir.

CHAPITRE QUATRE

L E TEMPS QUE les spécialistes du CDC, dans leur équipe-ment de protection, finissent de prélever des échantillons, le soleil commençait à briller derrière les arbres de la crête ouest.

Hunt repensa au regard de mépris que Pippa West lui avait lancé lorsqu'il avait suggéré l'accusation d'homicide. Aucune lueur de peur. Juste un mépris pur et simple pour lui et son badge.

Intéressant.

Détestait-elle les forces de l'ordre en général, ou était-ce juste lui qui l'énervait ? Et à quel sujet s'était-elle disputée avec son amie ? Quelque chose de personnel ou quelque chose de criminel… ?

Son portable sonna. C'était Libby Hernandez du SIOC.

— On a plus d'informations sur la femme qui a trouvé le corps. Elle vit à Tallahassee et était reporter pour le Tallahassee Free Press.

Une vague de dégoût l'envahit. Un journaliste. Et merde. Il savait qu'elle poserait des problèmes rien qu'en la regardant.

— Était ?

— Elle a démissionné il y a un peu plus d'une semaine. Il y a eu un gros scandale quand un flic ripou qu'elle a dénoncé a assassiné sa famille puis s'est suicidé. Ça a remué pas mal de merde. Elle a reçu des menaces de mort et quelque chose me dit que les flics locaux ne l'auraient pas protégée.

Donc, c'étaient toutes les forces de l'ordre et non seulement lui qu'elle détestait. Il éprouvait un dégoût réciproque pour les journalistes. Ils étaient donc quittes.

Le Dr Jez Place, le contact de Hunt au CDC, s'approcha de lui, après avoir été aspergé de désinfectant dans une sorte de tente en plastique de décontamination portable qui aurait semblé davantage à sa place en Afrique.

— Je dois y aller, Hernandez, dit Hunt à l'analyste. Merci pour les informations. Ça me sera très utile.

Le microbiologiste avait retiré sa combinaison en plastique et portait une blouse tachée de sueur. L'odeur de Javel dans la brise de l'après-midi fit larmoyer Hunt.

— Nos détecteurs de terrain n'indiquent pas la présence d'anthrax et j'ai effectué un examen préliminaire de la substance blanche. On dirait une sorte de réactif non biologique.

— Pas d'anthrax alors ?

Le soulagement frappa Hunt comme un coup de poing dans l'estomac. Il ne savait même pas à quel point il redoutait cette idée jusque-là.

— Ce n'est que préliminaire, mais non, pas d'anthrax. Nous allons passer la poudre au spectromètre de masse et voir s'il est possible de faire pousser des colonies bactériennes pour confirmer.

— Ça va prendre combien de temps ?

— Ce sera bon d'ici ce soir ou demain matin pour le spectro de masse, quelques jours au plus pour le deuxième point, mais je suis assez confiant. Nous avons fait des prélèvements dans le bureau, la cuisine, la salle de bain. Toute surface plane qui aurait pu servir de laboratoire domestique, mais les capteurs n'ont rien indiqué de suspect. Pour moi, ça ressemble à un usage récréatif de drogues.

Et une énorme perte de temps et de ressources.

La HMRU était arrivée sur place dans l'heure. Ils avaient relevé les empreintes digitales et pris des échantillons d'ADN. Ils avaient également mis sous scellés des téléphones, des ordinateurs et tout ce qu'ils pouvaient examiner pour trouver des traces ou des informations numériques à envoyer au laboratoire. Rien de tout cela n'aurait été nécessaire si un connard n'avait pas essayé de vendre de l'anthrax militarisé à des terroristes.

Hunt tenta de chasser son agacement. Cindy Resnick n'était sûrement qu'une loseuse de plus qui avait mal dosé entre défonce et mort. Et elle était censée être intelligente… Mais le fait qu'elle ait travaillé sur des vaccins contre l'anthrax était trop pertinent pour être ignoré. Le FBI devait garder l'esprit ouvert dans cette enquête tout en faisant croire aux policiers locaux et aux parties intéressées qu'il s'agissait d'une simple opération de routine.

Le visage tourmenté de l'amie de la victime lui traversa l'esprit.

Et merde.

Pourquoi les gens faisaient-ils ça ? Rechercher un état d'euphorie qui se transformait si souvent en mauvaises décisions et en rêves gâchés ?

— C'est ironique que la seule raison pour laquelle nous sommes ici soit le fait qu'il y avait de la poudre blanche sur la table, commenta sèchement Jez Place. Les endospores du *Bacillus anthracis* font environ un micron de diamètre. On peut en faire tenir une centaine sur la largeur d'un cheveu humain.

Hunt grogna.

— Ce n'est pas la seule raison de notre présence.

Jez savait pour l'arme biologique et le fait que tous les chercheurs impliqués dans l'anthrax étaient soumis à l'examen microscopique du FBI. Surtout ceux qui travaillaient aussi sur le développement de vaccins.

Jez frotta une Croc orange sur l'herbe.

— Nous faisons ce qu'il faut en traitant ce site avec prudence. Je sais que c'est sûrement exagéré, mais c'est plus facile à défendre que d'expliquer pourquoi nous n'avons pas pris la menace au sérieux.

Jez fit la moue.

— Il est important de suivre les procédures, même si cela prend du temps et coûte cher.

— Vous la connaissiez ? demanda Hunt.

Jez secoua la tête.

— Je l'ai vue à plusieurs reprises lors de conférences – c'était difficile de la manquer. Grande. Blonde. Follement attirante.

Hunt ne l'avait pas remarqué. Les cadavres n'étaient pas son truc. Il avait remarqué que son amie était sexy. Elle était aussi assez petite. Il était donc surprenant qu'elle ait réussi à tirer la morte aussi loin hors de l'eau – en supposant que les choses se soient déroulées comme le prétendait Mlle Pippa West. En supposant qu'elle n'ait pas eu de complice.

Le FBI ne fonctionnait pas sur des hypothèses infondées.

— Resnick n'a jamais présenté de données scientifiques et je suis un homme marié et heureux, donc je ne lui ai pas prêté beaucoup d'attention. Son superviseur, Trevor Everson, était l'un des meilleurs spécialistes du développement de vaccins il y a une quinzaine d'années.

— Comment est-il ?

Le spécialiste du CDC réfléchit pendant un moment.

— Assez affable. Un peu désabusé par le financement fédéral de la recherche dans ce pays, et par la façon dont les universités économisent de l'argent en embauchant des vacataires plutôt que des professeurs titulaires.

Hunt tendit l'oreille.

— N'ayez pas l'air si étonné. Ce n'est pas un point de vue inhabituel. En fait, ce serait plutôt le contraire. Même moi, je trouve difficile d'embaucher des étudiants de troisième cycle sachant qu'ils pourraient avoir du mal à gagner leur vie s'ils se lancent dans le monde universitaire. Je suppose que nous espérons tous que ça va changer, mais pour l'instant, aucun signe d'amélioration.

Jez secoua la tête, frustré.

— Ensuite, il y a le fait que les organismes de financement demandent que les scientifiques rendent des comptes sur chaque centime dépensé. On ne peut pas leur en vouloir, mais…

— Mais ? demanda Hunt.

— Ça asphyxie la recherche pour la recherche.

Les yeux de l'homme se braquèrent sur lui. Il avait l'air un peu gêné.

— La curiosité naturelle des scientifiques, qui a conduit à tant de découvertes vitales, est entravée par les dollars et les cents.

Il haussa les épaules.

— Peut-être que ça nous permet de rester concentrés.

— Et les laboratoires privés ? Ou l'industrie.

— Oh, il y a des emplois, mais beaucoup de très bons

scientifiques veulent s'attaquer à des questions importantes et cela dépend généralement de l'obtention d'un bon poste universitaire et d'un financement solide.

Une fossette profonde se creusa dans la joue de Jez.

— Les sociétés pharmaceutiques ne se soucient pas de guérir les maladies, elles se soucient des actionnaires et des dividendes en actions.

— Mais elles font toujours des recherches, non ?

Place ne se démonta pas.

— Elles cherchent des médicaments qui leur apporteront des profits pendant des décennies. Il n'y a aucun intérêt à éliminer le problème. Certaines recherches sont financées par des dons, mais je ne comprends pas pourquoi une recherche qui pourrait faire économiser au pays des milliards de dollars en frais de santé doit dépendre de la charité…

L'homme s'interrompit.

— Je vais me taire avant de commencer à parler du fardeau financier des soins de santé par rapport à celui du développement de remèdes pour les maladies courantes.

Hunt haussa les sourcils.

— Je crois que vous venez de le faire.

Jed grimaça.

— Revenons-en à Everson. Il ne fait pas beaucoup de conférences, surtout depuis quelques années. Il publie moins. On dirait qu'il compte les jours jusqu'à la retraite. Cindy Resnick était la dernière étudiante à travailler dans son laboratoire, à ma connaissance.

— Avez-vous vu une copie de sa thèse là-dedans ?

Place secoua la tête.

— Elle est sûrement sur son ordinateur portable et, espérons-le, sauvegardée sur plusieurs serveurs différents. Bien que j'aie entendu parler d'étudiants qui perdent tout et doivent repartir de zéro. Les génies sont parfois négligents.

Un membre de l'équipe du CDC cria quelque chose au microbiologiste.

— On dirait qu'ils sont prêts à rentrer.

Hunt les regarda charger du matériel.

— Qui fera l'autopsie ?

— Sûrement le médecin légiste principal.

— J'aimerais y assister, mais je ne sais pas quand j'en aurai fini ici.

Jez Place savait comment le contacter.

— Nous avons besoin des résultats dès que possible, alors ne m'attendez pas.

Jez hocha la tête et s'éloigna en levant la main. L'équipe du CDC avait laissé la tente de décontamination et quelques équipements pour la HMRU.

Le silence tomba autour de Hunt quand le van disparut enfin.

Il posa ses mains sur ses hanches et regarda la surface plane du lac. Seuls quelques cottages étaient visibles à plusieurs centaines de mètres de là, sur les rives opposées. Aucun hors-bord pour rompre le calme de l'après-midi. Le lac dégageait une atmosphère pensive assortie à son humeur. Seul le souvenir de la morte venait troubler la quiétude.

Il pensa à Pippa West. Son regard déterminé et la saillie de son menton. Il devait lui parler à nouveau au poste de police. Il avait besoin d'autant d'informations que possible pour boucler cette enquête et retourner interroger les autres scientifiques qui travaillaient sur l'anthrax. Cette affaire ressemblait de plus en plus à une overdose accidentelle, ce qui était terrible. Quoi qu'il en soit, pour l'heure, le FBI continuait d'examiner les preuves dans le cadre des directives écrites à la hâte par quelqu'un au CDC concernant les décès des chercheurs travaillent avec des substances de catégorie A.

La nouvelle de l'intérêt du FBI pour la mort de Cindy *pourrait* inciter le producteur d'armes biologiques à agir. Tant que cela permettait de se débarrasser des preuves plutôt que de produire plus d'anthrax, Hunt était d'accord. McKenzie semblait confiant : le SIOC finirait par retrouver le malfaiteur.

Le professeur Trevor Everson assistait à une conférence à Nashville. Il avait été informé de la mort de Cindy et reviendrait à la première heure le lendemain matin.

Hunt fixa le cottage et poussa un soupir de frustration. Il aurait voulu y entrer, mais c'était impossible avant que la HMRU ne termine. C'était la même chose pour la maison d'Atlanta, ce qui semblait stupide alors que le CDC lui avait pratiquement donné le feu vert.

Quelque chose déboula bruyamment le long du chemin vers lui. Le bruit devint de plus en plus fort, jusqu'à ce qu'une grosse voiture apparaisse et pile devant le cottage. Six personnes sortirent du véhicule et l'assaillirent d'une avalanche de questions.

La HMRU était arrivée.

———

PIP FROTTA LA marque de la piqûre sur son bras. Sa peau était chaude au toucher et la chair en dessous la lançait légèrement. Même après cinq heures d'attente, elle fulminait toujours.

Un homicide ?

Sérieusement ?

Ils la considéraient vraiment comme suspecte ? Cela

n'aurait pas dû la surprendre. Elle avait enquêté sur suffisamment d'affaires où la police avait fait le minimum pour clore le tout. Les flics semblaient oublier que leur métier avait pour but d'attraper le *véritable* délinquant, et pas seulement de clore l'affaire. La colère était un point d'ancrage comparé au chagrin qui la laissait à la dérive dans un monde hostile.

Elle s'affala sur la chaise en plastique dur, l'épuisement menaçant de fermer ses paupières en attendant que l'agent Kincaid daigne se montrer. Elle avait fait sa déposition sur les événements de la matinée. Elle avait montré aux policiers l'historique de ses messages échangés avec Cindy, leur permettant d'imprimer leurs échanges et leurs e-mails. Ils avaient demandé la permission de fouiller sa voiture, ce qu'elle avait refusé. À présent, ils la regardaient comme si elle était coupable de quelque chose d'autre que d'avoir perdu la personne qu'elle aimait le plus au monde.

Elle avait des dossiers dans sa voiture et sur son ordinateur qu'elle ne voulait pas que quelqu'un voie. Ses contacts. Ses sources. La dernière chose dont elle avait besoin après tout ce qui s'était passé à Tallahassee était d'exposer ses informateurs, même si certains auraient rétorqué que c'était un peu tard.

Ses crampes d'estomac s'intensifièrent.

La nausée bouillonnait en elle.

Elle n'avait rien mangé hormis un beignet au milieu de la nuit, quand elle s'était sentie faiblir et qu'elle avait eu besoin d'un boost de sucre. Mais l'idée de manger lui donnait des frissons et elle pressa sa main sur sa poitrine pour essayer de se calmer.

Pip prit une gorgée de la bouteille d'eau que les flics lui avaient donnée trois heures plus tôt et lutta pour chasser le souvenir de Cindy étendue morte dans la terre. Elle se força à penser à la Cindy pleine de vie qu'elle avait connue. Souriant dans un bar à un beau gosse qui lui demandait son numéro. Se moquant d'une expérience qui n'avait pas fonctionné comme prévu.

Qu'est-ce qui prenait tant de temps aux flics ?

Théoriquement, elle aurait pu sortir. Elle n'avait pas été inculpée ou arrêtée pour quoi que ce soit, bien que les personnes qui trouvaient le corps soient toujours suspectes.

Un homicide.

Honnêtement, à ce moment-là, elle s'en serait sentie capable.

Mais ils ne lui parleraient pas si elle les énervait et elle voulait être tenue au courant de l'avancée de l'enquête. Elle voulait être informée. Elle voulait qu'ils retournent chaque pierre et qu'ils éclairent chaque recoin.

Sa colère s'apaisa.

Ils devaient l'interroger sur son mobile et son alibi. S'ils l'avaient laissée partir sans rien lui demander, ils auraient été des flics vraiment nuls.

Peut-être qu'ils l'étaient. Elle le découvrirait bientôt.

Cindy ne se serait jamais droguée, mais elle aurait pu trop boire et se baigner toute nue. Alors peut-être qu'il y avait un nouvel homme dans sa vie et que la coke lui appartenait. Ils avaient fait la fête et étaient allés au lac pour piquer une tête.

Cindy avait-elle eu conscience de ce qui se passait ? Ou bien s'était-elle endormie et avait-elle sombré sous la surface ? Le gars avait-il paniqué et s'était-il enfui ?

Pip enfonça ses ongles dans ses paumes.

Après avoir passé sa vie à éviter les drogues récréatives, Cindy aurait été furieuse que les gens la qualifient de junkie. Pip lui devait de découvrir la vérité, même si la police n'y parvenait pas. Après une autre gorgée d'eau, elle se leva et actionna la poignée de la porte. Peut-être qu'ils l'avaient oubliée.

Elle sortit la tête et se heurta à la poitrine de l'agent Kincaid. *Aoutch.* Elle recula en se frottant le front.

Il haussa les sourcils avec un sourire qui sembla les surprendre tous les deux.

— Vous cherchez la sortie de secours ?

Son visage passa sur la défensive alors qu'il lui tendait un gobelet de café en carton qu'il avait posé en équilibre sur un autre.

Elle le prit à contrecœur. La caféine pourrait lui permettre de tenir le reste de la journée. Elle doutait que ça l'empêche de dormir le soir venu.

Il la suivit à l'intérieur, s'assit à la table boulonnée au sol et commença à feuilleter un tas de papiers.

Il avait de grandes mains, qui semblaient compétentes.

Le cœur de Pip se serra dans sa cage thoracique en imaginant le rire guttural de Cindy devant cette observation. Pip croisa les bras sur sa poitrine, sachant qu'elle dégageait un langage corporel négatif, mais peu lui importait. Il pensait déjà qu'elle était capable de tuer sa meilleure amie.

— Vous avez fait une déposition au poste.

Kincaid montra la liasse de papiers.

Était-ce une question ?

— Vous avez refusé qu'ils examinent votre véhicule ?

Elle serra les dents.

— S'ils veulent vérifier le moteur, ils risquent de s'assommer.

Les lèvres de l'agent se recourbèrent. Elle détestait le fait qu'elle aimait son visage.

Elle prit le gobelet de café. Elle aurait aimé que ses mains ne tremblent pas quand elle le porta à ses lèvres.

— À quelle heure êtes-vous arrivée à la propriété de Resnick ?

Il regarda ses notes à nouveau, mais il jouait la comédie. Il n'avait pas oublié. Il s'assurait que son histoire tenait la route.

Elle était soudain si fatiguée qu'elle regrettait de ne pas s'être allongée par terre pour faire une sieste plus tôt. Ils lui auraient sûrement offert une cellule si elle en avait demandé une. Elle eut un sourire dénué d'humour.

— Ai-je besoin d'un avocat ?

— Je ne sais pas, qu'en pensez-vous ?

Il étendit ses longues jambes sous la table. Elle s'assura de ne pas le frôler accidentellement.

Elle avait passé assez de temps plongée dans des affaires judiciaires pour savoir qu'elle avait sûrement besoin d'un avocat, mais qu'elle ne pouvait pas s'en payer un bon et elle ne voulait pas d'une personne inexpérimentée désignée par le tribunal.

Son cerveau aurait voulu réaffirmer ses droits en tant que citoyenne, mais son corps était épuisé.

— Je n'ai rien à voir avec la mort de Cindy, mais je suis contente que vous enquêtiez correctement. Ne déconnez pas.

— Je suis censé vous croire sur parole ? Vous admettez vous être disputée avec la victime, vous avez une condamnation pour possession de drogue – ses yeux ne furent plus que deux fentes meurtrières – et on vous a trouvée penchée sur le corps.

— J'essayais de la réanimer. C'est moi qui ai appelé les secours !

L'émotion menaçait de la submerger, mais elle la repoussa.

Ses yeux bleus fascinants avec leurs fines bandes dorées la regardaient fixement. Des sourcils droits et des cils brun foncé les encadraient joliment. Une mâchoire maigre et un menton à l'air têtu soulignaient un nez peut-être un peu trop étroit. Il était beau et attirant, ou il l'aurait été si sa meilleure amie ne venait pas de mourir et s'il ne l'avait pas accusée d'y être pour quelque chose.

Il haussa les sourcils.

— Je trouve un peu surprenant que vous sembliez vouloir entraver l'enquête.

Un rire épuisé lui échappa.

— Entraver ? Je n'entrave rien. J'essaie d'aider. Il n'y a pas moyen que Cindy ait fait une overdose. Je vous le dis depuis le début. Pas sans aide, en tout cas, et pas *mon* aide.

Elle soutint son regard de flic impassible.

Il n'avait pas l'air convaincu. Maintenant, elle avait vraiment envie de le tuer.

— Alors, pourquoi ne pas nous laisser regarder dans votre voiture ?

Elle leva le menton.

— Vous savez quel est mon métier, n'est-ce pas ? Le FBI est sûrement assez intelligent pour avoir compris ça, à l'heure qu'il est ?

Bien sûr qu'il le savait. C'était pour ça qu'elle était là en sueur et qu'ils voulaient fouiller sa voiture. Ils voulaient rendre sa vie aussi misérable que possible, qu'elle soit coupable ou non.

Trop tard. Elle était déjà au trente-sixième dessous.

— Vous êtes journaliste.

Une pointe de dérision transparut dans sa voix soigneusement contrôlée.

— Je l'étais. J'ai démissionné.

Elle ne savait pas si elle retravaillerait un jour comme journaliste.

— Pourquoi ça ?

— J'ai fait une erreur.

Elle cligna des yeux et se balança légèrement sur son siège. Elle commençait à se sentir faible, sûrement à cause du manque de nourriture.

— Dites-moi ce qui s'est passé, répéta-t-il.

Il croisa les bras devant lui. La patience incarnée.

Ça n'aurait pas dû lui taper autant sur les nerfs.

— Le fait que j'ai quitté le journal n'a rien à voir avec la mort de Cindy.

— Cela me donne un aperçu de votre état d'esprit, dit-il.

— C'est hors sujet.

— Rien n'est hors sujet dans une enquête sur une mort suspecte.

Elle serra les dents.

— C'est hors sujet.

— Dites-le-moi quand même.

Son ton était si condescendant.

— Allez vous faire voir.

Elle emmêla ses mains et les serra si fort que ses doigts devinrent rouges au bout.

Il se pencha en avant.

— Qu'est-ce que vous ne voulez pas qu'on voie dans votre voiture, Pippa ?

— Pip, corrigea-t-elle automatiquement, comme si c'était important.

Elle se rongea l'ongle du pouce. L'idée que les flics pensent qu'elle pourrait être impliquée dans la mort de Cindy était insensée, mais elle ne pouvait pas avoir le beurre et l'argent du beurre. Si elle voulait qu'ils enquêtent, elle devait accepter qu'ils enquêtent sur tout.

— Très bien. Vous pouvez regarder ma voiture, céda-t-elle. Et toutes mes affaires. Mais vous ne pouvez lire aucun des dossiers papier ou accéder à mes appareils électroniques.

— D'accord.

— *Et* je peux observer.

Il fronça les sourcils.

— Ce n'est pas la procédure standard.

— Je m'en fiche. Vous voulez faire ça rapidement et sans mandat, alors je peux observer. Si vous refusez, je veux un bon avocat et que vous ne touchiez pas à mes affaires jusqu'à ce qu'un juge l'approuve.

Il l'observa avec lenteur et minutie. Elle était mal à l'aise à l'idée de ressembler à un rat noyé qu'on aurait traîné en enfer.

Elle passa sa langue sur ses dents et haussa un sourcil comme lui.

— J'ai mieux à faire que de rester assise ici pour toujours. Je suppose que vous êtes dans la même situation.

— Très bien.

Il prit une gorgée de café.

— Vous pourrez observer.

— Et je veux que ce soit *vous* qui dirigiez les recherches. Personne d'autre.

— Vous plaisantez ?

À présent, il avait l'air énervé, ce qui était très satisfaisant.

— Comme vous l'avez souligné, j'ai mieux à faire.

Rien n'était plus important que de découvrir ce qui était arrivé à Cindy.

— Je ne fais pas confiance aux flics locaux, admit-elle.

— Pourquoi ?

— Parce qu'il y a deux semaines, un vétéran de la police s'est suicidé plutôt que de faire face aux allégations de corruption que j'avais découvertes.

L'agent Kincaid hocha lentement la tête, confirmant qu'il savait pourquoi elle avait quitté Tallahassee.

Il y avait quelque chose qu'il ne savait peut-être pas.

— Mais pas avant qu'il ait compris que mon informatrice était sa femme. Il a tiré sur elle et sur chacun de leurs trois enfants avant de retourner l'arme contre lui. Je ne veux pas exposer mes autres contacts au même genre de danger.

Pour seule réponse, ses pupilles s'écarquillèrent de manière imperceptible.

Personne, pas même son rédacteur en chef, n'avait su qui était sa source jusqu'au désastre. D'une manière ou d'une autre, l'inspecteur Frank Booker avait compris.

L'inspecteur en disgrâce avait été aperçu passant devant l'appartement de Pip à l'aube, le matin où il s'était suicidé et avait tué sa famille. Si elle avait été chez elle plutôt qu'endormie au bureau, elle aurait sûrement compté au nombre des victimes.

Au moins mon travail ne fait pas mourir des gens…

Comment une histoire avait-elle pu faire couler autant de sang ? La vérité avait-elle vraiment autant d'importance ? Son cerveau lui disait que oui, mais son cœur n'en était plus aussi sûr. Sa tête se mit à tourner et elle appuya son bras sur la table pour s'empêcher de tomber la tête la première.

— Mlle West ? Pip ? Tout va bien ?

Le Fédéral était derrière elle, sa paume pressée doucement contre son dos. Elle était consciente de la chaleur de ses doigts. De l'odeur de son corps.

Elle prit une longue et profonde inspiration, et reprit ses esprits. Cette journée avait duré une éternité et elle voulait qu'elle prenne fin.

— Finissons-en avec ça.

CHAPITRE CINQ

HUNT OUVRIT LA voie à travers le poste de police, affrontant les regards hostiles et les mauvaises ondes de flics énervés dirigés contre la femme derrière lui.

Les flics n'aimaient vraiment pas les journalistes, surtout ceux qui étaient spécialisés dans la corruption policière. Il avait laissé la HMRU collecter des preuves et ils avaient promis de remballer la tente de décontamination et de la déposer au CDC quand ils auraient fini. Le cottage resterait une scène de crime inaccessible jusqu'à ce que l'on sache avec certitude si Cindy Resnick avait vendu illégalement de l'anthrax ou non.

Il regarda par-dessus son épaule pour s'assurer qu'il n'avait pas perdu Pip West. Sa peau était si pâteuse qu'on aurait dit qu'elle allait s'évanouir et seule une détermination sinistre lui permettait de tenir debout. Il dut réfréner l'envie de lui offrir son soutien.

Mais peut-être qu'elle le manipulait comme elle l'avait fait avec l'adjoint qui l'avait surveillée plus tôt. Elle était attirante et elle devait le savoir. Ce petit contact dont il avait été témoin, sa main sur celle de l'adjoint. Elle avait attiré l'attention sur elle alors que le type n'avait pas répondu à sa question de manière satisfaisante.

Peut-être était-il blasé.

Il n'y avait en réalité pas de doute là-dessus, mais il n'avait pas l'intention de se laisser prendre au jeu de la créature fragile.

Mais quelqu'un *aurait dû* rester avec elle, surtout depuis qu'elle avait été vaccinée. Mais c'était un petit poste de police, et l'inspecteur Howell et beaucoup d'autres officiers démarchaient les personnes qui vivaient près du lac, à la demande de Hunt. Les flics locaux n'avaient tout simplement pas les effectifs nécessaires pour surveiller une journaliste et ils n'en voulaient certainement pas une au poste.

Une journaliste.

L'ASAC McKenzie avait pété les plombs quand Hunt l'avait découvert et le lui avait dit. Hunt avait assuré à l'ASAC qu'il pourrait la gérer. Il avait intérêt à y arriver.

Dès que la nouvelle de son lien avec l'enquête sur la corruption de la police à Tallahassee était tombée, l'attitude des policiers avait changé à son égard. Elle s'était durcie.

Hunt comprenait.

À Los Angeles, il avait parlé à une journaliste qu'il considérait comme une amie, de manière strictement confidentielle. Elle l'avait questionné sur la rumeur selon laquelle UC Irvine pourrait avoir un violeur en série sur son campus. La journaliste avait publié l'histoire et cité une source non identifiée du FBI, et leur principal suspect avait pris l'avion le jour même pour rentrer chez ses parents blindés en Suisse.

Hunt avait avoué son implication involontaire à son SAC et avait reçu un blâme pour la peine. La journaliste l'avait rappelée quelques mois plus tard. Elle avait pensé que c'était trivial et drôle, et s'était agacée qu'il ne lui parle plus. Mais il n'était pas seulement énervé, il était aussi furieux qu'une bombe atomique. À cause d'elle, un violeur s'était échappé. Toutes ces victimes n'avaient pas pu tourner la page. Pas de justice.

Il n'aimait donc pas les journalistes – même pas quand elles remplissaient un jean moulant et un t-shirt ajusté comme dans un rêve érotique. Pas quand les enjeux étaient aussi élevés.

Les flics avaient remorqué la voiture de Pip West dans l'enceinte clôturée à l'arrière du poste. Quelqu'un avait installé des projecteurs. Hunt retourna à l'intérieur et prit une chaise qu'il plaça de manière à ce que Mlle West puisse observer sans se mettre en travers du chemin. Plus vite ils en auraient fini avec ça, plus vite chacun pourrait rentrer chez soi.

Elle s'assit avec précaution sur le siège, vacillant légèrement.

Il fronça les sourcils.

— À quand remonte la dernière fois que vous avez mangé ?

Elle le fixa, muette, ses grands yeux remplis d'un mélange de chagrin et de défi.

Il retourna à l'intérieur et prit une canette de soda et un wrap salade/fromage qu'il avait acheté en passant en ville plus tôt, mais qu'il n'avait pas encore eu le temps de manger. Son estomac grogna en signe de protestation, mais la dernière chose dont il avait besoin était qu'elle s'effondre sous sa garde.

— Tenez.

Il le lui tendit.

— Mangez.

Elle grommela un merci et commença à grignoter lentement le wrap.

Il hocha la tête avec satisfaction. Si elle disait la vérité, elle avait passé une journée absolument horrible et il ne voulait pas qu'elle s'évanouisse en plus. Si elle mentait, ils le découvriraient. Pas besoin d'être un connard.

Une équipe K9 devait arriver d'une minute à l'autre et un autre officier filmait le tout selon les instructions de Hunt. Le photographe de la scène du crime était également sur place pour documenter les recherches si quelque chose faisait surface. Hunt ne comptait pas être accusé de manquement à la déontologie ou d'avoir fait une erreur s'il trouvait une fiole pleine d'anthrax militarisé cachée quelque part dans ce véhicule.

Sauf qu'il ne voyait pas comment une journaliste de Tallahassee pouvait être impliquée dans la vente d'une arme biologique à des terroristes internationaux, surtout quand elle était si désireuse de dénoncer la corruption de la police. Mais qu'en savait-il ?

Un van s'arrêta et le maître-chien du K9 en sortit. Hunt enfila une combinaison Tyvek, un masque et des gants en latex pendant que le chien renifleur passait le véhicule au crible sans réagir. Il y avait des moyens de masquer les odeurs pour les chiens.

Si Pip West avait donné de la coke à sa meilleure amie pour faire la fête et l'avait accidentellement tuée, l'affaire aurait été classée et il aurait pu retourner à son vrai travail.

Il jeta un coup d'œil à la femme.

Ses yeux meurtris lui indiquaient qu'elle pensait savoir exactement ce qu'il cherchait et qu'elle lui en voulait énormément pour ça. Mais elle avait insisté pour que la mort de Cindy fasse l'objet d'une enquête et il comptait donc faire son travail.

Rien à voir avec le fait d'être un pauvre type.

Il vit le même adjoint que plus tôt sortir et se pencher pour murmurer quelque chose à l'oreille de Pip avant de poser sa main sur son épaule et de la serrer légèrement.

Hunt se détourna.

Faire le job. L'arrêter ou la renvoyer chez elle.

Le photographe étala une grande bâche bleue sur le sol pour protéger les affaires de Pip de la saleté.

Hunt commença par les plantes. Il savait à quoi ressemblait le cannabis, mais à part ça, il n'avait pas de connaissances en matière de drogues. Son beau-père l'aurait su. Il canalisait son chagrin dans son jardin, au point que la mère de Hunt l'appelait désormais « l'autre femme de sa vie ».

Hunt s'efforça de ne pas penser à ses parents. En se déconcentrant, il risquait de manquer quelque chose.

— Des aiguilles ? Des objets pointus ? demanda-t-il à voix haute.

L'expression de Pip West était narquoise, mais elle répondit clairement pour la vidéo.

— Des petits ciseaux et une lime à ongles dans ma trousse de toilette. Les couteaux de cuisine et les grands ciseaux sont dans un Tupperware dans un des cartons de la cuisine.

Il commença par le siège avant. Des gobelets de café en carton et un sac de nourriture à emporter en papier marron, sûrement achetés durant son voyage, se trouvaient dans l'espace pour les pieds du côté passager. Son estomac grogna à nouveau et il la regarda. Elle avait fini son wrap au fromage et son horrible pâleur s'était partiellement dissipée. Le chagrin marquait encore ses traits et une légère brise aurait pu la faire tomber de sa chaise.

Mais la détermination dans sa mâchoire suggérait qu'elle se remettrait rapidement en selle.

Il sortit un carton de livres et les feuilleta rapidement et efficacement. Des tas et des tas de livres. Une petite télé, un ordinateur, des casseroles et des poêles. Un couvre-lit. Il était d'un cramoisi profond et l'image d'elle allongée dessus, ne portant rien d'autre qu'un sourire séduisant, lui traversa l'esprit.

Manifestement, le manque de nourriture le faisait délirer.

Elle était suspecte, à la fois dans la mort de son amie et dans l'affaire de bioterrorisme. Mais il était peu probable qu'elle ait quelque chose à se reprocher. Elle n'était pas obligée d'appeler les secours ce matin-là, en panique. Elle aurait pu partir. Une terroriste l'aurait sûrement fait.

Elle avait fourni ses reçus des deux supérettes où elle s'était arrêtée sur le chemin de la Floride et Hunt avait demandé à des policiers locaux de se rendre dans les stations-service pour trouver des images de surveillance horodatées afin de vérifier où elle se trouvait lorsque son amie était morte.

Tout dépendait de l'heure de la mort établie par le légiste. En attendant, Hunt ne pouvait pas se permettre de lui accorder le bénéfice du doute. Quelqu'un, quelque part, fabriquait de l'anthrax pour le vendre à des types qui cherchaient à tuer sans discernement autant d'innocents que possible.

Il sortit une cafetière et un assortiment de tasses. L'une d'elles arborait une photo souriante de Pip West et de Cindy Resnick dans un célèbre parc à thème. Il écarta une nouvelle pile de livres. Il avait jeté un coup d'œil à leurs échanges de messages et n'avait besoin d'aucune autre preuve que Pip West et Cindy Resnick avaient été de bonnes amies.

Mais elles s'étaient disputées.

Ou l'overdose aurait pu être accidentelle. Elle avait voulu célébrer la fin de sa thèse et avait fait trop d'excès.

Des chaussures, beaucoup de chaussures, étaient éparpillées sur le sol à l'arrière de la voiture. Il les sortit, une à une.

Des talons aiguilles et sandales scintillantes. Il demanda au maître-chien de venir et de faire passer le chien à nouveau à l'intérieur pendant qu'il s'occupait du coffre. Il souleva une valise et l'ouvrit sur la bâche.

Il secoua chaque vêtement et les plaça dans un sac en plastique noir pour qu'ils ne se salissent pas.

Il pouvait sentir son propre visage s'échauffer, et une expression d'horreur outrée se dessina sur les traits de Pip West. Il n'était pas timoré, mais les femmes étaient normalement amoureuses ou mortes au moment où il manipulait leur lingerie.

Il attrapa la deuxième énorme valise. Davantage de vêtements. Sur le côté, il y avait plusieurs trousses à maquillage. Il n'avait aucune idée de la raison pour laquelle les femmes mettaient autant de saloperies sur leur visage, surtout quand elles étaient déjà canon. Il était reconnaissant de pouvoir se doucher, se raser et se brosser les dents et de se considérer prêt pour la journée.

Même s'il devait porter une cravate.

Une autre bonne raison de consacrer tout ce qu'il avait à sa quête pour rejoindre l'équipe de libération d'otages.

Il fouilla les cartons rapidement, efficacement. Aucun signe évident de drogue ou de matériel pour se droguer. Pas de foutu anthrax.

Enfin, il sortit un ours en peluche rose qu'il examina attentivement avant de le lancer à Pip.

Elle l'attrapa avec adresse.

— C'est Cindy qui me l'a offert, dit-elle doucement, en caressant sa fourrure rose. Elle l'a acheté dans un musée de l'ours en peluche en Angleterre lorsqu'elle y est allée il y a quelques années avec sa mère et son père.

Elle le serra dans ses bras et sembla sur le point de pleurer à nouveau.

Il ne dit rien et se sentit bête, mais que *pouvait-il* dire ? Désolé ? À quoi cela servirait-il ?

Il retourna vérifier la roue de secours et le cric. L'unité cynophile fit un autre tour de la voiture, mais ne trouva rien à redire.

Hunt s'éloigna de la Honda et commença à enlever son équipement de protection, fatigué et inexplicablement soulagé.

— Vous pouvez y aller, Mlle West.

Elle hocha la tête, le visage impassible, et fixa le désordre qu'il avait laissé avant de se lever lentement.

Bon sang.

Il commença à remettre ses vêtements dans les cartons, mais elle s'accroupit à côté de lui et l'écarta avec le bout pointu de son coude.

— Je m'en charge, insista-t-elle.

À la place, il remit les cartons dans la voiture pendant qu'elle s'occupait de ses vêtements. Quand il eut fini de ranger ses affaires, il releva le capot. Il se dirigea vers sa Bucar et prit du liquide de refroidissement dans le coffre, remplit le radiateur, vérifia l'huile et se mit au volant pour démarrer le moteur. Il faillit se castrer avec le volant, mais ne régla pas le siège. Il fallut deux essais avant que le moteur ne démarre. Il resta fixer la jauge de température pendant une minute ou deux, mais le témoin lumineux ne s'alluma pas.

— À votre place, je ne m'éloignerais pas trop avant qu'un mécanicien vérifie le moteur.

— Merci.

Son ton était poli, mais amer. Elle ferma les valises d'un coup sec.

Il les attrapa avant qu'elle n'insiste pour le faire elle-même et les glissa dans le coffre.

— La prochaine fois, vérifiez vos niveaux de liquide avant de prendre la route. Vous avez de la chance que votre moteur n'ait pas lâché.

— Oui, papa.

Elle éclata de rire, mais ses yeux restaient tristes. Des cercles sombres soulignaient son épuisement.

Il s'éclaircit la gorge.

— Où pourrai-je vous joindre si j'ai d'autres questions ?

— Sur mon portable. Je suis sûre que vous avez le numéro.

Elle s'installa sur le siège, puis écarta ses cheveux de son visage, les ramenant en arrière. Hunt ne put s'empêcher de remarquer que ses mains tremblaient légèrement.

Devrait-il lui appeler un taxi plutôt que de la laisser conduire ?

— Ce serait une bonne idée que vous restiez dans le coin…

— Je ne peux pas quitter la ville ?

Ses lèvres s'ouvrirent sous l'effet de la surprise, puis elle abandonna.

— Je suis trop fatiguée pour conduire ce soir ou me disputer avec vous à ce sujet. Je vais trouver un motel.

L'onyx de ses yeux semblait hanté et le rose clair de ses lèvres était vif en comparaison de la pâleur de sa peau.

Il sortit une carte de visite, se forçant à ne pas penser au fait que si elle était innocente, elle avait eu une de ces journées qui restent gravées dans la mémoire comme l'un des pires moments de votre vie.

— J'aurai sûrement d'autres questions demain. Appelez-moi si vous pensez à quelque chose qui pourrait être pertinent.

Hunt s'éclaircit la gorge.

— Espérons que le médecin légiste pourra nous éclairer sur l'heure du décès de votre amie. Nous aurons des informations grâce aux reçus d'essence que vous avez fournis. Tant que vous avez dit la vérité, tout devrait bien se passer.

Les larmes brillaient comme des diamants à la pointe de ses cils.

— Ma meilleure amie est morte, agent Kincaid. Rien n'ira plus jamais bien.

Ils soutinrent le regard de l'autre, même si la douleur dans le sien le mettait mal à l'aise. Il ferma sa portière et elle s'éloigna.

Après quelques secondes, il monta dans sa propre voiture et la suivit, inquiet qu'elle s'endorme au volant ou que le tas de ferraille qu'elle conduisait tombe en panne et la laisse vulnérable sur le bord de la route.

Elle s'arrêta au premier motel qu'elle trouva. Il se gara devant un magasin de l'autre côté de la rue et la regarda traîner une valise, puis son ordinateur et sa télévision dans la chambre de motel minable.

Il se dit qu'il la surveillait au cas où des types louches sortiraient de nulle part ou si Pip West décidait de filer. Il utilisa ce temps pour informer son SAC et les agents à Washington. Personne ne vint. Au bout d'une heure, la lumière de Pip West s'éteignit, il redémarra et repartit vers le poste de police.

Pour Washington, cette affaire relevait du FBI jusqu'à ce qu'il sache si la mort de Cindy Resnick avait un rapport avec la vente illégale d'anthrax. Ce qui signifiait malheureusement que Pip West était son problème.

PIP DORMIT D'UN sommeil sans rêves, jusqu'à ce qu'elle se réveille et découvre qu'elle était toujours dans un cauchemar. Elle avait déposé sa voiture au garage du coin pour une révision. Elle se trouvait à présent dans un restaurant local, se forçant à manger.

Répétant mécaniquement les mêmes gestes.

Le restaurant était bondé, bruyant. Avec des panneaux en bois. Des rideaux en vichy bleu et blanc. Un soleil si brillant qu'il lui faisait mal aux yeux.

À huit heures du matin, l'agent Kincaid se glissa dans son box au moment où elle repoussait ce qui restait de son petit-déjeuner. Il portait le même costume, avec une nouvelle chemise blanche et une cravate à rayures bleues. Ses courts cheveux couleur sable étaient ébouriffés en un résultat que certains hommes passaient des heures à essayer d'obtenir. Sa coupe à lui avait l'air d'être due au stress.

— Mlle West.

Il inclina la tête, puis leva la main vers la serveuse qui arriva avec une cafetière et un sourire bien plus grand que celui qu'elle avait arboré lorsqu'elle avait servi à Pip son bacon, ses saucisses et ses œufs. Il désigna l'assiette de Pip.

— Je vais prendre la même chose.

La serveuse partit en roulant des fesses, et Pip leva les yeux au ciel.

— Vous avez des nouvelles ? Le médecin légiste a-t-il terminé l'… ?

Elle n'arrivait pas à faire sortir le mot autopsie de sa bouche. C'était trop sanglant, trop froid, trop définitif.

Elle se surprit à lever le menton pour répondre au défi de

ses yeux.

— Je viens de recevoir le rapport préliminaire. Votre amie s'est noyée, mais il y avait assez d'alcool et de cocaïne dans son système pour assommer un éléphant. Si elle ne s'était pas noyée, le fentanyl mélangé à la coke l'aurait sûrement tuée.

Pip tressaillit.

Les flics avaient raison…

Non.

C'était impossible.

Pip se fichait de ce que disait le rapport. Cindy n'aurait jamais pris de drogues. Elle était microbiologiste avec une spécialisation en biochimie. Elle comprenait trop bien les risques pour sniffer quelque chose qu'elle aurait acheté dans la rue à un inconnu.

L'agent Kincaid s'approcha et vola un morceau de pain grillé dans son assiette. Elle s'en fichait. Elle n'avait pas faim.

— Avez-vous trouvé plus de cocaïne dans le cottage ? demanda-t-elle.

Il mordit dans le toast et le mâcha lentement.

— Vous savez que je ne peux pas révéler les détails d'une enquête.

Elle serra les dents.

— Mais ça vous va de me soutirer des informations.

— Je suis un agent du FBI. C'est mon métier.

Son regard direct la déconcerta.

— Vous voulez que je découvre ce qui est arrivé à votre amie ? C'est comme ça que ça marche.

Elle détourna les yeux. Bien sûr qu'elle voulait savoir ce qui était arrivé à Cindy. Mais elle n'avait pas une grande foi dans les forces de l'ordre.

— Une idée d'où elle aurait pu obtenir la drogue ?

Il l'observa attentivement, cherchant sans doute des signes de duplicité.

— C'est ce que j'ai essayé de vous dire.

Elle était tellement exaspérée. Pourquoi ne la croyait-il pas ?

— Elle détestait les drogues. Je ne l'ai jamais vue se droguer, pas même à l'université quand tout le monde le faisait.

— Y compris vous ?

Elle le fixa en essayant de chasser son ressentiment. Il ne la connaissait pas. Il savait juste qu'elle avait plaidé coupable pour possession de drogue quand elle était trop jeune et trop vulnérable pour dire la vérité. Son scepticisme renforça sa détermination à être prise au sérieux. Cindy ne pouvait plus s'exprimer. Pip serait sa voix.

— J'ai grandi dans une famille d'accueil, agent Kincaid. Quand j'avais 16 ans, je suis sortie avec un gars plus âgé de quelques années et je pensais que c'était cool. J'ai même essayé quelques trucs parce que j'étais jeune, malheureuse et stupide. Mais je n'aimais pas la drogue, ni les cigarettes, ni l'alcool d'ailleurs. Jusqu'à ce jour où les flics l'ont arrêté, je ne savais pas que le crétin avec qui j'étais était en probation. Il a mis ces sachets dans la poche de ma veste en jean et m'a suppliée de ne rien dire.

Il s'était servi d'elle. L'avait laissée porter le chapeau. Elle n'avait pas refait cette erreur.

— Quand j'ai commencé l'université, j'étais une étudiante boursière et je n'avais pas de solution de repli si je me plantais. Donc, je n'ai jamais pris de drogue. J'ai assisté à tous les cours et fait tous les devoirs. J'ai travaillé dur. Cindy aussi.

Sa gorge était de plus en plus nouée. L'air restait coincé dans sa poitrine et elle ne pouvait pas avaler. Tout le travail de

Cindy n'avait servi à rien. Toutes ces heures passées à étudier, à préparer ses examens, des expériences en laboratoire et des rapports. Inutiles. Ses voies respiratoires semblaient obstruées, sa respiration commençait à être sifflante dans sa poitrine. *Oh, mon Dieu…*

— Tout va bien. Vous allez bien. Respirez.

La main beaucoup plus grande de Kincaid se referma sur son poing posé sur la table. Ses yeux se dirigèrent désespérément vers les siens et il la serra, juste assez fermement pour l'ancrer dans l'ici et maintenant.

— Respirez profondément, mais lentement. Plus lentement.

Il avait sûrement peur qu'elle s'évanouisse ou qu'elle ait une crise de panique. Cela ne lui était pas arrivé depuis des années, mais son esprit était dépassé et ses émotions en court-circuit.

Elle fit un effort pour se débarrasser du chagrin qui menaçait de la submerger. Elle se concentra sur les muscles de sa cage thoracique, luttant contre le besoin destructeur d'hyperventilation. Elle prit une bouffée d'air et la retint.

Sa peau à lui semblait plus claire que la sienne, bronzée. Elle se concentra sur la sensation de force dans ses longs doigts fins. Elle prit une autre bouffée d'oxygène et la retint, essayant de lutter contre son réflexe.

Cindy l'avait aidée à survivre à l'université. Elle lui avait appris à courir, à étudier, elle lui avait enseigné que la seule chose qui comptait vraiment était l'intégrité et que personne ne pouvait vous l'enlever.

Sauf que quelqu'un essayait de voler l'intégrité de Cindy.

Pip inspira à nouveau profondément et son rythme cardiaque commença à se calmer. Sa poitrine se desserra quelque peu à mesure que la panique s'estompait.

La poigne ferme de l'agent Kincaid était chaude et rassurante. Elle leva les yeux et croisa son regard. Pour la première fois depuis qu'ils s'étaient rencontrés, il ne la regardait pas comme si elle était suspecte. Soit il savait quelque chose qu'il ne lui disait pas, soit elle était plus pitoyable qu'elle ne l'avait cru.

Au bout d'une minute, il retira sa main et elle détourna le regard.

— Désolée.

Elle laissa échapper un souffle lent et régulier qui lui indiqua qu'elle avait repris le contrôle de son corps.

— C'est juste difficile de croire qu'elle est vraiment partie.

Elle déglutit.

— Quand le médecin légiste rendra-t-il le corps ?

La nuit précédente, elle avait fait quelques recherches et était presque sûre d'avoir trouvé l'avocat de Cindy – en supposant qu'elle ait fait appel au même que ses parents. Elle lui demanderait le nom de l'exécuteur testamentaire de Cindy, car elle devait aider à organiser les funérailles.

— Cela va prendre quelques jours.

Sa réponse vague l'énerva.

— La perte de sa famille a dû sérieusement toucher Cindy.

Pff. Ah bon ?

— Cela aurait-il pu la faire dérailler ?

Pip se hérissa.

— La perte de sa famille lui a fait un sacré coup, mais ça remonte à près de dix-huit mois. On a fêté tous les anniversaires qui se faufilent sans que vous vous en rendiez compte et qui vous frappent dans le plexus solaire comme un coup de poing d'un ex douteux…

— Un ex douteux ?

Ses yeux étaient brûlants.

— Comme je l'ai dit, j'ai grandi dans une famille d'accueil et je n'ai pas toujours fait les bons choix.

Elle pinça les lèvres.

— Cindy souffrait, mais elle parvenait à faire face. Elle n'était pas suicidaire.

Son ton était tranchant.

— J'essaie de me faire une idée de sa personnalité et de son état d'esprit.

L'homme patient qui lui avait tenu la main avait disparu. L'agent fédéral était de retour.

— Donc vous pouvez justifier le fait qu'elle ait fait quelque chose qui ne lui ressemblait pas ?

— Drogue ou suicide ? demanda-t-il.

— Les deux, lâcha-t-elle.

Il baissa le menton, cherchant clairement un autre angle d'attaque.

— Vous avez dit que vous vous étiez disputées. C'était à quel sujet ?

Elle laissa échapper un soupir résigné.

— Les choix de vie.

— Comment ça ?

Tu travailles trop dur. Tu ne manges pas correctement. Tu sors avec des gars que tu connais à peine.

— Rien d'important.

Elle tripota sa serviette.

— Quelque chose qui la perturbait aurait-il pu vous échapper ?

Sa voix avait changé, comme s'il pensait qu'elle mentait.

Tu ne sais pas tout…

Que pouvait bien ignorer Pip ? Qu'avait-elle manqué en étant si absorbée par sa propre recherche de la vérité ?

— C'est possible.

Elle expira, et la culpabilité monta d'un cran. Toutes deux avaient été bien occupées. Elle s'était retrouvée empêtrée dans une affaire qui aurait dû lancer sa carrière. Au lieu de cela, des innocents étaient morts. Elle n'avait même pas dit à Cindy qu'elle avait démissionné.

Kincaid se pencha en arrière lorsque la serveuse lui apporta son repas et son café. Il sourit et Pip se retrouva prise au dépourvu. Il était vraiment très beau.

La serveuse partit avec un clin d'œil aguicheur que Kincaid ne sembla pas remarquer. Les femmes devaient se jeter sur lui toute la journée.

— Elle avait donc fini sa thèse ? demanda-t-il en remuant son café.

— Avant-hier. Vers 18 heures, elle m'a envoyé un message pour me dire qu'elle avait terminé. Elle avait prévu de la soumettre lundi matin. C'est pour ça que je voulais arriver tôt au cottage avant qu'elle ne parte pour la ville.

Pip vida la dernière goutte de sa boisson. Tous ces efforts en vain.

Cela remettait les choses en perspective. Bien sûr, dans une démocratie, la vérité comptait, mais à quel prix ?

L'agent du FBI engloutissait son assiette comme s'il n'avait pas mangé depuis des jours. Pip se souvint du wrap au fromage qu'il lui avait offert la veille.

Elle ne pouvait pas laisser un infime acte de gentillesse la détourner de son objectif.

— Vous pensez qu'elle s'est défoncée parce qu'elle a fini sa thèse.

— Depuis combien de temps travaillait-elle dessus ?

— Quatre ans. Elle avait obtenu son master en deux ans.

— Ça me semble être une raison de faire la fête.

— Sauf que ça aurait été complètement hors de propos de sniffer de la coke.

— C'est vous qui le dites.

Ses yeux bleus se plantèrent dans les siens.

— C'est moi qui le dis, concéda-t-elle.

Il avait raison. Il ne pouvait pas savoir à quel point sa description de la vie de Cindy était pertinente.

— Mais imaginons que vous avez raison et que Cindy a décidé de fêter ça. Où a-t-elle trouvé la drogue pour cette fête improvisée ? Parce que *je* sais que ça ne vient pas de moi.

— Elle avait du champagne, fit-il remarquer.

— Elle avait toujours du champagne.

— Peut-être qu'un nouveau petit ami que vous ne connaissiez pas lui a fourni de la drogue ?

Savait-il quelque chose qu'il ne lui disait pas ? Pip prit une gorgée de café pour essayer de faire disparaître la boule dans sa gorge.

— C'est possible. Les hommes se bousculaient pour attirer son attention et se servaient souvent de moi pour l'atteindre.

Il fronça les sourcils.

Puis elle se souvint de quelque chose.

— Avant d'arriver au cottage hier, j'ai failli être éjectée de la route par un gros SUV noir qui roulait trop vite dans un de ces virages sans visibilité. Et quand je suis arrivée dans l'allée, j'ai remarqué que de la poussière s'élevait, vous savez, comme sur une route de gravier sèche après le passage d'une voiture ?

Kincaid fronça encore plus les sourcils et Pip essaya d'ignorer la façon dont de petites lignes se dessinaient sur le côté de ses yeux. Les petits signes de l'âge lui allaient bien.

— La voiture pourrait être une coïncidence. Un véhicule circulant dans l'allée de Cindy aurait pu tourner dans l'autre sens. Vous ne l'auriez pas vu.

— Mais il y avait quelqu'un, insista-t-elle.

Elle n'arrivait pas à comprendre comment elle ne s'en était pas souvenue la veille.

Il haussa une épaule, apparemment peu convaincu, et continua à manger.

Il ne la croyait pas. Elle sentit la colère monter.

— À quelle heure est-elle morte ?

Son estomac se retourna. Comment pouvait-elle parler de ça avec autant de désinvolture, comme si son monde n'avait pas été réduit en cendres ? Elle ne voulait pas avoir à parler en ces termes froids de la mort de Cindy, mais il n'y avait personne d'autre pour défendre son amie.

Les doigts de Kincaid s'enroulèrent autour de sa tasse de café. De longs doigts aux ongles propres. Il déglutit, puis ouvrit la bouche pour l'envoyer promener.

Sa lèvre se tordit avec dérision.

— Et je ne veux pas entendre de conneries du genre « je ne peux pas vous révéler d'informations ». Je suis votre meilleur atout pour apprendre à connaître la victime.

— Ce qui aurait pu être utile si cela avait été considéré comme un homicide, mais il n'y a pas de circonstances suspectes évidentes.

Comment pouvait-il dire cela ?

— Et le véhicule que j'ai repéré ? Le fait que Cindy ne se soit jamais droguée ?

— À votre connaissance.

Il pointa sa tasse de café vers elle, ce qui lui fit serrer les dents et inspirer profondément par le nez.

— Si c'était un homicide, vous seriez la principale suspecte.

— Parce que je l'ai trouvée ?

Il but une gorgée et posa la tasse.

— En partie, et aussi parce que vous aviez le plus à gagner de sa mort.

— Je vous demande pardon ?

Le chagrin lui noua les tripes. Elle avait juste envie de se mettre en boule et de sangloter. Au lieu de cela, elle chercha un billet de vingt dans son portefeuille et le jeta sur la table.

— J'ai perdu ma meilleure amie. La seule personne au monde qui se souciait de moi.

Il s'essuya la bouche avec une serviette alors qu'elle prenait son sac à main et s'apprêtait à sortir du box.

— J'ai parlé à l'avocat de Cindy, Adrian Lightfoot.

Elle se figea net. Il lui glissa un morceau de papier avec un numéro de téléphone écrit au crayon.

— Vous devriez l'appeler. Apparemment, vous êtes l'exécutrice des dernières volontés de Cindy. Vous avez hérité de tout. La maison en ville, le cottage au bord du lac, le SUV, le fonds fiduciaire.

Ses yeux bleus avec leurs fins anneaux d'or la clouèrent sur place.

— Donc si c'était une enquête pour homicide, trésor, on parierait tout sur vous.

CHAPITRE SIX

DEUX HEURES PLUS tard, Hunt était heureux d'être de retour à Atlanta. Il se gara dans le parking visiteurs du bâtiment de l'université Blake où Cindy Resnick avait travaillé et où son superviseur l'attendait. Aucun signe d'anthrax au cottage, ni dans sa maison à Atlanta, ni dans son organisme.

Selon le médecin légiste, si Cindy était morte de cette maladie, les ganglions lymphatiques de sa poitrine, et d'autres endroits, auraient été gonflés et noircis comme des prunes trop mûres. Le système lymphatique de Cindy semblait normal. Il n'y avait pas non plus de signes d'abus de drogues à long terme. Il semblait que la femme se soit enivrée, droguée et noyée.

Mais ils ne pouvaient pas se permettre d'ignorer le timing.

L'ASAC McKenzie avait décidé de laisser les policiers locaux d'Allatoona mener l'enquête sur la mort de Cindy avec l'aide de Hunt en tant que coordinateur ADM officiel, tout en continuant à donner la priorité aux entretiens avec des scientifiques vivants. Les laboratoires analyseraient toutes les preuves et enverraient les résultats pertinents au groupe de travail BLACKCLOUD avant de les transmettre aux flics. Publiquement, le FBI présenterait la mort de Cindy comme accidentelle. En privé, ils envisageaient toutes les options.

Pip West était-elle impliquée ? Était-elle à la recherche

d'une nouvelle histoire ? Ou avait-elle quelque chose à se reprocher ? Elle avait refusé de lui dire pourquoi elle s'était disputée avec son amie. *Choix de vie* n'était pas vraiment spécifique.

Son téléphone sonna alors qu'il traversait la route de service. Libby Hernandez du SIOC.

— Ses parents et son jeune frère sont morts dans un accident en septembre de l'année dernière. Un conducteur ivre les a percutés à 150 km/h sur la I-85. Il a plié leur voiture en accordéon et une fuite de carburant a pris feu avant que les Resnick ne puissent sortir.

Brûler vif dans un accident de voiture ne devait pas être loin du haut de la liste des façons les plus horribles de mourir. Au même niveau que contracter une maladie mortelle comme l'anthrax. Aussi tragiques que soient ces événements, cela signifiait que Pip West venait de devenir une femme très riche. Mais son regard, lorsqu'il lui avait annoncé la nouvelle de son héritage, était celui d'un chagrin accru. Il n'y avait vu ni cupidité ni satisfaction.

Peut-être que Pip était une bonne menteuse. Peut-être qu'elle avait volontairement acheté de la cocaïne toxique et encouragé sa meilleure amie à en prendre et à aller se baigner dans le lac pour pouvoir hériter. Les gens faisaient des choses bien pires, chaque jour.

Le médecin légiste avait estimé l'heure de la mort entre minuit et deux heures du matin. Ils essayaient toujours de déterminer la position exacte de Pip à ce moment-là et les agents examinaient les bandes de surveillance des stations-service et recoupaient les informations des antennes-relais.

Hunt voulait écarter Pip de cette affaire, et pas seulement parce qu'il aimait ses yeux sombres et sa jolie bouche. Des choses plus importantes requéraient son attention, comme chercher un bioterroriste prêt à vendre son pays et la vie de ses concitoyens, en échange d'argent liquide.

— Qu'est-il arrivé à l'autre conducteur ? demanda-t-il à Hernandez en montant les marches.

— Mort sur le coup. Un type nommé James Roma. Dix-sept ans, déclara Hernandez.

La folie de la jeunesse.

Comment cette perte avait-elle affecté l'unique survivante de la famille ? Cela aurait-il pu la transformer en terroriste ? Mais il n'y avait aucun signe avant-coureur. Pas de recherches étranges sur Internet. Pas de réseau privé virtuel ou d'alias en ligne. Aucune relation suspecte. Pas de besoin évident d'argent.

— Quelque chose sur l'ordinateur ou le téléphone portable ?

— La HMRU a tout envoyé à Quantico la nuit dernière. Ils ont également prélevé des écouvillons et les ont envoyés à l'USAMRIID et ils attendent les résultats définitifs du CDC avant de poursuivre.

Ce qui signifiait que le labo n'avait même pas encore commencé à examiner les dispositifs électroniques. Hunt ravala sa frustration. Il ne voulait pas mettre quelqu'un en danger. Il était difficile de traiter rapidement les preuves lorsqu'il s'agissait d'un matériel infectieux potentiellement mortel, même si le consensus était que le cottage était clean.

— Et ces échantillons de BLACKCLOUD ?

La probable arme biologique.

— Sont-ils parvenus au CDC et à l'USAMRIID ?

Jusqu'à ce qu'ils obtiennent confirmation que la substance était de l'anthrax et non du talc de grand-mère, tout cela était peut-être inutile. Un leurre qui les aurait tous dupés.

Ne serait-ce pas formidable ?

— Ils ont été autorisés à l'importation et sont arrivés tard hier soir. Les scientifiques se sont mis immédiatement au travail. Les premiers rapports suggèrent un anthrax de qualité militaire.

La théorie du canular tombait à l'eau.

— Ils font d'autres examens pour voir s'ils peuvent identifier la souche. L'ADN est en train d'être séquencé au moment où nous parlons.

Et pendant ce temps, le malfaiteur pourrait produire en masse cette saloperie et faire Dieu savait quoi avec. Ou se terrer si profondément qu'ils ne le retrouveraient jamais.

— D'autres pistes ?

— Pas encore. Qui que ce soit, il a couvert ses traces. Mais nous sommes à l'affût. Nous avons des spécialistes de la cybersécurité très talentueux qui nous aident.

Il grogna. Ils jouaient à cache-cache avec un surdoué.

La composante scientifique de l'affaire le frustrait, car elle échappait à son contrôle. Il n'en savait pas autant qu'il l'aurait voulu.

— Merci quand même. Oh, encore une chose…

Il se sentit coupable pendant une fraction de seconde avant de se rappeler qu'il recherchait un terroriste sans cœur.

— Pouvez-vous faire une vérification approfondie des antécédents de Pippa West ?

— La fille qui a trouvé le corps ?

S'il avait appelé Pip « la fille », la plupart des femmes qu'il connaissait l'auraient écorché vif.

— Oui. La femme qui a trouvé le corps.

— Pas de problème. Je m'y mets aujourd'hui.

Hunt raccrocha, se dirigea vers la secrétaire du département pour obtenir un badge de visiteur et des indications pour se rendre au bureau du professeur.

Il trouva l'homme entouré d'étagères remplies de manuels scolaires et d'un bureau rempli de dossiers et de formulaires. La porte était entrouverte.

Le professeur Everson était chauve, avec des traits profonds et des pommettes saillantes qui le faisaient paraître émacié. Ses yeux étaient vifs, cependant. Observateurs et méfiants.

— Agent Kincaid ?

Hunt hocha la tête et entra dans la pièce.

— Professeur Everson.

Ils se serrèrent la main.

— Vous êtes ici pour Cindy.

Le professeur s'affaissa dans son fauteuil.

— Je n'arrive pas à le croire. C'est une perte tragique. Je vous en prie, asseyez-vous.

Il pinça les lèvres et regarda son bureau.

Cherchait-il à se reprendre ? Ou cachait-il quelque chose ?

Hunt s'assit et laissa le professeur prendre la parole. Hunt faisait parfois étalage de son autorité, parfois il la contenait. Tout ce qui pouvait donner des résultats.

— Pouvez-vous me dire comment elle est morte ? demanda le professeur.

— J'ai bien peur de ne pouvoir donner aucun détail pour le moment.

Le professeur fronça ses sourcils broussailleux qui se rejoignirent en une ligne épaisse.

— C'était une jeune femme merveilleuse. Brillante, travailleuse, dévouée. Je n'arrive pas à croire qu'elle ne soit plus là. Je l'ai eue au téléphone avant-hier et elle a dit qu'elle était prête à soumettre sa thèse. Il serra les poings.

— Vous étiez à Nashville ?

Le professeur hocha la tête.

— Réunion de la NAMS. J'en ai été le président pendant quelques années, alors j'essaie toujours d'y aller et de les soutenir. C'était une petite réunion, mais conviviale.

— Il y a des réunions qui ne le sont pas ? demanda Hunt sur le ton de la conversation.

— Vous seriez surpris.

Le genou du professeur s'agitait nerveusement de haut en bas.

— Puis-je vous demander pourquoi le FBI est impliqué dans la mort de Cindy ?

— Sur quoi Cindy travaillait-elle ? demanda Hunt en guise de réponse.

Le professeur se leva et ferma la porte.

— Cette information est sensible.

— Je ne vais pas dévoiler vos secrets scientifiques, professeur Everson.

Everson se rassit. Hunt attendait, le crayon posé sur son cahier.

Le professeur s'éclaircit la gorge.

— Nous sommes restés très discrets. Cindy développait un nouveau type de vaccin contre l'anthrax. Un vaccin susceptible de révolutionner le domaine.

Hunt ne cacha pas sa surprise. D'après ce qu'avait dit Jez Place du CDC, Cindy n'avait jamais présenté son travail.

— Pourquoi tant de secrets ?

Le professeur s'agita et soupira.

— Ce travail a des implications de grande envergure.

Hunt joua les idiots.

— Comment ça ?

Le professeur haussa les épaules.

— Médecine. Recherche. Armée. Terrorisme.

Pour une raison quelconque, Hunt repensa à Pip décrivant ce gros véhicule noir qui, selon elle, avait failli la faire sortir de la route.

La bouche du professeur se tordit en un sourire cynique.

— On nous a dit de ne pas en parler.

— Qui vous a dit de ne pas en parler ?

— L'université. Ils sont prêts à partager l'argent généré par le brevet et les droits de propriété intellectuelle avec moi-même et Mlle Resnick. Ils nous ont interdit de discuter de nos résultats ou de notre méthodologie avec nos collègues jusqu'à ce que Cindy soit prête à soumettre sa thèse, date à laquelle les brevets auraient dû être accordés.

Il baissa la voix comme si quelqu'un pouvait les écouter.

— Ils ne voulaient pas que quelqu'un vole notre méthodologie.

Hunt inclina le menton.

— Ça arrive souvent ?

Everson secoua la tête.

— Pas du tout. La recherche et les percées scientifiques dépendent du partage des connaissances. Mais son idée était si incroyable, si simple…

— L'idée de Cindy ?

— Oui. Oui. Je n'ai jamais prétendu le contraire.

Everson hocha la tête.

— Je me préparais à prendre ma retraite et cette jeune étudiante de troisième cycle est venue me voir avec une idée dont elle voulait discuter. Je pensais lui rendre service en l'écoutant, avec l'intention de l'aiguiller dans ses recherches.

Ses yeux s'écarquillèrent. Ses bras s'agitèrent.

— Son idée m'a époustouflé. Elle a effectué quelques essais et, une fois que nous avons réalisé ce que nous avions entre les mains, je suis allé au bureau de la propriété intellectuelle parce que je voulais amener d'autres institutions à se joindre à nous pour obtenir un financement plus important et faire des expériences cliniques. Au lieu de cela, ils nous ont quasiment bâillonnés.

Son ton suintait l'amertume.

— Qu'en est-il de la liberté d'expression, de publier ou de mourir, et tout ça ?

Le professeur secoua la tête.

— Soit vous apprenez à travailler avec l'administration, soit vous dégagez.

Les mêmes idéaux s'appliquaient au sein du Bureau.

— Alors combien vaut l'idée de Cindy, à votre avis ?

Les yeux d'Everson brillèrent.

— Des millions.

Hunt dut avoir l'air sceptique.

— Qui est le plus gros acheteur de vaccins contre l'anthrax ? demanda le professeur.

— L'armée.

— Et pendant un conflit ? Le besoin de vaccins augmente de façon exponentielle. Son idée pourrait également fonctionner pour des vaccins contre d'autres maladies, bien que ce ne soit que pure conjecture. Donc ce brevet vaut potentiellement des millions pour l'université. Des centaines de millions.

Assez pour tuer Cindy ?

— Nous avons convenu de ne pas publier nos résultats tant que le travail préliminaire de Cindy n'était pas terminé et qu'elle ne l'aurait pas soumis.

Le professeur avait l'air en colère.

— Je comprends l'université. Ils ont une entreprise à gérer. Mais ils l'ont privée de certaines des expériences qu'elle aurait dû avoir en tant qu'étudiante de troisième cycle. Et maintenant, elle n'aura jamais les honneurs qu'elle méritait.

— Donc personne d'autre n'était au courant de sa découverte ?

Le professeur secoua la tête.

— Pas même des collègues, des amis ou des collaborateurs ?

— Personne.

Le professeur était catégorique.

— Juste Cindy et moi et les gens de la propriété intellectuelle et de l'office des brevets. Ils nous ont fait signer un accord de non-divulgation qui nous aurait ruinés tous les deux si nous l'avions violé, mais nous ne voulions pas qu'on nous devance.

— Avez-vous déjà rencontré une de ses amies, Pip West ? demanda Hunt.

Everson hocha la tête.

— Aux funérailles de la famille de Cindy. Une jolie petite brune. Je sais que Cindy était proche d'elle.

Son regard se fit plus perçant.

— Pourquoi ? A-t-elle quelque chose à voir avec la mort de Cindy ?

Hunt ignora la question.

— Qu'advient-il des recherches et du brevet si un étudiant ne présente pas sa thèse ?

Le professeur se frotta la nuque.

— Honnêtement, je l'ignore. Je vais soumettre ses articles

à des revues à comité de lecture. Les revenus des brevets seront transmis à son bénéficiaire, quel qu'il soit.

Il déglutit péniblement.

— Il y aura sûrement des réunions sans fin pour que l'administration trouve comment tourner ça à son avantage.

Hunt se pencha.

— La mort de Cindy est-elle avantageuse pour l'administration ?

Le professeur éclata de rire.

— Je ne vois pas ces types en costard cravate mettre un contrat sur la fille. Elle avait sûrement plus de valeur pour eux vivante que morte, surtout si elle restait à Blake.

À l'expression de Hunt, le professeur se redressa.

— Ne me dites pas que quelqu'un l'a assassinée.

Son expression passa de l'amusement à l'horreur, mais Hunt n'arrivait pas à bien cerner le type. Cachait-il quelque chose, ou était-il juste socialement maladroit ?

— Pouvez-vous me dire quelque chose de précis sur le travail de Cindy ?

Le professeur réfléchit pendant un moment.

— Lorsque Ken Alibek a quitté Moscou au début des années 90, il nous a donné un aperçu de la vigueur avec laquelle les Russes avaient menti au sujet d'un programme d'armes biologiques et le poursuivaient. C'était terrifiant. Les souches étaient modifiées en laboratoire, épissées et rendues résistantes aux vaccins traditionnels. C'est sûrement le fait qu'il n'y avait pas de vaccins disponibles, pas de remède, qui a empêché leur utilisation comme armes. Le travail de Cindy pourrait changer cela.

Hunt ressentait un effroi croissant face à l'éventail des menaces qui existaient et à l'importance pour les chercheurs de les contrer.

— Le vaccin de Cindy marche même sur les souches résistantes d'anthrax ?

Le professeur prit une inspiration, comme s'il réfléchissait à la manière de simplifier son explication.

Hunt serra les dents.

— Nous le pensons. Elle a mis au point un vaccin ADN dans lequel elle a incorporé le gène codant pour le facteur létal du plasmide pX01 – également connu sous le nom d'îlot pathogène de la molécule d'anthrax – dans un plasmide que nous avons ensuite inoculé à des souris. Nous avons testé le vaccin sur toutes les souches que nous avons pu trouver.

Il détourna le regard, évitant le contact visuel.

— Il est évidemment possible que cela ne fonctionne pas sur les personnes ou contre certaines souches – nous n'avons pas encore été en mesure de mener des essais cliniques.

Il semblait contrarié par ce fait.

— Mais comme elle a utilisé l'une des protéines clés qui contribuent à la virulence de la bactérie, nous supposons qu'elle fonctionnera même contre les variants les plus mortels.

Ça avait l'air prometteur.

Pouvait-on tuer pour ça ? Hunt aurait dit que oui.

— Ce n'est pas seulement l'*idée* de développer ce vaccin ADN spécifique qui est brillante, mais sa technique permet de réduire de moitié le temps de production. Je ne peux pas vous donner plus de détails que ça sans en parler au département de la propriété intellectuelle.

Si Hunt revenait avec un mandat, ce département pourrait aller se faire voir.

Le professeur se leva et posa ses mains sur la vitre en regardant le campus.

— Cindy était une jeune femme incroyablement brillante.

Il déglutit bruyamment et se retourna.

— Sa technique pourrait également accélérer considérablement la recherche sur de nombreuses autres maladies, notamment le cancer.

Les yeux de l'homme devinrent brillants comme des diamants.

— Comprenez-vous à quel point c'est important ?

Hunt acquiesça.

— Permettre de guérir le cancer. Je vois.

Digne du *prix Nobel*. Et son architecte principale était morte après avoir sniffé de la cocaïne mélangée à du fentanyl et après avoir pris un bain de minuit.

Mais peut-être que c'était à l'avantage du professeur. À présent, il n'avait pas à partager la gloire.

— Pouvez-vous me montrer votre laboratoire ? demanda Hunt.

Le professeur laissa échapper un petit cri de surprise.

— Il n'y a rien à voir de l'extérieur et il y a une politique stricte en matière d'entrées. Nous venons d'emménager dans un nouveau bâtiment...

— Je sais. La professeure Spalding m'a montré certains des nouveaux laboratoires hier.

Hunt ne prit pas la peine de préciser qu'il était le coordinateur ADM. Il laissa plutôt Everson réfléchir au fait qu'il avait déjà parlé à sa cheffe. Hunt n'aurait su distinguer l'anthrax d'une cellule de levure, il n'y avait donc pas de raison qu'il insiste pour une visite du site – pour l'instant.

— Tenez-vous un registre des personnes travaillant sur l'anthrax dans les labos ?

Le prof hocha la tête.

— J'aimerais voir ces registres. Pour les anciens laboratoires et les nouveaux.

— En quoi cela est-il lié à la mort de Cindy ?

Hunt se contenta de fixer l'homme sans dire un mot.

Everson s'éclaircit la gorge.

— La secrétaire du département pourra vous donner une copie de ces informations.

— Je vais aussi avoir besoin d'une copie de la thèse de Cindy. Je suppose que vous en avez une ?

Le professeur secoua la tête.

— Ce n'est pas possible, j'en ai peur. N'avez-vous pas entendu ce que je vous ai dit sur les restrictions ?

— J'enquête sur la mort d'une jeune femme. Je peux me procurer un mandat si cela vous facilite la tâche ?

Cette fois, le professeur ne cilla pas.

— Je crains que vous ne deviez le faire. Je ne veux pas que ce travail finisse dans un dossier du FBI pour que quiconque dans le gouvernement puisse le lire, pas sans passer par les canaux officiels.

Les muscles de la mâchoire d'Everson se contractèrent et il plissa les yeux.

— Et l'ordinateur de Cindy ? Il doit y avoir une copie dessus. Où se trouve-t-il ?

— Si vous pensez à autre chose, n'hésitez pas à me contacter.

Hunt se leva et lui tendit sa carte de visite avec toutes ses coordonnées.

— Mes collègues resteront en contact avec vous.

Le professeur fronça les sourcils en regardant la carte, visiblement agacé.

— Et Cindy ?

Hunt ne comprit pas la question.

— Eh bien quoi, Cindy ?

— Comment est-elle morte ? demanda le professeur avec impatience.

— Je crains de ne pas pouvoir discuter d'une enquête en cours, professeur.

Hunt se leva.

— Une enquête en cours ?

Hunt serra les lèvres et hocha à nouveau la tête. Les analystes du groupe de travail suivraient tous les mouvements de ces personnes à la suite de la mort de Resnick et, avec un peu de chance, le fabricant d'armes biologiques révélerait son identité. Hunt espérait juste que Pip West ne découvrirait pas la vraie raison pour laquelle le FBI s'intéressait toujours à la mort de Cindy.

CHAPITRE SEPT

P IP FAISAIT LES cent pas sur le sol de la minuscule chambre de motel d'Allatoona en attendant que le mécanicien lui ramène sa voiture. Ils avaient effectué une révision complète et une vidange d'huile, et même si la Honda n'allait pas gagner un concours de beauté, elle devrait lui permettre d'aller là où elle le souhaitait.

Son téléphone sonna et elle décrocha précipitamment. Elle espérait toujours que quelqu'un allait lui dire que tout ceci n'était qu'une grosse erreur, une sombre, sinistre et horrible blague.

— Mlle West ? C'est Adrian Lightfoot. L'avocat de Cindy Resnick.

Comment avait-il eu son numéro ? Pip avait évité de l'appeler. Elle avait ignoré ce que Kincaid lui avait dit, car cela faisait trop mal.

— Vous vous souvenez peut-être de moi ? Nous nous sommes rencontrés après la mort des parents et du frère de Cindy.

Il y avait une gaieté forcée dans son ton, mais en réalité, il semblait tendu.

Il n'était pas si vieux que cela. Il devait avoir le début de la quarantaine. Il était beau comme une star de cinéma. C'était le fils de l'avocat d'origine du père de Cindy. Cette dernière avait souvent plaisanté sur le fait qu'Adrian Lightfoot était trop sexy pour être avocat.

La douleur tordit l'estomac de Pip et elle s'affaissa sur le matelas bosselé. La mère, le père et le petit frère de Cindy lui manquaient plus que sa propre famille. Maintenant, Cindy allait aussi lui manquer. La vie n'était vraiment pas juste.

La bouche de Pip était desséchée et sa voix sortit dans un croassement.

— Je me souviens.

Il y eut une longue pause, comme s'il n'était pas certain de la façon de procéder.

— Je sais que c'est un moment difficile pour vous. J'ai cru comprendre que vous aviez trouvé le corps de Cindy ?

— C'est exact.

Il s'éclaircit la gorge.

— Je suis vraiment désolé. Ça a dû être affreux. Les autorités refusent de me dire comment elle est morte, sauf qu'il ne s'agit pas d'un suicide et qu'il ne semble pas qu'il y ait eu un acte criminel…

Le silence s'étira. Elle ne savait pas quoi dire. Rien n'avait de sens pour elle non plus.

— Bien, poursuivit-il après un moment gênant, le fait est qu'après la mort des parents de Cindy, je l'ai incitée à faire un testament. Elle a dit qu'elle n'avait pas le temps et qu'elle vous laisserait tout de toute façon. Je lui ai dit de mettre ça par écrit, sans quoi vous n'en auriez jamais vu le moindre centime.

Elle enfonça ses ongles dans ses paumes. Kincaid lui avait dit la vérité. Elle était sûrement riche à présent, et elle devait remercier cet homme et la mort prématurée de Cindy.

Elle ne le voulait pas. Elle ne voulait rien de tout cela. Elle voulait récupérer son amie.

— Il faudra un peu de temps pour mettre la succession en ordre, mais si vous pouvez venir au bureau aujourd'hui pour signer quelques papiers, je peux lancer le processus de transfert des coordonnées bancaires de Cindy, etc. Avant que vous ne rentriez chez vous en Floride.

Pip se plia en deux et se demanda si l'on pouvait mourir de chagrin. C'était tellement douloureux.

— Ou je peux venir à vous si c'est plus facile.

L'émotion était bien présente dans sa voix.

— Où logez-vous ?

Pip fixa d'un air hagard le tapis taché.

— En ce moment, je suis dans un motel minable, à espérer que tout ceci ne soit qu'un horrible rêve. J'ai quitté la Floride. J'avais prévu de vivre chez Cindy jusqu'à ce que je me décide.

Sa langue était épaisse et sèche. Elle avait l'impression qu'on lui lacérait l'arrière des yeux avec des griffes acérées.

— Et si je vous trouvais une chambre d'hôtel en ville et que je vous apportais les papiers cet après-midi ?

— Je n'ai pas d'argent pour me payer un hôtel.

Son ancien employeur lui devait un mois de salaire, mais elle ne le verrait pas avant la fin de la semaine. Elle aurait pu utiliser sa carte de crédit, mais détestait dépenser l'argent qu'elle n'avait pas.

— La succession couvrira la facture jusqu'à ce que vous puissiez emménager dans la maison de Cindy. Je sais que vous lui ferez honneur.

Elle chassa l'idée de dépenser l'argent de Cindy, ou d'emménager dans la maison de Cindy sans elle. L'idée de la vendre était pire. Elle se sentait coincée. Paralysée. Le choc et le chagrin l'empêchaient de prendre des décisions qu'elle prenait habituellement avec facilité.

Pip écarta ses cheveux de son visage alors qu'une chose se précisait.

— Je dois organiser les funérailles de Cindy.

— Nous pourrons en parler ce soir. Et si je vous retrouvais à dix-huit heures ? Je vous enverrai un SMS avec les coordonnées de l'hôtel…

— D'accord, dit-elle d'une voix incertaine.

Que pouvait-elle faire d'autre ?

— Conduisez prudemment.

Lightfoot raccrocha.

Les jambes de Pip tremblaient. Une nouvelle vague de larmes lui donna envie de se glisser sous les couvertures et de dormir pendant une semaine.

Un coup à la porte la fit bondir. Elle jeta un coup d'œil au réveil numérique. 11:03. Elle était censée quitter sa chambre avant 11 heures.

À la porte, elle trouva un homme debout avec un formulaire à signer et un lecteur de carte bleue. Il lui tendit ses clés de voiture.

Après son départ, Pip prit son sac à main et le carton contenant son matériel informatique et le porta jusqu'à sa voiture. Quelques secondes après, la femme de chambre se faufila à l'intérieur et commença à ôter les draps du lit.

Pip s'arrêta un moment, regardant la femme travailler.

C'était stupide de se sentir indésirable et d'avoir l'impression que sa vie était hors de contrôle simplement parce qu'une femme de chambre effectuait ses tâches de la journée, mais…

Passe à autre chose.

La rencontre avec Adrian Lightfoot serait la première étape de l'organisation de funérailles dignes de ce nom pour son amie. Elle avait beaucoup à faire. Des personnes à contacter. Des détails à régler. Cindy ne se soucierait pas de l'argent ou même de la maison. Elle se soucierait que les flics pensent qu'elle avait été assez stupide pour mourir d'une overdose.

La spécialité de Pip était de découvrir la vérité.

Elle retourna dans la chambre, récupéra poliment ses dernières affaires et laissa un pourboire à la femme de chambre. Elle monta dans sa voiture et ses doigts se resserrèrent autour du volant alors que son instinct de journaliste commençait à émerger sous l'hébétude du chagrin. Kincaid lui avait dit qu'il ne croyait pas que la mort de Cindy était un homicide, mais le FBI enquêtait toujours. Il avait prétendu que c'était une opération routine, car Cindy travaillait sur l'anthrax.

Le raisonnement de Kincaid ne sonnait pas tout à fait juste, et quand les choses ne sonnaient pas juste, c'étaient généralement des conneries.

Pip devait découvrir ce qui était vraiment arrivé à son amie et pourquoi cela intéressait tant les Fédéraux. Et une chose était sûre, l'agent Kincaid du FBI n'était pas plus disposé à la tenir au courant qu'à lui déclarer son amour éternel.

Elle ferait les choses à sa façon. Au diable le FBI.

EN DÉBUT D'APRÈS-MIDI, Hunt se rendit au petit centre de recherche privé situé à la périphérie de North Druid Hills, à quinze minutes du nouveau bureau régional du FBI à Atlanta et à cinq minutes du CDC.

Le siège social d'Universal Biotech Ltd était construit en

verre réfléchissant avec des panneaux solaires sur le toit. Cela lui conférait un effet à la fois lisse et éblouissant.

Il donna son nom à l'entrée, conduisit sa vieille Buick à l'intérieur de la zone sécurisée et la gara entre une Audi A8 et une Mercedes-Benz CLS.

Il sortit de la voiture, souleva ses lunettes et aperçut un véhicule bleu décoloré par le soleil de l'autre côté du parking.

La Honda amochée de Pip West.

Mais que faisait-elle là ?

Il secoua la tête, verrouilla sa voiture et se dirigea vers le bâtiment.

La chaleur se dégageait de l'asphalte noir récemment posé et se pressait contre les semelles de ses chaussures. Et on était seulement en avril. Juillet allait être un enfer.

Son reflet dans la porte-miroir témoignait d'un net manque de sommeil et d'un excès de caféine au cours des trente-six dernières heures. Il remit ses lunettes en place et se passa une main sur le menton. Au moins, il avait pu se raser en chemin. Hoover n'était peut-être plus là, mais il y avait des normes précises d'apparence que les agents de terrain devaient respecter.

Encore une raison de chercher à rejoindre l'équipe de libération d'otages. Se raser tous les jours, ça craignait.

À l'intérieur du bâtiment de verre et de chrome, il se heurta à un mur d'air froid bienvenu. Et à la vue indésirable de Pip West dans les bras d'un autre homme.

Quelque chose de désagréable et d'inquiétant le traversa.

Le type avait à peu près son âge, la fin de la vingtaine, mesurait plus d'un mètre quatre-vingts, devait peser dans les 85 kg, avait de très longs cheveux noirs et portait de fines lunettes à monture métallique. Un type qui essayait de se donner des airs de hipster, que Hunt détestait tout autant que les émos. L'homme portait un costume bleu foncé avec un t-shirt bordeaux et des Converse noires sans chaussettes et il étreignait Pip West comme un python birman étreint une chèvre.

Et Pip West…

Bon sang.

La vue de côté était époustouflante.

Elle s'était maquillée, masquant les cernes et ajoutant un éclat subtil à sa peau. Ses yeux étaient plus grands, plus sombres, et le cramoisi tachait ses lèvres d'une manière qui rendait ses pensées strictement non professionnelles. Ses longs cheveux étaient relevés en un chignon soyeux, laissant son cou nu à l'exception de délicates mèches de cheveux noirs. Elle avait abandonné son vieux jean et son t-shirt pour une jupe moulante qui mettait en valeur ses fesses, et un chemisier à fleurs qui épousait sa taille fine et sa poitrine généreuse, lui donnant envie de les toucher. Sa bouche devint sèche. Il avait vu pour la dernière fois ces talons aiguilles par terre dans sa voiture. Ils pourraient constituer une arme mortelle entre de mauvaises mains. Il n'était pas convaincu qu'elle n'était pas entre de mauvaises mains.

Ressaisis-toi, Kincaid.

Hunt resta sans rien dire jusqu'à ce qu'ils aient terminé leur échange touchant. Puis Pip se détacha des bras du type et se retourna à moitié, faisant comme si elle venait tout juste de remarquer Hunt qui se tenait là, mais il était presque sûr qu'elle était consciente de sa présence depuis qu'il avait passé la porte.

Ou peut-être était-ce son ego qui parlait.

Il inclina la tête et haussa les sourcils, s'attendant à ce

qu'elle le reconnaisse. Au lieu de cela, elle ignora les questions dans ses yeux et le frôla comme si elle ne l'avait jamais vu auparavant. Une vague de sensations parcourut sa peau en réponse au contact fugace de son bras contre le sien. Puis elle poussa la porte d'entrée immaculée et sortit du bâtiment.

Que mijotait-elle ? Il le découvrirait plus tard.

Hunt s'avança et évita l'assistante qui arriva cinq secondes trop tard pour garder la porte. Hunt n'allait pas partir sans ce qu'il était venu chercher.

— M. Dexter ?

Il l'avait reconnu grâce au site web de l'entreprise. L'ancien petit ami de longue date de Cindy Resnick.

Ses yeux étaient rouges, comme s'il avait pleuré. Kincaid détesta immédiatement l'homme et essaya de se convaincre que cela n'avait rien à voir avec ses mains baladeuses.

— C'est Docteur Dexter, en fait.

Le ricanement de Dexter hérissa Hunt au plus haut point.

— Exactement la personne à qui je veux parler.

Hunt ignora la correction.

— Je suis l'agent spécial Kincaid du FBI. J'ai besoin de vous parler.

— Désolé.

Dexter s'essuya les yeux.

— Ce n'est pas le bon…

Dexter jeta un regard assassin à l'assistante qui ouvrait la bouche pour essayer de prendre le contrôle.

— J'ai pris rendez-vous avec votre assistante, Mlle Grantham ? dit-il en faisant un signe de tête vers la rousse. Comme elle m'a dit que vous n'étiez pas au bureau cet après-midi.

Hunt sourit à la jeune femme qui tentait de placer un mot.

— Apparemment, vos plans ont changé.

Dexter se frotta le front comme si être interrogé par le FBI était un inconvénient mineur.

— Je suis…

— Je crains que le Dr Dexter ne vienne d'apprendre la nouvelle d'une terrible perte, intervint enfin Mlle Grantham. Il ne pourra pas vous rencontrer aujourd'hui, agent Kincaid. Nous pouvons reprogrammer cet entretien demain…

— Cela ne prendra pas longtemps.

Hunt aurait dû avoir honte de se servir de la mort d'une femme pour pénétrer dans une entreprise privée, mais cela lui donnait une occasion parfaite qu'il n'allait pas laisser passer. McKenzie avait été emballé par l'idée dès qu'il avait découvert où l'ex de Cindy Resnick travaillait.

Une occasion parfaite.

Dexter poussa un soupir tremblant, puis déglutit bruyamment.

— Tout va bien, Bea. Je ne veux pas faire perdre son temps au FBI. Par ici, M. Kincaid. Je peux vous accorder cinq minutes.

Hunt ignora l'absence de recours à son titre de la part d'un homme qui les appréciait manifestement. Son arme, ses menottes et son pouvoir d'arrestation fonctionnaient très bien, peu importait comment on l'appelait.

Il jeta un coup d'œil aux sols en damier impeccables et aux photographies monochromes encadrées qui bordaient le couloir. L'éclairage était de type LED, mais la lumière du soleil brillait par une fenêtre au bout du couloir. Ils prirent l'ascenseur, mais Dexter ne lui fit pas la conversation. Ses épaules s'affaissèrent. Son expression devint sombre. Comme s'il venait vraiment de perdre quelqu'un à qui il tenait.

Ils traversèrent un autre long couloir. Hunt ne vit aucun

panneau indiquant des laboratoires ou des dangers biologiques.

Dexter déverrouilla la porte de son bureau – intéressant qu'il la verrouille dans son propre bâtiment – et lui fit signe d'entrer.

Dexter s'assit dans un fauteuil derrière un bureau dénué de paperasse. L'ordinateur n'était pas allumé. Il y avait quelques photos génériques sur le mur.

Ce n'était pas le bureau du PDG, réalisa Hunt. Il appartenait peut-être à un associé qui était parti ou était prêt à accueillir une nouvelle recrue. Ou était-ce la pièce où ils menaient les entretiens ? Quoi qu'il en soit, cela éveilla les soupçons de Hunt. Pourquoi Dexter ne voulait-il pas que Hunt voie son bureau ? Que cachait-il ?

— Veuillez vous asseoir, M. Kincaid.

— *Agent* Kincaid, le corrigea Hunt cette fois. Je suppose que vous avez appris la mort de Cindy Resnick ?

Une étincelle de colère flamba dans les yeux bruns de Pete Dexter.

— Sa meilleure amie, Pippa West, est venue et m'en a parlé. C'est à elle que je parlais dans le hall. C'est un peu un choc pour être honnête.

Le fait que Dexter appelle Pip West « Pippa » réconforta Hunt au plus haut point, ce qui n'avait rien de rationnel.

— Pouvez-vous me dire quelle est votre relation avec Mlle Resnick ?

— Nous sommes sortis ensemble pendant quelques années, mais nous avons rompu avant Noël.

— Vous n'étiez plus du tout impliqué dans sa vie ?

Dexter grimaça.

— Si vous êtes ici pour me faire me sentir comme une

merde, vous venez de marquer un coup direct.

L'homme avait l'air sincèrement contrarié.

— Quand avez-vous vu Cindy pour la dernière fois ?

Hunt sortit son carnet de notes que Dexter regarda avec méfiance.

Le gars fit rouler son épaule. Un collier de dents de requin pendait à son cou.

— Le jour où elle m'a largué. Je ne suis pas sûr de la date exacte.

Il afficha un calendrier électronique sur son téléphone.

— Voilà. Le 12 décembre. Merde.

Il se frotta les yeux.

— Ça fait plus de quatre mois.

Il déglutit bruyamment.

— Nous étions allés jusqu'à son cottage.

— Pourquoi avez-vous rompu ?

— Est-ce vraiment l'affaire du FBI ?

— J'essaie juste de comprendre ce qui est arrivé à Mlle Resnick.

— Pourquoi ?

— Pourquoi ? demanda Hunt sur un ton curieux.

— Le FBI n'a pas l'habitude d'enquêter sur les overdoses, n'est-ce pas ?

Dexter serra les poings.

Hunt haussa un sourcil interrogateur.

— Pippa me l'a dit, admit Dexter. Elle voulait savoir si j'avais déjà vu Cindy se droguer quand nous étions ensemble.

Elle avait donc continué à interférer dans son enquête et à fourrer son nez là où elle n'aurait pas dû. Et merde.

— Vous êtes un bon ami de Mlle West ?

Dexter haussa les épaules.

— Je ne dirais pas que nous sommes bons amis.

Dexter avait eu l'air assez proche d'elle, en bas.

— Elle était la confidente de Cindy, pas la mienne. Elles parlaient tout le temps. J'étais jaloux au début. Je pense que Cindy aimait Pippa plus qu'elle ne m'a jamais aimé. Je suppose que c'est évident maintenant. Je suis surpris qu'elle soit venue me voir, mais je lui en suis reconnaissant. Je suppose qu'elle est consciente que j'ai été une partie importante de la vie de Cindy pendant longtemps.

— Pourquoi avez-vous rompu tous les deux ? insista Hunt.

Dexter regarda par la fenêtre et une tache rose empourpra ses joues d'une lividité fantomatique.

— Elle a découvert que j'avais couché avec une autre femme.

— Vous l'avez trompée ?

La bouche de Dexter se crispa devant sa terminologie brutale.

— Oui.

— Avec qui ?

Dexter soutint son regard.

— Je préfère ne pas vous le dire. Ce n'était qu'un coup d'un soir. On s'est saoulé et on a couché ensemble. J'aimais Cindy.

Ses poings se serrèrent à nouveau.

Hunt laissa transparaître son scepticisme. Un homme amoureux ne trompait pas sa compagne.

— Comment Cindy l'a-t-elle découvert ?

— Je le lui ai dit. Bêtement.

Dexter laissa échapper un petit rire étouffé.

— La culpabilité me rongeait de l'intérieur. Je voulais la demander en mariage, mais j'ai senti que je devais d'abord être honnête. J'aurais dû me taire. Elle serait peut-être encore en vie aujourd'hui.

Il eut un sourire amer.

— Elle n'a pas été très compréhensive.

— Les femmes intelligentes n'aiment pas qu'on se moque d'elle.

— Et elle était intelligente.

Dexter le regarda de ses yeux bruns sérieux.

— C'était la personne la plus intelligente que j'aie jamais connue.

Hunt n'arrêtait pas d'entendre ça, mais il avait du mal à le croire. Peut-être avait-elle une intelligence qu'on trouvait dans les livres.

— Où vous êtes-vous rencontrés ?

— À l'université. Nous avions le même superviseur.

Il venait d'apprendre quelque chose.

— J'étais en dernière année quand elle a commencé, donc nous ne nous sommes pas beaucoup croisés. Je suis tombé amoureux d'elle après une seule conversation. Sur les prions. Elle était parfaite pour moi.

— Jusqu'à ce que vous vous fassiez une autre femme dans un état d'ébriété avancé.

Dexter prit un stylo et le serra fort. Le muscle de sa mâchoire se contracta sous l'effet d'une colère réprimée.

— J'ai fait une erreur que je regretterai pour le restant de mes jours. Pourquoi vous en soucier autant, d'ailleurs ?

Peut-être parce que Dexter avait mis ses sales pattes sur Pip West quand Hunt avait franchi la porte. Non pas que cela ait vraiment de l'importance. Non pas que cela *doive* avoir de l'importance.

— Vous saviez sur quoi elle travaillait ?

— Oui et non. Nous parlions en termes généraux, mais elle n'entrait jamais dans les détails avec moi.

— Ce devait être difficile. Trouver votre âme sœur qui était votre égale sur le plan intellectuel, mais qui ne voulait pas se confier sur son travail ?

Dexter le regarda sans rien dire.

— Elle n'avait pas le droit de parler de quoi que ce soit à cause de l'administration de l'université.

Il leva les mains et indiqua le bâtiment autour de lui.

— Je dirige une entreprise privée de biotechnologie. Je peux comprendre pourquoi elle n'a pas voulu franchir cette ligne.

— Vous auriez utilisé ses découvertes ?

— Pour guérir des maladies mortelles ?

Dexter pinça les lèvres.

— Évidemment.

Son attitude aurait semblé plus noble si le type ne conduisait pas cette Audi de luxe garée sur le parking.

— Que faites-vous réellement ici ?

Hunt avait consulté le site web. Il connaissait la réponse à cette question.

— Des vaccins.

Hunt inclina la tête.

— Comme Cindy ?

— Cela ne devrait pas être une surprise que nous soyons tous deux intéressés par la création de vaccins, vu l'endroit où nous nous sommes rencontrés.

La condescendance teintait sa voix.

— Les étudiants de troisième cycle de Blake forment un groupe soudé. Nous passions beaucoup de temps ensemble.

— Étudiiez-vous aussi l'anthrax ?

Dexter soutint le regard de Hunt.

— Oui. C'est le sujet principal du professeur Everson.

— Vous travaillez sur ça ici, aussi ? demanda Hunt.

— Oui, nous travaillons au développement de nouveaux vaccins. Également contre le VIH, la grippe et les prions.

Dexter avait l'air sur la défensive.

— Vous savez ce qu'est un prion ?

— Il se trouve que oui, répondit Hunt avec un sourire féroce qui n'était sûrement pas dans le manuel du FBI, je sais ce que c'est. J'aurais dû le mentionner plus tôt. Je suis aussi le nouveau coordinateur ADM au bureau régional d'Atlanta. Je remplace Rose Geddy pendant son congé maternité. J'apprécierais une visite des installations si possible.

— Bien sûr.

Dexter redressa les épaules, semblant soudain lui témoigner plus de respect.

— Je vais demander à Simon de vous appeler pour organiser une visite.

— Simon ?

— Simon Corker. Un de mes associés qui s'occupe des relations publiques et de l'aspect administratif des choses. Je passe la plupart de mon temps au laboratoire. Il n'est pas là aujourd'hui.

— Combien d'associés avez-vous ?

— Simon et une autre scientifique, Angela Naysmith. Elle était aussi à Blake.

— Vous couvrez beaucoup de spécialités différentes.

— Nous avons d'autres virologistes qui travaillent pour nous.

Dexter avait l'air sur la défensive.

— Nous sommes bons dans ce que nous faisons.

Hunt pensa à l'immeuble de bureaux luxueux. Un sacré investissement pour quelqu'un qui venait juste de finir son doctorat. Hunt demanderait à Libby Hernandez de vérifier les finances de la société en plus des cinq milliards d'autres choses qu'elle avait à faire.

— Cindy a-t-elle déjà pris de la drogue quand vous étiez ensemble ?

Dexter se cabra comme si Hunt l'avait giflé.

— Non.

— Jamais ? Vous en êtes sûr ?

— Certain.

— Et vous ?

Dexter rit.

— Je suis associé dans une startup qui vaut plusieurs millions de dollars. Vous pensez que j'admettrais avoir pris de la drogue à un agent du FBI ?

— Vous mentiriez ? insista Hunt.

Dexter lui jeta un regard noir.

— Non.

— Je ne cherche pas à nuire à votre réputation. Je suis intéressé par la façon dont Cindy est morte.

Il voulait secouer un peu ce type pour que le SIOC puisse surveiller sa réaction.

— Je ne comprends toujours pas pourquoi le FBI enquête sur sa mort s'il s'agissait d'une overdose accidentelle.

— Refusez-vous de répondre à la question ?

Dexter parut nerveux.

— Je n'ai jamais dit ça. Je ne me drogue pas.

Hunt nota l'utilisation prudente du présent, mais n'insista pas.

— Et vous êtes sûr pour Cindy ?

Sa longue pause fut révélatrice.

— Je sais que d'autres étudiants du labo se droguaient et qu'ils étaient des amis de Cindy. Je n'ai jamais vu Cindy toucher à quoi que ce soit, mais je n'ai aucune idée de ce qu'elle a fait après notre rupture. Maintenant, je suis vraiment occupé et j'ai beaucoup de choses à faire, même si je préférerais pouvoir prendre un jour de congé.

Dexter leva les yeux vers le seuil de la porte où l'assistante apparut comme par magie.

Hunt acquiesça et serra la main de l'homme qui était ferme, mais humide – Hoover n'aurait pas approuvé. Hunt suivit l'assistante le long du couloir et dans l'ascenseur. Elle portait un chignon serré d'où dépassait un crayon.

— Vous aimez travailler ici, Mlle Grantham ?

Ses doigts se resserrèrent autour de son portable surdimensionné.

— En effet.

— Vous êtes bien payée ?

Elle plongea ses yeux bleus dans les siens.

— Pas mal.

— De bons patrons ?

Son expression semblait amusée.

— J'aime mon travail, agent spécial Kincaid. J'aime mes patrons.

Il se demanda si elle était l'autre femme.

— Connaissiez-vous Cindy Resnick ?

— Seulement de vue, répondit-elle. Je ne suis pas là depuis si longtemps.

— Vous ne comptez pas faire de vagues ?

Un sourire séducteur incurva le coin de sa bouche.

— Pas même une ondulation.

Ils arrivèrent à la porte d'entrée et il la remercia d'un signe de tête. Il ne pensait pas que la prochaine femme à qui il parlerait serait aussi franche sur ses intentions, mais la dernière chose dont il avait besoin était qu'une journaliste s'aperçoive d'une menace bioterroriste.

Il devait s'assurer que Pip West reste hors de son chemin.

Il monta dans sa Bucar et démarra. Peut-être pourrait-il donner à Pip juste assez d'informations pour l'occuper pendant qu'il continuait à faire son travail, à savoir protéger le peuple américain et traduire les criminels en justice. Lui donner quelques miettes pour qu'elle soit satisfaite.

Il se réprimanda, car l'idée de satisfaire Pip West lui plaisait à bien des égards, et la plupart n'avaient rien à voir avec son travail au FBI.

CHAPITRE HUIT

C'ÉTAIT LA FIN de l'après-midi et Pip s'était installée sur une causeuse devant le bar principal du hall de l'hôtel où elle avait prévu de retrouver Adrian Lightfoot. L'avocat lui avait écrit pour la prévenir qu'il risquait d'être en retard. Elle ne voulait pas regagner sa chambre. Elle se connaissait assez bien pour savoir que si elle le faisait, elle n'en sortirait jamais.

Elle s'était employée à trouver les coordonnées d'un maximum d'amis et de collègues de travail de Cindy en consultant les profils de son amie sur les réseaux sociaux. Pip avait envoyé des messages aux personnes qu'elle avait rencontrées au fil des ans, et une étudiante de troisième cycle avait confirmé qu'elle viendrait à l'hôtel pour la voir.

Pip espérait que l'avocat et l'étudiante n'arriveraient pas en même temps.

Elle avait envoyé un e-mail au directeur de thèse de Cindy, mais il ne lui avait pas encore répondu. Elle avait rencontré le professeur Everson aux funérailles des parents et du frère de Cindy. Il était maladroit, mais semblait bien intentionné. Cindy n'était pas toujours d'accord avec ses opinions, mais elle l'admirait et il semblait la respecter. Elle espérait qu'il accepterait de lire pendant la cérémonie. Quelque chose qui permettrait aux autres de comprendre à quel point son amie avait été brillante.

Pip avait repoussé plusieurs avances non désirées en étant complètement absorbée par ce qu'elle faisait et en répondant poliment, mais fermement « non » quand quelqu'un lui offrait un cocktail.

Lorsque quelqu'un s'assit sur le siège à côté d'elle alors qu'il y avait d'autres chaises disponibles, elle serra les dents. Elle se déplaça vers le milieu du canapé en cuir vert et tomba sur un visage familier.

Hum.

— Comment m'avez-vous trouvée ? demanda-t-elle.

— Je suis du FBI, vous vous souvenez ?

Les yeux de l'agent Kincaid brillaient d'humour.

Un petit rire la prit par surprise. C'était le premier depuis des semaines. Elle se reprit. Elle s'attendait à ce qu'il la contacte. Elle ne s'attendait pas à ce qu'il la retrouve en personne.

— Vous vouliez me demander quelque chose ?

— Que faisiez-vous chez Universal Biotech tout à l'heure ?

— Youpi. C'est reparti pour l'interrogatoire.

Elle s'appuya contre l'accoudoir de la causeuse.

— Pourquoi êtes-vous si intéressé par mes mouvements, agent Kincaid ?

Elle inclina la tête sur le côté et cligna des cils, mais elle ne put maintenir cette façade bien longtemps. Son chagrin semblait avoir volé les parties heureuses de sa personnalité, tout ce qui n'était pas abîmé par la misère ou la tristesse.

— Pour vérifier que vous n'avez enfreint aucune loi, rétorqua-t-il.

— J'ai respecté les limitations de vitesse sur toute la route.

— Les infractions au Code de la route sont le dernier de mes soucis, murmura-t-il. C'est votre bouche qui m'inquiète.

Il n'avait rien voulu dire de cochon, mais la température grimpa de plusieurs degrés et elle eut envie d'éventer ses joues soudain brûlantes. Elle s'éclaircit la gorge.

— Je ne suis pas autorisée à parler ?

Il grogna.

— Vous pouvez parler autant que vous le voulez. Mais vous n'avez pas le droit d'interférer avec mon enquête.

Et voilà. L'intimidation classique des forces de l'ordre. Ils essayaient de faire taire toute personne remettant en cause leur autorité.

— Et sur *quoi* exactement enquêtez-vous ?

Ses yeux intrigants l'observaient, sans rien révéler.

— Pourquoi être allée voir Dexter ? demanda-t-il, feignant la désinvolture avec autant de succès qu'elle feignait la douceur.

— J'essayais de voir ce qu'il savait sur la mort de Cindy.

— Ce qui était mon intention jusqu'à ce que quelqu'un me devance. Alors que je suis formé à cela.

— Eh bien, je ne savais pas que vous alliez lui parler.

Sa voix monta dans les aigus, sur la défensive.

— Maintenant, vous le savez.

— Écoutez, Kincaid. Je suis journaliste…

— J'en suis bien conscient.

Elle ignora le sarcasme.

— Et je suis formée à ça, moi aussi. Je ne lis pas dans les pensées. À moins que vous ne me donniez une liste de tous les gens à qui vous ne voulez pas que je parle, j'avance à l'aveugle.

Kincaid resta assis en silence à la regarder.

Elle se força à se calmer. Elle devait trouver la vérité derrière la mort de Cindy et cet homme pouvait l'aider.

— J'ai parlé à Dexter des préparatifs de l'enterrement.

Pour savoir s'il avait des idées pour la cérémonie.

Non pas qu'elle les ait écoutées. Cindy aurait détesté l'idée que son ex infidèle orchestre quelque chose en rapport avec ses funérailles, mais elle voulait mettre ce type de son côté.

Kincaid haussa un sourcil avec froideur.

— Est-ce pour ça que vous vous pelotiez dans le hall ?

— *Nous peloter* ?

Elle resta bouche bée.

— Soit vous êtes marié depuis trop longtemps, soit vous avez oublié à quoi ressemblait un pelotage.

Ses yeux bleus s'assombrirent.

— Je ne suis pas marié et je n'ai rien oublié, mais je sais qu'on est censés éviter de le faire en public.

Elle roula des yeux, mais son pouls s'emballa quelque peu. Il n'était donc pas marié. Et alors ? *C'est un agent fédéral, tu te souviens* ? Un homme qui avait menacé la veille de l'arrêter pour homicide involontaire si elle ne faisait pas ce qu'il disait. Un homme qui avait fouillé sa voiture pour trouver des drogues qui auraient pu être responsables de la mort de sa meilleure amie.

Pas vraiment compatible avec une relation.

— Pete m'a prise dans ses bras et ne voulait plus me lâcher, admit-elle à contrecœur.

Elle n'avait pas apprécié l'expérience, mais elle n'avait pas voulu révéler ses vrais sentiments à l'égard du type en s'éloignant et en s'aspergeant de Lysol. Pete Dexter connaissait des choses sur le monde de Cindy auxquelles elle devait avoir accès, et si sa volonté de s'en servir faisait d'elle une mauvaise personne, qu'il en soit ainsi.

Kincaid se pencha en avant et prit un café sur la table. Il la regarda à travers le haut du rideau de vapeur.

— Alors, que pensez-vous de la réaction de Dexter ?

— Il a pleuré.

Elle remua, mal à l'aise. Les larmes de Dexter semblaient authentiques.

— C'est une réaction normale.

La boule dans sa gorge apparut de nulle part et menaça de l'étouffer à nouveau. *Bon sang.*

— Honnêtement, je n'ai jamais vraiment aimé ce type. Il est vaniteux et un peu con. Il m'a toujours traitée comme la petite sœur idiote qui ne comprenait pas grand-chose et avec qui on se contentait d'une tape sur la tête. Que pensez-vous de sa réaction ?

L'expression de Kincaid resta impassible. Il ne mordit pas à son invitation à se livrer.

— Cindy savait que je ne l'aimais pas trop, mais je ne l'ai jamais dévalorisé devant elle. Elle l'aimait.

— À vous entendre, on croirait que vous étiez vous-même amoureuse d'elle.

Kincaid prit une gorgée de café.

— Je l'étais.

Le choc et la lueur de déception dans les yeux de Kincaid firent naître quelque chose de chaud et d'interdit dans son ventre.

— Si nous avions été lesbiennes, nous aurions trouvé nos âmes sœurs et la recherche du grand amour aurait été terminée. Malheureusement, nous ne l'étions pas.

Il garda la même expression, mais la tension dans ses doigts se relâcha. Il ne voulait peut-être pas l'admettre, mais il était un peu attiré par elle. Et il ne l'aimait pas beaucoup.

— Je l'aimais, expliqua-t-il. Platoniquement.

— Alors, la recherche du grand amour continue ?

Son ton était empreint d'un amusement cynique. Ses yeux se posèrent sur ses lèvres pendant un instant et une sensation de chaleur envahit sa peau.

Pip n'avait pas abandonné le concept de rencards, seulement la pratique. Certaines personnes étaient plus faciles à aimer que d'autres. Et tout le monde ne trouvait pas son âme sœur.

— Aucune de nous ne basait ses décisions sur l'amour, les hommes ou les relations, lui dit-elle d'un ton vif, même si, à proprement parler, c'était un mensonge.

Après l'université, Pip avait déménagé à Miami pour être avec un gars. Il l'avait trompée et avait mis une autre fille enceinte. À présent, ils étaient mariés avec deux enfants et Pip était toujours célibataire.

— Cindy prévoyait de travailler dans les pays en développement pour éradiquer certaines des maladies les plus meurtrières de la planète. Il fallait du cran pour faire ce qu'elle faisait et elle n'avait pas l'intention de s'arrêter, pas même si elle trouvait l'homme de sa vie.

Elle prit une bouffée d'air, essayant de calmer la douleur constante qui faisait rage en elle.

— Elle ne travaillait pas sur les maladies mortelles parce qu'elle avait besoin d'argent. Elle le faisait parce qu'elle avait à cœur d'aider les gens.

— Quelles sont vos passions, à vous ?

Son pouce caressa le côté de la tasse d'une manière qui la fit frissonner.

— Moi ?

Elle rit d'un air gêné.

— Je ne sais plus vraiment.

Elle détourna les yeux du regard perçant de l'agent du FBI.

Elle n'était pas prête à admettre qu'elle se sentait à la dérive dans ce monde et qu'elle ne savait plus ce qu'elle allait faire de sa vie. Le court terme était facile. Elle allait découvrir la vérité sur la mort de Cindy même si ça devait la tuer. Mais à long terme ?

— Cindy avait l'air d'être quelqu'un de bien, dit enfin Kincaid, comblant le silence qui s'était installé entre eux.

— Elle l'était.

Elle renifla.

— Vous l'auriez aimée.

Il lui adressa un regard interrogateur.

— Vous vouliez tous les deux sauver le monde.

Il fit la grimace.

— Je ne veux pas sauver le monde.

— Alors, pourquoi avoir rejoint le FBI ?

Il s'agita sur son siège.

— Parce que le badge et le pistolet sont cool ?

Elle ricana, croisa les jambes et vit son regard se poser sur ses escarpins noirs.

Il releva les yeux. Leurs regards se croisèrent.

Un frisson descendit le long de sa colonne vertébrale. Elle serra les cuisses l'une contre l'autre et la soie de ses bas fit naître une sensation indésirable sur sa chair.

— Sur quoi travaillez-vous ?

Il fit un signe de tête en direction de son ordinateur portable, chassant l'inconfortable montée de désir avec une grosse gifle de culpabilité.

— Une liste de personnes à contacter pour les funérailles. Et la nécrologie de Cindy.

Des mots qui devraient témoigner de la vie que Cindy avait vécue.

Pip regarda l'écran. Ce n'était pas assez. Ce ne serait jamais assez.

Kincaid fixa l'énorme atrium de l'hôtel avec ses ascenseurs en verre à l'allure futuriste qui montaient et descendaient à toute vitesse. Puis il croisa son regard à nouveau.

— Je suis désolé pour votre amie. Je ne crois pas vous l'avoir déjà dit.

Des larmes capricieuses menaçaient de couler, mais elle les repoussa. Elle verserait ses larmes en privé à partir de maintenant.

— Cela signifie-t-il que je ne suis plus suspecte ?

— Les caméras de surveillance vous placent à des kilomètres de là quand Cindy a fait une overdose.

Le soulagement que Pip ressentit fut éclipsé par l'irritation.

— Je n'arrête pas de vous dire qu'il est impossible que Cindy ait pris de la drogue.

— Pourtant, le médecin légiste a trouvé de la cocaïne dans son organisme.

La colère fit bouillir son sang.

— Peut-être que quelqu'un l'a aidée à en arriver là. Sans son consentement.

Il eut un regard rempli de pitié.

— Et parfois les gens ont des secrets.

Pip inspira profondément pour essayer d'atténuer son agacement sous-jacent. Bon sang, elle était en colère depuis des jours à présent. Mais il ne connaissait pas Cindy. Il ne *la* connaissait pas.

— Je n'arrête pas de vous le demander, mais vous refusez de répondre. Pourquoi vous intéressez-vous à la mort de Cindy ?

Elle était certaine qu'il lui cachait quelque chose.

— Ne me dites pas que c'est la procédure normale pour les gens qui travaillent sur des substances contrôlées.

— C'est la procédure normale pour les gens qui travaillent sur des substances contrôlées.

Il se jouait d'elle.

— Je ne vous crois pas.

Il se pencha plus près.

— Je me fiche de ce que vous pensez. Vous devez vous retirer.

— Cindy était mon amie, lâcha-t-elle. Et je ne pense pas qu'elle se soit droguée.

— Et peut-être que vous essayez de nous en convaincre parce que vous vous êtes disputée avec votre amie et qu'il n'y a pas d'autre moyen à vos yeux de vous racheter.

Elle frémit.

— À quel sujet vous êtes-vous disputées ? demanda-t-il.

— Le travail. Les hommes, dit-elle avec amertume.

— Des problèmes de petit ami ?

Pip détourna le regard.

— Elle me disait que je devrais sortir plus souvent.

— Comment ça ?

Elle tripota l'ourlet de sa chemise.

— Je n'ai pas eu de rendez-vous depuis quelques années.

— Pourquoi pas ?

— Mauvaise expérience.

— Quel genre de mauvaise expérience ?

Il baissa la voix et son ton la fit frissonner.

— Juste une relation merdique. J'ai tendance à avoir un goût terrible en matière d'hommes.

Elle leva les yeux. Son regard se fixa sur le sien et pendant un moment, l'air entre eux grésilla.

C'est un agent fédéral, tu te souviens ?

— Qu'avez-vous découvert chez Universal Biotech ? demanda-t-elle à la place.

— Pas grand-chose.

Son regard s'arrêta fugitivement sur sa bouche. Il se pencha plus près et elle retint son souffle.

— Laissez tomber, *Pip*. Sinon, je vous ferai accuser d'entrave à la justice.

Au lieu de reculer, cette fois, elle s'approcha de lui jusqu'à ce que leurs lèvres se frôlent. Se livrant à une tactique d'intimidation avec leurs bouches.

— La liberté de la presse. Ça vous dit quelque chose ?

Il plissa les yeux avant de reculer. Elle avait gagné ce round.

Il se gratta la tête et elle crut l'entendre marmonner « quelle plaie », mais elle n'en était pas sûre.

— En fait, je suis venu vous voir parce que j'ai parlé au médecin légiste, dit-il et immédiatement, l'attention de Pip se porta sur ses mots et non sur sa bouche.

Il étendit ses jambes sous la table devant lui et pencha la tête en arrière, regardant les quarante étages munis de balcons.

— Le corps devrait être rendu d'ici la fin de la semaine. Vous pouvez organiser les funérailles.

— Et si je veux demander une seconde autopsie ?

Il se tourna vers elle et fronça les sourcils.

— C'est à vous de décider. Je peux demander au médecin légiste de vous recommander quelqu'un si vous voulez…

Elle haussa les sourcils et ne prit pas la peine de cacher son scepticisme.

Il rit.

— Vous ne pensez tout de même pas que nous aurions inventé la présence d'eau dans ses poumons et de drogues dans son système, n'est-ce pas ?

Ses mots lui firent l'effet d'un coup de poing à l'estomac. C'était de Cindy dont ils parlaient, sa meilleure amie, pas d'une inconnue.

Il se redressa et passa sa main dans ses cheveux courts, l'air contrit et troublé.

— Désolé. J'oublie toujours que c'est personnel pour vous.

Elle s'essuya les yeux, heureuse d'avoir mis du mascara waterproof. Bon sang, quand allait-elle arrêter de pleurer ?

— Je sais ce que disent les preuves, mais ce n'est pas toute l'histoire. C'est impossible. Je connais Cindy. C'est impossible qu'elle ait sniffé de la cocaïne. Sauf si quelqu'un l'a forcée à le faire.

Il soupira et se leva, écrivit un numéro sur un morceau de papier et le lui tendit.

— C'est le numéro du légiste. Les gens là-bas peuvent vous aider à organiser le transport du corps là où vous voulez.

Elle acquiesça. Elle n'essayait pas d'être pénible. Elle voulait juste découvrir la vérité. Si cette vérité était que Cindy avait fait une erreur de jugement, elle l'accepterait. Au bout d'un certain temps.

Ses lèvres s'étirèrent en un sourire triste.

— Vous perdez votre temps, Pip.

— C'est mon problème.

Et en réalité, elle n'avait rien de mieux à faire.

Il la fixa assez longtemps pour la mettre mal à l'aise. Enfin, il prit la parole.

— Si vous trouvez quelque chose de plus solide que la foi aveugle en votre meilleure amie, appelez-moi. Je me pencherai dessus.

— Vous me prendriez au sérieux ? demanda-t-elle, surprise.

Il rit.

— Madame, je vous prends déjà au sérieux. Seulement, je
ne suis pas sûr de vos motivations.

— La vérité a-t-elle besoin d'une motivation ?

— La vérité vaut-elle toujours le prix à payer ? rétorqua-t-
il.

Elle resta bouche bée, sachant qu'il parlait de ce qui s'était
passé à Tallahassee.

— Vous voulez dire que j'aurais dû laisser couler ? Alors
que j'avais des informations sur un flic corrompu ?

— Pourquoi n'avez-vous pas donné le tuyau aux Fédéraux ?

Son ton était doux, curieux, plutôt qu'accusateur.

— Lisa ne voulait pas que je le fasse. Elle a dit qu'elle ne
me parlerait que si j'imprimais la vérité en première page.
Qu'une fois Frank exposé, il ne pourrait plus retourner dans
l'ombre.

— Lisa ? demanda-t-il.

— La femme de Frank Booker. C'était mon informatrice.

La surprise puis la compréhension passèrent dans son
regard.

— Et Frank Booker l'a découvert d'une manière ou d'une
autre.

— J'ai prévenu le chef de la police qu'il devrait arrêter
l'inspecteur avant que l'histoire ne sorte, mais il n'a pas cru
aux allégations.

C'était la faute de Pip s'ils étaient morts. Elle, le chef de la
police, et ce misérable fils de pute de Frank Booker.

— Pourquoi détestez-vous les journalistes ? demanda-t-elle soudain, sachant qu'il y avait une histoire là-dessous.

Il fit la moue.

— Je ne déteste pas les journalistes.

— Menteur, dit-elle doucement.

Je n'aime simplement pas être manipulé.

— Menteur, répéta-t-elle.

Et l'ombre dans ses yeux lui prouva qu'elle avait raison.

Rompant leur connexion, une jeune femme vint se placer derrière la chaise d'en face et fit signe à Pip, essayant d'attirer son attention. Il fallut un moment à Pip pour la reconnaître. Sally-Anne Wilton, une amie de Cindy qui travaillait au laboratoire, mais ses cheveux étaient violets la dernière fois que Pip l'avait vue à Noël. Pip ouvrit grand les bras. Immédiatement, elle se retrouva prise dans une étreinte avide.

Finalement, Sally-Anne lâcha prise et mit un moment pour se reprendre. Pip présenta l'agent Kincaid et vit les yeux de Sally-Anne s'arrondir à la mention du FBI.

L'agent tendit une carte de visite à Sally-Anne.

— Au cas où vous auriez besoin de parler à quelqu'un de la mort de Cindy.

Elle haussa les sourcils. Le FBI était-il devenu une sorte de groupe de soutien thérapeutique ? Elle ne le pensait pas. Mais Kincaid annonçait haut et fort son implication dans l'enquête sur la mort de Cindy.

Son téléphone portable sonna et elle s'en empara, mais c'était en fait celui de Kincaid. Ils avaient la même sonnerie.

L'agent consulta l'écran, mais ne répondit pas.

— Je dois rentrer au bureau.

— Pas de repos pour les braves, commenta sèchement Pip.

— Les criminels ou moi ?

La lueur amusée dans ses yeux la poussa à se demander ce que cela aurait pu être de le rencontrer dans d'autres circonstances, mais elle chassa cette pensée. Son aversion pour les journalistes n'aurait pas changé.

— Mlle Wilton.

Il fit un signe de tête à Sally-Anne avant de se retourner vers Pip.

— Rappelez-vous ce que je vous ai dit.

Quelle partie ? *Ne pas interférer avec une enquête du FBI* ou *si vous trouvez quelque chose de plus solide qu'une foi aveugle, appelez-moi* ? Avant qu'elle ne puisse le lui demander, il s'éloignait déjà.

Elle réalisa qu'elles étaient toutes les deux debout à l'admirer de dos lorsque Sally-Anne s'éventa de façon ostentatoire.

— Est-ce que tous les agents du FBI ressemblent à ça ?

— J'en doute, répondit Pip en toute franchise.

Sally-Anne sourit et renifla.

— Cindy l'aurait trouvé sexy, elle aussi.

— Ce n'est pas parce qu'il est beau qu'il est sexy, rétorqua Pip.

— Avec ces yeux et ce cul ? Laisse-moi rire.

Sally-Anne lui jeta un regard en coin et sourit.

— En plus, j'ai vu la façon dont tu le regardais. De la même façon qu'il te regardait. Si tu n'étais pas si bouleversée par la mort de Cindy, je t'aurais dit de prendre une chambre.

Pip ignora son commentaire.

— Cindy aurait aimé l'idée que quelque chose de bon sorte de sa mort. Elle s'inquiétait pour toi. Elle trouvait que tu travaillais trop dur et t'amusais trop peu.

Pip passa ses bras autour de sa taille.

— Elle a toujours travaillé plus dur que tous ceux que je connais. C'est sûrement ton cas, à toi aussi.

Sally-Anne haussa les épaules et s'assit, faisant signe à un serveur.

— Nous travaillons tous trop dur. Et c'est pourquoi, parfois, nous avons besoin de lâcher un peu de lest. Je voudrais une bouteille de champagne, s'il vous plaît. Avec deux verres, dit-elle au serveur lorsqu'il s'approcha.

Pip s'affala lourdement sur son siège.

— Champagne ?

— Avec plaisir.

Sally-Anne enleva l'ordinateur de Pip de la table.

— Range-moi ça. On va lever nos verres à sa mémoire, et interdiction de verser une larme. Ce n'est pas ce qu'elle aurait voulu.

Cindy n'aurait jamais voulu ça.

Quelques minutes plus tard, Pip força sa main à rester stable pour porter un toast.

— À Cindy. La meilleure amie de l'univers.

— À Cindy. Et aux agents du FBI sexy qui peuvent me menotter au lit à tout moment.

Sally-Anne trinqua bruyamment.

Pip sentit ses joues s'échauffer.

— À Cindy, répéta-t-elle.

Peu importe à quel point elle trouvait Kincaid « sexy », elle ne comptait pas porter un toast en son honneur ou penser à des menottes de quelque façon que ce soit.

— Pourquoi le FBI est-il impliqué ? demanda Sally-Anne, qui remplissait déjà son deuxième verre.

C'était la question à un million de dollars.

— Il a dit que c'est la procédure normale pour les morts

suspectes de personnes qui travaillent sur certains bioagents.

Sally-Anne écarquilla les yeux.

— Je me demande si le virus Hanta est sur la liste.

C'était sur ça que Sally-Anne travaillait, se souvint Pip.

— Je n'en ai aucune idée, mais n'hésite pas à me dire si tu le découvres.

Pip posa son verre.

— Comment Cindy est-elle morte ?

Le blanc des yeux de Sally-Anne était strié de rouge, et sa lèvre vacillait.

— Ils disent qu'elle s'est noyée, mais elle avait de la coke dans son organisme.

Sally-Anne plaqua une serviette de table contre ses lèvres claires, puis se moucha.

— Je ne l'ai jamais vue prendre quoi que ce soit, mais on ne sait jamais vraiment si quelqu'un se drogue.

Sally-Anne semblait donc prête à croire si facilement que Cindy était une cocaïnomane.

Pip avait appris à compartimenter ses émotions afin de pouvoir se séparer des histoires douloureuses du passé. Si elle espérait résoudre ce mystère, elle allait devoir recommencer avec la mort de Cindy. Elle avait besoin de réunir des informations auprès des autres étudiants de troisième cycle. Les gens qui la voyaient tous les jours. Elle ne pouvait se permettre de hurler de frustration face à l'injustice de la situation.

— Cindy m'a dit que vos fêtes étaient assez débridées ?

Sally-Anne éclata de rire et se racla la gorge avant de finir son deuxième verre de champagne.

— C'est vrai.

— Tu penses que c'est là qu'elle a pu se procurer la

drogue ?

Sally-Anne fronça les sourcils.

— Je ne m'en souviens pas. Je suis assez bourrée à la plupart des fêtes et mes souvenirs sont flous. Parfois, certains d'entre nous apportent autre chose que de l'alcool. Ce n'est pas grand-chose. Je veux dire, tout le monde essaie un jour, non ?

Pip ne la jugea pas. Adolescente, elle avait essayé l'herbe et l'ecstasy avant de se faire piéger par la cocaïne de son petit ami. Elle n'avait jamais touché à rien après ça et avait évité les gens qui le faisaient. Elle avait vu ce qui arrivait à certaines personnes qui avaient moins de chance qu'elle. Une fille qu'elle avait rencontrée dans une famille d'accueil était passée de l'herbe à l'héroïne puis à la méthamphétamine en l'espace de deux mois et était morte au bout de trois. La gamine avait cherché quelque chose qui pourrait l'aider à se sentir mieux et s'était perdue en cours de route.

— Je n'arrive pas à croire qu'elle ne soit plus là.

Sally-Anne remplit leurs verres même si Pip avait à peine touché au sien.

— Je m'attends toujours à ce qu'elle débarque et éclate de rire en voyant nos têtes devant sa bonne plaisanterie.

Si Pip n'avait pas vu son amie de ses propres yeux, elle ne l'aurait sûrement pas cru non plus. Mais les sentiments de désolation et de solitude étaient bien réels – des sentiments qui lui rappelaient ses premières années d'adolescence.

— Elle n'était pas déprimée, n'est-ce pas ?

C'était une option qu'elle n'avait pas voulu envisager, mais si elle voulait vraiment découvrir la vérité, elle devait être objective, affronter toutes les possibilités, pas seulement celles qui lui convenaient.

L'idée qu'elle n'ait pas vu les signes de la dépression et que

Cindy ait pu mettre fin à ses jours délibérément.

Tu ne sais pas tout.

Que pouvait bien ignorer Pip ?

— Non. En tout cas, pas que je sache.

Sally-Anne descendit son verre et s'en servit un autre.

Elle s'essuya le nez sur une serviette.

— Elle était excitée et heureuse d'avoir presque terminé. Nous préparions une fête surprise pour sa soutenance. Évidemment, elle n'en savait rien.

Elle rit, des larmes coulant soudain sur son visage.

Pip était émotionnellement épuisée. Elle n'avait plus de larmes à verser.

— Sais-tu qui aurait pu lui fournir la drogue ?

Sally-Anne secoua la tête.

— Je ne veux pas que mes amis aient des problèmes avec le FBI.

— Je ne vais pas le leur dire.

Pip fit la grimace et la joua cool.

— Je doute que le FBI se soucie de savoir si une bande d'étudiants se défonce. Mais la coke que Cindy a prise contenait du fentanyl. Je ne veux pas que quelqu'un d'autre prenne ce truc.

La lèvre inférieure de Sally-Anne vacilla.

— Nos fournisseurs ne lui auraient pas vendu ça. Hanzo se vante de la pureté de son produit et un étudiant de troisième cycle a même fait une analyse CLHP d'un échantillon. C'est de la bonne.

Hanzo.

Sally-Anne descendit un autre verre de bulles, consulta sa montre et récupéra son sac à main.

— Désolée. Je dois aller y aller. Je dirige un TP demain

matin à 9 heures et j'ai laissé mes notes au labo.

Elle se leva et se pencha pour une autre accolade. Ses doigts s'enfoncèrent dans le dos de Pip.

— Ce n'était pas ta faute, tu sais. Elle était sûrement épuisée et n'avait pas les idées claires.

L'émotion noua la gorge de Pip. Et si Kincaid avait raison et que Pip était dans le déni parce qu'elles s'étaient disputées et qu'elle ne pourrait jamais faire amende honorable ?

— Je t'appellerai quand j'aurai finalisé les arrangements funéraires.

Pip serra les mains glacées de Sally-Anne.

— Merci de m'avoir parlé. Sois prudente, d'accord ?

Sally-Anne mit son sac sur son épaule.

— C'est prévu.

Cette femme était une putain de virologue. Elle n'avait pas besoin que Pip le lui explique.

— Ciao, Pip.

Sally-Anne se pencha et déposa un baiser sur la joue de Pip.

— Ne te laisse pas abattre. Souviens-toi que Cindy t'aimait, c'est tout ce qui compte.

Elle agita les doigts en guise d'au revoir et disparut par la porte, et Pip se retrouva seule au milieu d'une foule d'inconnus.

CHAPITRE NEUF

HUNT ÉTAIT ASSIS à son bureau et examinait le rapport d'autopsie complet de Cindy Resnick, essayant d'oublier le visage affligé de Pip West.

Les résultats de tous les échantillons testés par le CDC étaient également arrivés. Aucune trace d'anthrax n'avait été retrouvée dans l'organisme de Cindy Resnick, ni dans sa maison en ville, ni dans le cottage où elle était morte. La deuxième autopsie que Pip West avait demandée pouvait à présent avoir lieu dans une morgue standard. Hunt ne pensait pas que Pip aimerait ce qu'elle apprendrait.

En plus de la cocaïne et de l'alcool, la première autopsie avait révélé que Cindy avait des traces de spermicide en elle, ce qui suggérait qu'elle avait eu des rapports sexuels avec quelqu'un qui portait un préservatif la nuit de sa mort. Les équipes d'enquêteurs avaient également trouvé de l'ADN masculin sur les draps de son lit. Pip ne pensait pas que son amie voyait quelqu'un, mais visiblement, elle avait tort.

Peut-être que Cindy avait d'autres secrets… Peut-être qu'elle avait préféré en finir plutôt que d'affronter les conséquences de certains d'entre eux.

— Hé, qu'est-ce qui t'est arrivé ?

Hunt fut tiré de ses pensées.

Will Griffin apparut à côté de lui, habillé en tenue de

running.

— J'ai été envoyé sur une piste pour le quartier général.

Techniquement, ce n'était pas un mensonge.

— Comment ça s'est passé hier ? Quelqu'un t'a donné du fil à retordre ?

— Non.

Will sourit.

— Tu aurais dû voir la tête de Crowley quand on est entrés et que Mandy lui a lu ses droits. Je crois qu'il a pissé dans son slip.

— J'aurais aimé être là.

Crowley était dans sa ligne de mire depuis plus d'un an et il avait raté le grand saut. Mais il avait à peine repensé à l'affaire depuis que cette histoire d'anthrax était arrivée sur la table. Rien de tel que la vie de milliers de personnes pour mettre en perspective la criminalité en col blanc.

— Kincaid.

Will fit claquer ses doigts devant le visage de Hunt.

Hunt se frotta la nuque et bâilla.

— Désolé. Je n'ai pas beaucoup dormi la nuit dernière. Ni la nuit d'avant, en réalité.

Will le regarda d'un œil critique.

— Et pas parce que tu as eu de la chance.

Hunt grogna.

— J'aurais bien aimé.

Le visage de Pip West lui traversa l'esprit. Pas de doute, c'était une belle femme. Et totalement hors limite malgré l'étincelle d'attirance entre eux.

Will jeta une pomme en l'air, puis l'attrapa au vol et mordit dedans.

— La plupart des personnes arrêtées à l'hôtel de ville ont

été libérées sous caution. Sauf Crowley. J'ai entendu dire qu'une autre femme s'était plainte qu'il l'avait agressée sexuellement. Maintenant, sa femme refuse de payer la caution.

La femme de Crowley contrôlait les cordons de la bourse et, d'après ce qu'ils avaient pu vérifier, elle n'était pas impliquée dans le scandale de corruption.

— Ce type est répugnant.

— Sans blague. Chaque jour où Mandy travaillait avec lui, ça me rendait dingue.

— Elle est assez grande pour prendre soin d'elle-même. En plus, elle avait du renfort.

Hunt, pour être précis.

— Oui, mais ce n'était pas moi.

Will croqua dans sa pomme.

— Et je ne peux rien dire à ce sujet sans qu'elle s'énerve. Foutue bonne femme.

— C'est pour ça que tu l'aimes, lui lança Hunt.

— Ce *n'est pas* pour ça que je l'aime, mais je ne m'ennuie pas avec elle, c'est certain.

Will aperçut le rapport d'autopsie sur le bureau de Hunt et se rapprocha.

— Tu bosses sur une victime qui s'est noyée ? C'est ça, ta piste ? Quel est le rapport avec la criminalité en col blanc ?

Hunt ferma le dossier.

— Je ne suis plus dans l'équipe des cols blancs pour le moment.

Il accepta un high five de son pote.

— Je suis en liaison avec le QG sur cette enquête dans le cadre de mon rôle de coordinateur ADM.

C'était tout ce qu'il pouvait dire sans dépasser les limites des autorisations de sécurité.

— La victime noyée est sûrement une coïncidence.

— C'est quoi, cette enquête ? demanda Will, les yeux brillants.

— Je ne peux pas te le dire.

— Pourquoi pas ?

Hunt rit.

— Je n'en sais rien.

Will le regardait étrangement. Hunt pensa à Cindy Resnick à qui son université avait dit la même chose. Quelle pression cela avait-il exercé sur l'étudiante et ses relations ?

Will renonça à le cuisiner.

— Ta candidature est prête ?

Ils attendaient que l'équipe de libération d'otages annonce qu'elle était ouverte aux soumissions pour le prochain programme de sélection. Cela ne devrait plus tarder.

La candidature de Hunt était prête depuis des mois.

— Ouaip. Et toi ?

Will acquiesça.

— On devrait intensifier notre entraînement physique. Ça te dit d'aller courir ?

— Maintenant ?

Hunt aurait préféré qu'on lui plante des aiguilles dans les yeux.

Will hocha à nouveau la tête.

Hunt regarda les dossiers associés à différents scientifiques posés sur son bureau. Il avait encore beaucoup à faire.

— Je suis assez occupé avec tout ça. Peut-être demain ?

Jusqu'à ce qu'ils aient déterminé si cette menace de bioterrorisme venait ou non de la région d'Atlanta, Hunt ne pensait pas avoir beaucoup de temps pour aller courir 15 km.

Un sourire incurva la bouche de Will.

— Ça ne sert à rien de postuler si tu ne t'impliques pas à cent pour cent. Je t'enverrai une carte postale de Quantico.

Putain d'enfoiré.

— Je m'implique.

Mais il était plus de dix-neuf heures et Hunt perdait son temps avec une femme qui avait sûrement sniffé trop de coke toxique et était ensuite allée se baigner – seule – de nuit. Cela n'avait sûrement rien à voir avec la vente illégale d'anthrax militarisé. Les scientifiques étaient tous chez eux. Les analystes du SIOC faisaient leur travail. Hunt avait prévu d'aller voir un autre groupe de chercheurs le lendemain matin à Georgia State.

— Très bien. Donne-moi cinq minutes pour me changer.

— Dépêche-toi. Certains d'entre nous ont des plans pour ce soir, mon frère. Bougeons-nous avant que nos corps ne s'atrophient et qu'on ressemble à Reinhold.

Bob Reinhold était chauve et gros, mais Hunt était presque sûr qu'il était né comme ça.

— Celui qui perd paie la bière.

Hunt éteignit son ordinateur et enferma ses dossiers.

— J'ai le temps pour que tu me paies une petite bière.

Will sourit.

Hunt secoua la tête en se dirigeant vers le vestiaire. Will était athlétique, mais bâti pour le sprint. Quatorze mois plus tôt, Hunt le battait régulièrement sur de plus longues distances, mais il s'était ensuite cassé la jambe dans un accident de moto – c'était à ce moment-là qu'il avait été transféré de l'équipe renforcée du SWAT à la criminalité en col blanc. À présent, Will avait généralement l'avantage sur lui. Une faiblesse qu'il ne pouvait se permettre s'il espérait passer la sélection. Hunt se débarrassa de ses vêtements, rangea son badge, son portefeuille et son arme dans un casier et enfila un short de course et un vieux t-shirt gris.

La culpabilité de ne pas travailler sur l'affaire commençait à le ronger, mais rejoindre l'équipe de libération d'otages était son rêve depuis qu'il avait sept ans. Il devait faire son travail, mais cela ne signifiait pas pour autant qu'il devait sacrifier ses aspirations à long terme. Il était temps de trouver comment allier les deux.

Il revit l'image du corps mort de Cindy Resnick sur les rives du lac. On ne savait jamais quand notre temps serait écoulé.

———

PIP FIXAIT LA bouteille de champagne vide qui flottait à présent dans une mer de glace fondue. Cette petite fête avait été sympa sur le moment et Pip savait que Cindy l'aurait approuvée, mais à présent que Sally-Anne était partie, Pip se retrouvait à nouveau avec ce trou béant dans sa vie. Une blessure par balle à l'endroit du cœur.

Un homme vint se placer en face d'elle et lui tendit un petit plateau avec des cafés.

— Désolé, je suis en retard. Je ne savais pas comment vous buviez votre café, alors j'ai opté pour noir.

Il regarda la bouteille de champagne.

— Mais peut-être préférez-vous quelque chose de plus fort ?

Adrian Lightfoot portait un blazer vert mousse sur une chemise blanche et un pantalon beige.

— Non, c'est parfait.

Elle prit un café et le posa sur la table en face d'elle.

— Merci, M. Lightfoot.

— Appelez-moi Adrian.

Il s'assit en face de lui et Pip admira ses cheveux blonds et ses yeux verts, mais il y avait des ombres sombres sous ses yeux, comme s'il n'avait pas dormi.

Elle désigna le champagne d'un signe de tête.

— Une des amies de Cindy du labo est venue compatir. Elle a insisté pour porter un toast à Cindy.

Elle réalisa que ça devait lui sembler horrible. Comme si elle célébrait froidement l'argent gagné avec son héritage.

Il lui adressa un doux sourire.

— Cindy aimait le champagne.

— Oui. En effet.

Une douleur aiguë lui traversa la poitrine. Elle était reconnaissante qu'il sache cela sur Cindy. C'était plus facile pour traiter avec lui.

Il posa une mallette sur la table et l'ouvrit.

— Je suis désolé pour tout.

Ses doigts tremblaient.

— Le fait que vous l'ayez trouvée. Ça a dû être affreux...

Pip détourna le regard. En effet. Ça craignait. Et ce n'était pas comme ça qu'elle voulait se souvenir de son amie. Elle voulait se souvenir de leurs journées passées en pyjama, de leurs courses ardues, de leurs soirées entre copines. Des bouteilles de Moët partagées dans le bonheur plutôt que le chagrin.

— Le FBI a-t-il dit comment elle est morte ? demanda-t-il.

Pip s'apprêtait à prendre une gorgée de café.

— Attention, la prévint Adrian. C'est chaud.

Elle souffla dessus et prit une toute petite gorgée. Il avait raison. Il était brûlant. Elle le reposa donc.

— J'ai parlé à un agent du FBI qui a dit que le médecin légiste avait indiqué qu'elle s'était noyée. Ils ont également trouvé de la cocaïne contenant du fentanyl dans son sang, expliqua-t-elle.

Ses yeux s'élargirent.

— Elle avait pris de la drogue ?

Pip serra les dents. Pourquoi tout le monde était-il si prompt à croire au pire ?

— Je vais demander une deuxième autopsie.

— Quoi ?

Il parut dérouté et se crispa. Il se redressa, plus raide qu'avant, et haussa le ton.

— Y avait-il des signes d'agression ?

— Non, dit Pip en fronçant les sourcils.

Adrian s'enfonça dans son siège.

— Je peux sûrement demander une seconde autopsie en votre nom. Ils ne vous ont pas reliée à cette affaire, n'est-ce pas ?

Se méfiait-il d'elle ? Pensait-il qu'elle avait tué Cindy par intérêt financier ?

— Mon alibi a été vérifié. Heureusement, j'apparais sur des caméras de surveillance à des centaines de kilomètres de là à l'heure de sa mort.

Elle sentit la tristesse la gagner, mais elle la combattit. C'était difficile de ravaler ses larmes et elle en avait assez de pleurer.

Elle essaya d'être plus tendre envers elle-même. Cindy était morte *la veille*. Pip avait le droit de faire son deuil, mais pas de s'apitoyer.

— Ils ont fouillé ma voiture...

— Ils ont fait quoi ?

Adrian parut alarmé.

— Pour chercher de la drogue. Hier, à Allatoona.

— Et vous avez accepté ?

Pip hocha la tête.

— J'ai trouvé le corps. Ils ont naturellement soupçonné que je pouvais lui avoir fourni la cocaïne.

Elle sourit légèrement devant son expression outrée.

— De toute façon, il n'y avait rien à trouver donc ça a joué en ma faveur. Mais si j'avais fourni les drogues qui ont tué Cindy et que j'étais trop dégonflée pour l'admettre, je les aurais jetées dans le lac ou enterrées dans les bois. Je ne les aurais pas planquées dans ma voiture.

— Il serait préférable que le FBI ne vous entende pas dire ça.

— Ils ne sont pas stupides. Ils le savent. Bref, comme je vous l'ai dit, je n'étais pas à proximité du cottage quand Cindy est morte.

Son souffle se bloqua et sa voix se brisa.

— J'aurais aimé l'être.

Il lui serra la main sur la table, comme Kincaid l'avait fait au petit-déjeuner ce matin-là. Cela semblait remonter à un millier d'années.

— J'aimais b-b-beaucoup Cindy.

Il s'éclaircit la gorge.

— Je suis tellement désolé qu'elle soit partie. Je suis vraiment désolé que vous l'ayez trouvée de cette façon.

Son contact était chaud et réconfortant.

— Mais j'aimerais comprendre. Pourquoi exactement voulez-vous une seconde autopsie ?

— Je connaissais Cindy depuis plus de dix ans, et je ne l'ai jamais vue faire quelque chose d'aussi stupide que de prendre de la drogue. Soit ils ont fait une erreur, soit ils ont manqué quelque chose.

— Cindy avait aussi un côté déchaîné.

Adrian semblait la mettre en garde.

— J'en suis bien consciente.

— Et personne n'aurait jamais pu la forcer à faire une chose qu'elle ne voulait pas.

Cindy avait été tout aussi têtue que Pip.

— Le fait qu'elle se soit droguée serait-il si improbable ? demanda doucement Adrian.

Pip pensa à toutes les folies qu'elles avaient faites ensemble au fil des ans. À contrecœur, elle secoua la tête, même si elle n'y croyait pas vraiment. Être déchaînée était une chose. Être imprudente en était une autre. Mais peut-être que Cindy avait brouillé les pistes après des mois et des années de dur labeur. Peut-être que la mort de sa famille et la rupture avec sa meilleure amie l'avaient poussée à prendre une mauvaise décision. Mais elle n'y croyait toujours pas.

Lentement, il lâcha sa main et la tapota.

— Je me souviens que Cindy avait une mauvaise opinion des gens qui faisaient des choses stupides.

Une ride entacha son front parfait.

— C'est pour ça qu'elle a quitté son petit ami.

— Dane ?

Pip ne connaissait pas du tout Dane. Il ne fréquentait pas les autres amis de Cindy.

— Je voulais dire l'autre. Dickster ?

Il y avait quelque chose de dur dans les yeux bleus de Lightfoot.

— Ah, encore un autre benêt.

Elle rit.

— Mais c'est vrai. Elle ne tolérait pas les imbéciles ou la trahison.

Adrian Lightfoot se gratta la tête.

— Il n'arrêtait pas de demander à Cindy d'investir dans sa société, mais je le lui ai déconseillé. Non pas que ce soit mon rôle, mais son père étant parti, je me suis dit que ça ne ferait pas de mal de lui donner un petit conseil paternel sur les hommes qui n'en voulaient qu'à son argent.

Adrian n'était pas si vieux que ça et était vraiment beau. Pip doutait que Cindy l'ait considéré comme une figure paternelle.

Cindy avait-elle déjà essayé de le séduire ? Cela ne l'aurait pas étonnée. Cindy aimait les hommes et depuis sa rupture avec Pete, elle avait enchaîné les coups d'un soir. C'était l'une des choses contre lesquelles Pip avait essayé de la mettre en garde.

Et maintenant, elle était morte et Pip regrettait de l'avoir mentionné.

— Je serai ravi de vous conseiller professionnellement une fois la succession réglée, mais je comprendrai si vous avez déjà un avocat ou si vous voulez quelqu'un d'autre. J'ai connu les Resnick toute ma vie. Je pourrais être un rappel douloureux...

Pip courba les épaules et le froid de la climatisation de l'hôtel lui donna la chair de poule. Elle voulait ce lien. Elle voulait ce rappel. La dernière chose qu'elle souhaitait était de les oublier.

— Je n'ai pas d'avocat. Je n'en ai jamais eu besoin avant.

Et elle n'aurait pas pu s'en offrir un même si elle en avait éprouvé la nécessité. Elle fronça les sourcils.

— Je suis heureuse que vous me conseilliez, mais la seule

chose que je veux faire maintenant est d'offrir à Cindy un enterrement décent.

Il hocha la tête.

— Nous pouvons le faire. Vous étiez une bonne amie. Je sais qu'elle vous appréciait et vous estimait. Elle parlait souvent de vous.

Cette dispute stupide pesait sur l'âme de Pip. Le fait qu'elle ait critiqué les choix de Cindy. Elle l'avait fait parce qu'elle était inquiète, mais elle avait dépassé les bornes.

— J'ai besoin de faire ce qui est juste pour elle. Je dois comprendre ce qui s'est passé. Je lui dois bien ça.

Elle hésita, puis admit :

— Je ne suis pas sûre de pouvoir me permettre de faire tout ce dont j'ai besoin. Combien coûte une autopsie ? Combien coûte un enterrement décent ?

Adrian eut l'air surpris.

— Les droits de succession vont prendre une grande partie de l'argent de Cindy, mais…

— J'utiliserai chaque centime si nécessaire.

Elle serra les poings.

— Et je peux en avoir plus. On m'a offert un bon poste à Denver…

Adrian leva la main en secouant la tête.

— Je ne pense pas que vous compreniez bien l'étendue des actifs de Cindy. Les brevets de son père génèrent à eux seuls des centaines de milliers de dollars par an.

Le père de Cindy avait travaillé dans l'industrie pharmaceutique et s'était très bien débrouillé dès son plus jeune âge avec une série de brevets pour des médicaments utilisés pour traiter l'hypertension.

— Et Cindy a déposé son propre brevet qui pourrait aussi

valoir beaucoup d'argent dans un avenir pas si lointain.

Pip avait oublié.

— Il se peut que vous deviez hypothéquer l'une des propriétés ou liquider certaines actions pour payer les droits de succession à court terme, mais il reste encore une somme considérable d'argent. Vous n'êtes pas obligée d'accepter le poste à Denver, sauf si vous le voulez.

Il se pencha plus près d'elle pour que sa voix ne porte pas.

— Je ne sais pas quelles sont vos aspirations, mais vous n'aurez plus jamais besoin de travailler.

— Quoi ?

La douleur lui retourna l'estomac. Pip n'avait pas réalisé que le chagrin pouvait faire aussi mal physiquement. Cindy avait fait d'elle une femme riche, mais tout ce qu'elle voulait vraiment, c'était retrouver sa meilleure amie.

Elle entendit le cuir craquer alors qu'Adrian venait s'asseoir à côté d'elle, puis il la serra doucement dans ses bras, la berçant alors que les larmes commençaient à couler.

— Venez. Allons dans un endroit plus privé, insista-t-il.

Elle prit son sac. Il récupéra sa mallette et ensemble ils se dirigèrent vers l'ascenseur, laissant le café et la bouteille de champagne vide au personnel de service. Dans l'ascenseur, il pressa sa joue contre sa poitrine alors qu'elle commençait à sangloter si fort qu'elle ne voyait plus rien. À son étage, il la conduisit à sa porte et se tint à l'écart pendant qu'elle tâtonnait pour trouver la carte magnétique.

Elle entra dans la grande suite qu'il avait réservée et se pelotonna sur l'un des fauteuils confortables, s'essuyant les yeux. Le chagrin était tel un marteau de forgeron qui la frappait encore et encore, ces coups venant de nulle part. Il lui arrivait d'y faire face, mais parfois elle se dissolvait en cendres.

Adrian restait près de la porte, l'air incertain.

— Puis-je entrer un moment ?

— Avec plaisir.

Bon sang. Elle détestait la faiblesse. Elle qui ne voulait plus verser une larme. Autant dire aux vagues de ne pas lécher le rivage.

— Je ne suis pas sûre d'être en mesure de m'occuper de quelque chose d'important.

Il sortit une liasse de papiers de sa mallette.

— Il vous suffit de lire et de signer la page du haut, et je pourrai lancer le processus. Vous pourrez commencer à organiser les funérailles et je demanderai une deuxième autopsie avec le meilleur médecin légiste privé de la ville. Plus vite les aspects juridiques seront réglés, mieux ce sera. Cindy croyait fermement qu'il fallait agir sans attendre.

Pip laissa échapper un petit rire. C'était vrai. Cindy n'aimait pas perdre son temps. Pip parcourut la lettre rapidement et signa. Le sentiment qu'elle trahissait Cindy refusait de disparaître.

— On s'est disputées, admit-elle, ayant besoin de se confesser. J'ai dit des choses que je regrette et je n'ai jamais eu la chance de lui dire combien j'étais désolée.

Elle déglutit bruyamment.

— Elle n'aurait peut-être pas voulu que j'aie son argent après ça.

Les lèvres d'Adrian formèrent un sourire triste qui n'atteignit pas ses yeux.

— Cindy vous aimait comme sa famille. Et les familles se disputent. Il n'y a personne d'autre au monde qu'elle aurait préféré voir hériter de ses biens ou s'occuper de ses funérailles. J'espère que vous me laisserez vous aider.

Il lui prit le papier signé des mains et l'attira contre son torse pour une dernière accolade.

— Dormez un peu, Pippa. Je vais commencer à m'occuper de la paperasse. Concentrez-vous sur l'organisation des funérailles et pensez à l'endroit où vous voulez vivre. Le FBI a libéré la maison en ville…

— Le FBI a fouillé la maison de Cindy ?

Adrian acquiesça et remit les papiers dans sa mallette.

— Pour s'assurer qu'il n'y avait pas de signes d'anthrax.

Elle fronça les sourcils.

— N'est-ce pas un peu bizarre ?

— Ils ont dit que c'était la procédure normale pour les chercheurs travaillant sur des maladies graves.

— Et vous les avez crus ? demanda-t-elle.

Il passa sa main sur le dos d'une chaise.

— Oui. C'est la logique même. Et puis, ça m'a rassuré quand ils ont évoqué la possibilité que quelque chose comme l'anthrax se trouve dans les locaux. Le fait qu'ils n'en aient pas trouvé facilitera la revente.

Sa tentative d'humour tomba à l'eau.

— J'aimerais visiter la maison. Parcourir quelques photos, trier les vêtements…

Elle ne put finir sa phrase. Choisir les vêtements pour l'inhumation de Cindy. Cette idée était terrible. Trop… tordue. Elle fixa le tapis.

— Bien sûr. Vous avez les clés ?

Elle acquiesça.

Adrian demanda doucement :

— Ça va aller ?

Elle leva la tête et lui adressa un sourire triste. Évidemment qu'elle n'irait pas bien. Mais quel autre choix avait-elle que de continuer ?

Dès qu'il partit, elle ferma les yeux et voulut s'enfoncer dans le lit et se cacher du reste du monde. Au lieu de cela, elle sortit son téléphone portable et entreprit de chercher un dealer nommé Hanzo.

CHAPITRE DIX

IL VIT LA jeune fille debout sous la pluie, attendant désespérément un amoindrissement du trafic pour pouvoir traverser la route en sprintant et attraper son bus. Il klaxonna avec insistance pour attirer son attention. Elle fit un pas en arrière et regarda le véhicule avec méfiance lorsqu'il s'arrêta et baissa la vitre teintée.

— Oh, salut. Je n'avais pas reconnu le véhicule.

Elle rit nerveusement, la couleur lui montant aux joues.

Même à cette distance, il pouvait sentir l'alcool dans son haleine. Parfait.

— Je t'ai vue debout sous la pluie et j'ai trouvé qu'il serait cruel de ne pas te proposer de monter. Grimpe.

La pluie trempait ses cheveux et dégoulinait sur le bout de son nez. Elle souleva sa sacoche de portable et rit.

— Formidable, ça m'évitera de mouiller mon ordinateur. Merci.

Sally-Anne Wilton monta à l'intérieur et mit sa ceinture de sécurité.

— Tu as entendu la terrible nouvelle à propos de Cindy ? demanda-t-il, sachant que ce serait plus facile s'il en parlait.

— Oui. C'est affreux. Les flics pensent qu'elle a fait une overdose.

Sally-Anne se blottit dans sa polaire humide.

— Je n'arrive toujours pas à y croire. Ce n'était pas la police qui l'inquiétait. Pourquoi le FBI posait-il des questions ?

Elle acquiesça.

— J'ai parlé à son amie un peu plus tôt. Tu sais, celle qui est journaliste.

Il s'engagea dans la circulation en direction de l'appartement de Sally-Anne.

— Je me souviens d'elle.

Difficile d'oublier la petite femme aux cheveux noirs, à la silhouette en sablier et aux yeux inquisiteurs.

— C'est elle qui organise les funérailles.

La tristesse était visible dans les yeux angoissés et les lèvres claires de Sally-Anne.

— Elle voulait savoir si quelqu'un du département prenait de la drogue.

— Qu'est-ce que tu lui as dit ? demanda-t-il.

Elle eut un petit haussement d'épaules, comme sur la défensive.

— Que quelques-uns d'entre nous avaient essayé en soirée, mais qu'on n'était ni stupides ni accros.

La mort de Cindy aurait dû être traitée comme une overdose ordinaire, mais au lieu de cela, les Fédéraux étaient sur le coup. Tout comme cette fouineuse de journaliste. Ses doigts se crispèrent sur le volant tandis qu'il manœuvrait dans les rues détrempées par la pluie.

Depuis que le courtier en armes avait disparu de la surface de la Terre une semaine plus tôt, il était en mode nettoyage. Rien ne pouvait mener à Atlanta. Il n'avait pas passé tant d'années à se casser les couilles pour tout perdre maintenant.

La communication s'était faite via le dark web avec des identités masquées. Intraçables.

C'était un risque calculé de vendre l'anthrax et le vaccin au marché noir. Pensé pour provoquer la panique et susciter l'intérêt. Malheureusement, cela s'était retourné contre lui et il devait à présent se débarrasser des témoins gênants et mettre les autorités sur une fausse piste.

Il ne fallut pas longtemps pour arriver à l'appartement de Sally-Anne. Elle vivait dans un taudis exigu avec une seule chambre à coucher. Le principal avantage était qu'elle vivait seule.

— Merci de m'avoir ramenée.

Elle défit sa ceinture de sécurité et se prépara à sortir du SUV qu'il avait emprunté à un ami.

— Je peux entrer pour boire un verre ? demanda-t-il. Je ne veux pas rester seul.

Elle semblait réticente, mais son expression s'adoucit.

— Je peux te proposer de la pizza surgelée, si jamais. Mais je commence tôt demain.

— Ce serait génial. Merci.

Elle ouvrit la voie et il la suivit dans l'entrée principale équipée d'une porte de sécurité, mais sans caméras. Il garda tout de même la tête baissée, juste au cas où. Il fit attention à ne rien toucher.

Ils montèrent les escaliers jusqu'au troisième étage. La moquette était d'un brun sale, mais des taches étaient encore visibles.

Sally-Anne déverrouilla sa porte d'entrée, déposa son manteau et ses sacs sur la chaise la plus proche et alluma une lampe plutôt que la lumière principale. Des piles de manuels et de photocopies de documents jonchaient la table basse.

— Désolée pour le désordre. Je n'avais pas prévu d'avoir de la visite.

Elle commença à ranger.

— Ne te dérange pas pour moi.

Elle eut l'air incertaine, puis haussa les épaules.

— Trouve-toi une place sur le canapé. Bière ou vin ? Pour être honnête… J'ai ouvert le vin hier, mais il devrait être encore bon.

— Une bière, ce sera parfait.

Elle récupéra deux bouteilles et les posa sur la table basse. Elle commença à ranger les manuels.

— Je vais débarrasser. Occupe-toi de la pizza.

Elle lui adressa un sourire triste.

— Merci. Je vais mettre le four en marche. Ça me semble toujours irréel.

Elle parlait de la mort de Cindy.

Mais elle avait tort. Les conséquences de la mort de Cindy étaient bien réelles. Les ramifications de l'enquête sur sa mort étaient la raison de sa présence ici.

Il regarda Sally-Anne retourner dans la cuisine et allumer le four, y fourrant une pizza congelée. Il sortit une fiole en plastique de sa poche, ôta le bouchon et versa la poudre blanche dans sa bouteille de bière quand il fut certain qu'elle ne le regardait pas. Il essuya le rebord de la bouteille avec son pouce, notant mentalement d'effacer ses empreintes plus tard.

Quand elle revint, elle se mit en tailleur sur le canapé et leva sa bouteille bien haut.

— À Cindy.

— Santé.

Ils trinquèrent et prirent tous deux une belle gorgée.

— J'ai déjà trop bu.

Elle prit sa tête entre ses mains.

— Ça va être compliqué en TP demain.

— Cindy pouvait boire comme un trou sans jamais être ivre.

Sally-Anne émit un léger gémissement.

— Je n'arrive pas à croire qu'elle soit morte juste avant de soumettre sa thèse. Je veux dire, elle a travaillé si dur. Ça semble tellement injuste.

— C'est la définition même de l'ironie.

— C'est une bonne raison de finir la mienne au plus vite.

Elle rit plus fort cette fois.

Il s'adossa au canapé qui s'affaissait.

— C'est peut-être un signe qu'il ne faut jamais remettre à plus tard les choses qu'on veut essayer dans la vie.

— Comme quoi ?

Était-ce mal ? De la chercher ?

— Je ne sais pas. Du saut à l'élastique ? Voir le Grand Canyon ? Plonger dans la Grande Barrière de Corail tant qu'elle existe encore ? S'envoyer en l'air contre une fenêtre d'hôtel. Toutes ces choses à faire avant de mourir. Qu'est-ce qui figure sur ta liste ?

Il la regarda prendre une autre longue gorgée. Ses joues étaient rouges à présent, bien que l'appartement soit froid.

— Aller sur la Grande Muraille de Chine. Voir l'Amazonie.

Sally-Anne pressa les lèvres et sourit.

— Faire une fellation à quelqu'un dans une salle de cinéma obscure ?

Elle rougit.

— C'est toi qui as demandé.

— Fais-le. Cindy est morte, Sally-Anne. Tu pourrais te faire écraser par un putain de bus demain.

Elle avait le regard dans le vague. La bouche un peu molle.

Elle n'avait pas l'habitude de l'entendre jurer, mais il était très stressé.

— Tu veux une autre bière ? demanda-t-il en se levant.

— Pourquoi pas ? Je suis déjà ivre. Une de plus n'y changera rien.

Il utilisa sa manche pour couvrir sa main lorsqu'il ouvrit le réfrigérateur et se servit du décapsuleur. Il glissa une deuxième fiole de poudre dans sa boisson.

Il rapporta la bouteille et la lui tendit.

Elle soutint son regard et il vit une lueur d'excitation briller dans ses yeux. Alors qu'elle avait l'air fatiguée au début, elle semblait à présent chaude comme la braise.

Quand il se rassit, elle défit la braguette de son pantalon avec un sourire narquois. Elle était toujours excitée quand elle était défoncée. Elle ne réalisait simplement pas qu'elle l'était. Et elle se souvenait rarement de ce qu'elle avait fait quand elle se réveillait le lendemain. C'était l'une des choses qu'il préférait chez elle. Il attrapa ses cheveux et fit courir ses dents le long de son cou.

Il ferait en sorte qu'elle prenne son pied. Vraiment. Jusqu'à ce que son cœur cède et que ses veines explosent dans un dernier instant d'extase.

Et le plus effrayant dans tout ça, c'était à quel point il aimait ça. Ce qui avait d'abord été une nécessité lui donnait maintenant un coup de fouet, bien plus que tout ce qu'il avait jamais connu avec la cocaïne.

Qui l'aurait cru ?

Le meurtre était addictif.

CHAPITRE ONZE

L E SYSTÈME D'ALARME n'était pas armé, et Pip se sentit comme une cambrioleuse en franchissant la porte d'entrée de la maison des Resnick à Sherwood Forest. Des fantômes dansaient sur sa peau, leurs pas aussi doux que des pattes de chat. Même sans l'éclat argenté de la lune, elle connaissait chaque centimètre de cette maison et le silence vide qui l'accueillit lui fit un pincement au cœur.

Elle enleva ses baskets – une règle de la maison – et ferma la porte avant de passer dans le hall. Elle alluma la lampe tiffany qui avait été la fierté et la joie de la mère de Cindy. Des joyaux de lumière tamisée éclairèrent le plafond.

Cindy avait gardé l'essence de la maison après la mort de ses parents. Mêmes meubles et revêtements muraux. Mêmes photos au mur, mêmes rideaux et stores. L'idée de remplacer la déco de sa mère avait semblé trop lourde pour son amie. Maintenant, c'était le problème de Pip.

Un portrait de famille était accroché sur un mur.

C'était une grande toile des quatre Resnick dans des moments plus heureux. Cindy avait toujours trouvé qu'il lui donnait un air courtaud, mais elle ne l'avait pas enlevé après la mort de ses parents et de son frère. Ils portaient des jeans et des couleurs automnales et étaient entourés de feuilles mortes, assis à l'avant de cette maison. La mère de Cindy avait son bras enroulé de façon possessive autour de ses deux enfants et le père de Cindy se tenait derrière eux, l'air fier et heureux. Leur amour l'un pour l'autre brillait à travers cette image bidimensionnelle et résonnait dans le cœur de Pip. C'était ce dont elle parlait quand elle mentionnait la recherche du grand amour. C'était ce que Cindy avait tant cherché.

Pip savait sans aucun doute qu'elle garderait ce portrait jusqu'au jour de sa mort. Ils étaient sa famille. Pas la mère alcoolique ni le père absent. Ces gens.

Elle les avait rencontrés lorsque Cindy avait découvert que Pip n'avait nulle part où aller pour les vacances, lors de sa première année à Florida State. Cindy l'avait traînée chez elle, et ils l'avaient pratiquement adoptée.

À présent, ils étaient tous partis.

Un sentiment de vide l'envahit, mais elle refusait de se laisser abattre. Pas cette fois.

Elle regarda autour d'elle. Il n'y avait aucun signe que le FBI avait cherché de l'anthrax. Ils n'avaient pas fait de dégâts, ce qui changeait des flics traditionnels.

Si Cindy avait eu de la cocaïne qui traînait, le FBI ou le CDC, ou n'importe qui d'autre l'aurait sûrement trouvée. Que s'attendait-elle vraiment à découvrir ici ?

Elle avait essayé de retrouver le trafiquant de drogue, mais aucun de ses contacts ne savait qui il était et il n'y avait eu aucune arrestation à ce nom. Elle avait roulé jusqu'à The Bluff avec l'idée saugrenue de se renseigner, mais elle avait changé d'avis. La zone était un endroit notoirement défavorisé et dangereux. Une femme comme elle posant des questions sur des dealers spécifiques dans cette partie de la ville... Elle aurait risqué de finir allongée à côté de Cindy.

Elle était venue là à la place, attirée par les souvenirs et ce sentiment douloureux de solitude.

Bien qu'Adrian lui ait dit que la police avait libéré les lieux, ils n'avaient pas encore enlevé le ruban adhésif de la scène de crime de la porte d'entrée.

Pip se rendit dans la cuisine et vérifia le congélateur. Étant donné la nature de Cindy et sa profession, c'était l'endroit le plus probable pour que son amie stocke des produits chimiques. Pas de sachets en évidence. Pas même une boîte de levure chimique. Un jardin d'hiver se trouvait à l'arrière de la maison, où la mère de Cindy avait cultivé nombre de fleurs. C'était l'endroit préféré de Pip, avec ses meubles en rotin confortables et ses grands ventilateurs paresseux. La lune brillait et elle ne s'embarrassa pas d'autres lumières.

L'idée que cette maison était la sienne était troublante. Pip secoua la tête. Elle refusait d'y penser pour l'heure. Une fois qu'elle se serait occupée des funérailles de Cindy, elle réfléchirait à ce qu'elle ferait de tout le reste. Les maisons. Les véhicules. L'argent.

Des questions plus importantes se posaient. Qu'allait-elle faire de sa vie ? Où voulait-elle travailler ? Que voulait-elle faire ?

Le choix le plus évident était de trouver un autre emploi dans un journal, mais cette seule idée lui faisait mal au ventre.

N'y pense pas. Efforce-toi de découvrir ce qui est arrivé à Cindy et concentre-toi sur la façon de lui rendre hommage. Une étape à la fois.

Elle cherchait un moyen de traquer ce dealer. Elle donnerait à Kincaid le nom que lui avait fourni Sally-Anne, mais pas avant d'avoir obtenu le plus d'informations possible de la part des étudiants de troisième cycle. Si Cindy se droguait, il était plausible qu'elle ait contacté le dealer d'une manière ou d'une autre. Pip n'avait pas accès au téléphone portable de Cindy, mais cette dernière conservait des copies papier de ses factures, un héritage de son père qui s'inquiétait toujours de ce qui pourrait arriver si le système d'une entreprise tombait en panne ou si les États-Unis étaient frappés par un EMP massif. Elle retracerait les numéros de téléphone sur les factures pour voir si l'un d'eux était inconnu et se renseignerait dessus. Sans faire le tour de The Bluff et risquer de se faire trancher la gorge.

Elle se dirigea vers l'ancien bureau du père de Cindy, avec son bois sombre et poli et sa cheminée à foyer ouvert. Il y avait une télévision et une causeuse en cuir vert où Pip avait une fois accidentellement surpris les parents de Cindy en train de s'embrasser.

Elle avait été mortifiée, mais ils avaient à peine été perturbés. Elle avait adoré voir l'amour qu'ils partageaient toujours, même après trente ans de vie commune. C'était une forme d'amour rare. Véritable.

Elle voulait vivre la même chose. Mais elle doutait d'y parvenir un jour.

Peut-être qu'il y avait quelque chose qui n'allait pas chez elle. Quelque chose de fondamental. Quelque chose qui la rendait impossible à aimer.

Cela n'avait pas d'importance. Vraiment.

Elle chassa ces pensées de sa tête, se dirigea vers le meuble de classement dans le coin le plus à droite et ouvrit le tiroir où Cindy conservait ses factures. Elle était tellement organisée qu'elle avait des dossiers pour tout, clairement étiquetés, à la fois pour cette maison et le cottage. Les factures de téléphone étaient classées par date et Pip sortit celles de l'année en cours, pour la maison, le cottage et le téléphone portable de Cindy, les plia et les mit dans son sac.

Elle jeta un coup d'œil à une peinture à l'huile sur le mur. Cindy aurait-elle gardé une réserve de coke dans le coffre de son père ? Les enquêteurs connaissaient-ils sa présence ?

Pip ôta le tableau du mur et entra le code. L'anniversaire de mariage de la mère et du père de Cindy. Elle n'avait pas changé la combinaison.

À l'intérieur se trouvaient de vieux passeports et divers documents officiels. Des rouleaux d'argent liquide et des devises étrangères, et des boîtes à bijoux remplies des diamants de la mère de Cindy. Pip se sentait mal à l'idée de posséder ces choses. C'était un trop gros fardeau émotionnel. Elle déplaça quelques papiers, et tomba sur quelque chose de grand, noir et mortel.

L'arme du père de Cindy.

Pip avait complètement oublié qu'il en avait une. Cindy avait acheté un Glock pour se défendre. Elle passait tellement de temps seule au cottage et à marcher vers et depuis le campus tard dans la nuit qu'elle voulait se sentir plus en sécurité.

Pip détestait les armes à feu.

En tant que journaliste criminelle, elle avait vu les dommages qu'elles pouvaient infliger. Lentement, elle s'approcha et toucha le métal froid du canon. Elle mit la main à l'intérieur et sortit le pistolet du coffre. Il était lourd et avait quelque chose d'inquiétant. Elle eut besoin de ses deux mains pour le tenir.

Depuis la mort de Booker, elle avait reçu plusieurs menaces de mort. Elle était sûre que certaines venaient des collègues de Booker. L'impossibilité pour elle de compter sur la police locale en cas d'agression avait été l'un des facteurs déterminants lorsqu'elle avait décidé de quitter Tallahassee.

Elle retourna l'arme et passa un doigt sur le « Remington » estampillé sur le métal.

Elle n'avait aucune formation. Elle ne savait même pas comment le charger. Mais elle allait apprendre, décida-t-elle en se redressant. Elle allait apprendre à se défendre. Elle le glissa dans son sac, avec une boîte de balles. C'était du lourd. Elle trouverait un stand de tir et paierait quelqu'un pour lui apprendre à tirer.

Le sourire cynique de l'agent Kincaid lui traversa l'esprit. Il lui conseillerait sans doute d'éviter le danger en ne se mêlant pas des affaires des autres. Mais c'était impossible. Elle n'aurait pas de répit avant d'avoir compris pourquoi une femme qui venait de terminer un projet de quatre ans auquel elle s'était consacrée corps et âme avait immédiatement après sniffé de la coke et en était morte.

Pip referma le coffre et replaça le tableau. Les flics cherchaient-ils au moins le dealer ? D'après ce que Kincaid avait dit, elle le supposait, mais les Fédéraux semblaient plus préoccupés par la menace potentielle de la maladie sur laquelle Cindy avait travaillé que par ce qui l'avait tuée.

Pensaient-ils que Cindy avait ramené de l'anthrax chez elle ? Ou peut-être qu'ils avaient peur qu'elle en ait transporté par inadvertance sur ses vêtements ?

Pip connaissait les précautions prises par Cindy au laboratoire. Cela n'avait aucun sens.

Ou, plus vraisemblablement, le pouvoir en place avait établi de nouvelles règles radicales qui couvraient tous les agents de catégorie A. Des procédures générales pour tout, de l'anthrax à Ebola.

Pip traversa la cuisine jusqu'au couloir. Un salon formel se trouvait sur la droite. Utilisé à Noël et à Thanksgiving et si la famille recevait. Pip était presque sûre que la seule personne à y être entrée depuis la veillée était la femme de ménage des Resnick.

Bon sang, elle avait désormais une femme de ménage. Elle ne pouvait pas la renvoyer.

Elle se dirigea vers la porte d'entrée et passa en revue le courrier. Des factures et des dépliants. Ses factures à elle, dorénavant, réalisa-t-elle. Son front se couvrit de sueur. Elle n'était pas habituée à de telles responsabilités. Elle détestait s'endetter ou acheter à crédit, d'où le mauvais état de sa voiture.

Elle serra les poings. Les Resnick auraient voulu que les choses soient gérées correctement. Que leurs affaires soient classées. Leurs factures payées. Elle y veillerait pour eux.

Elle se dirigea vers le grand escalier menant à la chambre de Cindy. Contrairement au cottage, son amie n'avait pas emménagé dans la chambre principale, préférant sa propre chambre d'enfant au bout du couloir. Elle l'avait redécorée dans un vert profond avec des aquarelles fleuries aux murs.

Pip s'agrippa au cadre de la porte et alluma.

L'image de Cindy assise sur ce lit double la frappa comme un surin en prison. Pip se força à entrer. Cindy tenait un journal et même si Pip ne voulait pas être indiscrète, elle voulait vraiment savoir si elle avait manqué quelque chose d'important.

Tu ne sais pas tout.

Les mots tournaient en boucle dans son esprit. Qu'avait-elle pu ignorer ?

Elle ouvrit la table de chevet de Cindy. Il y avait son journal de l'année précédente, mais pas celui de l'année en cours. Il était sûrement au cottage. Elle posa sa main sur la couverture rigide, puis le prit, même si elle n'en avait pas envie. La réponse se trouvait peut-être dans ce journal, mais l'idée de fouiller dans les secrets les plus intimes de Cindy… ?

Pip ne portait pas de jugement sur le sexe, mais elle n'était pas sûre de vouloir lire les pensées les plus intimes de Cindy ou des détails explicites. Pip ne l'aurait jamais jugée. Connaissant son propre passé, elle aurait eu du culot. Mais si elle lisait des choses sur elle-même qu'elle n'appréciait pas ? Ses doigts serrèrent le journal. Elle devait faire face à la vérité, quelle qu'elle soit.

Le vent faisait grincer la maison. Pip ne s'y était jamais sentie vulnérable, mais elle n'avait jamais été vraiment seule. Elle glissa le journal dans son sac à côté du poids rassurant du pistolet.

Pip se dirigea vers la commode et vérifia le tableau en liège posé contre le mur.

Elle passa en revue les photos, dont la plupart lui étaient chères et familières. Beaucoup étaient des clichés d'elles en train de s'amuser, ou de la famille de Cindy. Une carte postale avec un cow-boy torse nu était collée au centre. Pip la lui avait envoyée le mois précédent après un voyage pour affaires à El Paso. Sa gorge lui faisait mal à force de retenir ses émotions.

Elle ne voulait pas pleurer.

Elle retira la carte postale du tableau pour lire ce qu'elle avait écrit. Un commentaire stupide et inepte qui, elle l'espérait, ferait rire son amie.

Derrière la carte postale, il y avait une photo de Cindy et d'un très beau mec. Dane.

Cindy aurait-elle pu se remettre avec lui ? Pip libéra la photo et la rangea dans son sac avec le journal. Elle balaya la pièce du regard, espérant trouver autre chose.

Un livre était posé sur l'autre table de chevet. *Autant en emporte le vent*, de Margaret Mitchell.

Ça ne ressemblait pas aux types de lectures de Cindy.

Pip s'approcha et prit le livre. Certains coins de page étaient pliés, une habitude que Pip abhorrait, mais que Cindy appréciait. Elle l'avait certainement lu.

Pip le feuilleta et vit une inscription manuscrite sur une page à l'avant.

« *Pour ma chère Cindy, en signe d'affection.* » Signé avec un cœur.

Le marque-page provenait du musée Margaret Mitchell du centre-ville. Pip fronça les sourcils et se demanda qui l'avait offert à son amie. Cindy était une romantique dans l'âme. Elle voulait des histoires heureuses, pas la fin sombre de ce roman. L'amertume et la colère menaçaient de s'accumuler à l'intérieur de Pip, de se répandre dans sa poitrine et de sortir par sa bouche parce que son amie n'aurait jamais sa fin heureuse, et que ce n'était pas juste.

Pip feuilleta les pages pour trouver d'autres indices sur la personne qui le lui avait offert. Rien.

Pip ne voyait pas Dane l'offrir à Cindy, mais que savait-elle de ce type ? Pas grand-chose. Pete aurait pu le lui offrir. Il était assez prétentieux et arrogant pour essayer de renouer avec Cindy, mais elle ne lui aurait jamais pardonné son infidélité.

Quelqu'un d'autre ? Une relation nouvelle et excitante ?

Le beau visage de l'agent Kincaid lui traversa à nouveau l'esprit.

Agent fédéral ! Rien de nouveau ni d'excitant, juste mortellement beau.

Pip posa le livre sur la table et se retourna pour partir. Elle devait retrouver ce Hanzo, mais pas seule de nuit. Elle parlerait à Dane Garnett le lendemain, pour voir si le dealer ou lui conduisaient un SUV noir. Elle avait un plan clair et se sentait mieux, avec un nouveau but. Peut-être qu'à présent, elle pourrait dormir.

Le grincement d'une porte sur ses gonds en bas catapulta son cœur dans sa gorge. Elle s'approcha du seuil de la porte et éteignit la lumière. Étaient-ce des bruits de pas en bas ? La terreur la gagna. Avait-elle oublié de verrouiller la porte quand elle était entrée ?

Elle ne s'en souvenait pas.

Elle tendit l'oreille, son cœur cognant si violemment contre ses côtes qu'elle en était essoufflée. Il n'y avait pas d'autres sons. Elle resta immobile et compta jusqu'à cent. Pas de bruits de pas, pas de portes qui s'ouvraient ou se fermaient. Rien ne bougeait. Peut-être était-ce un simple courant d'air qui s'était glissé par les portes intérieures ?

Tout va bien. Elle poussa un profond soupir de soulagement.

C'était le fruit de son imagination débordante et une grande dose de paranoïa qui lui donnait la chair de poule.

Elle sortit tout de même son portable de sa poche et composa les deux premiers chiffres des services d'urgence. Elle se glissa prudemment hors de la chambre et se faufila silencieusement dans le couloir. Des ombres dansaient sur les murs tandis que le vent faisait bruisser les buissons et les arbres à l'extérieur.

Elle était une poule mouillée, mais elle ne pouvait pas se défaire de la sensation qu'elle n'était pas seule. Les ombres semblaient conscientes, et la sensation d'être observée lui collait à la peau. Elle prit l'arme de poing dans son sac, et ses doigts s'enroulèrent autour de la crosse tandis qu'elle l'en sortait.

Armée de son pistolet et de son téléphone portable, elle vérifia la porte d'entrée, la verrouilla et décida de sortir par la cuisine, la sortie la plus proche de l'endroit où elle avait garé sa voiture près du garage double à l'arrière de la maison. Elle enfila ses baskets.

Déterminée à être courageuse, elle éteignit la lampe et se dirigea le long du couloir vers la cuisine. Elle pouvait voir assez facilement et connaissait le chemin. Elle avait activé l'alarme en sortant, juste au cas où des cambrioleurs auraient eu l'idée de visiter l'endroit alors qu'il était vide.

Le seul avertissement qu'elle reçut, lui indiquant qu'elle n'était pas seule fut un rapide déplacement d'air. On l'attrapa par la taille, le bras de l'agresseur emprisonnant sa main gauche sur le côté. Il attrapa sa main droite et la poussa vers le haut, l'arme lui échappa avant qu'il ne lui torde le bras derrière le dos et ne la pousse contre le mur le plus proche.

C'était clairement un homme qui s'en prenait à elle.

Elle hurla alors que la terreur l'envahissait. Elle ne voulait pas mourir.

CHAPITRE DOUZE

H UNT SE TENAIT dans la pénombre, cherchant à maîtriser une femelle frétillante et terrifiée qui semblait déterminée à lui percer les tympans avec ses cordes vocales. Au moins, elle ne lui avait pas fait sauter la cervelle.

— Mlle West. Pip. Pip ! Tout va bien.

Il relâcha sa prise sur son bras, essayant de la rassurer. Son autre bras était toujours autour de sa taille et ses doigts touchaient sa peau, brûlant comme une flamme nue.

— C'est moi, l'agent Kincaid.

Il la relâcha avec précaution, tout en gardant la main sur son arme. Juste au cas où.

Elle tituba et se retourna pour lui faire face.

— Kincaid ? Oh, mon Dieu. Oh, mon Dieu !

Elle mit sa main sur sa poitrine.

— Vous m'avez filé une peur bleue. J'aurais pu vous tirer dessus.

Elle respirait comme une asthmatique et il se souvint tardivement de la crise de panique qu'elle avait eue ce matin-là. La journée avait déjà été sacrément longue.

— Qu'est-ce que vous faites à fouiner là ? demanda-t-elle.

— Je voulais jeter un autre coup d'œil à la maison avant que la scène ne soit rendue publique.

Il vivait à Ansley Park, juste au sud de ce quartier de Sherwood Forest, et savait que ce serait sûrement sa dernière chance.

— Dans le noir ?

Il fit la grimace.

— Il fait assez lumineux pour voir que vous me regardez de travers.

— Vous pourriez être complètement aveugle et savoir que je vous regarde de travers, lança-t-elle.

Il réprima un sourire. Il était de plus en plus difficile de maintenir son aversion pour elle, même s'il n'était pas sûr de ses motivations.

— Il y avait une lumière allumée dans le couloir quand je suis arrivé. J'avais allumé le bureau, mais je ne savais pas qu'il y avait quelqu'un d'autre dans la maison. Où êtes-vous garée ?

Elle déplaça le sac qu'elle portait et fit un signe de tête vers l'arrière de la maison.

— Près du garage où je me gare toujours.

Après sa course avec Will – et la bière rapide que Will lui avait payée – Hunt avait reçu un message de son contact au CDC. Le Dr Jez Place voulait lui remettre les photos de l'autopsie de Cindy Resnick. Toutes les preuves biologiques avaient été envoyées au laboratoire du FBI à Quantico pour y être stockées. Jez lui avait également remis les clés de la maison, avec la promesse de Hunt de les rendre à leur propriétaire légitime, Pip.

— Que cherchiez-vous dans le bureau ?

Sa voix était mal assurée. Il savait qu'il lui avait fait peur. Elle avait failli lui faire faire une crise cardiaque quand il avait vu une silhouette armée passer devant lui.

Il alluma un interrupteur derrière lui dans l'espoir de dissiper le sentiment d'intimité qui se développait entre eux.

Elle cligna des yeux à cause de la luminosité, tout ébouriffée et échevelée comme si elle venait de sortir du lit.

Il aurait dû laisser les lumières éteintes.

— Je cherchais une copie de la thèse de Cindy.

Il s'était dit qu'il allait au moins essayer de lire l'introduction et les sections de discussion pour avoir une idée basique de l'approche scientifique de la chose. Il n'était pas un total ignare. Il avait un diplôme d'ingénieur.

— En avez-vous trouvé une ? demanda-t-elle.

Il secoua la tête.

— J'aurais pu vous tirer dessus, ajouta-t-elle à voix basse.

Il observa l'arme de poing ancienne qu'elle tenait entre ses mains.

— Non, sauf si vous aviez enlevé la sécurité et ajouté quelques balles.

Elle arbora une mine déconfite.

— Je ne savais pas. Je ne connais rien aux armes à feu, admit-elle.

Ses épaules s'affaissèrent.

— J'aurais pu vous tuer par accident autant que volontairement.

— Vous vous en seriez sûrement tirée en plaidant la légitime défense, sauf qu'officiellement, cette scène est toujours bouclée.

Elle crispa la mâchoire et Hunt reconnut son habituelle obstination.

— L'avocat de Cindy m'a dit que la scène avait été libérée.

Il consulta sa montre.

— Dans une trentaine de minutes, il aura raison.

— Vous devriez peut-être me rendre le pistolet et j'attendrai une demi-heure.

Elle avait l'air encore énervée.

Il cacha un sourire.

— Est-ce que vous venez de menacer un agent fédéral ?

Il était presque sûr qu'elle avait grogné.

— Vous allez m'arrêter ? Fort heureusement, elle avait réalisé qu'il plaisantait, car il y avait une trace d'humour dans sa voix.

— Où avez-vous trouvé le 1911 ? demanda-t-il en retournant le pistolet dans ses mains.

Il avait l'air vieux.

— Le quoi ?

— L'arme.

— C'est celle du père de Cindy.

Les coins de la bouche de Pip s'abaissèrent. Elle avait l'air fatiguée.

Il se demanda si le père de Cindy avait été dans l'armée.

— Je l'ai trouvé dans le coffre.

Il la regarda d'un air sévère.

— Le coffre ?

— Vous voulez jeter un coup d'œil dans le coffre ? devina-t-elle.

— C'est une proposition ?

Elle éclata de rire.

— Il me semble qu'il vous reste encore vingt-neuf minutes d'autorité fédérale. Je vous obligerais bien à me l'ordonner, mais je n'aime pas qu'on me donne des ordres.

— J'ai remarqué.

Il lui adressa un sourire en coin.

— Vous préférez les femmes soumises ?

Elle rougit alors que ses mots prenaient un autre sens.

— Je ne voulais pas…

Il aboya un rire.

— Oubliez ça. J'aime de nombreux types de femmes.

Elle plissa les yeux.

Il se pinça l'arête du nez. À présent, il allait passer pour un salaud, et à en juger à son expression, elle n'était guère impressionnée. Elle avança dans la maison, en allumant toutes les lumières sur son chemin.

Il s'efforçait de ne pas fixer ses fesses incroyables.

Il aimait en effet différents types de femmes, mais ne s'était jamais aventuré au-delà d'une relation superficielle. Sexe et moments de plaisir. Pas d'émotions collantes.

Peut-être qu'il était un salaud après tout.

Il n'était clairement pas prêt à se fixer. Il n'était pas sûr d'être fait pour les relations sérieuses. Il avait vu ce que sa mère avait traversé quand son père avait été assassiné. Il savait ce qu'il avait souffert en tant qu'enfant sans père et en tant que jeune homme en perdant sa demi-sœur.

C'était plus facile d'être seul.

Et tant pis s'il n'impressionnait pas Pip West. Son ego était-il vraiment si fragile ?

Le bureau était quelque peu suranné, mais avait tout de même quelque chose de tendance. Un plancher en bois dur et des boiseries sombres. Un canapé en cuir vert chasseur et un fauteuil à oreilles étaient réunis autour d'une cheminée à foyer ouvert et d'une télévision grand écran sur le côté.

Que ferait Pip de cet endroit ? Le vendrait-elle pour gagner de l'argent rapidement ? S'y installerait-elle et fonderait-elle une famille ?

Il ignora l'irritation que cette pensée lui apportait, sans vraiment savoir d'où elle venait. Le fait qu'il ait aimé l'avoir dans les bras, même s'il la tenait pour de mauvaises raisons ?

Le fait qu'il la trouvait attirante, mais n'avait pas l'intention de passer à l'acte ? Ou l'impression qu'elle n'était pas le genre de femme à se lancer dans une aventure sans lendemain ?

Il secoua la tête. Il devait être plus fatigué qu'il ne le croyait pour penser à des aventures. Elle était journaliste et même attachée et bâillonnée, il ne ferait jamais confiance à une journaliste.

Pip s'approcha d'une peinture à l'huile à l'ancienne et la décrocha du mur. Il la suivit et la regarda taper un code à six chiffres et ouvrir la porte.

Elle sortit une boîte de munitions de son sac et la mit dans le coffre.

— Je n'ai pas vu de copie papier de sa thèse, mais elle a pu y mettre une sauvegarde à un moment donné. Vous pouvez remettre l'arme, aussi. Je suis clairement un handicap jusqu'à ce que j'apprenne à m'en servir.

Il mit l'arme de côté et vida méthodiquement le contenu du coffre sur un buffet. Vieux passeports, certificats de naissance et de décès. Argent liquide. Des écrins qui, il l'aurait parié, étaient pleins à craquer de bijoux hors de prix. Pip avait touché le gros lot. Il jeta un coup d'œil à l'endroit où elle se tenait, se mordant la lèvre et le regardant. Elle ne semblait guère satisfaite. Il savait trop bien que l'argent ne remplaçait pas les gens qu'on aimait.

Ses doigts s'enroulèrent autour de quelque chose de froid et de plastique. Une petite clé USB noire.

— Je peux la prendre ?

Elle hésita, puis hocha la tête, les bras croisés sur sa poitrine.

— Si vous promettez de me dire si vous trouvez une preuve de l'endroit où elle s'est procuré la drogue ?

Il la regarda d'un air soupçonneux.

— Pourquoi ?

— Parce que je ne crois pas qu'elle l'ait prise de son plein gré, concéda-t-elle. J'aimerais parler à la personne qui la lui a vendue pour obtenir confirmation.

Comme si quelqu'un allait admettre ça.

Elle détourna les yeux.

— Et peut-être que vous avez raison et que je me sens coupable de la dispute que nous avons eue.

Elle déglutit péniblement.

— Mais je dois savoir.

— Je ne peux pas vous faire cette promesse, dit-il avec regret.

Il lui tendit la clé USB.

— Je ne compromettrai pas les enquêtes en cours ou à venir.

Ses épaules s'affaissèrent en signe de défaite et elle soupira. Elle secoua la tête.

— Très bien. Prenez-la.

Le fait qu'il profite de son épuisement aurait dû le déranger. Ce n'était pas le cas. Il ferait tout ce qu'il faudrait. Il remit tout le reste dans le coffre. Il souleva l'arme.

— Vous êtes sûre que vous n'en voulez pas ? Je peux vous montrer comment la charger et comment désactiver la sécurité.

Sa mâchoire se contracta et elle sembla perdre ses couleurs.

— Je déteste les armes à feu.

— Alors, pourquoi l'avoir prise ?

Elle ne répondit pas.

Il fronça les sourcils.

— Vous avez des raisons de croire que vous êtes en danger ?

Elle haussa les épaules.

Il n'obtiendrait rien de plus d'elle. Il vérifia que le pistolet n'était pas chargé et le plaça délicatement dans le coffre. Il referma la porte du coffre et appuya sur « verrouiller » dans le menu et l'appareil émit un bip. Il replaça le tableau.

Du coin de l'œil, il vit Pip se diriger vers l'imprimante qui trônait sur un meuble bas derrière le bureau. Elle ramassa une épaisse pile de papiers dans le bac d'impression. Le pouls de Hunt commença à battre un peu plus vite. Elle tourna la pile vers lui et lui montra la page de titre.

— C'est ce que vous cherchiez ?

La thèse de Cindy. *Jackpot.* Il voulut la prendre, mais elle leva un doigt.

— J'en veux une copie, aussi.

— L'université pourrait s'y opposer.

Elle haussa un sourcil.

— Ils apprécieraient encore moins que vous l'ayez.

C'était vrai et d'après l'angle de sa mâchoire, il était à court de passe-droits. Il fallut dix minutes pour dupliquer la thèse sur l'imprimante-photocopieuse plus sophistiquée que celle qu'ils avaient au bureau régional.

Lorsqu'ils eurent terminé, ils quittèrent la maison par la porte de la cuisine, chacun portant une copie des recherches apparemment révolutionnaires de Cindy. Pip mit l'alarme et il l'accompagna à sa voiture, lui remettant les clés de la maison que les policiers avaient empruntées aux voisins le lundi.

Pip et lui avaient passé la dernière heure à communiquer sans se disputer, ce qui constituait un progrès. Peut-être qu'elle ne cherchait pas une histoire. Peut-être qu'elle essayait sincèrement de trouver un moyen de faire son deuil. Il se souvint du petit garçon dévasté qu'il était quand son père avait été tué. La seule chose qui l'avait tiré de cette situation était la rencontre avec un agent du FBI et le fait d'apprendre que le salopard qui avait tué son père pendant le braquage de la banque avait été tué par un sniper de l'équipe de libération d'otages.

Peut-être qu'elle cherchait simplement à tourner la page, elle aussi, mais il n'était pas encore prêt à lui faire confiance.

Elle s'installa derrière le volant, mais avant qu'elle puisse fermer la porte, il l'arrêta.

— Prenez soin de vous, Pip.

Elle ouvrit la bouche pour dire quelque chose, mais changea d'avis. Elle ferma la porte et partit.

Il aurait aimé pouvoir lui dire quelque chose pour la rassurer au sujet de son amie, mais il doutait qu'elle l'écoute, alors qu'elle refusait d'écouter un éminent médecin légiste. Et, bien entendu, il était hors de question qu'il laisse une journaliste flairer un lien avec le bioterrorisme qui pourrait mettre en danger des innocents. Il glissa son doigt à l'intérieur de son col et monta dans son véhicule garé près du trottoir. Le mieux serait qu'il reste loin, très loin de la sexy et intrigante Pip West.

Il ne devait pas perdre de vue son objectif.

CHAPITRE TREIZE

UN COUP DE fil à trois heures et demie du matin réveilla Hunt en sursaut.

Il attrapa son portable professionnel qui était en charge et le débrancha. Le nom d'un inspecteur de la police d'Atlanta qu'il connaissait, Cyril White, était affiché à l'écran.

— Ici Kincaid.

— J'ai un cadavre avec une de vos cartes de visite dans son portefeuille.

Une image de Pip West fit irruption dans son esprit. De la sueur perla sur sa peau glacée et il renversa un verre d'eau sur la table de nuit. *Merde.* Le verre tomba par terre et brisa.

— Une jeune femme nommée Sally-Anne Wilton. Avez-vous quelque chose à me dire ?

Hunt couvrit sa bouche avec sa main et respira profondément pendant un moment. La force de sa réaction le surprit. Il avait Pip West dans la peau. Il ne pouvait pas se permettre cette faiblesse ni cette attirance. Il roula de l'autre côté du lit et enfila un pantalon.

— Donnez-moi l'adresse. J'arrive tout de suite.

Trente minutes plus tard, Hunt se tenait devant la porte du studio bon marché et signait la fiche d'entrée sur la scène de crime tenue par un officier en uniforme de la police d'Atlanta muni d'un porte-bloc. Le flash de l'appareil d'un photographe crépitait à l'intérieur de l'appartement. D'autres résidents rôdaient dans l'embrasure de leur porte pour voir ce qui se passait.

Rien de bon.

Il enfila des surchaussures en papier blanc, même si les premiers intervenants avaient fait des dégâts à leur arrivée. La police d'Atlanta parlait d'une nouvelle overdose s'inscrivant dans une épidémie qui devenait hors de contrôle. Le problème n'était pas seulement l'héroïne ou la cocaïne, c'était ce que les dealers mettaient dans ces drogues. Le fentanyl était censé créer un effet plus « euphorique » et était cent fois plus puissant que la morphine. La crise des opiacés faisait passer l'afflux de cocaïne des années 80 pour un camp d'entraînement.

Il pénétra dans la pièce. L'odeur de la nourriture brûlée se mélangeait à celle familière de la mort.

C'était une scène affreuse.

Au moins Pip n'avait pas vu ça, pensa-t-il sinistrement. Le lac avait lavé le traumatisme physiologique du poison et rendu la mort de Cindy Resnick propre et stérile. Elle avait l'air presque paisible allongée sur les rives de ce lac.

Pip n'avait pas eu à voir son amie comme ça.

Cette fille avait la peau sur les os. Elle était nue comme un ver. Ses vêtements étaient éparpillés sur le sol comme si elle les avait arrachés et jetés. Un vibromasseur était posé à côté du canapé et une bouteille d'huile d'olive à côté. Elle était couchée sur le dos, une fine poussière de ce qu'il espérait être de la coke, plutôt que de l'anthrax militarisé, recouvrant sa peau.

Du sang coulait de son nez. Le blanc de ses yeux était cramoisi et une forte odeur de vomi imprégnait l'atmosphère.

L'odeur de la mort le frappa de manière inattendue et il se

dirigea vers la cuisine pour essayer de s'éloigner de la puanteur. Sally-Anne Wilton qu'il avait rencontrée à l'hôtel en allant parler à Pip. Elle avait travaillé dans le même département que Cindy Resnick. Simple coïncidence ? Peu probable.

C'étaient des gamines sacrément intelligentes.

Hunt sortit des gants en latex de la boîte sur le comptoir et les enfila. Il vérifia le réfrigérateur.

Il était rempli de Coca light. Une bouteille de vin blanc ouverte. Du fromage – du cheddar fort. Du pain complet. De la margarine. Des œufs fermiers. Des smoothies faits maison. Il regarda dans le congélateur. Pizzas et piments surgelés. Pas de drogue.

Une boîte à pizza et des emballages se trouvaient dans la poubelle de recyclage. Il toucha le dessus de la vieille cuisinière électrique. Légèrement chaud. Il ouvrit la porte du four. Il y avait un morceau de carton brûlé.

Le manteau de la femme se trouvait sur une chaise près de l'entrée. Son portefeuille était sur le bar. Une bouteille de bière était renversée sur le tapis.

Donc… elle était rentrée chez elle, excitée et affamée après son rendez-vous avec Pip à l'hôtel, avait mis une pizza au four et avait décidé de se défoncer et de se masturber pendant les vingt minutes de cuisson ?

— Quelqu'un a-t-il éteint ce four ? demanda-t-il aux personnes présentes.

Le policier près de la porte intervint :

— Le détecteur de fumée s'est déclenché et les voisins se sont plaints au concierge. Il est entré, a éteint le four et a appelé les secours.

La vue de la jeune fille morte lui retournait l'estomac et il savait que c'était terrible d'être aussi dégoûté, mais… le fait que cela ait été son propre choix le rendait fou.

Rien ne l'inciterait jamais à tomber dans la drogue. Il avait même évité autant que possible les analgésiques pendant sa rééducation après son accident de moto. Il était trop facile de devenir accro, surtout avec les médecins qui prescrivaient trop de médicaments et aggravaient le problème.

L'inspecteur Cyril White s'approcha de lui dans la cuisine. Ils avaient déjà travaillé ensemble sur l'enquête de l'Hôtel de Ville et sur quelques braquages de banques lorsque Hunt avait été transféré à Atlanta. Cyril en savait plus sur le travail de la police que Hunt ne pourrait jamais espérer apprendre.

L'inspecteur avait enduré Katrina et ses conséquences. Il avait grandi dans la neuvième circonscription et vu la maison de ses parents détruite par les inondations avant de déménager en Géorgie.

— Pourquoi avait-elle votre carte dans la poche ? demanda l'inspecteur.

— Je l'ai rencontrée aujourd'hui dans un hôtel du centre-ville. C'était l'amie et la collègue d'une jeune femme qui a été retrouvée morte après avoir pris de la cocaïne au lac Allatoona avant-hier. Je n'ai pas interrogé Sally-Anne. J'ai passé environ soixante secondes avec elle avant de devoir partir, alors je lui ai donné ma carte au cas où elle aurait quelque chose à me dire.

— Des similitudes avec votre cadavre à Allatoona ?

Hunt regarda la poudre blanche.

— Oui, beaucoup. Mais aussi des dissemblances. Elles travaillaient toutes les deux sur leurs doctorats à Blake. Même département. Différents superviseurs et domaines de spécialité. La victime du lac était également nue, mais le corps a été retrouvé à l'extérieur et la cause du décès est la noyade. Ma victime avait de l'argent, un cottage au bord du lac et une maison en ville. Le médecin légiste a trouvé des traces de fentanyl dans la coke à Allatoona. Cela l'aurait sûrement tuée si l'eau ne l'avait pas fait.

Et les deux victimes avaient connu Pip West, réalisa-t-il. Pouvait-elle être impliquée ?

— Un acte criminel ? demanda l'inspecteur.

— Ce n'est toujours pas clair.

Hunt secoua la tête.

— Pourquoi les Fédéraux s'y intéressent-ils ? demanda Cyril, allant droit au but.

— Je suis le coordinateur ADM du FBI et la victime travaillait sur une substance répertoriée de catégorie A. Nous avons décidé que la prudence était de mise.

— Quelque chose dont je devrais m'inquiéter ?

White fixait d'un regard méfiant la poudre blanche sur la victime.

Hunt pinça les lèvres. Sally-Anne travaillait sur le virus Hanta, pas sur l'anthrax. Il avait vérifié ses antécédents quand il avait quitté l'hôtel plus tôt.

— Je vais en parler à mon patron, mais il semble de plus en plus certain que ces femmes ont pris de la coke sale, provenant sûrement de la même source. Nous ferions mieux de trouver qui est ce dealer avant que d'autres personnes ne meurent.

White secoua la tête.

— La situation ne cesse de se dégrader.

La vue du corps sans vie de Sally-Anne déprimait Hunt. Pourquoi risquer de se défoncer juste après la mort de son amie ?

Quel putain de gâchis.

— Vous avez informé le parent le plus proche ? demanda

Hunt à l'inspecteur.

White secoua la tête.

— Ils sont dans le Maine. Quelqu'un s'y rend en ce moment.

Hunt ne dit rien. Il se souvenait d'un flic sans visage qui s'était présenté à sa porte lorsqu'il avait sept ans pour lui annoncer que son père avait été tué par balle, et plus précisément à la porte de sa mère et de son beau-père pour leur annoncer que la demi-sœur de Hunt était morte au combat. Policier différent. Même putain de douleur.

— Comment voulez-vous qu'on procède ? demanda Cyril.

Hunt réfléchit à la probabilité que ce soit lié à la drogue ou au bioterrorisme. Sacrément élevée.

— Je pense que l'APD doit essayer de comprendre d'où vient cette merde. Le FBI peut aider et je transmettrai toute information pertinente relative à l'affaire du lac Allatoona concernant la drogue.

Cyril haussa ses sourcils poivre et sel. Il avait compris ce que Hunt ne lui disait pas.

— Je peux avoir une copie de son téléphone ?

Hunt regarda le téléphone et l'ordinateur de Sally-Anne.

Cyril hocha la tête.

— Je vous l'envoie dès que je l'ai.

Hunt remercia l'homme et se dirigea vers la porte, composant le numéro de McKenzie malgré l'heure. Bien que ce soit peu probable, si McKenzie voulait traiter cette mort comme un risque biologique, les choses allaient devenir publiques et la panique était garantie. Ce n'était pas souhaitable, mais personne ne voulait non plus être infecté par l'anthrax.

Comme disait l'adage, ils se retrouvaient pris entre le marteau et l'enclume.

CHAPITRE QUATORZE

LES COUPS INSISTANTS frappés à la porte de Pip la réveillè-
rent en sursaut. Elle se redressa, groggy. La chambre étant
plongée dans le noir, elle tâtonna pour allumer la liseuse au-
dessus de son lit. Elle faillit se disloquer la mâchoire en bâillant
devant l'écran du réveil numérique.

5 heures du matin. Qui pouvait frapper à sa porte à une
heure pareille ?

Elle écarta ses couvertures et se dirigea d'un pas mal assuré
vers la porte. Elle se mit sur la pointe des pieds, mais ne put
voir à travers le judas qui était apparemment conçu pour les
personnes bien plus grandes qu'elle.

On frappa à nouveau.

Pip posa sa main sur la poignée, hésitant.

— Qui est-ce ?

— Kincaid.

Il n'avait pas l'air heureux, mais son cœur eut un bond
inattendu d'excitation, et pas seulement parce qu'il était du
FBI.

Cœur stupide.

Elle ôta le loquet de sécurité et ouvrit la porte.

Ses yeux descendirent le long de son pyjama rose souple et
froissé par le sommeil, puis remontèrent rapidement jusqu'à
son visage.

— Je peux entrer ? demanda-t-il à voix basse.

Elle n'avait pas l'impression d'avoir vraiment le choix, aussi le laissa-t-elle se glisser à l'intérieur avant de refermer la porte derrière lui. Elle le suivit dans sa chambre et s'abstint de s'excuser pour le désordre. Un tas de ses affaires étaient empilées entre le lit et le mur de la salle de bain. Elle avait laissé les cartons de livres et les objets non essentiels dans le coffre de sa voiture. Ses valises étaient ouvertes sur le lit qu'elle n'utilisait pas et elle avait installé son ordinateur sur le bureau.

Il jeta un coup d'œil dans la pièce en fronçant les sourcils.

— Combien de temps allez-vous loger ici ?

Elle était passée de la suite à une chambre double la nuit précédente. Pas la peine de gaspiller de l'argent, surtout de l'argent qu'elle n'avait pas encore.

— Jusqu'aux funérailles. Je suppose que je logerai chez Cindy après ça.

— Vous allez la garder ? La maison ?

Ses yeux balayaient toujours la pièce. Peut-être que c'était un tic chez les forces de l'ordre. Peut-être qu'il était juste curieux.

— Je ne sais pas encore. C'est difficile d'imaginer y vivre sans Cindy.

Pip n'était pas du matin. Elle avait besoin de café avant de pouvoir gérer le FBI. Surtout cet agent en particulier. Elle prit un filtre à café, puis remplit la cafetière de la chambre avec de l'eau et la mit en marche.

Il se tenait à côté de son bureau et elle le vit scanner ses notes. Et merde. Elle s'en rapprocha et ferma le dossier.

— Alors comme ça, vous interrogez les gens qui connaissaient Cindy ?

Il se tenait bien trop près.

Elle avait une conscience aiguë de sa présence et cela la rendait nerveuse.

— Je ne les interroge pas, je note juste mes impressions et mes pensées.

Elle s'écarta de lui. Elle était gênée d'être en pyjama alors qu'il portait à nouveau son armure fédérale complète.

— Je vous ai dit que j'essayais de trouver où Cindy s'était procuré cette drogue.

Pip se passa les doigts sur le visage, luttant pour se réveiller. Elle était restée debout jusqu'à deux heures après son échange avec Kincaid dans la maison des Resnick à Sherwood Forest. Elle avait fait des listes et pris des notes, incapable de fermer les yeux, sachant que la journée qui s'annonçait serait aussi vide de sens que la précédente et essayant de retarder l'horrible fatalité de la chose.

Kincaid la fixa longuement, scrutant son visage, mais elle n'avait aucune idée de ce qu'il cherchait. Culpabilité ? Innocence ? Absolution ? Finalement, il demanda :

— Je peux m'asseoir ?

Elle secoua la tête. L'homme avait l'air épuisé.

— Vous avez dormi cette nuit ?

Elle grimaça. La question semblait trop intime. Ce n'étaient pas ses affaires. Et s'il était épuisé en raison de ses ébats avec une amante ? Il lui avait dit qu'il n'était pas en couple, pas qu'il ne voyait personne. Il lui avait dit qu'il aimait *de nombreux* types de femmes. Un homme qui laissait sa chance à tout le monde.

Elle était déjà tombée amoureuse d'hommes de son genre avant. En fait, il était exactement son type, beau, sûr de lui, à la limite de l'arrogance.

— J'ai dormi quelques heures. Ça me suffit.

Il passa une main dans ses cheveux, les ébouriffant au passage.

— On m'a appelé au milieu de la nuit.

— Ça arrive souvent ?

Il secoua la tête.

— Moins que vous ne l'imaginez. Jusqu'à il y a quelques jours, je travaillais sur la criminalité en col blanc.

— Qu'est-ce qui a changé il y a quelques jours ?

Il lui adressa un sourire crispé qui n'atteignit pas ses yeux. Il ne comptait pas le lui dire.

Son instinct de journaliste se réveilla. L'odeur du café activait lentement son cerveau, mais pas assez vite pour tout comprendre.

— Que faites-vous là, agent Kincaid ?

Il la regarda attentivement. Il était difficile de déchiffrer l'expression dans ses yeux dans la faible lumière.

— Sally-Anne vous a-t-elle dit quelque chose d'utile hier ?

Il parlait à voix basse.

Les murs étaient mal insonorisés, et elle appréciait sa prévenance envers les autres clients, mais elle n'était pas sûre de la raison pour laquelle il était là à lui poser des questions sur Sally-Anne.

— Pas vraiment. Elle m'a dit que certains étudiants prenaient occasionnellement des drogues récréatives lors de fêtes. Elle n'avait jamais vu Cindy se droguer, mais n'a pas eu de mal à croire qu'elle l'avait fait.

Si Pip avait l'air amer, elle n'y pouvait rien. Devait-elle lui donner le nom du dealer ou non ? Qu'est-ce qui était le plus important, découvrir la vérité sur Cindy ou faire disparaître le fentanyl des rues ?

— Elle a laissé échapper le fait qu'un étudiant avait testé

un échantillon et qu'il était revenu pur, et que donc ils faisaient confiance au dealer.

Pip inspira.

— A-t-elle dit quel étudiant ?

Pip secoua la tête.

— Elle avait peur à cause de l'implication du FBI. Je lui demanderai à nouveau la prochaine fois que je la verrai, mais je ne pense pas qu'elle me le dira. J'aurai sûrement plus de chance avec une des autres amies de Cindy…

— Non, dit sèchement Kincaid. Laissez les experts s'en occuper.

Elle sursauta au ton de sa voix et n'apprécia pas qu'il la prenne pour une idiote.

— Sally-Anne a aussi laissé échapper le nom du dealer. Hanzo. Je n'ai jamais entendu Cindy parler de lui.

Il écarquilla les yeux.

— Elle vous a dit tout ça en bas dans le hall, hier ?

Elle acquiesça. Elle ne savait pas pourquoi elle tenait à l'impressionner.

— À quelle heure est-elle partie ?

— 18 h 45. Elle a dit qu'elle devait récupérer quelque chose au labo avant de rentrer chez elle. Je suis restée dans le hall jusqu'à ce que l'avocat de Cindy arrive.

— C'est votre avocat maintenant.

Elle haussa les épaules. Quelle différence cela faisait-il ?

— Qu'avez-vous fait durant le reste de la soirée ?

On aurait presque dit qu'il vérifiait son alibi. Que pensait-il qu'elle avait fait cette fois ?

— Après le départ d'Adrian, j'ai commandé au room service, changé de chambre et pris une douche. C'est alors que j'ai décidé de conduire jusqu'à la maison de Cindy vers 22 h

30.

— Vous ne vous êtes arrêtée nulle part en chemin ?

Elle pensa à son détour par The Bluff, mais n'aurait jamais eu la bêtise de l'admettre. Elle secoua la tête.

— Et vous êtes revenue directement ici la nuit dernière ?

— Oui. Vous êtes littéralement la dernière personne à qui j'ai parlé entre hier et aujourd'hui. Vous pouvez me dire pourquoi vous m'interrogez ?

Il l'observait à nouveau, son regard inébranlable la rendant nerveuse.

— Sally-Anne Wilton a été retrouvée morte dans son appartement la nuit dernière. Ça ressemble à une overdose.

Pip se laissa tomber sur le lit à côté de lui.

— Ce… C'est impossible.

— Faites-moi confiance. C'est la vérité.

Le silence s'étira entre eux, rempli seulement par le gargouillis de la cafetière. Ce qu'il avait vu l'avait marqué.

— Vous avez un lien avec les deux victimes, dit-il lentement.

La chair de poule gagna ses bras. Croyait-il vraiment qu'elle était capable de commettre un meurtre ?

Elle ravala sa peine et fixa le mur de l'hôtel, hébétée.

— Comme tous ceux qui travaillent à Blake.

Sinon, elle aurait pu avoir de sérieux problèmes. Cette idée lui donnait la nausée.

Le café finit de couler et il s'approcha de la machine.

— Vous le prenez noir ou avec du lait ?

— Du lait. Pas de sucre, dit-elle doucement.

Il le lui apporta et elle enroula ses doigts avec précaution autour de la tasse en céramique blanche. Puis il alla recharger la machine à café. Il grimaça lorsqu'il aperçut son reflet dans le miroir. Elle ne lui dit pas qu'il n'avait pas besoin de s'inquiéter. Il était toujours aussi sexy. Sally-Anne le pensait aussi.

Pip n'arrivait pas à croire qu'elle soit morte. Pas après avoir bu avec elle à la mémoire de Cindy.

Le froid l'envahit. Elle avait parlé à Sally-Anne du fentanyl, pas vrai ? Elle l'avait fait. Elle savait qu'elle l'avait fait. Mais son interlocutrice n'avait pas estimé qu'elle courait un risque, ou avait pensé que le risque en valait la peine.

Kincaid s'accroupit à ses pieds et écarta ses cheveux de ses yeux.

— Pour ce que ça vaut, je n'ai jamais vraiment pensé que vous aviez assassiné votre amie. Mais les forces de l'ordre s'intéressent toujours de près à la personne qui trouve le corps. Elle est souvent impliquée dans le crime. Vous le savez grâce à votre travail de journaliste.

Son cerveau était engourdi.

— Heureusement que je ne suis pas tombée sur Sally-Anne alors.

— Oui, convint-il d'une voix ferme.

— Vous savez, dit-elle, sa voix devenant rauque, si j'avais donné cette drogue à Cindy, j'aurais pu jeter le reste dans le lac. Ou dans les toilettes.

Le matelas s'affaissa quand il s'assit à côté d'elle sur le lit.

— L'avez-vous fait ?

Elle sirota son café, les mains tremblantes.

— Je disais ça comme ça.

Et merde. L'idée que Sally-Anne soit morte était irréelle. Deux femmes belles et brillantes… mortes.

— Comment cela a-t-il pu arriver ?

Kincaid secoua la tête. Il avait l'air en colère, lui aussi.

— Celui qui leur a vendu la drogue – et je transmettrai le

nom à l'inspecteur chargé de l'affaire – va devoir répondre à beaucoup de questions. En fin de compte, ces femmes ont choisi de prendre de la cocaïne. Elles connaissaient les risques associés. Ou peut-être étaient-elles déjà dépendantes et à la merci de la maladie.

Pip aurait-elle pu passer à côté ?

Tu ne sais pas tout.

Était-ce ça qu'elle ne savait pas sur Cindy ? Était-ce un appel à l'aide ?

La cafetière bipa à nouveau et l'odeur du café envahit l'air. Kincaid se leva, versa du lait dans sa tasse et en prit une gorgée, même si le lait devait être brûlant.

Pip soutint son regard à travers la pièce.

— Je sais que vous pensez que je suis folle, mais je ne crois toujours pas que Cindy ait pris ces drogues.

Il détourna le regard. Elle vit de la pitié dans ses yeux. Devant son refus d'accepter les faits. Peut-être se faisait-elle *bien* des illusions.

— Je ne devrais pas vous le dire, mais comme vous avez demandé votre propre autopsie, vous le saurez bien assez tôt de toute façon. Le médecin légiste a trouvé des traces de spermicide dans le vagin de Cindy ainsi que de l'ADN masculin inconnu sur la table basse. Il est probable qu'elle ait eu des rapports sexuels le jour de sa mort.

Pip resta figée, assise.

— Mais...

— Ils ont aussi trouvé un second profil ADN masculin sur les draps.

— Quoi ?

Ses épaules s'affaissèrent. Cindy avait eu une relation avec deux types dont elle n'avait pas parlé à Pip ?

— Pourrait-elle avoir été violée ?

— Aucun signe d'agression sexuelle. Elle pourrait avoir eu une série de relations d'un soir.

— Cindy n'était pas comme ça…

— Elle l'était peut-être, Pip. Et peut-être qu'elle vous a caché ce côté d'elle-même pour que vous ne la jugiez pas.

Pip eut un mouvement de recul. *Tu travailles trop dur. Tu ne manges pas correctement. Tu sors avec des gars que tu connais à peine.*

— On cache tous des choses aux gens qu'on aime.

Des larmes chaudes menaçaient de couler, mais elle refusait de pleurer.

— Comme quoi ?

— À vous de me le dire.

Ses lèvres se retroussèrent.

— Je suppose que vous savez tout ce que vous devez savoir sur moi. Et si vous me révéliez quelque chose de personnel sur vous pour changer ?

Il prit une nouvelle gorgée de café et posa la tasse.

Sa mâchoire se décrocha quand sa main se posa sur sa ceinture et qu'il baissa son pantalon de costume.

— Ce n'est pas personnel, croassa-t-elle.

Sa chemise couvrait son caleçon. Il lui montra une cicatrice massive et une entaille rouge qui partait du haut d'une cuisse musclée, descendait le long de son genou et passait ensuite à l'arrière de son mollet.

Merde alors.

— Accident de moto il y a quatorze mois. Un semi-remorque s'est mis en travers de la I-85 et j'ai dû me glisser sous le véhicule à près de 100 km/h pour éviter de le percuter. Ça aurait sûrement bien rendu dans un film, mais en réalité, ça a fait très mal. Heureusement, je portais une tenue en cuir complète. C'est un miracle que j'aie survécu, mais j'ai bousillé ma jambe. Au début, ils pensaient devoir m'amputer, puis ils ont dit que je pourrais ne plus jamais marcher.

Sa voix devint plus grave.

— J'étais de retour au travail six semaines plus tard.

Il remonta son pantalon.

Elle le regarda fixement, horrifiée par ce qu'il avait traversé. Pas seulement la douleur de l'accident ou de la guérison, mais la peur de perdre sa jambe, sa capacité à marcher, sa carrière. Des choses qui le définissaient clairement, qui faisaient de lui l'homme qu'il était aujourd'hui.

— Je suis désolé que vous ayez traversé ça.

Il haussa les épaules comme si ce n'était pas important, mais elle savait que ça l'était. Cette blessure n'était pas superficielle.

— Je dis juste que peut-être que Cindy avait ses propres cicatrices qu'elle ne voulait pas que l'on voie.

Peut-être. Cette pensée créa une autre fissure dans le cœur déjà brisé de Pip. Elle finit son café et se dirigea vers les stores pour regarder les rues du centre-ville. Il faisait encore sombre dehors. La ville sortait paresseusement de son sommeil.

— Vous enquêtez sur la mort de Sally-Anne ? demanda-t-elle.

Il s'installa derrière elle, une ombre silencieuse dont elle était douloureusement et de plus en plus consciente.

— Non, la police d'Atlanta s'en charge. Je ne devrais même pas être là…

Et pourtant, il l'était. Elle tourna la tête. Ils comprirent que leur relation avait changé et détournèrent tous deux le regard.

Il s'éclaircit la gorge.

— Attendez-vous à ce qu'un certain inspecteur White vous contacte pour vous poser des questions à un moment donné.

— Je pensais que c'était la procédure normale pour le FBI d'enquêter sur les morts inexpliquées de personnes travaillant sur des substances dangereuses.

— Seulement les substances de catégorie A.

Il s'éloigna. Reprit sa tasse.

— Le virus Hanta n'est pas sur la liste.

Elle regarda son reflet dans la fenêtre. Mais cela ne lui apprit rien.

— Me contacterez-vous lorsque vous aurez des nouvelles du médecin légiste concernant la deuxième autopsie ? demanda-t-il. J'aimerais voir le rapport. Pour m'assurer que nous n'avons rien manqué.

Elle hocha la tête et serra les poings.

— Je lui demanderai de vous faire parvenir une copie.

Cindy lui aurait-elle dit qu'elle couchait avec plusieurs hommes, ou qu'elle avait commencé à se droguer ? Soudain, Pip n'en était plus si sûre. Ça ne lui ressemblait pas, mais elle n'avait pas vu Cindy en personne depuis Noël. Pip aurait essayé de faire en sorte que Cindy se reprenne en main. Et cette dernière aurait fait la même chose si la situation avait été inversée. Était-ce juger l'autre ou être une bonne amie ?

— J'aimerais assister à l'enterrement, si cela ne vous dérange pas ? demanda doucement Kincaid.

Les forces de l'ordre étaient souvent présentes aux funérailles des victimes, mais il semblait insister sur l'idée que Cindy était morte d'une overdose. Auquel cas, pourquoi vouloir y assister ?

Elle ne comprenait pas, mais elle aimait l'idée qu'il soit là, pour pouvoir le revoir. *Imbécile.*

— Je vous dirai quand j'aurai terminé les préparatifs.

Il vida son café et se rendit dans la salle de bain. Elle l'entendit passer la tasse sous le robinet. Il ramena la tasse propre et la posa sur la console.

Il était bien éduqué.

Et visiblement sur le point de partir. Elle le raccompagna jusqu'à la porte. Il se retourna juste avant d'y arriver et soudain, ils se retrouvèrent bien trop près. Elle leva les yeux vers lui, le souffle court, son pouls battant la chamade.

Son regard se posa sur sa lèvre inférieure et ses narines se dilatèrent, mais il ne fit aucun geste pour combler l'écart. L'air entre eux était chargé d'une incertitude vibrante.

Elle resta immobile. Sur le plan émotionnel, elle n'était pas dans une bonne position pour commencer quoi que ce soit, surtout avec un agent fédéral, et elle avait peur de se jeter sur lui s'il la fixait comme ça plus longtemps.

— Si la personne qui a fourni la coke à Cindy et Sally-Anne découvre que vous avez posé des questions, elle ne sera pas contente.

Elle cligna des yeux. Ce n'était pas ce qu'elle s'attendait à ce qu'il dise.

— Mais les flics ont déjà fait le lien entre les deux décès. Pourquoi s'en prendrait-on à moi ?

— Personne n'a jamais dit que les trafiquants de drogue étaient intelligents. Soyez prudente, d'accord ?

Il s'approcha, toucha sa joue et passa son pouce sur sa lèvre inférieure. Elle ressentit une décharge d'électricité s'infiltrer à travers toutes les couches de son corps – pyjama, peau, chair, os – arrachant des atomes en chemin.

Elle retint son souffle et crut un instant qu'il allait

l'embrasser. Mais il n'en fit rien. Il lâcha sa main et s'éloigna.

Elle ferma la porte derrière l'agent spécial Kincaid du FBI et essaya de démêler toutes les émotions qui tourbillonnaient en elle. Elle n'avait pas le temps pour les complications qu'il représentait. Elle ne voulait pas finir avec le cœur brisé.

Deux femmes étaient mortes, et Pip n'avait toujours pas les réponses dont elle avait besoin.

CHAPITRE QUINZE

Officiellement, l'ASAC McKenzie avait ordonné à Hunt de laisser les enquêtes sur la mort des deux étudiantes de troisième cycle à la police locale et de se concentrer sur les entretiens avec les scientifiques travaillant sur l'anthrax. Utiliser les deux décès comme excuse pour rechercher des anomalies dans le département de microbiologie de Blake pendant que les analystes du SIOC continuaient à surveiller la situation et à rechercher des activités suspectes. Officieusement, le FBI procédait également à un examen approfondi de ces décès liés à la drogue, au cas où il y aurait des liens avec BLACKCLOUD.

Pas encore de signaux d'alarme. Celui qui avait fait ça était manifestement un pro de la communication anonyme et de la navigation sur le dark web.

L'absence de progrès crispait Hunt. L'idée qu'un bâtard puisse raffiner une maladie déjà mortelle pour en faire une machine à tuer inarrêtable le mettait hors de lui. Mais il avait cessé d'être surpris dès l'école primaire par la profondeur du mal de certaines personnes.

— Nous avons envoyé un e-mail à tous les étudiants pour les tenir informés et les mettre en garde contre les dangers de la consommation de drogues, lui dit la secrétaire du département, Lenore Daniels.

Elle rappelait sa mère à Hunt. Dure, mais maternelle. Quelqu'un qui vous botterait le cul si vous faisiez une connerie, puis vous ferait un câlin parce que vous seriez bouleversé.

— Et nous avons fait en sorte que des conseillers soient disponibles pour ceux qui ont besoin de parler.

Bien vu.

— Leur avez-vous demandé de contacter la police pour toute information qu'ils pourraient avoir sur quelqu'un qui vendrait de la drogue aux étudiants… ?

Lenore fit la moue.

— Je l'ai mis dans le brouillon de l'e-mail… l'administration l'a enlevé.

Il retint un juron.

— Puis-je vous demander pourquoi ?

— Je ne sais pas. Ils ont dit que ce n'était pas le rôle de l'université et qu'ils ne voulaient pas mettre qui que ce soit dans une position dangereuse ou créer une atmosphère où les étudiants sentent qu'ils ne pouvaient pas se faire confiance.

— C'est…

— Des conneries. Je sais.

Elle le regarda avec une irritation réciproque. Son téléphone sonna et elle leva la main.

— Je dois répondre.

Hunt avait parlé aux gens du bureau de la propriété intellectuelle avant de venir et ils avaient présenté un front unifié et professionnel, mais ils étaient plus préoccupés par la protection des biens de l'université que par la mort de leurs étudiantes. Plus il avait insisté sur le travail de Cindy, plus ils avaient menacé de faire appel à des avocats. Ils avaient dit qu'ils lui avaient donné tous les documents qu'ils avaient dans leurs dossiers, mais ça n'avait pas servi à grand-chose. Une proposition de thèse et une introduction bien rédigée. Hunt ne pensait pas qu'ils avaient déposé un brevet sur cette seule base.

Il n'avait pas mentionné qu'il avait déjà une copie de ce qui était sûrement la version finale de la thèse de Cindy Resnick. Ce qu'ils ignoraient ne pourrait pas leur nuire. L'université voulait l'ordinateur portable de Cindy, mais il était bloqué dans le laboratoire des preuves du FBI. Après quoi, il serait confié à Pip. Les avocats de l'université pourraient se battre avec la succession de Cindy. En attendant, il garderait les lèvres fermement scellées.

Il avait parlé à McKenzie des piranhas du bureau de la propriété intellectuelle de Blake. McKenzie avait décidé que le mieux était de la jouer cool. Il y avait de fortes chances que les terroristes qui vendaient de l'anthrax militarisé à des marchands d'armes internationaux ne soient pas des hommes coincés en costume du département de la propriétaire intellectuelle. Malgré tout, leur attitude énerve Hunt. Ils ne semblaient pas se soucier de la jeune femme qui était morte. Juste de ce qu'elle valait pour eux. Beaucoup, apparemment.

Pip aurait-elle pu lui cacher qu'elle ne savait pas qu'elle était la bénéficiaire de Cindy ou feindre qu'elle n'était pas ravie à l'idée de recevoir tout cet argent ? Son cynisme inhérent semblait avoir été vaincu, mais peut-être se faisait-il des illusions. Peut-être avait-il été désarmé par ses courbes et sa bouche alléchante lors de ce moment incroyablement stupide où il avait voulu l'embrasser avant de quitter sa chambre d'hôtel à l'aube.

Heureusement, l'instinct de conservation s'était manifesté.

Mais d'après son expérience, les personnes coupables ne demandaient pas de seconde autopsie lorsque la première les avait innocentées.

Hunt avait une conférence téléphonique dans quelques heures dans le bureau de son patron avec le SIOC pour voir ce qu'ils avaient découvert jusqu'à présent. Cela suggérait qu'ils pensaient toujours que la Géorgie était un territoire de choix pour le bioterrorisme.

Les deux filles mortes avaient pris la plupart de son temps. C'était une sacrée coïncidence qu'elles meurent maintenant… et il détestait les coïncidences.

Il avait parlé à Pip des preuves ADN qui suggéraient que Cindy avait couché avec au moins deux hommes pour essayer de la distraire et prouver qu'elle ne connaissait pas son amie aussi bien qu'elle le pensait. Il ne voulait pas qu'elle soit en danger et ne pouvait pas se permettre qu'elle commence à mettre le nez dans son enquête. Il espérait qu'elle accepte les résultats de l'autopsie et qu'elle se retire.

La secrétaire termina son appel téléphonique et se retourna vers lui.

— Avez-vous pu obtenir ces registres d'utilisation du laboratoire pour moi, Lenore ?

Elle lui passa un dossier marron sans étiquette.

— Si vous le dites à quelqu'un, je nierai sous serment.

Il sourit, la remercia et s'éloigna dans le couloir. Il se rendit au bureau du professeur Everson, mais la porte était fermée à clé et il n'y avait personne. Ce qu'il aurait voulu, c'était pouvoir entrer dans tous les laboratoires et chercher une fiole pleine de spores mortelles, mais il y avait trop d'endroits où quelqu'un avec les bonnes connaissances et un équipement de base pouvait effectuer ce travail. De plus, il n'avait pas la moindre idée de ce qu'il cherchait et se ferait sûrement tuer, entraînant des victimes collatérales.

Jez Place, du CDC, lui avait assuré qu'une fois qu'ils auraient déterminé la séquence d'ADN des souches parentales spécifiques, cela réduirait le nombre de suspects et il devrait être plus rapide de trouver qui aurait pu y avoir accès.

Hunt avait appris la patience en se remettant de sa jambe cassée. Ça ne voulait pas dire qu'il était doué pour ça. *Bon sang*, il n'arrivait pas à croire qu'il avait baissé son pantalon et raconté son accident à Pip. C'était un miracle qu'elle ne se soit pas enfuie de la pièce en hurlant, mais Hunt n'avait jamais été gêné par son corps. Il n'avait envisagé les éventuelles accusations de harcèlement sexuel que plus tard.

Avec un peu de chance, elle ne se rendrait pas compte qu'il discutait rarement de l'accident. Il taisait généralement ses faiblesses.

Il avait le sentiment que Pip West pouvait lui faire faire beaucoup de choses qu'il n'aurait pas envisagées en temps normal, mais la prochaine fois qu'il baisserait son pantalon devant une femme, il vaudrait mieux qu'elle soit son médecin ou qu'elle soit déjà nue.

Il retourna à sa Bucar quand son téléphone sonna.

— Kincaid.

— Hunt. C'est Cyril White. De l'APD.

— Comment ça se passe ?

— Pour une fois, ça se passe plutôt bien. On a trouvé le dealer, Hanzo, qui aurait vendu de la coke aux étudiants de Blake. Son vrai nom est Marcus Colton.

Hunt s'arrêta et regarda le ciel bleu. Il avait envoyé par SMS au type les informations que Pip lui avait données ce matin-là.

— Le procureur réfléchit aux accusations ?

L'inspecteur poussa un profond soupir.

— Difficile d'inculper un homme mort.

Hunt fronça les sourcils.

— Est-ce qu'il a goûté à sa marchandise ?

Il ne pouvait imaginer une fin plus juste pour ce type.

— Non.

L'accent de La Nouvelle-Orléans était de retour.

— Il s'est pris une balle de neuf millimètres à l'arrière du crâne.

Sérieusement ?

— Vous avez un tireur ?

— Non. Pas de témoins, non plus. Le type a été retrouvé dans sa voiture dans une zone boisée tranquille, au sud-ouest de la ville. Pas de téléphone portable trouvé sur les lieux. Je suppose que le tueur l'a pris. Je doute que nous trouvions quoi que ce soit. Les chances qu'il soit enregistré à son nom sont minces, voire nulles. On a trouvé de la coke dans sa voiture qu'on va comparer aux échantillons trouvés dans l'appartement de la victime.

— Vous avez établi l'heure de la mort ?

Hunt retint son souffle. Il avait vérifié les vidéos de sécurité de l'hôtel avant de parler à Pip ce matin-là. Un coup bas ? Peut-être. Mais elle n'avait pas menti sur son départ et son retour à l'hôtel. Elle aurait pu avoir le temps de se précipiter pour tuer le dealer avant de se rendre chez Cindy pour mettre l'arme dans le coffre-fort – c'était à ce moment-là qu'il lui est tombé dessus. Mais le métal du pistolet Remington était froid comme la pierre, et il n'y avait aucune odeur de poudre.

— 23 h 37. Un voisin a signalé un coup de feu, mais les flics n'ont pas trouvé le corps avant le lever du soleil.

Et à 23 h 37, il aidait Pip West à photocopier la thèse de Cindy Resnick.

Le soulagement qu'il ressentit était écrasant, ce qui signifiait qu'il devait rester loin de la jolie femme brune à partir de maintenant. Plus question de lui montrer ses cicatrices alors qu'ils étaient seuls et qu'elle était en pyjama.

Imbécile.

— Des indics dans son cercle d'amis ?

Les indics pourraient être le seul moyen de savoir qui avait eu une dent contre lui.

— Non. Le dernier type qui nous a fourni des informations a fini par flotter dans la Flint River.

Hunt jura à nouveau.

— Je voulais juste vous le dire. C'est une bonne chose qu'il ne sévisse plus dans les rues, même s'il y en a dix autres pour prendre sa place.

— Merci de m'avoir prévenu.

Hunt raccrocha.

Les affaires de Cindy et Sally-Anne étaient pratiquement classées, même si les preuves étaient toutes circonstancielles.

Les chances que l'APD résolve le meurtre du dealer dépendaient du degré de stupidité de l'auteur du crime et des efforts déployés par les policiers pour le résoudre. La victime vendait de la drogue, un métier à haut risque dans les rues malfamées d'Atlanta. Mais Cyril était un bon flic. Il essaierait.

Ce tiraillement entre ses omoplates était de retour – peut-être parce que la personne qui avait mis au point de l'anthrax militarisé et tenté de le vendre à des terroristes était toujours en liberté, se promenant anonymement, et prévoyant peut-être de recommencer dans un avenir proche.

Le téléphone de Hunt sonna. C'était McKenzie. L'ASAC voulait avancer la conférence téléphonique d'une heure. Il était temps de retourner au bureau régional et de voir si quelqu'un avait résolu ce mystère.

— DU NOUVEAU concernant les étudiantes mortes ? demanda McKenzie à travers l'écran alors que Hunt entrait dans le bureau de son SAC.

Hunt prit place à côté du type du CDC et récapitula les overdoses et la mort du dealer aussi rapidement que possible.

McKenzie fronça les sourcils.

— D'autres décès dans la ville attribuables aux produits de ce dealer ?

— Pas que nous sachions, monsieur.

C'était ce qui le perturbait.

— C'est une sacrée coïncidence, reconnut Frazer de l'autre côté de l'écran. Qu'elles meurent d'une overdose la semaine suivant une tentative de vente d'une arme biologique à l'anthrax.

— La deuxième victime n'étudiait pas l'anthrax, précisa McKenzie.

— Quand même…

Frazer avait l'air intrigué.

— Et selon son superviseur, Cindy travaillait sur la recherche de pointe sur les vaccins. L'université reste discrète sur les détails de sa thèse en raison de l'enregistrement d'un brevet en cours. Ils ne veulent pas que nous le lisions.

Le Dr Jez Place se redressa.

— Sérieusement ?

— Nous avons vraisemblablement une copie de ses recherches sur son ordinateur portable ? demanda McKenzie.

Hunt acquiesça.

— Je suppose que oui. Nous attendons les informations du laboratoire.

Il se pencha en avant.

— Mais, fit-il en se raclant la gorge, sans savoir quelle réaction il allait susciter, j'ai réussi à obtenir une copie papier à la résidence de Cindy Resnick à Atlanta la nuit dernière.

— Légalement ? demanda son SAC.

— Oui, monsieur.

Hunt essaya de ne pas se sentir insulté.

— Avec la permission de la nouvelle propriétaire.

— La journaliste ? dit Bourne.

— Pip West.

Bourne semblait détester les journalistes encore plus que Hunt. Ou peut-être pensait-il au blâme du Bureau de la responsabilité professionnelle dans le dossier de Hunt. Hunt serra les dents.

Sur l'écran, McKenzie fit la grimace.

— Est-ce qu'elle va poser problème ?

Bon sang, oui, elle allait être un problème. Pour *Hunt*.

— Elle insiste sur le fait que son amie ne se serait jamais droguée volontairement et a demandé une seconde autopsie, mais c'était avant que Sally-Anne Wilton ne soit retrouvée morte.

— Intéressant, dit Frazer. Et son alibi est solide ?

— Béton. Je ne crois pas qu'elle soit impliquée dans BLACKCLOUD.

Hunt n'aurait pas désigné Pip comme suspecte dans tous les cas. Ce n'était pas en raison de son chagrin – même les meurtriers éprouvaient parfois un véritable chagrin. C'était à cause de sa détermination à découvrir la vérité. C'était un trait de caractère qu'il admirait, même s'il n'était pas associé à une femme attirante. Dommage que sa version du service public consiste à exposer des informations potentiellement dommageables au nom de la transparence.

Bourne le regardait derrière ses sourcils épais.

— Gardez un œil sur elle.

Exactement ce que Hunt espérait éviter.

— Il me reste plus de deux cents scientifiques à contacter. Je n'ai pas le temps de baby-sitter une journaliste en plus.

Il ne voulait pas être si proche de la tentation.

— Il a raison. Nous devons nous concentrer sur la recherche du fournisseur d'anthrax, déclara Frazer.

— Nous ne pouvons pas nous permettre que cette histoire éclate dans la presse, prévint McKenzie.

Aucun d'entre eux n'avait l'air d'avoir plus dormi que Hunt.

— Je vais demander à quelqu'un d'extraire les données de l'ordinateur et du portable de Resnick aujourd'hui, dit McKenzie. Pour nous assurer qu'il n'y a rien d'intéressant que la journaliste puisse découvrir. Pouvons-nous avoir un échantillon du vaccin développé par Cindy Resnick pour le comparer à ce que nous avons trouvé dans BLACKCLOUD ?

— Pas sans faire beaucoup de bruit et entraîner la suspicion de l'administration de Blake, dit honnêtement Hunt.

McKenzie plissa les yeux.

— Peut-être que le Dr Place serait prêt à jeter un coup d'œil à la thèse pour nous ?

Jez haussa les épaules.

— Je veux bien regarder, mais l'administration de l'université pourrait rechigner. Ils me verront comme la concurrence.

— Tant que nous gardons l'information pour nous et que

nous ne violons aucun brevet, nous poursuivrons notre évaluation du matériel et demanderons pardon plus tard.

Jez se pencha.

— Je n'ai jamais entendu parler d'autant de secrets sur une thèse de doctorat. Peut-être que je peux jeter un coup d'œil au dépôt de brevet, aussi ?

McKenzie écrivit une note sur une tablette.

— Je m'en occupe. Si l'administration de l'université ne sait pas que vous consultez sa thèse, ils ne peuvent pas vous faire de reproches. Dans le cas contraire, dites-leur de me contacter.

Quelque chose dans l'expression de McKenzie suggérait qu'il ne ferait pas de quartier et n'avait pas le temps pour les conneries.

Il s'agissait de la vie de milliers de personnes et d'un acte de guerre possible si cet agent biologique tombait entre de mauvaises mains.

— Où en sommes-nous avec la séquence d'ADN ?

McKenzie fixa Jez Place.

Jez se mit à parler rapidement. Il était clairement nerveux, ce qui, vu son travail, était mauvais signe.

— Nous avons eu un dysfonctionnement de la machine hier soir et cela nous a ralentis. La séquence est presque complète, mais nous n'y sommes pas encore.

— Je vois.

McKenzie avait l'air énervé.

— Quand est-ce que ce sera terminé ?

Jez se gratta derrière l'oreille.

— De façon réaliste ? Demain matin. Nous analysons plusieurs échantillons pour les comparer. Je veux qu'ils se dépêchent, mais je ne veux pas qu'ils se précipitent. Ce sont de bons scientifiques, alors j'essaie de ne pas être derrière leur dos. Il y a des choses qu'on ne peut pas accélérer, quelle que soit l'urgence.

McKenzie prit une profonde respiration.

— Nous ne voulons pas d'erreurs. Demain, ce sera bon.

— Ça ne devrait pas prendre longtemps pour trouver la souche parente, en supposant que nous ayons un échantillon de référence.

Place parut mal à l'aise.

— L'anthrax pourrait provenir d'une source que nous n'avons jamais examinée auparavant. Comme le programme de guerre biologique soviétique ou un mammouth laineux en décongélation dans l'Arctique.

Tout le monde haussa les sourcils.

— Le taux de croissance est sensiblement plus rapide que celui de l'anthrax standard, ce qui signifie que cette souche militarisée est potentiellement beaucoup plus mortelle que celles que nous avons l'habitude de traiter.

— Quel intérêt, sinon ? fit remarquer sèchement Frazer. Et l'analyse du vaccin BLACKCLOUD ?

— C'est un processus beaucoup plus lent.

Jez s'agita sur son siège, mal à l'aise.

— Nous voulons fabriquer davantage de matériel avant de procéder à des tests destructifs, car si cette souche d'anthrax est libérée dans la nature, nous devons être prêts. On ne nous a envoyé que quelques milligrammes pour travailler dessus. Cela prendra plus de temps que le séquençage.

— Un jour ? Deux ? demanda McKenzie.

Le Dr Place secoua la tête.

— Nous pouvons commencer à le reproduire tout de suite, mais une analyse complète prendra au moins une semaine.

— Obtenez toute l'aide que vous pouvez, ordonna McKenzie.

L'idée d'avoir une population complètement vulnérable à cette maladie pendant une telle durée fit frémir Hunt.

— Celui qui a fabriqué cette arme biologique a aussi dû créer et tester un vaccin. Cela semble être un ensemble de compétences plus complexes, commenta Hunt, en pensant à Cindy et à son ex, Pete Dexter.

— En supposant que le vaccin fonctionne.

Frazer eut un sourire sinistre.

— Personnellement, je n'aurais pas voulu être un cobaye. Une fois l'argent transféré au vendeur anonyme via des cryptomonnaies et des comptes bancaires suisses, le producteur d'anthrax pouvait disparaître. La plupart des gens seraient morts avant de comprendre que le vaccin ne fonctionnait pas.

— Le vendeur ne sait peut-être même pas s'il fonctionne ou non. Les essais cliniques humains de cette nature sont interdits, déclara Jez Place.

— Quelque chose me dit que les aspects légaux sont le dernier de leurs soucis... dit Frazer.

— Vous pensez qu'ils ont pu utiliser des cobayes humains ?

L'expression de Bourne devint encore plus préoccupante.

— Rien ne les empêche de récupérer des fugueurs ou des sans-abri et de le tester sur eux.

Plus Hunt y pensait, plus c'était odieux, et plus c'était probable.

— Nous devons commencer à examiner toutes les disparitions suspectes...

McKenzie leva la tête vers le plafond.

— Nous allons avoir besoin de plus d'agents.

— Peut-être de l'APD ou du GBI, suggéra Hunt. Les inspecteurs sur le terrain ont une meilleure idée des affaires de personnes disparues – en supposant que vous ayez de bonnes raisons de croire que le point zéro de la production d'anthrax est en fait la Géorgie.

— Je suis d'accord.

McKenzie écrivit une autre note.

— Et, oui, dit-il en regardant Hunt. Une partie de l'activité Internet a été liée à la région d'Atlanta, même si nous ne pouvons pas complètement exclure une ruse.

Merde. Ils restèrent assis en silence pendant quelques instants.

— Comment le vendeur a-t-il transporté l'arme biologique ? demanda Jez.

— Que voulez-vous dire ? demanda Hunt.

— L'ont-ils envoyé par coursier ? Par courrier standard ? Par livraison en main propre ?

McKenzie inclina le menton.

— Bonne question. Je ne sais pas. La police française examine la scène. Je me renseignerai sur les cartons trouvés à bord ou sur toute suggestion indiquant que le marchand d'armes aurait récupéré les colis localement.

À bord ? Ça s'était donc passé sur un bateau ou un avion ? Il y avait eu un certain battage autour d'une activité terroriste sur la Riviera la semaine passée. Hunt se dit que ça devait avoir un rapport.

— Vous pourriez essayer de retracer les mouvements de votre marchand d'armes et recouper les déplacements effectués par les scientifiques américains, suggéra Hunt.

— Je m'en occupe, acquiesça McKenzie. J'ai un autre groupe d'analystes et un superordinateur qui travaillent là-dessus. C'est la priorité numéro un du Bureau.

— Ça prend trop de temps.

Bourne avait l'air impatient.

— Par rapport à l'affaire AMERITHRAX, tout avance à la vitesse de l'éclair, rétorqua McKenzie.

Bourne avait l'air énervé.

— Ce n'est toujours pas assez rapide. Qu'est-ce qui les empêche de s'enfuir ?

— Rien, admit McKenzie. Ils se sont peut-être déjà fait la malle. Mais nous surveillons les aéroports et l'activité de tous ceux qui sont enregistrés ou qui sont connus pour travailler sur l'anthrax. Et nous avançons. Un informaticien a trouvé la page sur le dark web où le fournisseur a pris contact avec le marchand d'armes et nous sommes en train de retracer tous les membres de ce forum.

Quiconque traînait avec des trafiquants d'armes et des terroristes sur le dark web méritait sûrement que le FBI s'y intéresse.

Le silence devint tendu.

— J'ai récupéré tous les journaux d'activité du labo de Blake aujourd'hui, leur dit Hunt.

— Sans mandat ? demanda McKenzie, surpris.

— J'ai utilisé mon charme, admit Hunt.

McKenzie sourit et Frazer grimaça.

— Celui qui a purifié et créé cet anthrax a dû passer de longues heures en laboratoire, ajouta Jez Place.

— Passez en revue les dossiers. Pour voir si quelque chose ressort.

— Mais je n'ai même pas encore commencé à Georgia State.

Ils lui avaient donné une tâche impossible et il n'appréciait pas le fait que son SAC lui lance un regard noir. Il allait s'attirer des ennuis dont il n'avait pas besoin.

— Il s'agit d'éliminer des suspects. Une fois que nous aurons réduit la liste, nous pourrons tenter de les interroger de manière plus agressive.

Le portable de McKenzie sonna à nouveau, mais il l'éteignit.

— Ils s'envoient déjà des e-mails pour se demander quels changements les Fédéraux envisagent de mettre en œuvre. Ça fonctionne.

— Nous supposons que tout ceci est motivé par l'argent plutôt que par l'idéologie ? demanda Hunt.

Frazer comprima ses lèvres en une fine ligne.

— Il faut être assez désespéré pour que l'argent soit sa seule motivation, mais regardez les narcos et tout ce qu'ils font pour avoir leurs millions.

— Le mobile est flou, fit McKenzie. Ça n'a pas d'importance…

— Ça en a s'ils décident qu'ils n'ont plus rien à perdre, intervint Hunt.

Le regard froid de Frazer se posa sur lui avec un infime soupçon de respect.

Hunt comprit enfin.

— C'est pour ça que nous n'y allons pas frontalement.

Ils réduisaient la liste des suspects tout en offrant au criminel une porte de sortie. Les autorités pourraient le suivre sans qu'il ne se sente désespéré et acculé et qu'il ne décide de survoler une ville avec un avion-pulvérisateur.

— Je demanderai à Hernandez de vous contacter si quelque chose d'intéressant ressort de l'ordinateur portable ou des communications de Resnick, lui dit McKenzie, puis les écrans s'éteignirent, plongeant la pièce dans un silence soudain.

— Je vais retourner au laboratoire.

Jez Place se leva et hocha la tête.

Hunt fit mine de le suivre, mais Bourne l'arrêta avant qu'il n'atteigne la porte.

— Je sais que vous avez l'intention de postuler pour l'équipe de libération d'otages, agent Kincaid. Il serait dommage que la journaliste pose des problèmes quant à votre candidature.

Son patron avait la subtilité de la dynamite.

Un flot de ressentiment traversa Hunt, mais il hocha la tête et quitta le bureau de Bourne. Il ne pouvait s'empêcher de penser que Pip ne méritait pas les soupçons que tout le monde lui portait. Puis il se souvint des ennuis qu'il avait eus avec la dernière journaliste à qui il avait fait confiance. Il ne pouvait pas se permettre plus s'il espérait rester au Bureau.

CHAPITRE SEIZE

P IP RENTRA À l'hôtel après une longue course à pied, pendant laquelle elle oublia tout sauf le battement de son propre cœur. Après une douche rapide, elle jeta ses affaires sur le lit et enfila un jean moulant, une paire de Converse rouges et son t-shirt préféré Wonder Woman. Elle se força à se maquiller et à se faire une queue de cheval haute. Elle paraissait ainsi plus jeune. Assez jeune pour être à l'université. Puis elle glissa la photo de Dane avec Cindy, son téléphone portable et un peu d'argent dans une poche, et la carte de l'hôtel et la carte de crédit dans l'autre avant de sortir.

Pip avait fait quelques recherches ce matin-là et découvert que Dane Garnett travaillait dans un restaurant mexicain populaire qui s'adressait principalement aux touristes. Il se trouvait à cinq minutes à pied de son hôtel.

À la porte du restaurant, elle scruta l'intérieur faiblement éclairé. Dane Garnett tenait le bar.

— C'est pour combien de personnes ? demanda en souriant une blonde guillerette aux lèvres rose vif.

— Juste moi.

Ces mots emplirent Pip de tristesse.

La serveuse lui apporta un verre d'eau et Pip passa un doigt dans la condensation. Dane avait-il connu Sally-Anne ?

Elle commanda des nachos et regarda Dane Garnett servir

les clients et nettoyer le bar. Cindy avait dit qu'il était mannequin et qu'il essayait de devenir acteur. Pip n'arrivait pas à croire qu'il ait du mal à trouver du travail. La photo de lui avec Cindy ne lui rendait pas justice. En chair et en os, Dane avait le genre de physique masculin qui intimidait et rendait la respiration laborieuse. Cindy était clairement son égale en beauté, et ils auraient fait un couple remarquable. Il avait de longs cheveux d'ébène et des yeux couleur chocolat noir. Un nez droit. Des sourcils foncés, mais pas trop épais et sans mono sourcil. Ses larges épaules semblaient avoir été sculptées dans une salle de sport. Physiquement, il était sûrement le plus bel homme qu'elle ait jamais vu. Grand, beau et ténébreux.

Pip ne connaissait pas son type d'hommes, mais elle n'appréciait guère qu'un agent fédéral aux cheveux blonds lui vienne à l'esprit quand elle s'interrogeait sur la question.

Elle regarda fixement Dane. Elle voulait savoir qui avait donné de la drogue à sa meilleure amie, mais n'était pas sûre de la meilleure façon de s'y prendre. Ce sentiment d'incertitude et de manque de confiance était déconcertant. Il s'agissait des retombées de la mort de Cindy, de la pagaille en Floride et de la terrible prise de conscience que son travail avait conduit Lisa Booker et ses enfants à la mort. Elle était une bonne journaliste d'investigation. Elle faisait confiance à son instinct et regardait sous la surface, derrière les mots qui sortaient de la bouche des gens, et elle n'avait pas peur de creuser. Ayant grandi dans une famille d'accueil, et avant cela avec une mère alcoolique dont le goût pour les hommes tendait vers l'abus, ses instincts avaient été aiguisés jusqu'à devenir aussi tranchants que des lames de rasoir.

Être journaliste d'investigation était la seule chose qu'elle savait vraiment faire, et elle n'était même plus sûre de savoir le faire.

Elle regarda autour d'elle. Un couple était assis dans un box au fond, se tenant la main et se regardant avec des yeux de merlan frit. Un homme en costume travaillait dans un autre box sur son ordinateur portable. Elle vit la serveuse faire une pause derrière le hublot de la porte de la cuisine, attendant que les nachos de Pip soient prêts.

Dane ne risquait pas de lui faire du mal en public si elle le confrontait.

Et l'agent Kincaid avait promis que si Pip trouvait des preuves que la mort de Cindy n'était pas accidentelle, il les prendrait au sérieux. Elle devait juste trouver un moyen de prouver que quelqu'un avait forcé son amie à prendre de la drogue. Elle se leva de son siège et se dirigea vers le bar.

Dane la regarda, attendant manifestement qu'elle commande une boisson. Puis il plissa le front.

— Mais on se connaît !

Pip ouvrit la bouche, surprise.

Son visage se fendit d'un sourire amical.

— Tu es l'amie de Cindy. J'ai vu des photos de toi chez elle.

Sa couverture était grillée avant qu'elle n'ait ouvert la bouche. Il avait manifestement la mémoire des visages, ce qui était un atout pour un barman.

— Dane, c'est ça ? demanda-t-elle. J'espérais qu'on pourrait parler de Cindy, en fait. Tu aurais quelques minutes à m'accorder ?

Il regarda la grande horloge sur le mur derrière le bar.

— Bien sûr. Je remplace juste quelqu'un qui s'est fait porter pâle jusqu'à ce que la propriétaire arrive. Elle ne va pas tarder, comme j'ai un shooting photo cet après-midi. Je te retrouve à ta table.

Dix minutes plus tard, il arriva avec un grand sac de sport et un verre d'eau. Une jolie blonde avait pris le relais derrière le bar. Il se glissa dans le box.

Elle tendit la main.

— Je suis Pip. Pip West.

— Cindy parlait de toi tout le temps. J'ai l'impression de te connaître.

Sa poignée de main était chaude et ferme, mais aucune étincelle d'attirance ne se produisit. Contrairement à la fois où Kincaid avait touché sa lèvre avec son pouce. Ça l'avait stimulée comme un aiguillon à bétail.

— Tu veux quelque chose à manger ? demanda-t-elle. Je peux commander quelque chose – grâce à sa carte de crédit et l'argent de Cindy – ou tu peux piocher.

Elle désigna l'énorme pile de nachos devant elle. Il s'avérait qu'elle n'avait pas faim après tout.

Dane secoua la tête.

— Non merci.

Il semblait nerveux.

— J'essaie d'imaginer les raisons pour lesquelles tu voudrais me parler.

— Et alors, ça donne quoi ?

Elle n'avait pas mentionné le fait que Cindy était morte et elle réalisa avec une horreur soudaine que, à moins qu'il ait eu quelque chose à voir avec la mort de Cindy, il pourrait bien l'ignorer.

Ses yeux bruns foncés, bien plus beaux que les siens, croisèrent son regard. Il déglutit.

— Au début, je me suis dit qu'elle voulait peut-être se

remettre avec moi, mais elle n'aurait pas envoyé quelqu'un d'autre dans ce cas. Puis j'ai pensé que peut-être elle était enceinte, mais ne savait pas comment me le dire.

Ses yeux s'illuminèrent à ce moment-là, puis s'assombrirent.

— Ou elle a attrapé une MST et ne sait pas comment me dire de me faire dépister…

— Dane, la coupa Pip, l'acide brûlant son estomac. Je suis vraiment désolée.

Oh, mon Dieu.

— Cindy est morte.

— Quoi ?

Le choc semblait authentique, mais il s'entraînait à devenir acteur.

Pip aurait préféré ne pas être aussi cynique, mais personne ne voulait aller en prison et celui qui avait fourni ces drogues pouvait être accusé d'homicide involontaire ou pire.

— Je suis allée au lac pour la voir lundi matin et je l'ai trouvée dans l'eau.

Sa voix se brisa. Ça semblait toujours irréel.

— Cindy ?

Ses yeux se remplirent de larmes et ceux de Pip de compassion. Bon sang.

— Non. C'est impossible.

Des larmes coulèrent sur les joues de Dane et il n'essaya pas de les essuyer. Son gros poing se crispa sur la table.

— Que s'est-il passé ?

— Les flics disent qu'elle était défoncée et a décidé d'aller se baigner.

— Défoncée ? Avec de la drogue ?

Il avait l'air incrédule.

— Impossible.

— C'est l'une des choses que je voulais te demander, fit-elle, sautant sur l'occasion. Si tu l'avais déjà vue prendre de la coke. Parce que moi, non. Jamais. Et je la connaissais depuis dix ans.

— Je ne la connaissais que depuis quelques mois.

Ses lèvres tremblèrent.

— Mais j'aurais aimé la connaître bien plus longtemps.

Elle attendit que le choc passe. Il avait besoin d'un moment pour assimiler tout ce qui s'était passé.

— Tu as déjà pris de la drogue ? demanda-t-elle.

Il renifla bruyamment et se moucha.

— Beaucoup de gens dans le monde du mannequinat et du cinéma se droguent, mais ce n'est pas mon truc.

Ses joues s'assombrirent.

— J'ai un casier judiciaire parce qu'un photographe a drogué ma boisson dans le but de m'agresser. Je l'ai entendu le chuchoter à un de ses amis flippants quand je suis allé aux toilettes. J'ai cassé le nez de ce bâtard. Maintenant, j'apporte toujours mes propres boissons partout où je vais.

Il récupéra sa bouteille d'eau et la secoua.

Pip compatissait. Mais elle creuserait cette information et s'assurerait qu'il n'était pas en train de lui raconter une histoire.

— Tu sais si quelqu'un lui en voulait ?

— Tu la connaissais mieux que moi.

Il sourit tristement.

— Je l'ai entendue se disputer au téléphone une fois. Elle était super énervée. Elle m'a dit que ça avait un rapport avec l'université, mais je ne sais pas de quoi il s'agissait.

Il haussa les épaules et ferma les yeux.

— Elle était trop bien pour moi, mais je continuais à espérer...

Pip avait envie de le réconforter. Même s'il avait l'air d'un mâle alpha, c'était un tendre au fond. Elle l'apprécia immédiatement et regretta que Cindy l'ait largué. Il aurait été bon pour elle.

— Tu ne dois pas te sentir mal, Dane. Elle était trop bien pour moi aussi.

Il s'essuya les yeux.

— Non. Pour Cindy, tu étais la personne la plus extraordinaire de la planète. En fait...

Son sourire était digne d'une avant-première à Hollywood.

— Tu es la raison pour laquelle elle m'a donné une chance.

Pip fronça les sourcils. Soit il était faussement modeste, soit il était à moitié aveugle, soit il ne savait vraiment pas ce qu'il y avait dans le miroir.

— J'ai été élevé dans des familles d'accueil, moi aussi.

Oh. C'était étrange que cet homme connaisse toutes ces choses privées sur elle. Elle n'en parlait généralement pas publiquement.

— Je suis désolée.

C'était tout ce qu'il y avait à dire. *Désolée qu'il n'y ait eu personne pour t'aimer. Désolée qu'il n'y ait eu personne pour s'occuper de toi. Désolée qu'il n'y ait eu personne pour s'en soucier...*

— On s'est rencontrés dans un club et on a commencé à danser. On a passé la nuit ensemble.

Ses joues s'empourprèrent.

— Ce n'est pas quelque chose que je fais d'habitude, mais Cindy était éblouissante et je ne voulais pas rater ma chance. Quand elle s'est levée pour quitter mon appartement, elle a remarqué une photo de moi et de ma famille d'accueil. C'étaient des gens bien. Elle m'a parlé de toi et a décidé de me donner son numéro, en fin de compte. Je suppose que c'était de la pitié, mais à ce moment-là, j'aurais fait n'importe quoi pour la revoir.

Sa sincérité était accablante. Mais cela aurait-il pu se transformer en colère quand Cindy l'avait quitté ?

— Je sais que je n'étais pas son genre de mec habituel, mais je pense qu'elle voulait quelque chose de différent. J'ai essayé de lui offrir ce qu'elle cherchait, mais ça n'a pas été suffisant.

— Elle t'aimait bien.

Elle décida de lui donner quelque chose en retour.

— Mais c'était une période assez intense pour elle avec son doctorat.

— Oui, je sais que son travail était très prenant.

Ses yeux bruns rencontrèrent les siens, mais ils étaient plus froids à présent.

— Mais ce n'est pas pour ça qu'elle m'a larguée. Je n'étais pas le seul gars qu'elle voyait…

— Quoi ? demanda Pip, sincèrement surprise. Elle n'avait jamais vu Cindy tromper quelqu'un.

— Je l'ai vue avec un autre gars et je les ai suivis.

Ses lèvres se raffermirent et il détourna le regard.

— Tu les as suivis ?

Tous ses poils se dressèrent.

Il haussa les épaules.

— Je suis allé à son travail pour lui offrir des fleurs à l'heure où elle partait habituellement. Je m'apprêtais à lui envoyer un SMS pour lui proposer de la raccompagner quand je l'ai vue sortir. Elle est montée dans un SUV noir et est partie.

Un SUV noir ?

— Au début, j'ai trouvé ça bizarre et j'ai pensé qu'elle se faisait juste raccompagner par un ami. Je suis allé chez elle et je suis arrivé juste à temps pour les voir entrer. Il l'embrassait et avait son bras autour de sa taille. De façon possessive.

Pip était sonnée.

— Je suis resté dehors, me sentant stupide. Et pour prouver que je suis un idiot, je lui ai envoyé un texto.

Il déglutit péniblement.

— Elle a répondu qu'elle était encore au travail et qu'on se verrait le lendemain. Je suis resté assis dans la voiture, furieux, pendant un moment et je suis parti.

— À quoi ressemblait-il ? Cet autre type ?

— Il faisait sombre. Je n'ai pas vu son visage. Il portait un costume.

Dane haussa les épaules. Il avait clairement été blessé par les actes de Cindy.

Avait-il été assez blessé pour vouloir se venger ?

— Pourquoi ne l'as-tu pas confrontée à ce sujet ? demanda Pip.

Son esprit bourdonnait à la mention du SUV noir. Était-ce la même voiture qui avait failli la faire sortir de la route ? Le propriétaire du SUV avait-il apporté à Cindy la drogue qui l'avait tuée et s'était-il enfui le lendemain quand il avait réalisé qu'elle était morte ?

Il sourit avec amertume.

— Je ne voulais pas la perdre. Pathétique, hein ? Surtout quand elle m'a largué quelques jours plus tard.

Mais Pip comprenait. Combien de personnes fermaient les yeux sur ce qui se passait parce qu'elles ne voulaient pas faire de vagues ? Beaucoup.

— À quand remonte la dernière fois que tu es allé au cottage ?

Il parut contrarié.

— Tu penses que j'ai quelque chose à voir avec sa mort ?

Elle secoua la tête.

— J'essaie juste d'avoir un aperçu de sa routine. Je ne l'avais pas vue depuis Noël. Elle s'est rendue au cottage à la mi-mars pour écrire. Je me demandais quand vous vous étiez vus pour la dernière fois.

Il détourna le regard, la mâchoire serrée.

— Je ne suis jamais allé à son cottage.

Mais il refusait de croiser son regard et elle eut l'impression qu'il n'était pas tout à fait honnête avec elle.

Elle mangea un nacho pour tuer le temps et réfléchir, pas parce qu'elle avait faim.

— Tu as déjà acheté un livre à Cindy ?

Trois lignes discrètes se formèrent entre ses yeux.

— Quel genre de livre ?

— Un roman. *Autant en emporte le vent.*

Dane secoua la tête et parut confus par toutes ses questions. Elle changea de sujet.

— J'organise ses funérailles. Je t'enverrai un SMS avec les détails.

Il haussa ses épaules parfaites.

— Je ne devrais peut-être pas y assister.

— Pourquoi pas ?

Il eut un sourire ténébreux.

— Parce que tous ses amis sont des intellos et que je gagne ma vie en tenant un bar et en posant pour des sous-vêtements.

Pip rit doucement.

— Je ne suis pas une intello. Et, crois-moi, ça ne fait pas

d'eux de meilleures personnes.

Mais elle connaissait bien les insécurités qui pesaient sur les personnes ayant grandi dans des circonstances difficiles, et les familles d'accueil représentaient souvent des circonstances difficiles. Vous ne vous sentiez jamais le bienvenu. Vous n'aviez jamais l'impression d'être vraiment à votre place. Mais ça avait changé avec les Resnick. C'est pourquoi ils étaient si importants pour elle.

— J'aimerais que tu viennes. Je pense que Cindy l'aurait voulu aussi. Comme ça, tu pourras lui faire tes adieux de façon convenable.

De plus, il pourrait reconnaître le type qu'il avait vu chez Cindy cette nuit-là.

Il hocha lentement la tête.

— Très bien. D'accord. Je serai là.

Ils échangèrent leurs numéros et elle sortit dans la chaude après-midi d'Atlanta et regarda le ciel bleu vif parsemé de nuages blancs.

Son portable sonna. Sa bouche s'assécha quand elle vit que c'était le médecin légiste qu'elle avait engagé pour faire la deuxième autopsie. Et cela la frappa à nouveau comme un coup de massue en plein visage. Cindy était morte et elle ne reviendrait jamais.

CETTE FOIS, LORSQUE Hunt demanda à visiter l'entreprise Universal Biotech de Pete Dexter, ils étaient prêts à l'accueillir.

Simon Corker le retrouva au niveau des portes vitrées. Il avait des cheveux châtain clair et des traits bien définis. Selon Hernandez, Corker avait fait un MBA et son père était un gros entrepreneur militaire qui était le quatrième partenaire silencieux qui avait financé une grande partie de la startup. Pete Dexter avait omis de le mentionner lors de leur première conversation.

Corker était doux, suave et accommodant. Il conduisit Hunt dans plusieurs laboratoires, installations de stockage, chambres froides et lui montra les conteneurs d'azote liquide. Il lui assura que tous les protocoles de sécurité étaient rigoureusement respectés.

Ils n'entrèrent pas dans les laboratoires de confinement, mais depuis une fenêtre, Hunt put voir une pièce dans une pièce où plusieurs personnes travaillaient dans des combinaisons spatiales bleues.

— Je ne ferai pas ce travail pour tout l'or du monde, admit Hunt avec un frisson.

— Ils sont sûrement plus en sécurité que nous. Les salles sont sous pression négative et l'air est aspiré dans les laboratoires pour empêcher les micro-organismes d'en sortir. Les combinaisons de protection ont leur propre alimentation en air qui souffle de l'air vers l'extérieur.

— Et ils s'occupent de certaines des maladies les plus mortelles de la planète.

— Eh bien… fit Corker en haussant les épaules. Si personne ne travaillait dessus, nous ne trouverions jamais de remèdes.

— Je pensais qu'il n'y avait pas d'argent pour les traitements ? dit Hunt.

Tout le temps qu'il avait passé avec les scientifiques du gouvernement récemment avait déteint sur lui.

— Ce n'est pas seulement une question d'argent. Nous cherchons des remèdes à certaines maladies.

Corker rit et Hunt eut l'impression que le gars se jouait de lui. Veillant à répondre tout ce qu'il fallait. À la façon des chargés de relations publiques.

Cependant, le FBI ne prenait pas les réponses pour argent comptant.

— Imaginez la publicité si nous guérissions le VIH ? La valeur de notre entreprise grimperait en flèche et les ventes de nos autres produits également.

Ils marchèrent dans un couloir, passèrent une porte surmontée d'une lumière rouge, à proximité de deux séries de lourdes portes coupe-feu situées de part et d'autre du couloir. Pas de poignée de ce côté et une station de douche d'urgence en haut.

— Les portes de secours, expliqua Corker avec un sourire patient qui n'atteignit pas tout à fait ses yeux. En cas d'urgence, les scientifiques à l'intérieur appuient sur un bouton et les portes coupe-feu de chaque côté de nous se ferment pour créer automatiquement une mini zone de décontamination. Ils peuvent alors entrer dans ce vestibule et la douche démarre automatiquement. Après deux minutes, la douche s'arrête et ils peuvent sortir par l'une ou l'autre des portes coupe-feu et par la sortie de secours au bout du couloir.

— Cette porte est-elle munie d'une alarme ?

Hunt fit un signe de tête vers les portes de secours.

Simon acquiesça.

— Dès que quelqu'un sort par cette porte, ou appuie sur le bouton à l'intérieur, une sirène se déclenche, les pompiers et le CDC sont prévenus et la douche se met en route.

Il posa sa main contre une bouche d'aération dans le mur.

— Cette section du couloir possède son propre système de filtration de premier plan, de sorte que l'air aspiré passe par des filtres HEPA et est décontaminé. C'est un système haut de gamme.

Hunt acquiesça, impressionné malgré lui. Il aurait parié que ça coûtait un bras.

— Où gardez-vous l'anthrax sur lequel vous travaillez ?

— Il est stocké dans la chambre froide la plupart du temps. Corker haussa un sourcil blond.

— Quelqu'un travaille dessus en ce moment ?

— Je ne crois pas.

On avait montré à Hunt tout ce qu'il pouvait voir du laboratoire sans s'équiper. Mais il ne savait pas ce qu'étaient la plupart des équipements, et encore moins à quoi ressemblaient les microbes. Cette visite avait uniquement pour but de titiller ces gens et de les intimider. La prochaine fois, il amènerait Jez Place.

Hunt décida d'essayer la dernière couverture qu'ils avaient décidé d'utiliser.

— Nous préparons une opération d'entraînement à grande échelle en prévision d'une émission terroriste d'un agent pathogène en suspension dans l'air à Atlanta. Nous aimerions que votre entreprise ait son mot à dire.

Les yeux de Corker brillèrent.

— Avec plaisir. Je peux arranger ça.

Il avait l'air d'un homme qui pouvait tout arranger. Cela incluait-il des ventes d'armes sur le dark web ?

— J'aimerais en parler au Dr Dexter avant de partir aujourd'hui, dit Hunt en entrant dans l'ascenseur.

— Je ne sais pas si Pete est là.

Hunt appuya sur le bouton du deuxième étage, où se trouvaient les bureaux des associés, sans laisser à Corker la possibilité de prévenir l'homme.

— Je suis presque sûr que son Audi était sur le parking quand je suis arrivé.

Corker pinça les lèvres.

— Je crois qu'il est en réunion…

— Allons à son bureau pour voir, voulez-vous ? J'ai quelques questions à lui poser.

— À propos de quoi ?

Hunt lui jeta un regard impassible.

— Je crains de ne pouvoir commenter une enquête du FBI en cours.

Les portes de l'ascenseur s'ouvrirent.

— Je croyais que la mort de Cindy Resnick avait été jugée accidentelle ?

— Les flics locaux enquêtent toujours. Vous la connaissiez ?

Hunt se dirigea vers la porte fermée sur laquelle était inscrit « Dr Peter Dexter, PDG » sur une plaque dorée.

Il frappa un coup sec à la porte et attendit. Les traits de Corker restaient tendus.

Une blonde vénitienne souriante ouvrit la porte :

— As-tu…

Elle s'interrompit en voyant Hunt.

— Angela, voici l'agent spécial Kincaid. Angela Naysmith est une autre associée d'Universal Biotech.

— Avec votre père, Rebus Corker, c'est bien cela ?

Hunt observa l'expression de Simon. Il n'avait pas l'air ravi.

— C'est exact.

La voix de Corker avait perdu toute trace amicale.

— Vous semblez en savoir beaucoup sur nous.

— C'est mon travail, répondit Hunt.

Il tendit la main pour serrer celle de la femme. Elle était mince et bien habillée. Son regard se porta sur Dexter, qui se prélassait sur un canapé rouge vif.

— Désolé d'interrompre votre réunion, dit Hunt d'un ton morne. J'ai quelques questions pour vous.

Pete se redressa.

— Le FBI veut nous inviter à participer à une opération d'entraînement pour une simulation d'attaque biologique sur Atlanta, expliqua rapidement Corker.

L'air soulagé, Pete hocha la tête.

— Ce serait avec plaisir. Le secteur privé devrait être davantage impliqué dans les affaires du secteur public.

— Formidable. Je vous fournirai plus de détails dès que je les aurai.

Un petit sourire se dessina sur les lèvres de Dexter.

— J'aimerais également vous poser quelques questions.

Tout le monde se crispa. Hunt regarda Naysmith et Corker.

— En privé.

— Ils peuvent rester. Je n'ai rien à cacher.

Dexter se leva et se dirigea vers son fauteuil, mettant le bureau entre Hunt et lui. Corker s'enfonça dans le canapé rouge. Angela Naysmith s'assit discrètement sur la chaise face au bureau. Personne ne proposa de siège à Hunt.

— Nous avons examiné les journaux d'entrée et de sortie des laboratoires BSL-3 et BSL-4 de Blake et il semble que vous ayez utilisé votre carte pour accéder au laboratoire du professeur Everson à trois occasions différentes pendant la période de Noël.

Dexter fronça les sourcils et se pencha en avant.

— Quoi ? Non. Cindy avait ma carte d'accès. Je pensais

qu'elle l'avait rendu au département depuis longtemps.

— J'ai parlé à la secrétaire du département.

Hunt observait le langage corporel du type. Il était tendu, mais ce n'était pas nécessairement inhabituel. Il était plus préoccupé par les personnes qui se comportaient de manière naturelle, avec trop d'aisance face aux questions du FBI.

— Elle n'a jamais récupéré la carte.

— Ce n'est pas la faute de Pete.

Angela fut prompte à le défendre.

Se passait-il quelque chose entre eux ? Était-ce la femme avec qui il avait couché un soir, alors qu'il était ivre ?

— Donc, dit lentement Hunt, vous dites que vous n'avez pas accédé aux laboratoires à ce moment-là ?

Le rire de Dexter parut forcé.

— Pourquoi irais-je là-bas alors que j'ai mes propres laboratoires, bien meilleurs, ici ?

Il leva les mains. Il était fier de cette installation, à juste titre.

— Peut-être pour garder un œil sur ce que faisait Cindy ? dit Hunt d'un air désinvolte.

— Cindy était assez en colère contre Pete, intervint Angela. Je la vois bien utiliser sa carte d'accès exprès pour lui attirer des ennuis.

Blâmer la fille morte. C'était difficile pour elle de se défendre.

— Je vais demander aux techniciens de laboratoire de vérifier, dit Hunt.

— Aux techniciens de laboratoire ?

Angela se leva.

— Aux techniciens de scène de crime, précisa-t-il.

— Je pensais qu'elle avait fait une overdose ?

— Nous avons de nouvelles directives pour enquêter sur la mort soudaine de toute personne travaillant sur un agent biologique de catégorie A.

— Je n'en avais jamais entendu parler.

Le regard d'Angela se détourna de ses partenaires.

— Pourquoi n'en ai-je jamais entendu parler avant ?

— L'USDA est en train de le déployer. Cindy Resnick est en quelque sorte notre modèle test. En tous les cas, merci de m'avoir accordé votre temps. Je suppose que vous avez appris pour Sally-Anne Wilton ?

Dexter hocha la tête, l'air contrarié. Angela acquiesça également. Corker la regardait, comme s'il attendait des instructions. Hunt commençait à penser qu'Angela était le cerveau de cette opération.

— Nous avons appris qu'elle avait également été victime d'une overdose.

Angela serra les mains.

— C'est une tragédie.

— Je savais que Sally-Anne prenait de la drogue de temps à autre, dit Pete. Mais je n'étais pas au courant pour Cindy.

— Qui sait ce qu'elle a fait après votre rupture.

Angela parvint à le consoler et à condamner Cindy en une courte phrase.

Pip n'aurait pas aimé Angela. Hunt l'aurait parié.

— Je vous contacterai au sujet de l'opération de formation, fit Hunt.

L'endroit où se trouvait cette carte était un mystère. Il devrait essayer de convaincre Pip de le laisser chercher dans les propriétés de Cindy sans explication ni mandat.

Mais bien sûr.

— Merci de m'avoir fait visiter les lieux, M. Corker. Docteurs.

Hunt hocha la tête et se dirigea vers la sortie, repérant l'assistante rousse avec son chignon soigné et son crayon à portée de main.

— Mlle Grantham.

Il hocha la tête alors qu'elle poussait un petit soupir exaspéré.

— Suivez-moi, agent Kincaid. Vous avez tendance à vous perdre.

— Est-ce que je cause des problèmes, Mlle Grantham ? demanda-t-il.

Elle était mignonne. Il aurait aimé être ne serait-ce que vaguement intéressé. Au lieu de cela, l'image de Pip West dans son pyjama rose s'insinua dans son esprit.

— Je ne sais pas, agent Kincaid. Je vous le demande ? demanda-t-elle avec arrogance.

Il rit en sortant du bâtiment par une journée de printemps brûlante.

Il causait clairement des problèmes.

CHAPITRE DIX-SEPT

QUELQU'UN FRAPPA À la vitre latérale de la Honda de Pip et elle faillit avoir une crise cardiaque. Elle déverrouilla rapidement la portière.

— Qu'est-ce que vous faites là ?

Sa voix monta tant dans les aigus que c'en était embarrassant.

Kincaid se glissa sur le siège passager et haussa un sourcil, l'or chaud de ses yeux brillant.

— Je pourrais demander la même chose à ma journaliste au chômage préférée, sauf qu'il est évident qu'elle surveille une entreprise de biotechnologie locale.

Elle roula des yeux, même si son cœur fit un petit bond embarrassant à l'idée d'être sa « favorite ». Elle avait vu son affreuse voiture entrer dans l'établissement une heure plus tôt, mais était peinée d'admettre qu'elle ne l'avait pas vu partir, et n'avait pas non plus remarqué la Buick cuivrée s'arrêter derrière elle.

— Ça vous dérange si je… ?

Il désigna la bouteille d'eau supplémentaire qu'elle avait prévue.

— Servez-vous.

Il prit une longue gorgée et s'essuya la bouche du dos de la main. Son regard s'attarda sur ses vêtements, sa casquette et les lunettes de soleil qu'elle avait mis pour empêcher Pete Dexter de la reconnaître facilement s'il passait par là. Mais elle était garée sur une route secondaire, loin de leurs caméras de surveillance.

Il inclina la bouteille vers sa tenue.

— C'est votre look incognito ?

Elle plissa les yeux.

— N'importe quel mâle hétérosexuel vivant vous repérerait.

Elle leva les yeux au ciel. Il devait vouloir quelque chose.

— Évidemment. Vu que ça arrive tout le temps.

Elle essayait de prétendre que ce grésillement intense ne l'avait pas effrayée plus tôt, lorsqu'il avait quitté sa chambre et qu'elle avait cru qu'il allait l'embrasser. Le fait qu'elle l'ait voulu était encore plus mortifiant.

— Peut-être que vous ne remarquez simplement pas qu'ils vous regardent, suggéra-t-il.

Elle émit un son grossier.

— Est-ce que vous flirtez avec moi, agent Kincaid ?

Son sourire grandissant l'agaçait.

— Vous le sauriez si je flirtais avec vous, Mlle West.

Son pouls décrivit l'un de ces petits bonds déconcertants. Avec ses yeux si particuliers, son menton mal rasé et ses cheveux couleur sable, ce type cochait toutes les cases. Elle prit une profonde inspiration pour calmer l'afflux sanguin, persuadée qu'il essayait délibérément de la déstabiliser.

— Que faites-vous là ? demanda-t-il.

— Je voulais voir si quelqu'un de l'entreprise conduisait un SUV noir, répondit-elle calmement.

Il écarquilla les yeux de surprise, mais ne dit rien et elle se retrouva à combler le silence.

— J'ai parlé à l'autre ex de Cindy…

— Celui qui est beau, mais pas très futé ?

Elle sirota son eau alors que la culpabilité l'envahissait.

— Il est gentil.

— *Gentil ?*

Kincaid se retourna sur son siège pour la fixer.

— N'était-il pas aussi beau que votre amie le prétendait ?

— *Au contraire.*

Elle secoua la tête vivement.

— C'est sûrement le plus bel homme que j'ai jamais vu. Pourquoi cela vous intéresse-t-il ?

— Ça ne m'intéresse pas.

Il fit pivoter le pare-soleil pour regarder son reflet dans le petit miroir et grimaça de façon exagérée.

Sexy.

La voix dans sa tête était celle de Cindy. Elle était presque sûre que son amie la hantait.

— Dane a dit…

— Dane ?

Le cynisme de Kincaid transparut.

— C'est son nom.

— Évidemment.

Ses lèvres se retroussèrent même s'il essayait de contenir son amusement.

— Dane a dit qu'il avait vu Cindy avec un autre gars quand il l'avait suivie chez elle une fois, juste avant leur rupture.

L'expression de Kincaid devint sérieuse.

— Et ça ne vous a pas fait penser à un harceleur fou ?

Elle était assez proche pour sentir l'odeur de la peau de Kincaid et faisait un effort conscient pour ne pas se pencher plus près et le renifler. En parlant de *harceleurs*.

— Oui, c'est vrai, tout comme le fait qu'il ait une accusation d'agression dans son dossier. Mais j'ai vérifié son histoire et je ne pense pas qu'il m'ait menti. Ils étaient ensemble à l'époque, mais il ne l'a pas confrontée à ce sujet.

Elle vit sa bouche se tordre d'incrédulité. Elle l'ignora.

— Il a dit que l'autre type conduisait un SUV noir avec des vitres teintées.

L'expression imperturbable de Kincaid la poussa à ajouter :

— Comme celui qui a failli me faire sortir de la route avant que je ne trouve Cindy.

Au cas où il aurait oublié.

— Vous savez combien de SUV noirs sont enregistrés dans le grand État de Géorgie ? Plus de soixante mille.

Ses épaules s'affaissèrent.

— Vous avez vérifié.

— J'ai vérifié parce que je suis minutieux, pas parce que je crois que la personne dans la voiture a quelque chose à voir avec sa mort. Elle est morte entre minuit et deux heures du matin. Vous vous souvenez ?

Une émotion inattendue lui fit monter les larmes aux yeux, mais elle les chassa en battant des cils. C'était juste un travail pour lui. Pour elle, c'était la mort de sa meilleure amie.

— Que faites-vous *là* exactement ? demanda-t-il.

Elle haussa les épaules, sachant qu'elle aurait l'air naïve.

— Je me suis dit que Pete Dexter pourrait avoir une deuxième voiture qui se trouverait être un SUV noir.

— Il n'en a pas d'enregistré.

— Vous avez vérifié ça aussi ?

Pip ne savait pas pourquoi elle était si surprise.

Il hocha la tête.

— J'ai vérifié ça aussi.

Il l'avait prise au sérieux. Il avait suivi la piste.

Ils restèrent assis en silence, cette information s'infiltrant dans son cerveau alors que la circulation automobile offrait un léger bruit de fond.

Il regarda à travers le pare-brise.

— La police d'Atlanta a trouvé le dealer surnommé « Hanzo ».

Oh. Mon. Dieu.

— A-t-il admis avoir fourni Cindy ou Sally-Anne ?

Kincaid secoua la tête.

— L'APD a trouvé de la cocaïne sur lui et a mis un coup d'accélérateur sur l'analyse. On va la comparer à celle trouvée chez Cindy et Sally-Anne Wilton.

— Je suis impressionné que vous l'ayez trouvé si vite.

Pip le fixa. C'était du bon travail.

— Ouais, eh bien, il était facile à repérer avec un trou à l'arrière du crâne.

Kincaid passa une main sur ses cheveux courts comme s'il cherchait une blessure de sortie.

La bouche de Pip devint sèche.

— Il est mort ?

— On l'a trouvé dans sa voiture dans une zone éloignée de la ville.

Pip frissonna malgré la chaleur.

— Qui l'a tué ? Ou bien il s'est suicidé ?

Kincaid secoua la tête.

— Ce n'est pas mon affaire. Elle revient au même type qui s'occupe de l'affaire Sally-Anne Wilton. C'est un très bon inspecteur. Je m'attends à ce qu'il vous appelle à un moment.

— Je le contacterai.

Les lèvres de Kincaid se tordirent comme s'il désapprouvait, mais il ne dit rien.

Tant mieux. Elle n'avait pas besoin de la permission de Kincaid pour faire quoi que ce soit. Elle avait des questions. Beaucoup de questions.

— J'ai reçu un appel à propos de la seconde autopsie.

Kincaid leva le menton, semblant s'attacher à l'émotion qu'elle essayait de cacher.

— La légiste pense que Cindy n'avait pas pris la cocaïne bien longtemps avant sa mort. Elle n'a pas trouvé de benzoylecgonine dans ses urines.

— Qu'est-ce que ça veut dire ? demanda Kincaid.

— Je n'en sais rien, s'écria Pip, frustrée.

Pourquoi les scientifiques devaient-ils s'exprimer en charabia et non en anglais ?

— La légiste n'a pas trouvé beaucoup de cocaïne dans son sang, ce qui suggère qu'elle s'est noyée peu de temps après l'avoir inhalée.

Il haussa les épaules.

— L'alcool et le fentanyl…

— Non, dit-elle sèchement.

— Non quoi ?

— Ne me dites pas tout ce que Cindy a fait de travers. S'il vous plaît.

Il resta silencieux pendant un bon moment.

— La légiste confirme qu'elle s'est noyée ?

Pip hocha la tête.

— Je suis désolé.

Elle enleva ses lunettes de soleil et les jeta sur le tableau de bord devant elle.

— Elle va faire de nouvelles analyses toxicologiques.

Il se tourna vers elle.

— Pour chercher quelque chose en particulier ?

— Je lui ai demandé de chercher des drogues de type sédatif.

Il fronça les sourcils, visiblement irrité.

— Vous pensez qu'elle a été droguée ?

Elle haussa les épaules, regardant fixement par la fenêtre.

— Elle a eu des rapports sexuels avec quelqu'un le dimanche soir avant sa mort, mais elle m'a dit qu'elle ne se sentait pas bien. Peut-être que quelqu'un a appris qu'elle avait fini sa thèse et est allé l'aider à fêter ça. Peut-être qu'il voulait avoir des rapports sexuels, mais qu'elle n'était pas d'humeur. Alors, il lui a donné quelque chose pour la détendre et il a sorti la coke.

— Alors pourquoi n'est-il pas mort ?

— Je ne sais pas.

Elle était exaspérée.

— Peut-être qu'il en a pris avant et qu'il a développé une tolérance. Peut-être que Cindy en a trop pris. Rien de tout cela n'a de sens, mais l'idée que Cindy ait pris de la drogue volontairement non plus. Ça aurait pu être un accident. Il s'est évanoui et elle s'est réveillée et s'est éloignée. Elle a fini dans le lac. En la découvrant le lendemain matin, il s'est enfui juste avant mon arrivée. Ou ça pourrait être délibéré, et il l'a assassinée.

— Vous devriez écrire des romans.

Pip serra les dents et enfonça ses ongles dans le plastique dur du volant.

— Ce sont tous des scénarios viables.

— Tout comme votre amie qui se défonce et se noie toute

seule. Comment expliquez-vous Sally-Anne ?

— Et vous ? C'est plutôt pratique que le dealer lui aussi soit mort.

— Sauf que si le mot est passé que sa coke tuait des gens, peut-être qu'un autre dealer a voulu le mettre hors jeu – ou quelqu'un qui connaissait les deux femmes ? Les overdoses sont mauvaises pour les affaires.

— Mon scénario est tout aussi plausible que le vôtre, fit-elle remarquer.

Il haussa un sourcil, mais elle ne put lire dans ses yeux.

— Vous suggérez un triple homicide pour couvrir un viol.

Dit comme ça, ça semblait un peu tiré par les cheveux.

Elle haussa les épaules. Elle s'en fichait.

— C'est l'argent de Cindy. Je ferai tout pour découvrir ce qui s'est passé la nuit de sa mort. Je ne veux pas passer ma vie à me demander si j'ai manqué quelque chose.

Il détourna le regard et ses narines s'élargirent lorsqu'il inspira.

— Je comprends.

— Menteur. Vous pensez que je suis folle.

Il posa un doigt sur son menton pour qu'elle le regarde, puis la lâcha.

— Non. Je comprends. Le besoin de réponses.

Il inspira profondément et la tristesse apparut sur son visage.

— Ma demi-sœur est morte en Afghanistan. J'ai passé beaucoup de temps à chercher les Marines de son unité pour savoir ce qui s'était passé. Cela m'a donné l'occasion de dire merci aux personnes qui l'ont réconfortée lorsqu'elle était mourante.

Il détourna le regard, mais elle attrapa sa main.

— Ça les a sûrement beaucoup touchés.

Il haussa une épaule, en regardant par la fenêtre.

— Je suis désolée pour votre sœur.

Il leva le menton et pinça les lèvres.

— Oui. Moi aussi. Mais ça ne change rien. Au bout d'un moment, vous devez faire face au chagrin. À un moment, il n'est plus possible de fuir.

Elle refusait d'écouter ces mots.

— Je m'en occuperai une fois que j'aurai offert un enterrement correct à mon amie. Et une fois que j'aurai exploré toutes les pistes pour savoir qui aurait pu être impliqué dans sa mort. Si c'est ce dealer de drogue, alors très bien. Je l'accepterai. Mais je veux savoir qui étaient ses partenaires sexuels. Je veux savoir qui était avec elle cette nuit-là et qui l'a laissée mourir.

Et elle voulait savoir si Cindy lui avait pardonné, réalisa-t-elle. Chose qu'elle ne découvrirait peut-être jamais.

Il la fixait, l'évaluant d'une manière qu'elle n'était pas sûre d'apprécier.

— Si vous voulez que je jette un coup d'œil à sa maison d'Atlanta. Voir si je peux trouver quelque chose qui me donne un aperçu de qui peuvent être ses amants, je peux le faire.

Elle cligna des yeux devant cette proposition inattendue.

— Je veux bien. Merci.

Il avait des ressources qu'elle était loin de posséder. Elle prendrait tout ce qu'elle pouvait.

— Ce serait gentil.

Un SUV noir apparut alors au portail de sécurité d'Universal Biotech. Il devait être garé de l'autre côté du bâtiment, hors de vue de la route principale. Ou à l'intérieur de la baie de chargement.

Pip tourna la clé et démarra le moteur.

— Vous feriez mieux de sortir.

— Vous ne pouvez pas suivre les gens comme ça, Pip, la prévint Kincaid.

— Bien sûr que si.

— Vous avez déjà entendu parler de harcèlement ?

Elle renifla.

— Je pense que le harcèlement implique plus que d'essayer de savoir qui est le propriétaire d'un véhicule. Alors, vous restez ou vous descendez ? insista-t-elle. Je démarre dans trois, deux, un.

Kincaid ne bougea pas et elle accéléra, atteignant la route principale quelques secondes après l'autre voiture.

Pip laissa deux voitures entre eux et essaya de voir qui était le conducteur, mais la vitre était teintée.

— Je vais lancer une recherche, mais ne vous approchez pas trop près.

Kincaid vérifia la plaque d'immatriculation. La voiture était enregistrée au nom d'Angela Naysmith.

— Cindy ne l'aimait pas beaucoup, lui dit Pip.

— Votre amie vous a dit avec qui Dexter l'avait trompée ?

— Elle l'ignorait. Elle a juste trouvé une culotte dans la poche de sa veste et l'a jeté dehors.

— Une culotte ?

— Ce n'était pas la sienne.

La lèvre de Pip se retroussa. Elle ne pouvait s'en empêcher.

— Dexter m'a dit qu'il avait avoué ses indiscrétions parce qu'il voulait faire sa demande.

— Il a avoué après que Cindy a trouvé des sous-vêtements en soie noire, taille 34, dans la poche de sa veste. Vous pensez qu'ils auraient pu être à Naysmith ? dit-elle sèchement.

— Aucune idée.

Kincaid haussa les épaules, mais il avait l'air pensif.

Pip essaya de garder une distance discrète derrière le SUV pour éviter d'être remarquée.

— Vous avez un nom à présent. Vous n'avez pas besoin de la suivre chez elle, lui dit Kincaid.

— Où est passé votre esprit d'aventure ? rétorqua-t-elle.

— Il lutte avec les souvenirs des lois de surveillance illégales et non autorisées.

— N'importe quoi. Je vous ai kidnappé.

Il rit et toucha sa corde sensible.

Non. Non non non. Aucune chance. Elle refusait de craquer pour cet agent du FBI qui, quelques jours plus tôt à peine, l'avait menacée de l'inculper pour homicide involontaire.

Elle se concentra pour ne pas perdre le SUV qui tourna dans l'un des quartiers les plus cossus d'une nouvelle communauté fermée à l'est de la ville.

La voiture atteignit une barrière gardée, Pip poussa un juron et ralentit. La barrière se leva et la voiture avança. La barrière se referma.

— Dirigez-vous vers la barrière.

Pip lui lança un regard et il haussa les épaules.

— Nous n'avons pas fait tout ce chemin pour rien.

Elle tourna et le garde sortit de sa guérite climatisée.

Kincaid lui montra son badge quand le garde se pencha.

— Pouvez-vous me dire qui était dans le SUV noir qui vient de passer ?

Le garde fit la grimace.

— Le Dr Naysmith. Elle vit ici.

— Était-elle seule dans le véhicule ? demanda Kincaid.

Le type haussa les épaules.

— D'après ce que j'ai pu voir, mais je n'ai pas regardé à l'intérieur. Voulez-vous que je l'appelle ?

Un bruit étrange poussa Pip à tendre le cou.

— Arme à feu !

Kincaid se jeta sur elle, son poids lourd la pressant contre la console centrale, l'écrasant. Le verre se brisa et inonda ses cheveux.

Des balles. Ce bruit était celui de *balles*.

Les coups de feu parurent durer une éternité. Pip s'attendait à être touchée. Elle ne pouvait pas bouger. Kincaid sortit son arme et riposta. Le bruit était assourdissant. Pip n'arrivait plus à penser. Elle tremblait de peur. Quelqu'un cria.

Des pneus crissèrent et les tirs s'arrêtèrent. L'odeur de la poudre à canon remplissait l'air, l'étouffant. C'était enfin fini.

Cela avait semblé durer une éternité, mais n'avait sûrement duré que quelques secondes. Kincaid se releva.

— Vous êtes blessée ? demanda-t-il.

— Non. Et vous ? demanda-t-elle.

Il secoua la tête, mais était déjà en train de sortir de la voiture. Le garde était à terre, en sang.

— Appelez les secours. Dites-leur qu'il y a eu une fusillade impliquant un agent du FBI. C'était bien le moment de ne pas avoir ma putain de Bucar.

Il se pencha et commença à faire un massage cardiaque au garde. Pip sortit du côté passager et tituba jusqu'à l'homme blessé, appelant les services d'urgence en même temps. Elle trouva l'adresse au moment où les gens commençaient à sortir de chez eux pour les aider.

— Est-ce qu'il respire ?

Kincaid arracha sa cravate.

— Je dois faire un garrot à sa blessure à la jambe.

Quelqu'un a une chemise que je peux utiliser pour arrêter le saignement ?

Kincaid éleva la voix et un homme ôta rapidement son t-shirt avant qu'elle ne puisse proposer le sien.

Il serra le nœud autour de la cuisse de l'homme et le garde cria de douleur, respirant par petites respirations superficielles. La transpiration perlait sur sa peau sombre. Au moins, il était en vie. Pour le moment.

— Appuyez dessus, dit Kincaid à Pip. Aussi fort que possible.

Elle vint s'agenouiller à côté de lui. Kincaid se déplaça légèrement et ils restèrent appuyés l'un contre l'autre, hanche contre hanche, cuisse contre cuisse, tandis qu'il ouvrait l'uniforme du gars et trouvait une autre blessure sur son torse. Il était couvert de sang.

Oh, mon Dieu.

Au lieu de regarder la blessure par balle, elle saisit la jambe du garde et pria. S'agissait-il d'une fusillade au hasard ou était-ce elle ou l'agent du FBI qui étaient visés ?

Une voiture de police s'arrêta derrière eux. Quelques secondes plus tard, un véhicule banalisé avec des hommes en t-shirts et en jeans arriva, arme au poing, les yeux cataloguant la foule. Ils avaient l'air soulagés de voir Kincaid en vie et en pleine forme.

Le FBI.

Kincaid donna des informations sur le tireur aux forces de l'ordre. La marque et le modèle du véhicule. La direction dans laquelle le tireur s'était enfui. Pour elle, ça avait été un flou total de bruit et de panique. Pour lui, ce n'était qu'une journée de travail normale.

Elle frissonna.

Un urgentiste l'écarta et elle essaya de se lever, mais ses genoux cédèrent sous son poids. Kincaid l'attrapa par la taille et l'entraîna sur l'herbe, loin de la foule de badauds que les policiers faisaient reculer. Il sortit le t-shirt de Pip de son pantalon et le souleva pour pouvoir examiner son torse, puis il tourna autour d'elle en inspectant son corps.

— Qu'est-ce que vous faites ?

Elle essaya de s'éloigner, mais il ne la laissa pas faire.

— Les gens ne savent pas toujours qu'on leur a tiré dessus, dit une voix étrangère.

Pip regarda par-dessus son épaule.

Kincaid leva les yeux.

— Je n'arrive pas à croire qu'elle ne se vide pas de son sang. Quelqu'un a tiré sur cette voiture comme sur une vieille boîte de conserve.

— Et vous ? s'écria Pip. Vous m'avez protégé des balles. Qui examine vos blessures ?

— Ça va.

Il balaya son inquiétude.

Des larmes brillaient dans les yeux de Pip.

— Comment avez-vous pu être aussi stupide ?

— Des années de pratique, n'est-ce pas, Kincaid ?

L'homme qu'elle ne connaissait pas tapa du poing sur l'épaule de Kincaid.

Comment pouvaient-ils plaisanter à ce sujet ?

Elle se mit à trembler. Kincaid fit les présentations.

— Voici l'agent Will Griffin. Pip West.

L'agent Griffin était ridiculement beau. Il avait des cheveux coupés court, une belle peau foncée et des yeux presque noirs, critiques, mais compatissants. Ils échangèrent un signe de tête tandis que les dents de Pip claquaient avec le bruit d'un marteau-piqueur.

— Tu vas te servir de ça comme prétexte pour ne pas aller courir après ? demanda Will à Kincaid.

Pip le regarda, horrifié. Il était inquiet à propos d'une course ?

— Bon sang, non. J'aime trop te battre pour ça, répondit Kincaid sur le ton de la boutade.

Elle voulut s'essuyer le visage, mais ses mains étaient couvertes du sang du garde.

— Tenez.

Le copain de Kincaid, Will, sortit une bouteille d'eau et leur demanda de tendre les mains.

Il versa de l'eau dessus et prit des serviettes en papier et du désinfectant pour les mains auprès des urgentistes qui chargeaient déjà la victime dans l'ambulance.

— Vous pensez qu'il va s'en sortir ?

Pip regarda les secouristes claquer les portes arrière et l'ambulance partir, sirènes hurlantes.

Kincaid pinça les lèvres.

— Nous avons fait tout ce que nous pouvions pour lui.

Sauf peut-être lui faire tirer dessus.

— Tu penses à une fusillade au hasard ? demanda Will.

Pip regarda Kincaid.

— Je ne sais pas vraiment.

Kincaid la regarda fixement.

— Que faisiez-vous là ? demanda Will.

Kincaid pinça les lèvres.

— C'est compliqué.

Pip détourna le regard. L'avait-elle mis dans le pétrin ? Elle espérait que non.

Elle jeta un coup d'œil à sa voiture. Des éclats de verre

jonchaient le coffre et les pare-brise avant et arrière, criblés d'impacts, étaient maintenus ensemble par un fin réseau de verre fracturé qui ressemblait à un million de toiles d'araignée prêtes à se briser au moindre contact. Des trous de la taille d'une pièce de monnaie recouvraient le coffre.

Quelqu'un avait-il essayé de la tuer ? Ou bien visaient-ils Kincaid ? Ou le garde ?

Pourquoi lui aurait-on tiré dessus ?

Mais elle avait du mal à croire qu'il s'agissait d'une coïncidence, à moins que l'Univers n'essaie vraiment de lui faire passer un message très fort : le monde est dangereux et il ne faut pas s'attacher à quoi que ce soit, car cela peut disparaître en un clin d'œil.

— Qu'est-ce que vous avez là-dedans qui a arrêté ces balles ?

Kincaid utilisa le bord de sa chemise pour ouvrir le coffre. À l'intérieur se trouvaient plusieurs gros cartons de livres et d'albums photo qui avaient formé une barrière entre leurs corps et les balles.

Apparemment, son obsession pour les romans d'amour leur avait sauvé la vie.

Will hocha la tête, impressionné.

— La prochaine fois que quelqu'un me demandera si je préfère le numérique ou le papier, je saurai quoi répondre.

— Comment pouvez-vous plaisanter à ce sujet ? craqua Pip.

Une large flaque de sang maculait le béton à côté de la portière côté conducteur. Pip avait la nausée. Kincaid s'approcha d'elle, posa ses mains sur ses deux bras.

— Tout va bien.

— J'ai cru que vous alliez mourir et que ce serait ma faute.

Elle ravala ses larmes. Elle ne voulait pas perdre quelqu'un d'autre, pas même l'agent du FBI qui pensait qu'elle était une emmerdeuse.

— Allons-nous-en d'ici.

Il la conduisit vers le véhicule de Will Griffin.

— J'ai besoin qu'on me ramène à ma voiture.

Kincaid lui donna l'adresse.

— Pas de problème, dit Will sur un ton aimable, bien qu'elle lui ait crié dessus.

— Quelqu'un du bureau régional enquêtera sur la fusillade, mais ce ne sera pas moi, lui dit Kincaid, en la guidant avec une main dans le bas de son dos. Ils vont devoir vous interroger. Dites-leur juste ce qui s'est passé.

Elle monta dans la voiture et couvrit son visage avec ses mains.

— Je n'ai rien vu. C'était totalement flou. Des balles et du verre et… – elle déglutit… – du sang.

Kincaid s'installa sur le siège arrière à côté d'elle. Will monta à l'avant et s'éloigna immédiatement de la scène.

— Je ne comprends pas. Que s'est-il passé ? demanda-t-elle.

Kincaid passa son bras autour de ses épaules et l'attira contre lui. Elle vit l'autre agent les regarder dans le rétroviseur.

— Quelqu'un vient d'essayer de nous tuer, Pip. J'ignore simplement s'ils vous visaient vous, le garde ou moi.

CHAPITRE DIX-HUIT

— POURQUOI AVEZ-VOUS effectué une surveillance non autorisée ? Et pourquoi étiez-vous avec cette foutue journaliste dont je vous avais dit de vous tenir éloigné dès le départ ?

Les questions du SAC Bourne étaient comme des coups de poing dans ses tripes et Hunt sentait que sa carrière au Bureau lui échappait.

Il souleva le menton. Il n'avait rien fait de mal.

— J'ai effectué une autre visite à Universal Biotech après avoir consulté l'ASAC McKenzie et organisé une visite de leurs installations. J'ai profité de l'occasion pour piéger Pete Dexter en lui demandant pourquoi sa carte magnétique avait été utilisée pour entrer dans les laboratoires de biosécurité de Blake pendant la période de Noël alors qu'il avait quitté cette université depuis plusieurs années.

Bourne fit une pause dans ce qui devait être une diatribe mentalement répétée.

— Pourquoi la carte magnétique n'avait pas été désactivée ?

— Ça, je l'ignore.

À la tête de Bourne, quelqu'un allait se faire engueuler pour une sécurité laxiste.

— J'avais prévu de parler à la secrétaire de Blake et de lui demander, mais je voulais d'abord interroger Dexter. Il a dit que Cindy Resnick avait sa carte magnétique. Il a dit qu'il avait supposé qu'elle l'avait rendu au département depuis des mois. Une des associées de Dexter a suggéré que Resnick avait utilisé sa carte pour lui attirer des ennuis par dépit.

Bourne la fixa d'un air sournois.

— Des caméras de sécurité pour nous dire qui a utilisé la carte ?

Hunt secoua la tête.

— Ils en ont une qui surveille l'entrée principale, mais ils ne gardent les bandes que quelques jours.

Ce qui était très frustrant.

— Vous croyez Dexter ?

— Je ne sais pas.

Hunt n'était pas sûr de savoir d'où venait son aversion pour cet homme – absurdité machiste ou intuition finement aiguisée ?

— Il aime les marques de statut – il conduit une voiture de luxe et est associé à part entière dans cette entreprise à seulement trente ans. J'aimerais me pencher sur le financement de l'entreprise.

Bourne Dane secoua la tête.

— Tenez-vous-en au plan, Kincaid. Demandez au SIOC de vérifier leurs informations financières si vous pensez vraiment qu'ils pourraient vendre de l'anthrax, mais sinon, passez à autre chose. Pourquoi étiez-vous avec la journaliste ?

— Pip West...

— La journaliste.

Hunt souffla un grand coup, déployant des trésors de patience.

— Oui, monsieur, la journaliste. J'ai vu sa voiture quand je quittais Universal Biotech. Je voulais lui dire que nous avions trouvé le dealer qui avait fourni la cocaïne à son amie et lui demander si la seconde autopsie de Cindy Resnick qu'elle avait demandée avait donné des résultats. Je voulais aussi lui demander si elle avait trouvé la carte magnétique de Pete Dexter parmi les affaires de Cindy.

Il n'était pas allé aussi loin.

— Elle était là par hasard ?

Le SAC n'avait pas l'air convaincu.

Hunt savait qu'il était dangereusement proche de se faire botter le cul verbalement pour insubordination, mais ni lui ni Pip n'étaient responsables des actes de ce trou du cul qui les avait criblés de balles de 9 mm. Sans l'amour de Pip pour les livres papier, ils seraient tous les deux morts.

Bourne le regarda fixement. Il attendait.

Et merde. Il allait passer un sale quart d'heure. Autant en finir au plus vite.

— Elle surveillait les installations d'Universal Biotech pour voir si elle apercevait un SUV noir. Elle dit en avoir vu un près du cottage de Cindy Resnick lundi, quelques minutes avant de trouver le corps de son amie.

— Pourquoi n'avez-vous pas passé en revue tous les employés possédant des SUV noirs ?

— Je me suis renseigné sur Dexter pour voir quel véhicule il conduisait, mais ce n'était pas un SUV. Je ne savais pas ce que Pip faisait devant Universal Biotech jusqu'à ce que je monte en voiture avec elle. Je n'avais aucune raison de passer en revue tous les employés de l'entreprise.

Cela aurait demandé des heures de travail, or il n'avait pas le temps.

Le SAC avait toujours l'air énervé.

Un blâme pourrait tuer les espoirs de Hunt d'être accepté

dans l'équipe de libération d'otages, mais le supplier aurait raison de sa fierté.

Bourne lissa une feuille de papier sur son bureau.

— La journaliste pense que Dexter est impliqué dans la mort de son amie ?

— West – la journaliste, dit Hunt avant que le SAC ne le fasse, croit que l'homme qui a eu des relations sexuelles avec Cindy la nuit de sa mort lui a sûrement fourni la drogue. Elle se renseignait sur l'ex de Cindy pour cette seule raison.

Pas parce que Hunt lui avait parlé d'armes biologiques ou de BLACKCLOUD.

Bourne secoua la tête.

— Les flics locaux sont prêts à déclarer que la mort de Cindy Resnick est une noyade accidentelle due à la consommation de drogue. Le dealer qui lui a sûrement vendu la drogue a été retrouvé mort. Comparez l'ADN du dealer avec les échantillons prélevés par le labo au cottage. Peut-être qu'elle connaissait le gars et lui a demandé de venir la voir et d'apporter de quoi faire la fête. Peut-être qu'il attendait un autre type de paiement que celui qu'elle avait en tête.

Hunt voulut rétorquer que Pip avait dit que Cindy ne se droguait pas, mais et si elle avait eu tort ? Comptait-il vraiment foutre en l'air sa carrière en tenant tête à son SAC ? De plus, il n'y avait rien de mal à vérifier l'ADN du dealer. C'était une idée qui se tenait. Il allait aussi voir s'il pouvait trouver un moyen de vérifier celui de Dexter.

Bourne se pencha en arrière, faussement détendu.

— Alors, que s'est-il passé ?

Il parlait de la fusillade.

Hunt relaya les événements.

Il était furieux de ne pas avoir discerné clairement la

plaque d'immatriculation du véhicule ou le conducteur. Il avait riposté et avait certainement fait quelques trous dans la carrosserie. Il avait été gêné dans son repérage en essayant de protéger Pip. De plus, la route très fréquentée derrière eux avait augmenté les chances qu'un civil soit pris dans les tirs croisés.

Bourne le fixait de son légendaire regard d'aigle. Hunt supporta l'évaluation silencieuse. Il leva le menton, mit les épaules en arrière. Il portait encore des vêtements maculés de sang et ils le démangeaient. Il ne savait pas si cela jouait en sa faveur ou non. Le garde était au bloc opératoire. Personne ne savait s'il allait s'en sortir.

— Qui était visé, selon vous ? demanda enfin Bourne.

Hunt s'éclaircit la gorge.

— Nous vérifions si le garde est affilié à un gang ou s'il a des antécédents criminels, mais je ne parierai pas sur lui. Mlle West et moi avons posé beaucoup de questions, mais me tirer dessus ne ferait que pousser le FBI à creuser davantage.

Il croisa le regard de son patron.

— Ils suivaient *sa* voiture. Je pense qu'ils ne savaient même pas que j'étais avec elle.

Ils en avaient après Pip.

Bourne hocha brièvement la tête.

— Vous serez interrogé sur la fusillade, mais je ne pense pas que vos actes posent problème. Si vous n'aviez pas été là, cette journaliste serait sûrement morte.

Hunt déglutit, luttant contre la bile qui menaçait de remonter dans sa gorge.

— Avez-vous une relation avec elle ? demanda Bourne, allant droit au but.

— Non, monsieur.

Il espérait que le SAC n'avait pas le pouvoir de lire dans les pensées, comme certains le prétendaient.

— Bien. Assurez-vous que ça reste comme ça. Elle est dangereuse.

Les lèvres de Bourne formèrent une ligne intransigeante.

— Si elle découvre qu'il est question d'arme biologique et écrit à ce sujet, la panique qui s'ensuivra pourrait tuer plus de gens qu'une véritable épidémie.

Hunt ajusta sa position et mit ses épaules en arrière.

— Même *si* nous entretenions une relation, monsieur, dit-il en s'efforçant de garder un ton égal malgré la colère qui bouillonnait en lui, je ne compromettrais pas une enquête en révélant des informations classifiées à quiconque, et encore moins à une journaliste.

Son SAC ne lui rappela pas l'incident de Los Angeles. Il voulait du sang frais.

— Vous ne seriez pas le premier agent à laisser échapper quelque chose de compromettant pendant un moment intime.

Hunt sentit son visage s'échauffer. Hors de question qu'il discute de « moments intimes » avec son patron, mais il n'allait pas laisser passer ça.

— Je n'ai pas l'intention…

Le SAC éclata de rire.

— Les intentions ne veulent rien dire. C'est une belle femme. Vous êtes tous les deux célibataires. Elle a un alibi pour la mort de son amie, elle n'est témoin dans aucune de vos affaires, mais ça ne veut pas dire qu'elle est réglo. Elle pourrait être impliquée dans la mort du dealer.

Hunt ne répéta pas qu'il était son alibi pour cette fusillade.

— Et elle pourrait avoir conspiré avec son amie morte pour vendre de l'anthrax amélioré et une sorte de super vaccin à des terroristes.

Le groupe de travail avait examiné ses antécédents en détail et il n'y avait aucun lien solide, mais une fois encore, Hunt se tut. Elle était impliquée. Il ne pouvait pas se permettre de se laisser toucher sur le plan personnel.

— Et puis il y a cette histoire à Tallahassee...

— Elle a démasqué un flic véreux.

C'était ce qu'ils auraient fait, aussi.

— Et beaucoup d'innocents sont morts.

Le SAC l'observait attentivement et Hunt avait l'impression d'être tombé dans un piège.

— Je ne pense pas qu'elle cherche une histoire en ce moment, dit Hunt. Je crois qu'elle essaie de faire face à la mort de sa meilleure amie de la seule façon qu'elle connaisse.

— Les reporters sont toujours à la recherche d'histoires. Je pensais que vous auriez retenu la leçon après LA.

Bourne leva une main, coupant court à la réponse furieuse de Hunt.

— Allez vous laver. Faites votre rapport et retournez travailler sur BLACKCLOUD.

Hunt quitta le bureau du SAC en colère et frustré. Il se dirigea vers le sien et trouva Will en train d'utiliser son téléphone. Son collègue leva les yeux, termina sa conversation et raccrocha.

— Mandy va prendre en charge l'enquête sur la fusillade. Elle est en train d'interroger ta petite amie en ce moment.

— Ce n'est pas ma petite amie, dit Hunt en serrant les dents.

Une partie de lui voulait assister à l'interrogatoire, dire à Fuller d'y aller doucement avec Pip, mais ce serait franchir une ligne à la fois personnelle et professionnelle. Même s'il se sentait soudain protecteur envers Pip, il ne pouvait pas interférer dans l'enquête. Il savait que le groupe de travail BLACKCLOUD allait creuser encore plus profondément dans le passé de Pip, mais pourquoi aurait-elle appelé les secours au lac ce lundi ? Pourquoi aurait-elle insisté sur le fait que son amie ne se droguait pas malgré toutes les preuves du contraire ? Si elle et Cindy avaient travaillé ensemble pour vendre de l'anthrax militarisé, pourquoi continuer à chercher des réponses ? Pourquoi attirer l'attention sur elle ?

Il consulta ses messages sur son téléphone. Rien de concluant sur le garde concernant son appartenance à un gang ou ses antécédents. Son instinct lui disait que Pip était la cible, mais la question était pourquoi ?

Bon sang, il n'avait pas le temps d'agir en garde du corps, mais l'idée qu'il lui arrive quoi que ce soit… Il serra les poings et souffla un grand coup.

— Il faut que j'aille me laver, dit-il à Will.

Il se dirigea vers le vestiaire et se déshabilla, jetant ce qui avait été son meilleur costume dans un sac en plastique pour les preuves. Il avait failli mourir. Pip avait failli mourir et un homme s'était fait tirer dessus et était gravement blessé. L'eau chaude coulait sur son visage, sur ses paupières, alors qu'il se tenait debout, un bras appuyé contre le mur, laissant le jet réchauffer son corps. Il devait trouver un moyen de protéger Pip tout en faisant son travail, et pour l'heure, il n'avait aucune idée de la façon de concilier les deux.

PIP REGARDA L'AGENT affectée à l'enquête sur la fusillade s'installer sur une chaise en face d'elle dans la salle d'interrogatoire. L'espace était stérile et impersonnel, et lui rappelait l'autre pièce dans laquelle elle s'était assise plus tôt dans la semaine. Était-ce seulement quelques jours avant ? Elle avait l'impression d'avoir vécu toute une vie en termes de chagrin et de colère.

— Mlle West. Je suis l'agent spécial Fuller. J'aimerais vous poser quelques questions sur la fusillade qui a eu lieu aujourd'hui.

Pip hocha la tête. L'agent avait des cheveux blonds, longs et lisses, attachés en queue de cheval si serrée qu'elle tirait sur le coin de ses yeux bleus hostiles. Elle n'était pas beaucoup plus grande que Pip elle-même et portait son arme et son badge comme une déclaration d'intention belliqueuse.

— Avez-vous des raisons de croire que le Dr Angela Naysmith a commis un crime ? demanda Fuller.

Pip secoua la tête.

— Non, madame. Je ne savais pas à qui appartenait le SUV avant que l'agent Kincaid ne vérifie les plaques.

— Pourquoi suiviez-vous le véhicule ?

Elle avait un léger accent du Midwest.

— Le jour où j'ai trouvé le corps de mon amie Cindy, un SUV noir a failli me faire sortir de la route près de son cottage. J'ai vu de la poussière flotter le long de son allée. Je pense que le SUV a quitté les lieux peu avant mon arrivée.

— Vous pensez que la personne qui conduisait le SUV est impliquée dans la mort de votre amie ?

Pip haussa les épaules. Elle savait que son expression trahissait son irritation.

— Alors vous suivez au hasard tous les SUV noirs dans toute la Géorgie ?

L'agent Fuller ne prit pas la peine de cacher son dédain.

— Non. J'essaie de déterminer qui Cindy a pu voir pendant ses derniers jours. J'ai parlé à un de ses ex et il a mentionné l'avoir vue avec un homme qui conduisait un SUV noir. J'ai pensé qu'elle s'était peut-être remise avec Pete Dexter et j'ai décidé d'aller voir s'il conduisait un tel véhicule.

— Parce que le médecin légiste a trouvé deux types différents d'ADN masculin à son cottage ? ADN de contact dans le salon. Sperme dans la chambre.

Fuller regardait des notes dans un dossier devant elle.

La colère serra la poitrine de Pip. Que la vie de Cindy soit réduite à ça…

— Oui.

— Couchait-elle avec beaucoup d'hommes ?

Pip refusait de s'aventurer sur cette voie. Ça n'avait aucune importance si Cindy couchait avec tout l'État de Géorgie. Ça n'avait d'importance que si l'un de ses amants l'avait gavée de coke.

Fuller inspira longuement lorsqu'il devint évident que Pip ne répondrait pas.

— Avez-vous une idée de la raison pour laquelle on vous a tiré dessus aujourd'hui ?

Pip n'avait pas arrêté d'y penser.

— Ils ont peut-être tiré sur l'agent Kincaid ou le garde.

— Nous vérifions les antécédents du garde, mais quiconque tente d'assassiner un agent du FBI doit savoir que ses actions lui attireront la colère de tout le Bureau. Nous avons dédié une équipe d'agents à cette affaire, mais l'agent Kincaid n'était sûrement pas la cible.

Un courant d'air froid passa sur la peau de Pip quand la climatisation se mit en marche. Ce ne fut toutefois pas ça qui lui donna la chair de poule. Mais bien les mots de l'agent

Fuller.

— Alors quelqu'un n'aime pas les questions que je pose sur la mort de Cindy.

— Qui ça ?

Fuller ne cacha pas son scepticisme.

— Deux médecins légistes différents ont estimé que la mort de votre amie était due à une asphyxie par noyade, avec la drogue comme facteur contributif. Le dealer qui lui a vendu la drogue est également mort. Qui d'autre s'en soucierait ?

Pip eut un mouvement de recul.

— Savez-vous comment il est mort ? demanda Fuller.

— Le dealer ?

Un frisson remonta le long de la colonne vertébrale de Pip.

— Il a reçu une balle dans la tête.

— Nous effectuons une analyse balistique. Possédez-vous une arme, Mlle West ?

Pip resta bouche bée.

— Vous pensez que je lui ai tiré dessus ?

— L'avez-vous fait ?

Les yeux de Fuller ne quittèrent pas son visage.

Pip se sentait persécutée. Elle secoua la tête.

— Non.

— Possédez-vous une arme ?

Pip secoua à nouveau la tête, puis fronça les sourcils.

— Je pense que je viens d'en hériter de deux. Le père de Cindy possédait une arme. Il est dans le coffre-fort de la maison d'Atlanta. Et Cindy en possédait un aussi, mais je ne sais pas où il est. Sûrement au cottage.

— Quel genre ?

— Noirs.

Fuller parut dégoûté par son manque de connaissances en

matière d'armes à feu ou peut-être pensait-elle que Pip se jouait d'elle.

— Vous ne connaissez pas leur calibre ?

— Je n'aime pas les armes à feu.

Pip aurait pu mentionner que Kincaid lui en avait donné une la veille au soir, mais elle ne voulait pas lui attirer plus de problèmes. Ni à elle.

— Où étiez-vous entre 22 heures hier soir et 4 heures ce matin ?

— Quoi ?

— Je me demande si vous avez un alibi pour le meurtre du dealer qui a vendu à votre amie la coke qui l'a tuée. Vous avez clairement montré votre intérêt pour cet homme.

Pip resta bouche bée. Apparemment, elle devait avoir le mot « assassin » tatoué sur le front, car c'était la deuxième fois cette semaine qu'elle était accusée d'avoir causé la mort de quelqu'un. Elle devrait sûrement appeler Adrian Lightfoot.

Elle qui essayait juste de garder Kincaid en dehors de ça.

— J'étais dans le hall de l'hôtel jusqu'à environ 20 heures, puis j'ai regagné ma chambre où je suis restée jusqu'à 22 h 30 environ. J'ai commandé au room service. Après ça, je suis allée chez Cindy en ville. L'agent Kincaid est arrivé vers 23 h 30 et j'étais de retour à mon hôtel vers minuit.

Juste à temps pour ne pas se transformer en citrouille.

— Ensuite, Kincaid revenu vers 5 heures du matin dans ma chambre d'hôtel pour me parler de Sally-Anne Wilton. Vérifiez auprès de la sécurité de l'hôtel. Ils doivent avoir des bandes ou des enregistrements.

— Pourquoi Kincaid vous a-t-il parlé de Sally-Anne ? Étiez-vous aussi amie avec elle ?

La façon dont Fuller prononça le mot « amie » ressemblait

à un gros mot.

Kincaid pensait-il aussi qu'elle avait tué Sally-Anne et le dealer ? Elle ne voulait pas y croire.

— Kincaid est venu à l'hôtel hier soir, dans le hall, précisa-t-elle, pour me communiquer les résultats de l'autopsie de Cindy. Sally-Anne est arrivée au moment où il partait et Kincaid lui a donné sa carte. Elle est restée une heure. Après son départ, l'avocat de Cindy est arrivé. L'hôtel doit avoir des images de sécurité montrant qui entre et sort de l'hôtel.

Le regard de Fuller suggérait qu'elle avait déjà vérifié. L'agent essayait de la piéger.

— Y a-t-il quelqu'un qui pourrait vous vouloir du mal ? demanda Fuller.

Bien sûr que oui. Pip se sentait mal.

— Si vous parlez de Frank Booker, il est mort.

— Qu'en est-il de son partenaire au sein des forces de police ? Un frère qui l'aimait et qui pense que vous l'avez piégé et que vous avez fait tuer sa famille ?

Pip serra les dents.

— Je ne l'ai pas piégé. J'ai révélé le fils de pute corrompu qu'il était.

— Beaucoup de flics qui travaillaient avec lui n'ont pas cru à ces histoires.

— Ils ont tort. J'avais assez de preuves pour que même Frank sache qu'il allait tomber.

— Quel qu'en soit le prix ?

Pip se pencha en avant et plissa les yeux.

— Si vous me demandez si j'aurais préféré que les choses se soient passées différemment, alors bien sûr que oui.

— Peut-être que la femme avait une famille qui pense que vous êtes responsable de sa mort et de celle de ses trois enfants.

Pip ferma les yeux. Un poing se resserra sur sa trachée. Elle ne pouvait plus respirer. Elle avait prévenu Lisa de quitter le domicile familial, mais la femme était trop terrifiée par Frank. Elle avait cru que la seule façon d'être en sécurité était de faire enfermer son mari. Mais ses collègues avaient mis du temps à réagir à l'article de Pip, même si elle les avait prévenus avant qu'il ne soit imprimé.

Pip ne savait pas si son rédacteur en chef avait révélé que Lisa était son informatrice ou non. Elle ne savait pas si cela ferait une différence dans la façon dont elle était perçue à Tallahassee. Une chose était claire : elle ne pourrait plus jamais y travailler en tant que journaliste d'investigation. Elle n'était pas sûre de retravailler où que ce soit comme journaliste.

— Il est possible que quelqu'un m'ait ciblée pour des raisons liées à mon travail, concéda-t-elle.

Ce qui signifiait que le garde avait été blessé à cause d'elle. Elle sentit la nausée la gagner.

Fuller changea d'angle.

— Qu'avez-vous vu pendant la fusillade ?

Pip laissa échapper une petite bouffée d'air qui ressemblait presque à un rire.

— J'ai vu le levier de vitesse et le plancher. L'agent Kincaid me protégeait avec son corps.

— Connaissez-vous bien Hunt ?

— Hunt ?

— Hunt Kincaid.

— Pas assez bien pour connaître son prénom, apparemment.

La bouche de Pip devint sèche. Elle s'attachait beaucoup trop à l'agent.

L'expression de Fuller ne changea pas, mais Pip remarqua

qu'elle avait plissé les yeux.

— Il vous a protégée de son corps au péril de sa vie pendant une fusillade, mais vous ne connaissez même pas son prénom ?

— Voulez-vous dire que vous devez tutoyer quelqu'un avant de le protéger, agent Fuller ?

Pip croisa les bras, agacée.

— Je suppose qu'il a fait ce que tout agent fédéral aurait fait dans cette situation.

Elle se replia davantage sur elle-même à ces mots. Alors qu'elle craquait pour lui, lui faisait seulement son travail. Elle était si émotive qu'elle ne pouvait même pas distinguer les deux.

Une autre pensée la frappa. Peut-être que Fuller était sa petite amie. Bien sûr, il avait dit qu'il n'était pas marié, mais quel agent digne de ce nom aurait révélé ses relations personnelles à une suspecte potentielle ? Peut-être que Fuller regardait Pip comme si elle était sortie d'un rocher parce qu'elle croyait qu'elle essayait de lui piquer son homme.

Kincaid allait-il avoir des problèmes pour avoir été avec elle alors qu'il était censé être au FBI ?

— Il n'y a rien entre nous, répéta-t-elle, clairement. Notre relation est strictement professionnelle et liée à l'enquête sur la mort de mon amie.

Fuller pinça les lèvres, mais finit par hocher la tête. Elle ferma le dossier.

— Je vous suggère de faire profil bas jusqu'à ce que nous ayons identifié votre agresseur...

— J'ai un enterrement à organiser.

Fuller haussa un sourcil finement épilé.

— Ça pourrait être un double enterrement si vous ne faites

pas profil bas jusqu'à ce qu'on sache qui vous a tiré dessus et pourquoi.

Pip cligna des yeux devant la formulation insensible.

— Vous pensez vraiment que quelqu'un pourrait essayer de me tuer ?

Fuller se leva.

— Je pense que vous vous êtes fait beaucoup d'ennemis et que vous devriez surveiller vos arrières.

Pip eut un rire amer.

— C'est votre conseil à une personne qui pourrait être en danger ? Aucune offre de protection ?

Pip se leva à son tour. L'interrogatoire était clairement terminé.

Fuller pencha la tête sur le côté.

— Nous pouvons vous déplacer pour votre protection jusqu'à ce que nous ayons trouvé un suspect, si vous le souhaitez.

Pip secoua la tête. Cela aurait trop ressemblé à un placement en famille d'accueil.

Le bord des lèvres de Fuller se retroussa en un petit sourire.

— C'est ce que je pensais.

Fuller ouvrit la porte et Pip sortit, poussant un soupir de soulagement. La prochaine fois qu'elle serait interrogée, elle prendrait un avocat. Fuller la conduisit dans un couloir, jusqu'à l'entrée principale. Pip voulait demander des nouvelles de Kincaid, mais elle avait le sentiment que Fuller ne lui dirait rien de toute façon.

Son instinct s'avéra exact quand Fuller se retourna.

— Faites une faveur à l'agent Kincaid : ne le contactez plus. Si vous avez quelque chose à ajouter à l'enquête sur la fusillade ou des questions concernant la mort de votre amie, contactez-moi.

Elle tendit sa carte de visite à Pip.

— Votre véhicule est une preuve. Demandez à la sécurité de vous appeler un taxi.

Sur ces mots, l'agent Fuller tourna les talons.

Pip leva le menton et se tint aussi haut que son mètre cinquante-cinq le lui permettait. Elle avait déjà été rejetée auparavant. À de nombreuses reprises. Ses opinions n'avaient pas été prises en compte. Et en tant que membre de la presse, on lui avait déjà demandé de dégager.

Ça ne voulait pas dire qu'elle était sans valeur ou nulle.

Les Resnick le lui avaient appris et elle garderait foi en eux, même s'ils étaient tous partis. Elle sortit sous les rayons chauds du soleil et regarda le ciel.

Quelqu'un lui avait tiré dessus et avait failli la tuer. Pire encore, d'autres personnes avaient été prises dans les tirs croisés.

Le FBI n'en avait rien à faire de Pip. Fuller avait été très claire. Pip jeta la carte de visite de l'agent dans la poubelle la plus proche.

Le métier de journaliste d'investigation comportait son lot de dangers, mais c'était en éclairant les endroits sombres que l'on rendait le monde plus sûr. Mais elle ne voulait plus mettre de gens en danger. Elle sortit son téléphone et appela un taxi. Elle se dit qu'elle ne devait pas penser à Kincaid, ni au fait qu'il lui avait sauvé la vie ce jour-là. Au lieu de ça, elle allait oublier l'agent et elle irait voir comment le garde s'en sortait. Si elle trouvait la situation injuste, c'était son problème. Et elle avait l'intention que ça reste ainsi.

CHAPITRE DIX-NEUF

— K INCAID !

Fuller cria son nom en traversant le bureau. Elle jeta un coup d'œil à Will qui le cuisinait toujours alors qu'il remplissait son 302. Les rapports étaient un élément essentiel de la vie du FBI. Un FD 302 devait être déposé pour à peu près tout, sauf peut-être pour aller aux toilettes.

La paperasse. Hunt détestait ça.

Il ignora Fuller, soucieux de terminer le rapport sur la fusillade. Il leva un doigt pour lui intimer de patienter. Il pouvait sentir son agacement tandis qu'elle et Will chuchotaient, aussi subtils que des phacochères sur Peachtree Street.

Il finit de taper, appuya sur Enregistrer et se tourna vers eux.

— Tu veux m'interroger ?

Mandy mit les mains sur ses hanches et lui jeta un regard noir.

— C'est ton rapport sur la fusillade de ce matin ?

Elle fit un signe de tête vers le 302 à l'écran.

Il changea de fichier.

— Non, voilà mon rapport sur la fusillade, madame.

Il lui adressa un petit sourire pour l'agacer.

Elle le lut par-dessus son épaule pendant qu'il la regardait.

— Il ne mentionne pas ta relation avec Pip West.

— Notre relation ?

— Votre relation personnelle.

— Nous n'avons pas de relation personnelle.

Mais il aurait bien aimé. Il le reconnut avec une certaine surprise. Cette femme lui faisait quelque chose, malgré son statut de journaliste et l'avertissement de son patron.

— Ce n'est pas ce qu'elle m'a dit.

Hunt soutint le regard de Fuller pendant trois longues secondes avant de savoir avec certitude qu'elle mentait.

— N'importe quoi.

Elle eut une petite moue et prit un air contrarié.

— Je suppose que tu le découvriras quand le patron lira mon rapport, n'est-ce pas ?

Il rit en se levant.

— Peut-être que la journaliste essaie de te causer des problèmes ? suggéra Will, en appuyant sa hanche contre le bureau de Hunt.

— Fuller ment, dit-il à son ami. Le fait que tu ne le vois pas me fait pitié.

Will regarda Mandy et jura.

— Cette période d'infiltration t'a vraiment apporté de nouvelles compétences.

Fuller parut contrariée qu'ils l'aient démasquée.

— Comment as-tu su ? demanda-t-elle à Hunt.

Il lui adressa un sourire de pitié.

— Tu en as trop fait. Et Pip West n'a aucune raison de mentir.

Hunt faisait confiance à cette femme. Cette prise de conscience le frappa dans le plexus solaire.

Le fait qu'il veuille avoir une relation avec elle l'aveuglait-il sur tout le reste, tout ce qui comptait vraiment ? Pourrait-elle faire partie de l'affaire du bioterrorisme ? Et quoi qu'il en soit, elle restait une journaliste. Mais Hunt avait retenu la leçon et ne partagerait jamais de données classifiées, et ne discuterait bien évidemment pas d'une affaire aussi sensible qu'un vendeur renégat d'armes biologiques.

Mais il appréciait Pip West.

Fuller le frappa à l'arrière de la tête.

— Ne t'implique pas avec elle. C'est un oiseau de mauvais augure.

Hunt lui reprocha d'avoir lu dans ses pensées.

— Mandy a raison, dit Will à voix basse. Elle est peut-être séduisante, mais elle n'apporte que des problèmes.

Les traits de Mandy devinrent encore plus pincés.

Ils ne comprenaient pas. Ce n'était pas le physique de Pip qui l'attirait. C'était sa ténacité, sa recherche de la vérité même si ce n'était pas son travail et que ce n'était pas facile. Elle n'attendait pas que quelqu'un vienne résoudre ses problèmes. Elle était capable de faire ça toute seule, même sans l'autorité d'un badge.

Il aimait son indépendance. Ça l'excitait. Il aimait son esprit, sa détermination. Il aurait menti en prétendant ne pas aimer son physique également.

— Avec un peu de chance, tu n'auras plus besoin de la voir.

— Elle est partie ? demanda Hunt, déçu qu'ils n'aient pas parlé avant son départ – ils avaient partagé une expérience qu'il n'oublierait pas de sitôt.

Puis il vit l'angle buté du menton de Fuller et sut exactement ce qui s'était passé.

— Tu l'as laissée partir ? Elle pourrait être en danger.

— Une équipe recherche le conducteur du véhicule qui

vous a tiré dessus.

En attendant, quelqu'un pourrait tenter une nouvelle fois de s'en prendre à Pip. Cette idée l'inquiétait plus qu'il ne voulait l'admettre.

— Je lui ai proposé de la déplacer pour sa protection.

Fuller regarda ses ongles d'une manière détendue qui ne le trompa pas un instant.

— Mais tu n'as pas insisté.

— Le juge ne l'approuverait jamais avec ce qu'on a jusqu'à présent.

— Quelque chose me dit que tu n'as pas trop insisté, fit Hunt.

— Elle devrait s'en sortir tant qu'elle ne se mêle pas de ce qui ne la concerne pas.

Sur ces mots, elle tourna les talons.

Hunt s'enfonça lourdement sur sa chaise, inquiet pour Pip et incapable de faire quoi que ce soit.

— Elle a raison. Cette journaliste n'apporte que des problèmes, lui répéta Will.

Il partit avant que Hunt ne puisse lui dire d'aller se faire voir. Hunt prit le téléphone et composa le numéro de Pip, mais elle ne répondit pas.

Bon sang, il était furieux.

Elle l'attirait, certes, et alors ? Ce n'était pas le problème. Il avait des raisons professionnelles de parler à Pip et ils le traitaient comme un adolescent chaud brouillant incapable de garder sa braguette fermée. Il n'était pas stupide. Même si l'idée de quelque chose de physique avec cette femme était tentante, son travail était plus important. Mais elle faisait partie de ce travail.

Rien ne comptait plus pour lui que le FBI et la protection

des personnes en danger. Pourquoi Pip était-elle considérée comme moins digne que les autres ?

« Sauver le monde » avait dit Pip. Elle avait dit qu'il était comme son amie et que son amie était morte. Il ne voulait pas que la même chose arrive à Pip.

À l'insu de ses anciens collègues, il voulait fouiller la propriété de Cindy pour y chercher la carte magnétique de Dexter et voir si l'histoire de l'homme était vraie. Ne parvenant pas à joindre Pip, il appela le laboratoire du FBI et leur demanda de vérifier le sac à main de Cindy, qu'ils avaient saisi avec les appareils électroniques. La carte de l'université de Resnick était dans son portefeuille, mais pas celle de Dexter.

Peut-être se trouvait-elle dans la maison d'Atlanta ou dans le SUV rouge au lac. Il ne voulait pas forcément que Pip sache *pourquoi* il s'intéressait autant aux affaires de Cindy. C'était Dexter qui l'intéressait, mais il ne pouvait pas se permettre de le lui dire. Elle se méfiait déjà de l'homme. Il ne voulait pas qu'elle intervienne.

Il appela Libby Hernandez au SIOC.

— Hernandez, on a du nouveau sur la société Universal Biotech ?

— Bien le bonjour, agent Kincaid. Comment ça va, à Atlanta ?

Il pouvait entendre l'analyste sourire pendant qu'elle tapait des informations.

— C'est chaud bouillant.

— J'espère qu'il n'est pas question d'une arme non biologique.

Il sourit et frotta une main dans ses cheveux encore humides. Au moins quelqu'un gardait son sens de l'humour.

— Je l'espère aussi.

— Je n'ai pas trouvé grand-chose, si ce n'est qu'il s'agit d'une société détenue conjointement par quatre personnes, comme nous l'avons déjà évoqué. Nous avons surveillé leurs téléphones et leurs e-mails depuis votre visite, mais rien de suspect à première vue.

— Avez-vous creusé dans leurs finances ?

— Celles de l'entreprise ? demanda-t-elle. Ils sont toujours dans le rouge, mais ils n'existent que depuis deux ans. Il est encore trop tôt pour qu'une entreprise comme celle-là fasse des bénéfices.

— Et les propriétaires individuels ?

— Ça va prendre plus de temps.

— Je comprends. Ce n'est sûrement rien, mais je suis curieux.

— La curiosité est mon deuxième prénom, agent Kincaid.

Il sourit.

— Voulez-vous les résultats de la vérification approfondie des antécédents de Pip West ?

Il pinça les lèvres et réfléchit. Après tout ce qui s'était passé entre eux, il ne voulait pas s'immiscer dans la vie privée de Pip, mais ces informations pourraient être pertinentes pour comprendre pourquoi quelqu'un lui avait tiré dessus dans l'après-midi.

— Envoyez-les-moi par e-mail.

— Vous pensez qu'elle pourrait être suspecte dans l'affaire BLACKCLOUD ? demanda prudemment Hernandez.

— À vous de me le dire.

Sa bouche devint sèche.

— Rien ne suggère des liens avec le dark web ou des activités ou communications suspectes. D'après les informations auxquelles j'ai eu accès, elle travaillait régulièrement quatre-vingt-dix heures par semaine et prenait rarement des congés. Elle ne fréquente pas d'hommes. Son seul lien avec notre enquête est son amie morte.

Hunt serra les poings.

— Elle a trouvé le corps de son amie, mais a un alibi solide pour l'heure de la mort. À moins qu'elle ne travaille avec une tierce partie...

— Mais pourquoi remuer les choses ? Pourquoi se pointer à Atlanta si elle est impliquée dans un truc aussi gros que BLACKCLOUD ? demanda Hernandez.

Il était bon d'entendre ses propres arguments lui être répétés par un tiers objectif. Peut-être n'était-il pas aussi aveuglé par le désir que ses collègues le craignaient tous.

— C'est ce que je pensais aussi. Merci, Hernandez.

— Contente de pouvoir aider.

L'analyste raccrocha.

Hunt devait continuer à avancer. Il avait contacté, bien que brièvement et parfois seulement par e-mail, cinquante pour cent des personnes figurant sur sa liste de scientifiques. Le seul élément suspect jusqu'ici était l'utilisation de la carte de Dexter à Blake, après qu'il avait eu son diplôme. Avec un peu de chance, le SIOC découvrirait d'autres activités en coulisses qui les mèneraient directement aux criminels.

Il appela à nouveau Pip. Elle ne répondit toujours pas.

Fuller avait dû la mettre en garde. Elle avait sûrement fait passer un sale quart d'heure à Pip lors de l'interrogatoire.

Il prit sa veste en cuir sur le dossier de sa chaise et se dirigea vers sa Bucar.

Will et Fuller pensaient peut-être le protéger, mais en réalité, ils ralentissaient son enquête et mettent potentiellement en danger la vie d'une femme. Malgré ce qu'ils pensaient, ce n'était pas lui qui avait besoin de revoir ses priorités.

———————————

SUR LE CHEMIN de l'hôpital, Pip avait contacté son ancien rédacteur en chef à Tallahassee et lui avait parlé de la fusillade. Elle refusait de donner des interviews et les quelques appels qu'elle avait reçus l'avaient dégoûtée de certains aspects de sa profession.

L'enquête de police en Floride suivait son cours et l'inspecteur en charge de l'affaire Booker avait pris son appel, bien que deux semaines plus tôt, il ait failli l'agresser physiquement au journal.

Apparemment, Lisa Booker avait laissé une lettre à son avocat. Une de ces missives intitulées « à lire en cas de décès » que seuls les gens dans la merde écrivaient. Lisa avait avoué être la source de Pip et elle avait professé sa peur très profonde de l'homme auquel elle était mariée, des abus qu'elle avait subis et de son incapacité à le quitter. Elle pensait que sa seule option était d'aider à l'envoyer en prison et elle savait que s'il le découvrait, il la tuerait.

L'inspecteur pensait que Frank Booker avait compris. Booker pourrait aussi avoir simplement décidé de tuer sa famille lorsqu'il avait réalisé qu'il allait aller en prison. Il n'aurait jamais pu renoncer au contrôle de fer qu'il exerçait sur eux.

Pip avait essayé de convaincre Lisa d'aller dans un refuge, mais elle avait refusé. En plus de Cindy, c'était une autre perte qui la touchait encore profondément, surtout lorsqu'elle se rappelait les visages des trois jeunes enfants des Booker.

En arrivant à l'hôpital, Pip avait appris que le garde était encore au bloc. Il avait franchi ce premier obstacle, mais il avait encore un long chemin à parcourir. Sa femme et sa mère étaient dans la salle d'attente, se consolant l'une l'autre. Elles n'avaient aucune idée de la raison pour laquelle quelqu'un aurait ouvert le feu sur lui. Il n'avait pas de problèmes avec les gangs ou la drogue.

Pip était partie pleine de culpabilité, plus convaincue que jamais d'avoir été la cible de la fusillade. Le fait que l'agent Kincaid ait été dans la voiture lui avait sûrement sauvé la vie – Kincaid, et son amour obsessionnel des livres.

Son portable sonna alors qu'elle entrait dans le hall de son hôtel. Elle s'arrêta et consulta l'écran.

Kincaid.

Il l'avait déjà appelée deux fois, mais elle estimait qu'il serait plus raisonnable de ne pas lui parler. Le léger flottement de tristesse qu'elle ressentit la conforta dans l'idée que c'était la bonne décision. Elle l'aimait trop. Elle ne pensait pas pouvoir supporter un chagrin d'amour en plus de tout ce qu'elle vivait en ce moment.

Idiote, lui chuchota la voix de Cindy à l'oreille.

— Sensée.

Elle parlait toute seule dans un hall d'hôtel anonyme et se sentait un peu perdue.

— Hé.

Kincaid arriva à côté d'elle et lui donna un coup d'épaule alors qu'ils regardaient tous les deux l'impressionnant toit de l'atrium de l'hôtel.

— Vous m'ignorez ?

Le sourire qui étira les lèvres de Pip était un très, très mauvais signe.

— Que puis-je faire pour vous, agent Kincaid ?

Elle s'efforça de rester calme.

Ses yeux scintillaient et il était aussi beau qu'aucun homme ne l'avait jamais été.

— Je pense que vous devriez m'appeler Hunt étant donné que nous avons failli périr ensemble sous une pluie de balles cet après-midi.

— *Périr* donne l'impression qu'on a vécu un drame historique.

— Eh bien, il y a eu un drame.

Elle le regarda avec insistance.

— Et je vous en veux toujours de vous être mis en danger pour me protéger.

Ses yeux cherchèrent les siens et elle ne détourna pas le regard. Son regard la trahit.

— Je suis désolé qu'on vous ait tiré dessus, Pip. Je suis encore plus désolé que l'agent Fuller vous ait fait vivre un enfer. Elle est surprotectrice.

— Comme un chien d'attaque.

Elle serra les poings, déterminée à poser sa question.

— Vous sortez ensemble ?

Il éclata de rire et le soulagement qu'elle ressentit la stupéfia. Ce n'était pas bon. Pas bon du tout.

— Elle sort avec Will Griffin, que vous avez rencontré aujourd'hui. Fuller n'est pas mon type. J'aime les femmes avec moins d'aspérités.

La façon dont il la regarda la fit déglutir.

Était-ce vraiment ainsi qu'il la voyait ?

Pas dure ou abrasive, ni accidentée et suspecte ? C'était comme ça qu'elle se sentait souvent, comme un fil de rasoir en verre brisé. Les événements des dernières semaines l'avaient changée. Elle n'avait pas imaginé qu'ils l'avaient changée en mieux, et elle détestait l'idée de s'être adoucie.

Les aspérités étaient utiles.

Les aspérités pouvaient vous protéger du danger.

Elle tira ses cheveux en arrière sur sa peau surchauffée et ses yeux suivirent le mouvement. Le courant de désir sous-jacent entre eux était plus évident, comme s'il avait été exposé à la lumière du soleil.

Il s'éclaircit la gorge.

— Je me suis dit que c'était le bon moment pour jeter un coup d'œil à la maison de Cindy, comme nous en avions parlé. Histoire de voir si je peux aider à comprendre qui elle fréquentait.

— Vous feriez ça pour moi, même si vous pensez que la mort de Cindy était accidentelle ?

Il hocha la tête.

Elle fronça les sourcils.

— Je pensais que les Fédéraux l'avaient déjà fouillée ?

Il secoua la tête. Il s'était douché depuis la fusillade. Ils portaient tous les deux des jeans et des t-shirts à présent. Il avait une veste en cuir qui cachait son holster d'épaule.

— Ils ont juste vérifié qu'il y avait des spores d'anthrax, rectifia-t-il. Nous n'avions pas de mandat pour fouiller les lieux.

— Vous cherchez quelque chose.

Son flair de journaliste commençait à s'agiter.

Il leva les mains.

— Pas du tout. Il est plus de 17 heures et je voulais aider, dit-il. C'est vous qui pensez qu'il y a autre chose derrière sa mort que ce que nous avons trouvé jusqu'à présent.

Avait-elle mal interprété les signes ? Il avait l'air de se préparer à partir. Elle ne voulait pas être impliquée avec lui, mais il était du FBI. C'était un bon contact à avoir. Si quelqu'un pouvait l'aider à résoudre ce mystère, c'était bien la première agence d'application de la loi au monde.

De plus, elle n'était pas prête à lui dire au revoir. Ils avaient traversé beaucoup de choses et elle était encore en train de digérer la fusillade.

— On peut aller voir la maison de Cindy. Mais j'aurais besoin d'un chauffeur. Ma voiture a été récupérée comme preuve.

Hunt rit.

— Sans rire.

Puis il redevint sérieux.

— Je suis heureux que vous n'ayez pas été blessée plus tôt, mais se faire tirer dessus peut être traumatisant. N'oubliez pas de demander de l'aide si vous en avez besoin.

— Un thérapeute ? renifla-t-elle.

— Ne soyez pas si dédaigneuse.

Ils firent quelques pas dehors.

— J'ai vu plusieurs thérapeutes au fil des ans.

— Oui, moi aussi.

Une chaleur humide se pressait contre sa peau alors que le soleil brillait. Elle détestait les thérapeutes.

Sa vieille Buick était garée à moitié sur le trottoir. Le portier inclina sa casquette dans leur direction et Hunt lui fit un signe de tête.

Ils montèrent et Hunt n'eut pas besoin des indications de Pip pour traverser la ville jusqu'au vieux quartier établi de Sherwood Forest où Cindy avait vécu.

Il se gara dans l'allée qui s'enroulait autour de la maison.

— C'est une très belle maison.

— En effet. Je ne peux pas croire qu'en théorie c'est la

mienne, frissonna-t-elle.

— En théorie ?

Il la suivit jusqu'à la porte de la cuisine.

— Je m'attends toujours à ce que quelqu'un me dise que c'est une erreur et me remette une facture d'hôtel très chère.

Elle déverrouilla la porte et entra pour désactiver l'alarme.

— C'est probable ?

Elle secoua la tête.

— Ça ne veut pas dire que je ne m'y attends pas.

Il tendit la main et prit la sienne, et son cœur manqua un battement. Elle se dégagea. Elle ne voulait pas de sa compassion et ne faisait pas confiance à sa pitié.

— Je sais que vous êtes déjà venu ici, mais laissez-moi vous faire une visite complète et officielle.

Elle lui fit visiter la cuisine, la salle à manger et le salon. Il parut particulièrement intéressé par le bureau et par la pile d'objets rassemblés dans un panier sur le bureau du père de Cindy. Il mit des gants pour la fouiller.

— Je devrais faire pareil ?

Elle désigna les gants.

Il secoua la tête.

— C'est une simple précaution. Et une habitude.

Elle leur fit du café dans de vieilles tasses familières et les lui rapporta. Il avait fouillé tous les tiroirs.

— Je peux voir votre chambre ? demanda-t-il.

Pip acquiesça et ouvrit la voie, en prenant soin de ne pas renverser sa boisson chaude. En haut des escaliers, le long du couloir. Elle indiqua les différentes chambres. Celle de Dana et Bob, celle de Richie.

Sa gorge se serra.

Richie avait été un enfant adorable. Pip l'avait aimé tendrement.

Elle peina à reprendre la parole.

— Il y a deux chambres d'amis au bout du couloir. En fait, ils ont décidé que l'une d'elles était ma chambre, et j'y garde encore quelques affaires.

Le sentiment familier de chagrin l'envahit à nouveau, plus ténu qu'auparavant. Ils auraient tous mérité de vivre une vie longue et heureuse. Mais les choses s'étaient passées autrement.

— L'autre est une grande chambre d'amis qu'ils gardaient pour les invités. Voici la chambre de Cindy.

Elle ouvrit grand la porte et le laissa entrer en premier.

Les murs étaient d'un vert tendre et le lit était double avec une housse de couette à œillets d'un blanc éclatant. Hunt se dirigea vers le bureau, posa son café et fouilla dans les affaires qui s'y trouvaient.

— Vous connaissez tous ces gens ?

Il indiqua les photos sur le tableau en liège.

Elle acquiesça.

Ses lèvres se comprimèrent en une ligne mince. Il se dirigea vers la table de chevet et ouvrit le tiroir.

— Cindy tenait un journal intime. J'ai pris celui de l'année dernière dans ce tiroir – j'ai commencé à le lire, mais je ne suis pas allée au bout.

De même pour les factures de téléphone qu'elle avait récupérées la veille au soir. Elle avait eu une journée chargée.

— Je suppose que son journal récent est au lac.

Le cuir de la veste de Hunt effleura la peau nue de son bras et elle sursauta. Elle s'éloigna. Elle n'aimait pas l'effet qu'il avait sur elle.

Elle n'avait pas eu de rencards depuis deux ans. Une rupture difficile et ensuite elle avait été trop occupée. Ou du moins c'était ce qu'elle s'était dit. Plus elle vieillissait, plus il était difficile de rencontrer des hommes célibataires qui l'intéressaient. Les gens devaient faire leurs preuves avant qu'elle ne commence à leur faire confiance et personne n'avait plus le temps pour ça. Elle n'était pas extravertie et grégaire comme l'était Cindy. Elle était une solitaire méfiante.

Mais la chaleur dans les yeux de Hunt, et la bouffée de désir qui la traversait suggéraient qu'elle ne serait pas contre être seule avec lui.

Elle déglutit nerveusement et sirota son café. Elle oubliait qu'ils étaient là pour le travail, pas pour le plaisir.

— Quelqu'un d'autre a la clé de la maison ? demanda-t-il.

Pip haussa les épaules.

— La femme de ménage. L'avocat. À part ça, je ne sais pas vraiment. Je suppose qu'il me faudrait me renseigner. Je vais parler aux voisins. Je dois leur parler de l'enterrement de toute façon.

La chaleur qu'elle avait ressentie plus tôt fut effacée par la froide réalité de cette perte dévastatrice.

Bon sang, c'était terrible.

Hunt fouilla la table de chevet de Cindy, mais il n'y avait rien de plus incriminant qu'un exemplaire de *Vogue*. Puis il se redressa et Pip fut une fois de plus frappée par la beauté de son visage.

Elle se cogna l'orteil sur le coin des tiroirs et cela la tira de ses pensées. *Aoutch*. Ils prirent leur tasse et se dirigèrent vers la cuisine.

— Dois-je appeler un taxi ou pouvez-vous me ramener à l'hôtel ? demanda-t-elle négligemment.

Elle ne sous-entendait rien du tout. C'était une question

professionnelle.

Il fronça les sourcils.

— Vous n'avez plus de voiture.

— Exact.

Elle haussa un sourcil.

— Pas avant que les Fédéraux ne me la rendent, et je ne suis pas sûre de vouloir conduire une voiture avec autant d'impacts de balles de toute façon.

Il la regarda du coin de l'œil.

— Et la voiture de Cindy ? La rouge au lac ?

Elle haussa les épaules.

— Je suppose que théoriquement je pourrais la conduire. Ça fait bizarre quand même.

Comme si son amie n'allait pas revenir.

Elle chassa ses larmes.

Il consulta sa montre.

— Appelez l'avocat pour confirmer que vous pouvez la conduire. Allez chercher le double des clés que je vois sur l'étagère près de la porte et je vous emmène au lac pour la récupérer.

— Vraiment ? demanda-t-elle avec reconnaissance.

Il hocha la tête.

Pip détestait l'idée d'y retourner, mais c'était stupide. Le lac était le lieu de prédilection de Cindy. D'une certaine manière, c'était un endroit approprié pour mourir.

Elle appela Adrian pour confirmer qu'elle pouvait conduire le SUV, et retrouva Hunt dans la cuisine en train de rincer leurs tasses et de les placer sur l'égouttoir. C'était une combinaison dévastatrice, l'homme à l'aise à la fois pour faire la vaisselle et pour se jeter devant les balles.

— Adrian a dit que c'était bon, confirma-t-elle.

— Allons-y.

Il se sécha les mains.

— Avec un peu de chance, on pourra y arriver avant la nuit.

Pip le suivit, fermant la maison derrière elle. L'un des voisins lui envoya un signe triste et hésitant, et elle leva la main. Pip avait rencontré la plupart d'entre eux au fil des ans, lors de barbecues, de fêtes de Noël et de funérailles. Elle renonça enfin à son souhait que les choses puissent être différentes. C'était impossible. Cindy était partie. Tout le déni du monde ne la ramènerait pas.

CHAPITRE VINGT

HUNT VOULAIT METTRE la main sur la carte magnétique de Pete Dexter qui avait censément disparu. S'il trouvait cette fichue chose, cela ferait taire le tic-tac insistant au fond de son esprit et il devrait supposer que Dexter disait la vérité. Si Hunt ne la trouvait pas, ce détail pourrait ou non signifier quelque chose. Toutes les autres entrées dans le labo semblaient légitimes. Cela ne signifiait pas que les scientifiques légitimes n'avaient pas commis d'actes répréhensibles, mais c'était la prochaine étape de l'enquête.

Il était également possible que Cindy ait rendu la carte comme Dexter le prétendait, et que la secrétaire ou une autre personne de l'administration ait menti à ce sujet. Même s'il détestait cette idée, il était concevable que Lenore Daniels ou l'un de ses collègues l'ait vendue ou fournie à un bioterroriste. Mais quelqu'un aurait forcément remarqué si un inconnu traînait dans le coin ?

Peut-être que Cindy l'avait rendue à son superviseur et qu'Everson l'avait utilisée ? Hunt lui reparlerait le lendemain. Pour l'heure, il ne répondait pas au téléphone.

Comme son patron lui avait dit d'éviter Pip, Hunt effectuait cette recherche sur son temps personnel. Il s'était rendu à sa maison de ville et avait échangé la Bucar contre son véhicule avant de se diriger vers le nord. Rien n'énervait plus le Bureau que l'utilisation abusive de véhicules officiels.

Il jeta un coup d'œil à Pip sur le siège passager. Son attirance pour elle n'entrait pas en ligne de compte. S'il continuait à se le répéter, cela pourrait bien devenir vrai. Elle avait les poings serrés sur les genoux et elle se mordait la lèvre. Elle était si tendue qu'il avait peur qu'elle se brise si elle recevait un autre coup. Il chassa de ses pensées le fait qu'il lui mentait. Son travail était primordial et il n'avait pas l'intention de le compromettre.

Mais il tenait à elle, réalisa-t-il soudain. Ce qui était habituellement le moment où il mettait les voiles, mais ils étaient coincés ensemble à court terme.

Il ne voulait pas la perdre de vue.

— Au moins, le SUV devrait être plus fiable que votre autre voiture, dit-il, cherchant quelque chose pour briser la tension qui s'était accumulée entre eux.

Parler de tout et de rien. Génial.

Une fossette apparut sur sa joue.

— Cette Honda a été la voiture la plus fiable qu'on puisse imaginer.

Puis elle grimaça.

— Mais elle va peut-être devoir prendre sa retraite, à la lumière des récents événements.

Elle regarda par la fenêtre l'implacable verdure. Des bois interminables s'étendaient le long de la route.

Elle se retourna vers lui avec un sourire triste.

— J'ai aidé Cindy à choisir le SUV à Noël. Le vieux van de sa mère a fini par rendre l'âme et elle a décidé de changer de voiture.

Elle toucha la fenêtre comme si elle caressait un souvenir.

— Elle m'a mise sur l'assurance pour que je puisse la conduire quand je venais en ville.

Il tendit l'oreille.

— Alors vous passiez les vacances de Noël ensemble ?

— Chaque année depuis notre rencontre.

— Est-ce que Cindy a travaillé pendant les vacances ?

Mon Dieu, c'était aussi subtil qu'un missile balistique.

Pip ne parut pas le remarquer.

— Bien sûr, elle y est allée quelques fois pour vérifier diverses expériences qu'elle avait en cours. Des vaccins recombinants. C'est tout ce que je sais.

Ce n'était pas d'une grande aide.

— Elle m'appelait quand elle avait fini et j'allais la chercher. On sortait boire un verre, on allait à la maison ou au cinéma.

Il se demandait s'il pouvait obtenir plus de précisions auprès de Pip sans qu'elle se doute de rien. Des informations de carte de crédit ? Peut-être qu'ils avaient quelqu'un qui pourrait isoler les données des portables de Cindy et Pip sur cette période. En fait, ils pourraient peut-être surveiller tous les téléphones portables captés par l'antenne-relais la plus proche de Blake pendant les périodes où la carte à puce égarée avait été utilisée pour accéder au laboratoire.

C'était une bonne idée.

— Comment avez-vous fini au FBI, au fait ?

Elle jeta un coup d'œil à la bague en acier inoxydable qu'il portait à l'auriculaire de sa main droite.

— Vous étiez ingénieur.

Il la regarda, surpris.

— Je suis sortie avec un ingénieur une fois.

Son expression laissait entendre qu'il ne lui avait pas fait forte impression.

Il sourit.

— J'ai fait un diplôme d'ingénieur avant de postuler au FBI.

— Pourquoi rejoindre le FBI si vous aviez un bon travail ?

— Pourquoi devenir journaliste ?

Elle soupira et regarda par la fenêtre. Elle frotta ses cuisses de haut en bas. C'était mal d'imaginer faire la même chose, et il reporta ses yeux sur la route, ignorant la bouffée de désir qui le traversait.

Ce n'était pas bon.

— L'anglais était la seule matière où j'étais vraiment douée à l'école. J'aimais raconter des histoires, mais je devais payer les factures et j'ai apprécié le journal de l'université. J'ai fini par prendre des cours de journalisme, j'ai découvert que j'aimais résoudre les énigmes et démasquer les criminels.

— Moi aussi.

Elle se tut et il sut que c'était son tour.

— J'ai toujours voulu être agent du FBI. C'était mon rêve quand j'étais petit garçon.

Elle le regarda avec intensité.

— Mon père a été tué lors d'un braquage de banque quand j'étais enfant.

Ses yeux reflétaient le choc et la douleur, mais elle ne dit rien.

— C'est là que je suis allé voir mon premier thérapeute, admit-il. J'ai arrêté de parler pendant un moment. Je me suis complètement fermé. Ma mère a persuadé un agent du FBI de venir me parler et le gars a promis qu'il allait attraper ces voleurs et les mettre en prison.

— Il l'a fait ?

— Oui et non. Les braqueurs ont été surpris en train de

faire un coup dans une banque à Jersey. Les flics ont encerclé l'endroit. Un sniper de l'équipe de libération d'otages a éliminé les deux braqueurs sans qu'aucun otage ne soit blessé. C'est là que j'ai recommencé à parler. Après leur mort. C'est là que j'ai décidé de rejoindre le FBI.

Elle fronça les sourcils.

— Pourquoi avoir choisi l'ingénierie en premier ? Si vous saviez déjà, enfant, que vous vouliez devenir agent, pourquoi ne pas faire de la criminologie ou devenir flic ?

— C'est compliqué.

Elle eut un rire bref.

— Vous préférez parler du temps à la place ?

— Non.

Il grogna. Il aimait avoir une vraie conversation avec elle. Apprendre à la connaître sans lire ce fichu dossier d'antécédents, même si c'était lui qui parlait le plus.

— Ma mère a rencontré et épousé un autre gars, Tom. Il avait une fille, Joanna.

Jo.

— Et elle a été tuée au combat, poursuivit-il d'un ton bourru.

Il le lui avait déjà dit. Son estomac se retourna. Il comprenait le chagrin. Il comprenait Pip. C'était peut-être pour ça qu'il l'appréciait tant.

— Nous n'étions pas liés par le sang, mais nous étions proches. Nous étions tous les quatre proches, même si Jo avait six ans de plus que moi. Tom était un bon ami de mon père. Sa femme est partie et les a quittés.

La mâchoire de Pip se durcit.

— Jo a rejoint l'armée à dix-huit ans. Quand elle est morte au combat, ça les a brisés. Ma mère surtout. Elle m'a fait promettre que je ne m'engagerais pas dans l'armée, et que je choisirais plutôt une vraie carrière.

Il haussa les épaules.

— J'aimais l'ingénierie et j'ai pu travailler pendant quelques années et rembourser mes prêts étudiants. Puis j'ai postulé à Quantico. Je ne l'ai dit à mes parents que lorsque j'étais sur le point d'être diplômé de l'académie. Je l'avais planifié de cette façon et je n'ai pas vraiment brisé de promesses. Ses doigts se crispèrent sur le volant.

— Je pense qu'elle a fini par me pardonner.

— Il y a combien de temps ? demanda Pip.

— Plus de cinq ans maintenant.

— Tes parents ont l'air super. Les Resnick étaient des gens bien, aussi.

Elle inspira profondément et secoua un peu la tête.

— Je suis désolée pour ton père biologique et ta sœur. C'est terrible de perdre des gens qu'on aime.

Hunt hocha la tête, avec l'envie de la questionner sur ses origines. Il n'avait pas encore lu le dossier que Libby Hernandez lui avait envoyé. Il voulait l'apprendre de la bouche de Pip.

Ils atteignirent la route qui menait au lac et elle se crispa.

— Vous n'avez pas besoin de descendre au cottage, dit-il. Je peux marcher depuis la route et jeter un coup d'œil.

Pip secoua la tête.

— J'ai besoin d'y faire face. Je dois y retourner. J'ai vécu des tas de moments heureux ici. J'aimerais éviter qu'ils soient souillés.

Hunt n'était pas sûr que ce soit possible, mais il n'en dit rien.

Ils roulèrent en silence et, dix minutes plus tard, il tourna sur le chemin qui descendait vers le lac. Il sentit Pip se crisper.

Il ralentit juste avant que le cottage ne soit en vue.

— Vous êtes sûre ? demanda-t-il.

Ses yeux sombres étaient énormes, sa lèvre inférieure tremblotait, mais elle hocha quand même la tête. Il prit ses doigts entre les siens. Sa peau était gelée malgré l'air chaud.

— Ça va aller. Je suis là. Je vais vous aider.

Elle hocha la tête et s'accrocha à sa main pendant quelques secondes avant de la lâcher.

Il n'était pas sûr de savoir pourquoi il lui avait pris la main, mais c'était quelque chose qu'il voulait refaire. Ce n'était pas exactement comme ça qu'on apprenait aux agents du FBI à se comporter pendant leur formation.

Il s'arrêta à côté du cabanon et du tas de bois, et coupa le moteur, exactement au même endroit que le lundi matin.

Ils restèrent assis dans la voiture sans dire un mot. Le coucher du soleil nimbait le lac de touches de rouge et de rose. Il n'y avait pas de bateaux à moteur, pas de bruit. Juste quelqu'un qui pêchait au loin. C'était un endroit idyllique.

Mais la beauté de la vue était juxtaposée au souvenir du corps nu d'une jeune femme sortie de l'eau quelques jours auparavant.

Des larmes silencieuses ruisselaient sur les joues de Pip. Il était sur le point de l'attirer contre lui pour la réconforter quand elle poussa la portière et sortit de la voiture.

Lentement, il la suivit.

Pip marcha jusqu'au bord du lac et resta debout, les bras serrés autour d'elle.

— Tout va bien ?

Elle s'éloigna.

— Non. Je suis furieuse. Je suis vraiment en pétard. Contre Cindy. Comment a-t-elle pu être aussi stupide ?

Elle laissa échapper un sanglot et il fit un autre pas vers elle, mais elle s'écarta à nouveau.

— J'ai juste besoin d'un petit moment seule.

Il hocha la tête.

— Je vais aller voir à l'intérieur. C'est d'accord ?

Elle fouilla dans sa poche et lui jeta ses clés. Puis elle marcha jusqu'à l'extrémité du quai et s'assit, le visage dans les mains. Ses épaules tremblaient. Il voulait la réconforter, mais parfois les gens avaient besoin d'être seuls pour traverser les étapes de leur deuil. La colère était un bon signe, tant qu'elle finissait par la dépasser.

Il se dirigea vers l'intérieur du cottage et grimaça légèrement devant la poudre pour empreintes digitales sur les poignées de porte et les interrupteurs. Il regarda la table basse. La plupart des résidus de coke avaient été nettoyés. Les coussins étaient en désordre – ils avaient dû être aspirés.

Les résultats d'analyse des dispositifs électroniques de Cindy devaient tomber dans la matinée, mais le cordon d'alimentation de son ordinateur portable était toujours branché au mur.

Il se dirigea vers la cuisine, enfila des gants en latex et feuilleta des piles de factures et de lettres sur un petit meuble de téléphone. Pas de carte magnétique. Il se dirigea vers le bureau à l'arrière de la maison. Il passa rapidement en revue le bureau et les tiroirs. Rien.

Il monta les escaliers et vérifia les deux chambres à l'arrière de la maison, l'une décorée de motifs écossais sombres, l'autre peinte d'un rouge profond. Il était sûr que c'était là que Pip dormait quand elle logeait là. Elle semblait avoir une affinité pour la couleur rouge.

Il se rendit dans la chambre principale et fouilla rapidement la table de chevet. Préservatifs. Blocs-notes. Stylos. Livres.

Pas de journal intime. Il devrait demander au laboratoire national si elle l'avait dans son sac.

La literie avait été enlevée. Il feuilleta les livres, car certaines personnes étaient susceptibles d'utiliser une carte comme marque-page. Les coins des pages étaient cornés. Sa mère aurait eu une attaque.

Il jeta un coup d'œil à la coiffeuse. Beaucoup de maquillage bien rangé. Et il y avait des photos glissées sous le bord du miroir. Cindy avec ses parents, son frère. Cindy et Pip s'amusant. Il ne reconnut pas tout le monde, mais il y avait des photos de groupe avec Sally-Anne, Pete Dexter, Angela Naysmith et le professeur. Il y avait une photo d'un type à moitié nu qui devait être le beau gosse un peu limité, Dane. Mais à côté d'un génie capable d'obtenir le prix Nobel pour sa percée dans le développement de vaccins, Hunt se dit qu'il était tout aussi ignare et bien moins beau.

Alors, y avait-il un autre homme ?

Avait-elle branché des gars au bar du coin ? Les avait-elle emmenés chez elle pour un coup d'un soir afin d'évacuer le stress de la rédaction de sa thèse ? L'un d'eux lui avait-il donné la coke ? Ils n'avaient trouvé aucune preuve qu'elle ait essayé de vendre son vaccin au marché noir. Et pourquoi déposer une demande de brevet si vous prévoyez de finir de la sorte ?

Hunt sortit son téléphone et appela l'inspecteur local, fixant par la fenêtre la silhouette solitaire recroquevillée au bout du quai. Pip avait l'air si petite et si solitaire. Elle avait manifestement l'habitude de résoudre ses problèmes toute seule. Hunt ne pouvait pas imaginer n'avoir personne. Sa famille avait traversé des moments difficiles, mais ils avaient toujours été là les uns pour les autres.

L'inspecteur Howell répondit à la troisième sonnerie.

— Ici l'agent Kincaid. Je me demandais si vous aviez trouvé quelque chose dans l'affaire Cindy Resnick ?

— Je me demandais la même chose, agent Kincaid.

C'était une légère réprimande pour ne pas avoir appelé plus tôt, mais Hunt avait été assez occupé.

— Une autre fille qui travaillait dans le même département que Cindy Resnick est morte d'une overdose tard hier soir – un mélange de coke et de fentanyl. L'APD a trouvé le dealer qui, selon eux, leur a vendu la drogue. Le cerveau explosé.

— Quelqu'un mécontent du produit ?

— Apparemment, les drogués préfèrent planer sans la garantie d'une mort violente.

— Difficile de leur en vouloir.

— L'APD est en charge de cette affaire. Ils ont dit qu'ils vous contacteraient.

Le type se détendit. Pensait-il que Hunt était resté assis toute la journée à se tourner les pouces ?

— Alors comment puis-je vous aider, agent Kincaid ?

— Le labo a trouvé des traces de spermicide sur le corps de Cindy et de l'ADN de contact. Ils ont également trouvé des traces de sperme sur les draps de lit provenant d'une autre source. Avez-vous entendu dire que Cindy s'est tapé quelqu'un dans les bars du coin ?

L'inspecteur poussa un long soupir.

— Personne ne s'en souvient en tout cas. J'ai fait le tour des bars et parlé à certains de ses voisins. Ils disent qu'elle était toujours amicale, mais je n'ai pas eu l'impression qu'ils avaient des relations intimes avec elle. Je peux demander à nouveau. Les gens n'admettent pas toujours avoir eu des relations sexuelles avec les personnes qui sont mortes dans des circonstances suspectes.

— Faites-moi savoir s'il y a du nouveau, d'accord ?

— Bien sûr. Puis-je vous demander pourquoi ?

Hunt s'éclaircit la gorge.

— Juste un détail que j'aimerais régler. Son amie insiste sur le fait que Cindy n'aurait jamais pris de drogue volontairement.

— Elle pense qu'elle a été assassinée ?

— Oui, meurtre ou homicide involontaire.

— On va continuer de poser des questions.

L'inspecteur savait comment un détail qui ne tenait pas la route pouvait rendre un homme fou. Hunt le remercia et raccrocha.

Pip se leva et Hunt la regarda marcher lentement vers le cottage. Ses yeux étaient rouges et gonflés.

Pas joli à voir, mais il ne pouvait pas nier qu'il était attiré par elle. Un appétit tenace commençait à le ronger et le nom de Pip était gravé dessus.

La lumière diminuait rapidement. Il redescendit, sortit sur la terrasse et ouvrit grand les bras. Elle s'approcha de lui, s'appuya contre sa poitrine et se serra contre lui, mais elle ne pleura pas. Quelque chose lui disait que malgré le fait qu'il l'avait vue pleurer plusieurs fois la perte de son amie le premier jour, Pip West perdait rarement le contrôle de ses émotions. Il la serra contre lui, appréciant la douceur de son contact, son parfum envahissant ses sens – un parfum de fraises et de soleil mélangé à un subtil soupçon de femme désirable.

— Comment c'est, là-dedans ?

Sa voix était enrouée et profonde.

Sexy comme l'enfer.

Il s'éclaircit la gorge.

— Il y a de la poudre pour empreintes digitales partout sur les murs. Il y a des entreprises que vous pouvez engager pour nettoyer…

Elle secoua la tête.

— Je le ferai moi-même la prochaine fois que je viendrai.

Autosuffisante. Indépendante.

— Toujours partante pour rentrer en voiture ? demanda-t-il.

Elle hocha la tête et se dégagea de ses bras.

— Je suis désolée d'avoir craqué. Je suppose que c'était trop pour moi. Mais je pourrai conduire sans problème. Donnez-moi juste une minute.

Elle leva les yeux vers lui. Ils étaient presque noirs dans le crépuscule. Son regard se posa sur ses lèvres et l'envie de l'embrasser le prit à nouveau.

Ne sois pas stupide.

Il n'était pas tout à fait honnête avec lui-même. Il ne pouvait pas l'être. Il n'était pas assez naïf ou stupide pour compromettre l'affaire, mais il pouvait quand même faire preuve d'un peu de gentillesse envers une femme dont il commençait à se soucier et ne pas jouer avec ses sentiments alors qu'elle était vulnérable.

— Donnez-moi les clés du SUV et je m'assurerai qu'il démarre.

Elle fouilla dans sa poche, mais répondit avec ironie :

— Je ne suis pas stupide. Je sais démarrer une voiture.

Quand il lui tendit la main, paume en l'air, elle lui remit les clés avec un soupir résigné.

— Très bien.

Il monta dans la voiture et mit le contact. Il inspecta la boîte à gants, la console centrale et le bac de la porte. Pas de carte magnétique.

Le fait qu'il ne l'ait pas trouvée signifiait que Pete Dexter mentait peut-être. Peut-être que le gars s'était faufilé dans le labo pour faire quelque chose d'illégal comme fabriquer de l'anthrax ou des vaccins. Ou voler le travail de Cindy.

Il fit marche arrière et se gara à côté de son propre véhicule où Pip attendait, essayant de se reprendre.

Il sauta hors du SUV et l'aida à s'installer sur le siège haut, en essayant de ne pas regarder son jean serré et son t-shirt moulant.

Puis son estomac grogna bruyamment et Pip éclata de rire.

— Vous avez faim ?

Elle était loin de se douter à quel point il avait faim.

Ses yeux dansaient et ses maudites taches de rousseur lui donnaient un air doux et innocent, tellement mignon.

Il l'attrapa par la nuque et l'attira vers lui pour l'embrasser. L'électricité et la chaleur flambèrent entre eux.

Il traça le contour de ses lèvres avec sa langue et elle s'ouvrit timidement.

Il aurait voulu l'embrasser plus passionnément, mais il attendit. Il attendait qu'elle décide de le goûter et de l'explorer. Il voulait la laisser diriger.

Ils avaient tous deux failli mourir ce jour-là, et ce besoin fondamental de prouver qu'il était bien vivant le traversait.

C'était une réaction naturelle. Il le savait.

Elle s'accrocha à sa veste et l'attira plus près, la bouche s'inclinant avec une faim qui semblait correspondre à la sienne. Elle avait le goût sucré du péché.

Il glissa les mains le long de son corps et fut immédiatement dur comme de la pierre.

Bon sang. À quoi pensait-il ?

Il poussa un soupir tremblant et recula. Elle cligna des yeux, surprise. Ses lèvres étaient rouges et lisses.

Il n'aurait pas dû l'embrasser.

Elle était bouleversée. Émotive. Son patron et ses amis lui avaient tous dit de rester à l'écart. Malgré cela, il aurait aimé l'embrasser à nouveau et ne jamais s'arrêter.

— Waouh.

Il rit.

— Oui. Waouh.

Elle déglutit.

— Vous embrassez bien, agent Kincaid.

Il rit à nouveau et se rapprocha d'un demi-pas.

— Je pense vraiment que tu devrais m'appeler Hunt après ça.

Il essuya une trace de rouge à lèvres sur le côté de sa bouche.

Ses lèvres lui donnaient toutes sortes d'idées. Des idées classées X. Des idées qui l'amèneraient à se faire botter le cul au travail.

Mais, mon Dieu, qu'elle était sexy. Depuis le jour où il l'avait rencontrée, il avait eu envie d'elle. Ce qui faisait de lui un connard.

— Tu as ruiné mon maquillage. Je m'étais faite toute belle.

Elle leva les yeux au ciel.

Malgré les larmes et le maquillage, c'était la plus jolie fille qu'il ait jamais rencontrée.

Elle rabattit le pare-soleil pour se regarder dans le miroir et une petite chose en plastique tomba sur ses genoux.

Il la ramassa avec le bord de son t-shirt. La fameuse carte

d'entrée en plastique de Pete Dexter à l'université de Blake.

— Ça te dérange si je la prends ?

— Qu'est-ce que c'est ?

Pip parut confuse, puis sembla comprendre que c'était une carte d'accès.

— D'accord.

Il ne pouvait pas lui expliquer, ce qui le faisait se sentir doublement coupable de l'avoir embrassée, d'autant plus qu'il avait utilisé une ruse pour fouiller les maisons de son amie. Une ruse honnête, mais une ruse tout de même.

— Je vais te suivre jusqu'en ville.

Son estomac gargouilla à nouveau. Il ne savait pas exactement quand il avait mangé pour la dernière fois.

— Tu veux aller dîner à Atlanta ?

Pip laissa échapper un mélange entre gémissement et rire.

— Je ne devrais sûrement pas.

— Ce n'est qu'un dîner, Pip.

Elle croisa son regard et cessa de sourire.

— Nous savons tous deux que ce n'est pas vrai, Hunt Kincaid.

Sa voix suggérait du sexe torride plutôt que de la nourriture et Hunt lutta contre la réaction de son corps à cette idée.

Elle avait levé le voile sur les mensonges qu'il se racontait.

Il hocha la tête.

— On devrait y aller.

Le soir tombait. Il ne voulait pas être sur les routes du coin de nuit s'il pouvait l'éviter. Trop de risques de mésaventure. Il ferma sa portière et elle s'éloigna.

Elle avait peut-être raison. Ils avaient peut-être déjà franchi une limite, mais ils pouvaient encore prendre du recul pour ne pas aller plus loin. Il mentirait s'il disait qu'il ne désirait pas s'aventurer dans cette direction. Il le voulait. Bien que ce soit sûrement mieux pour sa carrière s'il prétendait qu'elle faisait juste partie d'une affaire. Que son parfum ne l'excitait pas au-delà de toute pensée rationnelle.

Il monta dans son véhicule et glissa la carte magnétique de Pete Dexter dans un sac à scellés. Et merde. Il était persuadé de suivre une bonne piste, mais il semblait que le gars avait dit la vérité et donné la carte à Cindy après tout.

Hunt démarra et suivit Pip le long du chemin. Garder ses distances était sûrement une bonne idée.

CHAPITRE VINGT ET UN

L ES LÈVRES DE Pip la picotaient après le baiser qu'elle avait échangé avec l'agent sexy du FBI. Après ces dernières semaines, c'était un réel changement de vivre autre chose que le deuil ou la mort. Sa vie était devenue une zone de guerre. Oublier la douleur, même pour quelques instants, avait été un soulagement bienvenu.

Elle mit son clignotant vers l'I-75 en direction d'Atlanta, Hunt Kincaid la suivant à bonne distance. Le SUV de Cindy se comportait comme un rêve et rappelait à Pip l'enthousiasme de son amie lorsqu'elle l'avait sorti du parking quatre petits mois plus tôt.

Une sensation de chaleur l'envahit. Il était réconfortant d'être entourée de souvenirs de Cindy dans des moments plus heureux. Pip devait s'y accrocher si elle espérait traverser les prochaines semaines sans perdre la tête.

Ce n'était pas la seule chose qu'elle voulait garder près d'elle.

Ce baiser avait attisé un désir qu'elle n'avait pas ressenti depuis des années, pas depuis qu'elle était tombée amoureuse de Van qu'elle avait stupidement suivi à Miami avant qu'il ne lui brise le cœur. Hunt se transformait en une tentation à laquelle elle ne voulait pas résister, quelque chose qui lui permettait de ne pas penser à la laideur et au vide de sa réalité.

Et elle aimait le fait de l'avoir séduit, malgré son costume de fédéral. Elle aimait beaucoup ça.

À huit kilomètres d'Atlanta, Pip se rendit compte que non seulement elle ne voulait pas que son temps avec Hunt se termine, mais qu'elle était également affamée. Pour le dîner, elle avait le choix entre un restaurant d'hôtel sans âme ou un room service solitaire. Le besoin de compagnie humaine la poussa à composer le numéro de son portable en utilisant le système Bluetooth sophistiqué du SUV de Cindy.

— Je… hm… j'ai changé d'avis. À propos du dîner, précisa-t-elle.

Pour le moment.

Mon Dieu, elle n'avait plus l'habitude des hommes et n'était pas à la hauteur d'un type comme Hunt Kincaid. Elle ne se souvenait même pas de la dernière fois qu'elle avait eu un rendez-vous.

— Où veux-tu aller manger ? demanda-t-elle.

— Suis-moi.

Il la dépassa dans son gros pick-up noir qui lui allait bien mieux que la Buick beige qu'il conduisait pour le travail. Il prit la sortie suivante de l'I-75 et roula pendant dix minutes avant de s'arrêter derrière un bâtiment en briques, clair et carré, au bout d'une rangée de magasins qui étaient tous fermés.

Elle se gara à côté de lui, se demandant si elle n'était pas sur le point de faire une énorme erreur. Les papillons s'agitaient dans son estomac. Elle en voulait plus, et cette idée la terrifiait.

Il ouvrit la portière de sa voiture et inspecta son visage.

— Relax, dit-il. Ce n'est que de la nourriture.

Elle émit un petit rire qui chassa en partie la tension qu'elle avait accumulée. Il la conduisit à l'intérieur. Le restaurant présentait des briques apparentes et l'énorme bannière étoilée du drapeau américain couvrait presque tout un mur. C'était un endroit agréable, avec peu de lumière, beaucoup de clients, mais pas trop bruyants. Ils pourraient parler sans crier et auraient une vraie intimité.

Hunt demanda un box d'angle et s'assit dos au mur.

Ils commandèrent immédiatement et la serveuse leur apporta une bière chacun. Il observa ses lèvres tandis qu'elle prenait une gorgée et qu'un filet de quelque chose de chaud glissait dans sa gorge. Ses tétons se contractèrent, clairement visibles contre le coton fin de son t-shirt. Wonder Woman commençait à être excitée. Elle serra les cuisses pour essayer de limiter l'effet qu'il avait sur elle. Ce qui ne fit qu'empirer les choses.

Hunt reçut un appel et s'excusa en décrochant, parlant à voix basse et utilisant un langage volontairement vague.

Il expliqua qu'il avait trouvé la carte universitaire de Pete Dexter dans la voiture de Cindy, mais elle ne put déchiffrer sa réaction.

Pourquoi Cindy l'avait-elle ? Pete l'avait-il oubliée ? Cindy l'avait-elle gardée en souvenir ? Était-elle encore éprise de ce type ?

Pip appréciait le fait que le travail de Hunt soit important pour lui. Être journaliste avait été important pour elle aussi, mais l'idée de recommencer, de cultiver de nouvelles sources…

Son ongle grattait l'étiquette dorée sur le verre brun de sa bouteille. Elle avait éprouvé de la fierté pour son travail consistant à faire tomber les criminels. Mais elle ne savait pas si tout cela en valait la peine.

— Désolé.

Hunt lui attrapa la main et caressa le dessus avec son pouce. Ce contact lui fit l'effet d'ondes de choc, et l'empêcha de penser à la folie meurtrière de Frank Booker.

La serveuse arriva avec leur repas et Pip laissa échapper un gémissement d'appréciation. Hamburgers et frites. Ils sentaient divinement bon. Elle mit une frite dans sa bouche, la saveur inondant sa langue alors qu'elle gémissait à nouveau.

— Si tu n'arrêtes pas de faire ça, je vais te goûter toi plutôt que la nourriture.

— Tu-tu-tu. Personne ne se mettra entre ce burger et moi.

Elle sourit, car malgré la chaleur dans ses yeux, il la taquinait.

— Tu as raison. Je n'ai pas eu beaucoup de temps pour manger dernièrement.

Il mâcha et avala.

— Encore moins pour courir, et j'ai raté un entraînement avec Will, mais il m'a énervé, alors…

— Qu'a-t-il fait pour t'énerver ?

Il fit la grimace en mâchant et secoua la tête.

— Oh.

Will avait manifestement dit quelque chose à son sujet. Faisant sûrement écho à l'avertissement de l'agent Fuller de rester loin d'elle.

Alors pourquoi ne l'avait-il pas fait ?

L'attrait du fruit défendu ? Ou autre chose ?

— J'ai utilisé le tapis de course à l'hôtel après ton départ ce matin.

Elle s'essuya la bouche et renonça à essayer d'être délicate en mangeant son hamburger.

— Au moins, je n'ai pas à me sentir coupable de manger ça.

— Le fait que tu coures fait de toi la femme idéale, tu sais.

Il plaisantait avec elle, il n'essayait pas de la draguer.

Elle rit. Prit une gorgée de bière.

— Sauf que je n'aime pas les armes à feu.

— C'est mon genre de rendez-vous préféré.

Il lui fit un clin d'œil.

Il avait un sens de l'humour qu'elle appréciait. Elle ne l'avait pas remarqué avant. Elle n'avait pas vraiment eu envie de rire. Cindy l'aurait apprécié, réalisa-t-elle. Elle ne savait pas pourquoi c'était important, mais ça l'était.

— Elle est allée courir la nuit de sa mort. Elle y allait tous les jours, réglée comme une horloge. 8 km chaque fois.

Son esprit dériva vers son amie à nouveau, et l'humour disparut.

— Alors… je t'ai dit à peu près tout ce qu'il y a à savoir sur moi.

Elle leva les yeux au ciel.

— Mais bien sûr.

Il avait senti que ses pensées devenaient morbides et voulait la distraire. Et elle en avait assez d'être malheureuse. Elle était prête à se distraire, surtout si cela impliquait un corps affûté et un esprit intelligent.

— Où as-tu grandi ? demanda Hunt.

— Ne fais pas comme si tu n'avais pas vérifié mes antécédents.

Elle lui jeta un regard.

— J'ai un rapport détaillé à ton sujet. Je ne l'ai pas encore lu, mais je sais certaines choses, admit-il.

Elle vit ses yeux changer. Il avait l'air d'un homme qui essayait de comprendre comment faire connaissance avec une femme plutôt que d'un agent qui menait un interrogatoire.

— Tu as grandi dans une famille d'accueil ?

— En grande partie.

Ses doigts se resserrèrent sur la bouteille.

— Près de Tampa.

— Tu ne veux pas en parler ?

Elle poussa un profond soupir.

— Ce n'était pas une époque heureuse.

Ses yeux devinrent inquiets et il posa la question la plus difficile, celle que personne ne posait jamais directement.

— As-tu été maltraitée ?

Elle pinça les lèvres. Secoua la tête.

— Non. J'ai eu de la chance, mais ce n'est pas le seul problème quand on est pupille de l'État.

Il posait des milliers de questions avec ses yeux, et voyait bien plus de réponses qu'elle ne le voulait.

— Ne te méprends pas. Tout n'était pas négatif. La première famille d'accueil que j'ai eue était fantastique. Je suis resté avec eux pendant quatre ans, et j'ai adoré vivre avec eux.

Une ligne se forma entre ses sourcils.

— Ma mère a refusé d'abandonner son combat pour me récupérer, alors je n'ai pas pu être adoptée.

— Pourquoi lui a-t-on retiré la garde ?

Elle s'essuya la bouche sur une serviette. Puis elle joua à nouveau avec l'étiquette de sa bouteille. La dernière personne à qui elle s'était confiée à ce sujet était morte. Ce n'était pas une histoire qu'elle partageait très souvent, mais tout se trouvait dans son dossier de toute façon. Elle préférait que ce soit elle qui le lui dise plutôt qu'il le lise dans un rapport aseptisé.

— Ma mère était alcoolique. Mon père est parti quand j'avais deux ou trois ans. Je ne sais pas vraiment. Je n'ai aucune idée de ce qui lui est arrivé et honnêtement, je m'en fiche. Les flics ont débarqué une nuit après que ma mère et son dernier petit ami se sont saoulés et ont commencé à tout casser. Ils m'ont trouvée dans ma chambre, cachée sous le lit.

Il ne dit rien, se contentant de la regarder. Il continua à manger. Elle fit de même. Cela rendait la confession moins déchirante de faire ça en mangeant. Comme s'ils parlaient d'une autre fille, d'une autre affaire, d'une autre histoire.

— Les flics ont appelé les services sociaux et j'ai fini dans une famille d'accueil dans une ville à une cinquantaine de kilomètres.

Elle sourit en se souvenant.

— J'ai adoré cette époque. C'était la première fois que j'avais des vêtements propres pour aller à l'école. La première fois que j'avais des repas à heures régulières.

Elle agita une frite devant lui.

— C'est sûrement la raison pour laquelle je les aime tant.

— Ma mère ne savait pas où j'habitais.

Elle passa une mèche de cheveux derrière son oreille.

— Je pensais avoir atterri au paradis.

— Que s'est-il passé après ces quatre ans ?

— Howard Briggs - le père - a été transféré dans un bureau à San Francisco. Ils voulaient que je vienne avec eux. Ils ont proposé de m'adopter, mais ma mère n'a pas voulu que je quitte l'État.

Elle haussa les épaules comme si cela ne l'avait pas tuée un millier de fois d'être retirée du seul foyer sûr qu'elle avait connu étant enfant.

— Les Briggs étaient fantastiques et ont fait tout ce qu'ils pouvaient pour me garder avec eux, mais… ça n'a pas marché.

Il prit une gorgée de bière et laissa planer le silence.

— Quand ils ont déménagé, j'avais presque treize ans, ce

qui n'est pas un bon âge pour les filles.

Elle grimaça.

— Je me comportais comme une peste. J'ai été trimballée d'un foyer d'accueil à un autre. J'ai eu des problèmes quelques fois, surtout pour m'intégrer aux autres enfants. J'ai essayé l'herbe et l'ecstasy, mais je n'ai pas aimé. Je n'aimais pas les enfants qui en prenaient. Je n'ai pas essayé le sexe, Dieu merci.

C'était il y a longtemps, mais ça lui faisait du bien de mettre tous ses problèmes sur la table.

— J'avais presque huit ans quand on m'a retirée du domicile de ma mère, mais je me souviens de l'avoir vue avoir des relations sexuelles avec différents hommes. Je pense qu'elle se prostituait pour avoir de l'argent pour l'alcool et la meth.

Elle leva les yeux pour voir s'il était choqué, mais son expression ne lui apprit pas grand-chose. Il avait sûrement déjà vu ou entendu tout ça. Sa famille n'avait rien de spécial. Elle haussa les épaules.

— Cindy savait à quel point la drogue avait perturbé ma mère. Elle avait peut-être déjà testé, mais elle était farouchement opposée à la prise de drogues qui aurait entraîné la destruction de son brillant cerveau.

— Même après avoir perdu toute sa famille ?

Pip hocha la tête.

— Son travail était trop important pour elle.

Ils se turent pendant quelques secondes, avant que Pip ne poursuive.

— J'ai eu des professeurs et des conseillers extraordinaires au lycée et ils m'ont aidée. J'ai obtenu une bourse et j'ai été admise à la FSU. C'est là que j'ai rencontré Cindy et sa famille. Ils m'ont sauvée.

Il posa la main sur la sienne et la serra.

— Qu'est-il arrivé à ta mère ?

Sa main était agréable sur la sienne. Chaude et forte. Le contact de ses lèvres sur sa bouche avait été encore meilleur.

Elle détourna le regard, espérant qu'il ne pouvait pas voir où ses pensées avaient dérivé. Elle préférait penser au baiser échangé avec Hunt plutôt que de parler de sa mère.

— Elle est morte quand j'avais 17 ans.

— Tu l'as revue avant ça ?

Les tripes de Pip se serrèrent à ce souvenir. Elle était déjà passée par là. Ce n'était pas de sa faute. C'était simplement ce qu'elle ressentait parfois.

— Oui.

Sa voix était rocailleuse à présent. Cela se produisait quand elle devenait émotive.

— Quelques jours avant sa mort.

Elle passa ses doigts dans ses cheveux.

— Elle voulait que je revienne vivre avec elle quand j'aurais 18 ans pour qu'on puisse essayer de renouer.

Sa mère l'avait suppliée. Pip n'aimait pas se souvenir de cette conversation. Les cris et la manipulation émotionnelle. Pip avait été assez forte pour dire non, mais une partie d'elle s'était toujours demandé si les choses auraient été différentes si elle avait donné une autre chance à sa mère.

— J'ai refusé.

Elle prit une dernière gorgée de bière.

— Les flics l'ont trouvée morte dans son appartement quelques jours plus tard. Crise cardiaque. Les années d'abus d'alcool n'ont pas aidé. Je m'en suis longtemps voulu, jusqu'à ce que Cindy me convainque que ma mère avait fait ses propres choix. Elle souffrait d'une maladie qu'elle n'avait pas pu contrôler. Ce n'était pas à moi de la sauver.

Sa mère était morte depuis longtemps à ses yeux, et pourtant, il y avait toujours une partie d'elle qui se disait que si elle pouvait revenir dix ans en arrière, elle saurait peut-être mieux gérer la situation. Elle aurait pu la sauver.

Elle écarta son assiette encore à moitié pleine. Elle était repue. Hunt avait tout mangé quant à lui et fixait l'assiette de Pip en finissant sa bière.

Il ouvrit son portefeuille et sortit suffisamment de billets pour régler les deux repas.

Elle fouilla dans sa poche pour trouver son portefeuille.

— C'est pour moi, dit-il.

Elle ouvrit la bouche pour s'y opposer.

— Vraiment, Pip. Range ton argent.

Elle le laissa faire parce que ça ne valait pas le coup de se battre.

— Je n'aime pas la charité.

— Tu pourras payer la prochaine fois.

C'était un commentaire en l'air, un réflexe de sa part.

— Il y aura donc une prochaine fois ?

L'espoir et la vulnérabilité perçaient dans sa voix, même si elle essayait de les déguiser. Mais elle avait besoin de savoir ce qu'il y avait entre eux.

Il la regarda et quelque chose changea dans ses yeux. Ils étaient doux et chauds.

— Qu'est-ce que tu en penses ?

Il lui prit la main et l'attira doucement de son siège vers la porte. Une fois sur le trottoir, il se tourna vers elle et écarta ses cheveux sur le côté. Puis il pencha la tête et l'embrassa à nouveau. Une vague de chaleur la submergea. Relevée et torride. Vivante. Elle s'accrocha à ses avant-bras tandis qu'il inclinait le menton et approfondissait le baiser.

Sa langue toucha la sienne, elle gémit et le sentit sourire contre ses lèvres. Elle joignit sa langue à la sienne. Il avait un goût de bière, de sel et de mâle alpha sexy. Ses doigts tracèrent les contours de son torse sous le coton chaud de son t-shirt. Le parfum de sa veste en cuir mélangé à l'odeur musquée de sa peau manqua de faire céder ses genoux.

Il se retira, tenant toujours son visage. Avant qu'elle ne puisse penser ou parler, il l'embrassa à nouveau et un frisson de désir la parcourut. Elle enroula ses doigts dans son t-shirt et le serra plus fort contre elle.

Quand ils se séparèrent, ils respiraient tous deux très fort.

— Viens.

Il lui prit la main et marcha le long du trottoir, jusqu'au coin de la rue où se trouvaient leurs véhicules. Il ouvrit sa portière et la poussa sur le siège, ses mains s'attardant sur ses hanches d'une manière qui suggérait qu'il ne voulait pas les lâcher.

— Rentre à la maison avec moi, dit-il d'une voix rauque.

Une vague de désir l'envahit, transformant les pensées de Pip en une masse confuse. Elle avait envie de lui, mais elle avait toujours été nulle pour le sexe sans attaches. Mais bon sang, elle avait failli mourir aujourd'hui et c'était une chose à laquelle elle pensait depuis qu'il était venu dans sa chambre ce matin-là. Et c'était avant qu'il ne se jette sur elle pour la sauver des balles.

Ils n'étaient en vie que grâce à une bonne dose de chance.

Vis un peu.

La voix de Cindy dans sa tête la mettait au défi.

Elle la hantait clairement à présent.

Ses yeux étaient assombris par les ombres de la nuit.

— J'aimerais te montrer quelque chose.

Elle renifla.

Il sourit et prit sa main, ses doigts évacuant la tension de ses articulations.

— Ça aussi, mais si tu n'es pas intéressée ou si tu changes d'avis à un moment donné, je m'assurerai que tu rentres chez toi en toute sécurité. Il y a autre chose que j'aimerais te montrer. Quelque chose d'important.

Elle n'était pas du genre à faire confiance facilement, mais qu'avait-elle à perdre ? Ce serait un moyen d'oublier la tristesse de ces derniers jours. Contrairement aux drogues ou à l'alcool, le sexe avec Hunt Kincaid ne détruirait pas son esprit ou son corps, bien que cela puisse endommager son cœur.

Mais si elle savait que c'était temporaire, elle pourrait protéger son cœur. Il constituerait une distraction. Pas une addiction.

Elle le voulait. Elle avait envie de lui.

— D'accord.

Il embrassa le bout de ses doigts, puis monta dans son pick-up et la laissa le suivre à travers la ville et dans la périphérie, au nord du centre-ville.

Il s'arrêta dans l'allée de sa petite maison de ville à Ansley Park. Elle se gara près du trottoir.

Elle éteignit le moteur et les bruits de la nuit résonnèrent autour d'elle. Des voitures au loin. Des gens qui promenaient leur chien. Des rires. Il sortit et s'approcha de l'endroit où elle était assise et le regardait. L'admirant.

Elle serra le volant, exaspérée par elle-même.

Il n'était pas trop tard. Elle pouvait toujours partir.

Il ouvrit la portière et lui tendit la main, attendant qu'elle choisisse de sortir du SUV ou de s'en aller.

Lorsqu'elle prit sa main et se tourna vers lui, il la souleva et la déposa très délicatement sur le sol devant lui. Ses mains restèrent en place et elle tendit la main pour attirer sa bouche vers la sienne, désirant ce feu, cette brûlure de désir parce qu'elle ne voulait pas changer d'avis. Elle voulait oublier toutes les mauvaises choses qui s'étaient passées. Elle le voulait, *lui*.

Il l'attira contre lui, la souleva et ferma la porte dans un grand claquement. Il la porta jusqu'à sa maison, sans jamais rompre le baiser, et elle se sentit dévorée, consumée par le désir.

Il la déposa avec précaution sur le perron et déverrouilla sa porte. Il lui prit la main lorsqu'ils entrèrent et Pip frissonna.

Elle était vraiment en train de le faire.

Les rideaux étaient ouverts et une douce lumière bleue éclairait un salon bien rangé. Des meubles sombres et masculins. Une télévision de la taille de la Mongolie extérieure sur le mur voisin.

— Qu'est-ce que tu voulais me montrer ? demanda-t-elle en souriant.

Il secoua la tête.

— Pas maintenant. Plus tard.

Elle l'embrassa à nouveau. Il ferma la porte avec son pied et elle passa ses doigts autour de sous sa taille, ôtant son t-shirt de son jean, trouvant une peau lisse et chaude sous le coton doux.

Les muscles de Hunt se contractèrent à son contact. Elle aimait la façon dont il tremblait lorsqu'elle passait ses mains sur des abdominaux durs, puis faisait courir ses ongles doucement dans le sillon de sa colonne vertébrale.

Il gémit et dégagea sa chemise de son jean. Ses doigts habiles saisirent le dessous de son sein tandis que son pouce effleurait la dentelle rugueuse, taquinant son téton sensible.

Elle haleta lorsqu'il fit rouler entre ses doigts un téton perlé. Tout son corps frissonna et elle s'agrippa à ses hanches. Il passa sa main dans son dos et détacha son soutien-gorge d'un geste qui dénotait une grande pratique.

Elle le regarda avec méfiance.

— Doucement.

— Ne m'en veux pas.

Il couvrit de baisers sa gorge exposée tandis que son attention se reportait sur ses seins à présent libérés.

— J'essaie d'être bon dans tout ce que je fais.

— Perfectionniste.

— Je donne tout ce que j'ai.

Il rit et elle sentit le léger frottement de sa barbe sur la peau douce de sa joue.

Son cœur décrivit un petit bond.

— Je suppose que je ne vais pas tarder à le découvrir ?

Il se cabra.

— Tu es sûre ?

Il semblait incertain tout d'un coup.

Elle aimait ça. Elle aimait qu'ils partagent la même incertitude. C'était du sexe et elle avait appris il y a longtemps que sexe et intimité n'étaient pas nécessairement la même chose.

Elle ôta la veste de Hunt de ses épaules et il la laissa tomber sur le sol.

— Attends.

Il verrouilla la porte, puis ôta son étui et rangea son arme dans un tiroir d'un meuble près de l'entrée. Il revint, la pressant contre le mur en l'embrassant.

Elle souleva son t-shirt et il le passa par le col et le jeta plus loin. Elle se mordit la lèvre et passa ses mains sur ses muscles recouverts de satin. Il avait des pectoraux bien définis et un ventre qui semblait ridiculement lisse et dur.

— Ça se voit que tu fais du sport. Beaucoup. C'est un truc typique du FBI ?

— Je m'entraîne.

Son sourire avait un niveau d'assurance qui aurait dû être irritant, mais même une aveugle aurait apprécié le corps de Hunt Kincaid. Surtout une aveugle. Elle ferma les yeux et fit glisser ses paumes de ses clavicules jusqu'à son jean, passant les doigts juste sous la ceinture, où sa peau était duveteuse et délicate.

Elle voulait lui demander pourquoi il s'entraînait, mais ce n'étaient pas ses affaires. Elle ouvrit les yeux à temps pour voir ses narines s'agiter.

— Je cours, je ne suis pas accro à la salle. J'ai quelques formes.

Elle ne comptait pas s'excuser.

— J'aime les formes. Les hommes aiment les courbes.

Il haussa les sourcils quand elle fit la grimace.

— Tu n'as pas vu que tous les gars du restaurant regardaient ton cul comme s'ils s'imaginaient avoir les mains sur toi ?

— Beurk.

Elle rit.

— Non. Je n'ai pas vu ça, Dieu merci. Je pense que c'est dans ta tête.

Son cœur battait la chamade sous l'effet du désir.

— C'est pour ça que tu m'as fait venir ? Parce que tu pensais que d'autres hommes me désiraient ?

Il les tourna de façon à ce que son dos soit appuyé contre le mur.

— Tout ce que je sais, c'est que je te désire depuis que je

t'ai vue te faire malmener par Pete Dexter dans le hall de son entreprise. Crois-moi, ce n'était pas agréable.

Elle lui donna un petit coup dans le bras. Ses yeux la mettaient au défi de nier la connexion qu'ils ressentaient tous les deux, mais qu'ils ignoraient. Elle avait été trop écorchée, trop brisée émotionnellement, pour penser au sexe. Il avait été trop professionnel.

— Cindy m'aurait dit de foncer avec toi. Surtout après la mise en garde de l'agent Fuller.

Il sourit.

— Fuller m'a dit la même chose.

— Je suppose que nous aimons tous les deux enfreindre les règles, dans ce cas.

Mais elle n'était pas comme ça. Vraiment pas. Elle se pencha en avant et déposa un baiser sur son cœur. Puis elle poursuivit avec sa poitrine, léchant un téton brun plat tandis que ses mains ancraient ses hanches aux siennes.

Leurs yeux se croisèrent lorsqu'elle leva la tête vers lui. Il ôta le t-shirt de Pip et le jeta par terre. Elle enleva son soutien-gorge et le laissa tomber. Son regard se posa sur ses seins nus et passa de la chaleur à la flamme en un battement de cœur.

Il prit un de ses seins dans sa main et passa son pouce sur son mamelon sombre.

— J'aime tes formes.

Elle crut que ses genoux allaient lâcher.

— Tu es magnifique.

La lumière de la lune sculptait sa mâchoire solide et ses larges épaules. Il était ridiculement beau.

Elle sursauta quand il la prit dans ses bras et la porta le long du couloir. Il entra dans sa chambre et la déposa délicatement sur le lit, s'allongeant à côté d'elle. Il se pencha sur elle et prit son sein dans sa bouche, passant sa main libre sur sa taille et remontant, se concentrant sur son autre téton. Elle attrapa les draps sombres et ferma les yeux devant cette sensation.

La succion de sa bouche et le pincement de ses doigts firent descendre une vague de plaisir jusqu'à son intimité. Elle gémit. Ce qu'il lui faisait était meilleur que tout ce qu'elle avait connu auparavant.

Elle passa ses doigts dans ses cheveux, sur son crâne, sur ses épaules tandis que sa tête basculait en arrière, submergée par le plaisir. Puis les mains de Hunt descendirent et le bruit de la fermeture éclair de Pip qu'il abaissait fut suivi par le glissement de sa main dans sa culotte.

Il s'empara à nouveau de ses lèvres tandis qu'il plongeait un doigt à l'intérieur.

Oh mon Dieu.

Elle tirait fort sur ses cheveux, mais il n'avait pas l'air de s'en plaindre. Elle sentit son rire contre sa bouche avant qu'il ne revienne à ses seins et ne recommence le supplice. Son corps tremblait de sensations. Elle était écrasée de désir. Le doigt de Hunt maintenait un rythme insistant en elle et les orteils de Pip se recroquevillèrent lorsque les dents de Hunt vinrent grignoter sa peau. Son cœur se mit à battre de plus en plus fort contre ses côtes, à tel point qu'il devait sentir ses vibrations contre sa bouche. Il ne s'arrêta pas pour autant. Et elle grimpait de plus en plus haut. Ses talons s'enfoncèrent dans le matelas et son corps se tordit, ses hanches décrivant des cercles, écartant les cuisses. Elle en voulait plus, toujours plus. La chaleur de son excitation à lui se pressait contre sa cuisse, mais il ne la laissait pas le toucher. Ses mains parcouraient son dos et ses fesses, mais chaque fois qu'elle essayait de toucher sa tige rigide, il se dérobait.

Elle grogna de frustration.

— Je te veux, Hunt Kincaid.

— Bientôt.

Il pressa sa paume contre son pubis et se concentra sur ce bouton de chair qui se gonflait sous son contact et elle aspira l'air entre ses dents, incapable d'expirer, puis se mit à se contracter autour de ses doigts alors qu'elle basculait par-dessus cette corniche de plaisir, sanglotant son nom dans l'obscurité.

CHAPITRE VINGT-DEUX

HUNT PENSAIT N'AVOIR jamais vu plus beau spectacle que Pip West jouissant dans son lit. Et ils avaient à peine commencé. Il descendit vers le bas du lit pour lui retirer son jean.

— On se lève, ordonna-t-il et elle obéit en soulevant les hanches.

Le jean glissa et tout ce qui resta fut un morceau de soie cramoisie et beaucoup de peau douce et parfaite avec un carré d'encre alléchant au-dessus de sa hanche gauche.

— Tu as un tatouage.

NON DESISTAS

NON EXIERIS

— N'abandonne jamais. Ne te rends jamais, traduisit-elle.
Sa voix était grave. Il espérait que c'était l'effet du plaisir.
— J'avais compris.
Il lui adressa un sourire, se pencha en avant et fit lentement glisser son doigt sur les lettres sombres, qui correspondaient parfaitement à sa personnalité. Il reporta son attention sur la fine bande de soie qui courait sur la peau délicate de sa hanche. Il s'en souvenait depuis le jour où il avait fouillé ses affaires. Cette femme s'y connaissait en lingerie, ça c'était sûr. Elle se souleva sur ses coudes et il resta à la fixer.

Elle était si féminine et jolie, mais si forte et déterminée. Ses cheveux étaient ébouriffés et ses mamelons étaient assortis à ses lèvres, tout roses et luisants de sa bouche. Elle avait le genre de corps plantureux dont ses mains, sa bouche et ses yeux pourraient se régaler pendant des heures sans jamais se lasser.

Et malgré toute cette délectable beauté nue exposée, c'étaient ses yeux qui l'attiraient le plus. Le sentiment de fierté féroce qui y brillait, non pas à cause de son apparence, mais à cause de son courage. Cela entrait en conflit avec l'incertitude qui agitait également leurs profondeurs. La solitude.

Cette vulnérabilité lui donnait envie de faire tomber ses propres murs émotionnels, mais ce n'était que du sexe. Destiné à satisfaire le besoin de la posséder, l'obsession qui commençait à perturber autant son cerveau que son corps.

Il s'agenouilla entre ses jambes, écartant ses cuisses alors qu'il se déplaçait sur le lit, puis changea d'avis sur la suite. Elle était comme un festin pour un homme affamé et il ne savait pas par où commencer.

Il se pencha et goûta son nombril, appréciant la façon dont elle soupirait et haletait dès qu'il la touchait. Il passa la langue sur les lignes noires de son tatouage. Elles avaient un goût sucré.

Lorsqu'elle retomba sur le matelas, il en profita pour descendre plus bas, plongeant entre ses jambes et écartant sa culotte. Il faillit perdre la tête quand son odeur lui parvint. Il écarta davantage ses cuisses parce qu'il voulait la goûter.

Ses gémissements redevinrent désespérés – il n'avait jamais entendu un son plus sexy que les gémissements inconscients de Pip West. Il remonta le long de son corps, appréciant la forme et le goût de chaque centimètre au passage.

— Pourquoi portes-tu toujours ton pantalon ? demanda-t-elle à voix basse alors qu'il s'installait entre ses cuisses.

— Parce que je veux tenir plus de cinq secondes.

La courbe de son sourire et ses yeux rieurs apparurent au clair de lune.

— Est-ce que c'est un problème fréquent ? demanda-t-il.

Sa voix le rendait dingue. Profonde, grave, séduisante.

— Pas en général, lui dit-il en toute sincérité. Je souffre d'anxiété de performance.

Elle rit et il la sentit trembler sous son corps.

Avant ce soir-là, il n'aurait jamais imaginé avoir cette femme dans ses bras. À présent, c'était tout ce à quoi il pouvait penser. Il n'aurait pas dû, mais il ne semblait pas pouvoir s'arrêter. Ils avaient tous deux failli mourir aujourd'hui et il ressentait vraiment le besoin de célébrer le fait qu'il était en vie et en pleine forme. Il se sentait comme un animal. Sauvage et un brin hors de contrôle.

L'avoir dans ses bras le mettait à l'épreuve. Il était dingue de son corps tendre et voulait que ce soit aussi bon pour elle que possible. Elle méritait mieux que la façon dont il l'avait traitée durant la semaine – non pas qu'il ait eu le choix.

Son patron l'avait qualifiée de dangereuse et l'avait prévenu de ne pas s'impliquer, mais il avait peur que Hunt laisse échapper quelque chose sur l'enquête BLACKCLOUD, il n'avait pas de souci avec Pip elle-même.

C'était insultant pour eux deux.

— Tu as un préservatif ? lui demanda-t-elle, essoufflée.

— Ne bouge pas.

Il l'embrassa et alla chercher une nouvelle boîte dans le meuble de la salle de bain. Il en sortit plusieurs du paquet et la rejoignit. Elle avait bougé – dommage – et était à présent appuyée contre les oreillers, toujours nue sur son lit.

— Tu es magnifique.

Le lui avait-il déjà dit ?

Son sourire ne semblait pas convaincu.

— Tu l'es.

— Mais bien sûr.

Elle se moquait de lui.

Il s'assit à côté d'elle et jeta les préservatifs sur la table de chevet. Il allait devoir la convaincre, encore une fois, jusqu'à ce qu'elle le croie.

Il s'allongea sur le lit à côté d'elle. Sa main se posa sur sa poitrine.

— J'aime particulièrement ce passage.

Il remonta sa main en disant cela et inclina le menton pour pouvoir capturer son rire et l'avaler tout entier. Elle avait un goût sulfureux et épicé.

Elle prit le contrôle du baiser et il grogna en la laissant faire. Malgré toute sa ténacité et son cran, Pip West avait une sensibilité qu'il ne voulait pas écraser en faisant quelque chose de stupide.

Et il était tout à fait capable de faire quelque chose de stupide quand il était question d'une femme.

Il ne cherchait pas de relations, mais son cerveau se rebellait à l'idée de prononcer ces mots à haute voix. Mais il fallait qu'il dise quelque chose. Il n'était pas fait pour mener les gens en bateau.

— Qu'est-ce que tu attends, Hunt ? Une invitation écrite ? Baise-moi.

Elle défit le bouton pression de son jean et baissa prudemment la fermeture éclair, glissant ses mains à l'intérieur. Il la sentit gémir d'appréciation, mais même s'il aimait la sensation de ses mains sur lui, il prit sa main et l'enfonça dans l'oreiller à côté de sa tête. Puis il prit son autre main et la plaça sur le côté opposé de sa tête.

Elle le regarda d'un air mutin.

Bon sang.

Puis il embrassa sa bouche, et son cou où il trouva un point sensible sous son oreille. Elle gloussa et il la taquina sans ménagement avant de revenir à ses seins, qui étaient d'une sensibilité exquise au toucher et qui la faisaient se tordre de douleur sous son emprise. Il lâcha une main et étala la sienne sur son ventre. Elle était si petite. Tellement plus petite que lui. Il ne voulait pas lui faire mal.

Il passa ses mains sur ses courbes et sur ses hanches, le long de ses cuisses. Elle n'était pas maigre, mais elle était tonique, musclée et en forme. Il aimait le léger hâle de sa peau. Ses cheveux soyeux. Ses yeux sombres qui regardaient, fascinés, ses mains caresser son corps.

Il plongea à nouveau ses doigts dans cette culotte rouge à froufrous et constata qu'elle était humide. Elle entrouvrit les lèvres dans un souffle et il ne put attendre plus longtemps. Il fit glisser la lingerie le long de ses jambes, enleva son pantalon et attrapa un préservatif, s'installant entre ses cuisses. Ils étaient nez à nez lorsqu'il commença à glisser en elle, ne quittant pas ses yeux du regard. Ses chevilles passèrent par-dessus ses hanches et ses ongles s'enfoncèrent dans son dos lorsqu'il la pénétra pour la première fois.

Ils se figèrent tous deux, s'habituant à cette nouvelle sensation, cette invasion primitive. Lentement, il sentit la résistance de ses muscles diminuer et sa respiration ralentir.

Il appuya son front contre le sien. Ils étaient tous les deux en sueur et ses cheveux collaient à sa joue.

— Tout va bien ?

Il pouvait voir son incertitude et son insécurité dans les lignes autour de ses yeux et dans le mouvement descendant de sa bouche.

— Ça fait un moment, admit-elle.

Il se demandait depuis combien de temps elle ne l'avait pas fait, mais ne voulait pas parler d'anciens amants. Pour l'heure, ils étaient ensemble. Il fit de lents va-et-vient, et elle haleta.

— C'est tellement bon.

Il serra les dents pour s'empêcher de grogner.

Les ongles de Pip s'enfoncèrent un peu plus fort.

— Je confirme.

Il recommença à bouger, essayant d'effectuer des mouvements doux et réguliers. C'était si bon. Il l'embrassa et elle se détendit de plus en plus. Il mit tout son poids sur un coude et déplaça les hanches de Pip pour s'enfoncer plus profondément en elle. Elle inclina son bassin et soudain il se retrouva tout au fond d'elle. Une fine couche de transpiration perlait sur ses épaules.

Il se frotta lentement à elle, souhaitant que ce moment dure toujours, espérant qu'elle apprécie l'instant autant que lui. Les talons de Pip s'enfoncèrent dans ses fesses, elle ferma les yeux et il vit son expression se transformer en une parodie de douleur alors qu'elle se perdait dans un autre orgasme. Mais la sensation de son corps serré autour de lui fit sauter un fusible en lui. Il était incapable de penser. Il se dirigeait vers la libération alors même que Pip continuait à se serrer et à jouir autour de lui. Il n'avait jamais ressenti ça de toute sa putain de vie. Le sang bouillonnant, le cœur battant à tout rompre, il fut également rattrapé par un orgasme frappant son corps avec la force d'une météorite. Lorsqu'il put à nouveau respirer, il la serra contre lui, sentant qu'elle répondait de la même manière, s'enroulant autour de chaque partie de son corps. Il la prit dans ses bras et la serra fort.

Leurs cœurs battaient à l'unisson et le souffle rauque de Pip frôlait son oreille.

Hunt ne savait pas exactement ce qui venait de se passer, mais il n'avait jamais connu d'ébats aussi passionnés.

C'était un désastre.

Il se redressa sur ses coudes pour la fixer, mais elle refusait de croiser son regard. Elle tournait la tête vers le côté. Elle s'éloignait. Il le sentait dans la tension de ses muscles alors qu'elle retirait ses jambes de ses hanches et essayait de bouger. Elle lui faisait ce qu'il faisait habituellement aux autres, non pas parce qu'il était un salaud, mais parce qu'il ne voulait pas risquer de tomber amoureux de quelqu'un. Il ne pouvait pas être là pour les protéger 24h/24 et 7 j/7 et il savait que le monde était dangereux. Peut-être que quand il serait dans l'équipe de libération d'otages, il se calmerait. Peut-être qu'alors il pourrait se débarrasser de sa peur de perdre les gens qu'il aimait.

Non pas qu'il aimait Pip.

Il fit taire la petite voix qui murmurait *pas encore.*

Il prit son visage entre ses mains et l'embrasa à nouveau, lentement, langoureusement.

Il fallut quelques secondes avant qu'elle ne commence à réagir et à se laisser aller à nouveau, et il entreprit de revisiter tous les endroits qu'il avait découverts auparavant, se familiarisant et se réhabituant à son corps. Il se débarrassa du préservatif, sans quitter le lit parce qu'il savait qu'à la minute où il la laisserait, elle commencerait à penser à toutes les raisons pour lesquelles elle ne devrait pas être ici avec lui – le fait que leurs carrières étaient incompatibles, qu'il n'y avait aucun espoir de relation durable, qu'elle pourrait être blessée.

Tout cela était vrai, mais ce soir-là, il en voulait plus. C'était égoïste et vorace, mais il était loin d'avoir assouvi son envie d'elle.

Elle le toucha, faisant courir ses mains sur sa peau sensible, le bout de ses doigts traçant les lignes de ses muscles, ses doigts s'enroulant autour de lui, le trouvant à nouveau dur. Elle s'occupa de lui avec sa main jusqu'à ce que le besoin d'être en elle devienne insoutenable.

Il prit un nouveau préservatif et l'enfila, se positionnant contre son intimité. Elle fit courir ses mains le long de son dos et le poussa à continuer, mais il s'arrêta, prenant son visage entre ses mains alors que les hanches de Pip s'inclinaient et qu'elle accueillait uniquement son extrémité en elle. C'était la torture et le paradis combinés, mais il avait quelque chose à lui dire d'abord. Même s'il ne voulait pas quelque chose à long terme, cela ne voulait pas dire que ce n'était pas important pour lui. Il ouvrit la bouche pour parler, mais elle plaça son doigt sur ses lèvres.

— Je ne veux pas de mots, Kincaid. Je ne veux pas de promesses ou de confessions qui pourraient ne rien vouloir dire demain. Baise-moi juste aussi fort et aussi longtemps que tu peux et fais-moi tout oublier sauf ça, sauf toi. Juste toi. Rien d'autre ne compte ce soir.

———

LA SONNERIE D'UN téléphone portable fit lentement émerger Pip d'un profond sommeil. Sa joue était pressée contre la peau lisse d'un homme. Elle fronça les sourcils, puis réalisa qu'elle était lovée contre le corps nu de Hunt, et qu'elle se levait et s'abaissait au rythme de sa respiration. Ses bras étaient enroulés autour d'elle, la tenant serrée dans son sommeil.

Elle ne reconnaissait pas la sonnerie, et elle savait que la plupart des agents du FBI avaient deux téléphones, un personnel et un professionnel. Sachant que l'appel pouvait être important étant donné la nature de son travail, elle se redressa, échappant à ses bras.

— Hunt, murmura-t-elle.

Elle aimait sentir son prénom sur sa langue.

— Ton téléphone sonne.

Il gémit en signe de dénégation, puis s'assit dans le lit, se frottant les yeux.

— Quelle heure est-il ?

Il était décoiffé et délicieusement nu. Il l'avait prise au mot et l'avait baisée sauvagement, mais aussi lentement et tendrement.

Elle se sentait à présent vide à l'intérieur.

— Quatre heures du matin, lui dit-elle doucement.

Elle n'avait pas eu l'intention de s'endormir, mais il s'était accroché à elle après la dernière fois et sa chaleur et le son de son cœur battant contre son oreille l'avaient bercée.

Il sortit du lit et elle le regarda en s'asseyant et en plaquant les draps contre sa poitrine. La cicatrice sur la jambe de Hunt entachait la perfection, mais elle avait toujours pensé que la perfection était ennuyeuse et qu'on devait s'en méfier. Il était beau, et certainement pas ennuyeux.

Elle n'avait jamais connu de tels ébats. Ce n'était pas seulement physique. Elle ne s'était jamais sentie adorée comme une déesse sur un piédestal – il lui avait bien dit qu'il était perfectionniste.

Mais elle n'était pas une déesse. Elle était juste une femme célibataire normale, qui luttait pour trouver sa place dans le monde.

Ils avaient passé une nuit parfaite et elle ne pensait pas que ça pourrait être mieux que ça. Elle n'était pas sûre de vouloir essayer. Elle n'allait certainement pas y voir plus qu'une bonne partie de jambes en l'air. Ce qui était exactement ce dont elle avait besoin pour oublier ses autres problèmes, comme le fait que sa meilleure amie était morte et que quelqu'un avait essayé de la tuer la veille.

Hunt passa la porte à la recherche de son téléphone, la vue arrière étant aussi alléchante que la vue avant. Elle passa rapidement aux toilettes, consciente de son odeur qui l'entourait. La douche l'appelait, mais elle devait partir.

Consciente de sa nudité, elle trouva une serviette pour se couvrir. Elle ouvrit la porte et vit qu'il avait déjà enfilé un pantalon et des chaussettes et qu'il glissait un bras dans la manche d'une chemise blanche propre.

— Je dois y aller, dit-il en boutonnant ton pantalon et en attachant une ceinture de cuir noir autour de sa taille.

La déception la traversa.

Tu es stupide.

Mais elle hocha la tête, balaya la pièce du regard et vit sa culotte sur le sol. Elle la ramassa.

— Je vais retourner à l'hôtel.

Hunt fronça les sourcils.

— Tu n'es pas obligée de partir. Reste pour la nuit.

Cette proposition lui fit l'effet de l'oxygène sur une braise. Mais elle ne pouvait pas se permettre de s'attacher.

Elle connaissait les hommes comme Hunt. Beaux et ambitieux. Ne cherchant rien au-delà du court terme. Il ne resterait pas longtemps dans le coin et elle ne voulait pas avoir le cœur brisé en tombant amoureuse de cet homme. Pas maintenant.

Elle se dégagea.

— Non. Je vais rentrer. J'ai beaucoup à faire.

— Arrête.

Son ton étant tranchant.

Elle releva la tête.

— Arrêter quoi ?

Il marcha vers elle, la forçant à reculer jusqu'à ce qu'elle se heurte à la fenêtre, le verre glacial contre sa chair nue.

— Arrête de fuir.

Il lui tapota doucement le front.

— Ici.

Puis il pressa sa main contre son cœur.

— Et ici.

Sa gorge se gonfla d'une surcharge familière d'émotions.

— Je ne m'enfuis pas, mentit-elle. Je ne veux simplement pas en faire tout un plat.

Il pencha la tête, l'air incrédule.

— Sérieusement ? La nuit dernière n'était pas assez mémorable à ton goût ?

— Ce n'était que du sexe.

Il grogna.

S'accrochant à la serviette, elle se glissa sous son bras.

— On vient de se rencontrer. Dans des circonstances terribles, ajouta-t-elle quand il émit un autre bruit de frustration.

Il fait passer son holster d'épaule par-dessus ses bras. Tout en lui était hypnotisant et elle ne voulait pas être victime de son charme. Même s'ils tombaient amoureux – ce qui aurait été digne d'un conte de fées ridicule – le travail de Hunt était dangereux. L'idée qu'il puisse mourir et la laisser seule, comme tous les autres, n'était pas quelque chose qu'elle pouvait envisager.

C'était impossible.

Elle se força à récupérer ses vêtements et à s'habiller, plutôt que de le regarder avec des yeux émerveillés. Elle enfila son jean et son t-shirt, abandonnant la recherche de son soutien-gorge et de son autre chaussette. Elle était en train de lacer ses baskets quand il entra dans le salon. Il avait la mine d'un agent qui s'était envoyé en l'air, avait bien dormi et s'était apprêté.

Il sourit et ses ovaires devinrent fous.

Elle passa une main dans ses cheveux sauvages et décida que le monde n'était vraiment pas juste. Il la piégea avant qu'elle ne comprenne ce qui se passait et l'embrassa à nouveau, dans un baiser passionné, comme s'ils avaient le temps pour un autre round. Il la maintint contre le mur jusqu'à ce qu'elle fonde. Il n'y avait pas d'autre mot pour le dire, ses os se dissolvaient lorsque sa bouche explorait la sienne.

Oh, mon Dieu. Il lui arracha cette réaction sans effort, le désir s'enflammant comme un feu d'artifice dans son sang. Il recula aussi vite, sa main toujours logée de façon possessive dans ses cheveux, tenant doucement sa nuque.

— Je te raccompagne jusqu'à l'hôtel.

Elle secoua la tête, mit ses mains contre le coton frais et propre de sa chemise et le repoussa.

— Tu vas être en retard.

— Quelqu'un a essayé de te tuer hier, Pip. Je veux m'assurer que tu reviennes saine et sauve.

Était-ce la raison pour laquelle il l'avait amenée là ? Pour la protéger ? Elle regarda fixement ses yeux bleus, avec ses cercles dorés ombragés et atténués.

— Je n'ai pas besoin que tu t'occupes de moi, Kincaid.

Il la relâcha et enfila sa veste de costume.

— Je n'ai pas le temps d'en discuter.

Il y avait une urgence dans sa voix, une fermeté qui lui fit comprendre qu'il ne changerait pas d'avis.

— Très bien.

Elle n'avait pas l'énergie pour une dispute, pas après la nuit qu'ils avaient partagée, surtout en sachant que ce serait sûrement la seule fois.

Ils quittèrent la maison, il mit son alarme et ferma la porte à clé. La matinée était calme lorsque Pip monta dans le SUV de Cindy et démarra. Il la suivit jusqu'à l'hôtel et alluma ses phares quand elle tourna dans le parking des voituriers. Elle resta fixer la Buick tandis qu'il se dirigeait vers le bureau, conduisant plus vite maintenant qu'il avait rempli sa mission : s'assurer qu'elle rentre chez elle en toute sécurité après une nuit dans son lit.

Elle soupira. Son corps était rassasié.

— Tiens-t'en au plan, West, se dit-elle fermement.

Offrir à Cindy les meilleures funérailles possibles et découvrir avec qui son amie avait couché. Pip était convaincu que la dernière personne que Cindy avait vue était celle qui lui avait fourni la drogue. Pip finirait par tirer les choses au clair. Elle devait juste continuer à poser les bonnes questions.

CHAPITRE VINGT-TROIS

HUNT COURAIT DANS les escaliers menant au bureau du SAC. Pip avait raison. Il était en retard. Mais il devait la ramener saine et sauve à l'hôtel. Il ne savait pas vraiment dans quoi il s'était embarqué. Depuis qu'il s'était cassé la jambe l'année précédente, le sexe lui laissait généralement un vague sentiment d'insatisfaction, mais il ne l'aurait jamais admis. Le sexe avait perdu son attrait.

Mais pas avec Pip la nuit précédente.

Il avait eu beaucoup de relations à court terme, mais ça ne ressemblait pas à ça. Peut-être parce que, même de manière indirecte, elle était liée à son travail et qu'il en savait plus sur qui elle était sous pression que n'importe quelle autre amante qu'il ait jamais eue.

Ils avaient été en parfaite symbiose pendant des heures, chacun sachant ce que l'autre voulait, chacun donnant du plaisir à l'autre avant de satisfaire ses propres désirs et besoins. Ou peut-être que c'était une erreur, une réaction à leur expérience de mort imminente de la veille. Mais il n'y avait aucune chance de relation pour eux. Non seulement elle était de la kryptonite pour sa carrière, mais elle s'attirait constamment des ennuis.

Il avait des sueurs froides rien qu'à l'idée d'essayer de la protéger. Il l'étoufferait et elle le détesterait pour ça.

Le bureau était sombre, avec des poches d'activité dans certains des box gris. Au dernier étage, la secrétaire de Bourne, assise derrière son bureau, lui dit d'entrer directement.

McKenzie était à l'écran. Ils le regardèrent tous tandis qu'il fermait la porte et se jetait sur le siège vide.

— Ils nous ont envoyé un message vidéo, déclara McKenzie. Montrez-lui.

Bourne tourna un ordinateur portable vers lui. Il y avait un fichier vidéo et Hunt appuya sur Lecture.

Une silhouette portant un sweat à capuche avec la capuche rabattue sur son visage était assise dans l'ombre. Il était impossible de distinguer ses traits.

La silhouette commença à parler.

— Le FBI recherche les créateurs du prochain grand fléau.

La voix était déguisée électroniquement, et avait un côté sinistre et maléfique.

Hunt pinça les lèvres. C'était un vieux truc et il ne se laisserait pas avoir par des outils de propagande bon marché.

— Vous ne nous trouverez pas. Nous sommes de la fumée. Nous sommes des ombres.

Les mots se répercutèrent comme une menace.

— Nous sommes partout et nulle part. Arrêtez de chercher et nous serons miséricordieux. Nous arrêterons le fléau avant qu'il ne s'étende.

La silhouette se pencha en avant bien que les ombres soient trop sombres pour distinguer ses traits. Le mur derrière était fait de parpaings gris foncé.

— Si vous n'arrêtez pas votre enquête, nous libérerons la maladie à New York et Miami, San Francisco et Houston. Dans toutes les grandes villes des États-Unis. Ce sera aussi meurtrier que les grandes plaies d'Égypte. La mort sera rapide.

La mort sera atroce. La mort sera une miséricorde. Des millions de vies seront perdues et l'air sera souillé pour un millier d'années.

Le corps de Hunt était envahi par le dégoût.

— Pour prouver que nous disons la vérité, nous avons organisé une démonstration.

La silhouette encapuchonnée leva son poignet comme pour vérifier sa montre, mais il n'y avait rien.

— C'est parti.

La silhouette parut sourire, couche après couche d'ombre noire.

— Cessez vos investigations. Ce sera notre seul et unique avertissement. Ou nous en relâcherons davantage, et bientôt. Des millions de personnes mourront.

La vidéo devint vierge et Hunt resta assis, le cœur battant.

— Des signalements de maladie ? demanda Hunt.

McKenzie secoua la tête.

— On l'a reçue il y a une heure. J'ai envoyé des copies pour une analyse d'image et une analyse linguistique et j'ai fait appel à des cyberexperts pour tenter de retrouver l'origine du film et le lieu où il a été filmé. Nous avons des agents qui se précipitent dans tous les aéroports avec toutes les machines de test rapide de terrain que nous pouvons utiliser pour l'anthrax. Rien encore.

— Donc vous pensez à un avion de ligne plutôt qu'à un missile ? demanda Hunt.

McKenzie acquiesça.

— Aucun signalement de missile tiré. L'armée est en alerte rouge.

— Merci mon Dieu, ajouta Bourne.

Hunt poussa un juron.

— Ils essaient de nous faire chanter.

McKenzie acquiesça.

— Une source de renseignement étrangère nous a envoyé hier soir des informations sur les empreintes digitales provenant, selon eux, de l'emballage utilisé pour envoyer l'arme biologique au marchand d'armes en France. Les empreintes appartiennent à un manutentionnaire de l'aéroport d'Atlanta. Je veux qu'une équipe s'intéresse à lui, mais il est probable qu'il ait simplement traité le paquet dans le cadre de son travail.

— C'est un énorme centre de transport, acquiesça le SAC Bourne.

— Mais c'est une piste qui réduit une fois de plus notre champ d'action à votre coin. Je viens de parler au Dr Place du CDC. Ils essaient de produire le vaccin en masse, mais, comme il l'a dit hier, la procédure prend du temps. Ils vont effectuer des tests aujourd'hui pour voir s'il est efficace ou non contre la souche d'anthrax militarisée que ces salauds ont essayé de vendre aux terroristes.

Hunt pensa au travail de Cindy Resnick. Le professeur semblait convaincu qu'il fonctionnerait sur n'importe quelle souche. Jez Place avait-il déjà consulté la thèse de Cindy Resnick ? Sa découverte était-elle véritablement exceptionnelle ou était-elle exagérée ?

— Ces criminels ont entendu parler de notre enquête. Ça veut dire que c'est quelqu'un à qui on a parlé ? demanda Hunt.

McKenzie secoua la tête.

— Difficile de savoir. Il y a une semaine, le FBI a ruiné leur petite vente d'armes. Ils ont peut-être fait la vidéo à ce moment-là. Ils doivent savoir que nous enquêtons. Ou peut-être que nous nous rapprochons et qu'ils cherchent à gagner du temps.

— Pourquoi gagner du temps ? demanda Hunt. Pour produire plus de leur anthrax mortel ? Pourquoi ne pas simplement quitter le pays et emporter leurs secrets avec eux ? S'installer ailleurs ?

— S'ils s'enfuient, ils risquent de révéler leur identité, dit Frazer qui apparut soudain à l'écran, l'air essoufflé. Pas seulement à nous, mais aussi aux acheteurs d'armes biologiques. Ce ne sont pas des personnes agréables à avoir à vos trousses.

— Et la dernière chose que nous voulons, c'est que les Russes ou les Iraniens mettent la main sur ce truc ou ses créateurs, murmura Hunt.

— Ils ont leurs propres souches, mais je parie qu'ils seraient intéressés par un vaccin dont les vendeurs affirment qu'il est efficace même contre la forme la plus agressive de la bactérie, médita McKenzie à voix haute. Un vaccin qui pourrait neutraliser toutes leurs armes biologiques.

Hunt n'arrêtait pas de penser à Cindy Resnick. Sa découverte était-elle vraiment aussi révolutionnaire que l'affirmait le professeur Everson ? Était-elle liée à BLACKCLOUD, ou était-ce une découverte parallèle basée sur la même technologie progressive ?

— Vous pensez donc que ces suspects restent aux États-Unis parce qu'ils sont trop lâches pour aller ailleurs ? demanda Bourne.

C'était tordu.

— Ils ne s'attendaient pas à ce que le FBI leur tombe dessus si vite. Ils s'attendaient à rouler dans les cryptomonnaies à l'heure qu'il est, nageant dans les bulles de champagne. Le fait que nous ayons arrêté cette vente est un miracle, déclara

Frazer. Peut-être qu'ils n'ont tout simplement pas l'argent pour s'enfuir.

La mention du champagne rappela également Cindy à Hunt.

— Il me semble que celui qui fait cela pense sincèrement qu'il peut s'en sortir, ajouta McKenzie.

— Ils pensent qu'ils sont plus intelligents que nous, fit Hunt, agacé. Du nouveau du côté des communications ?

— Nous avons réussi à exclure des centaines de personnes de l'enquête, mais les suspects ont pris soin de brouiller les pistes. Mais ils viennent de commettre une grave erreur. Ils nous ont donné beaucoup de nouveaux indices à suivre en réalisant cette vidéo, déclara McKenzie.

— Ou ils veulent nous ralentir. Est-ce qu'ils bluffent avec cette démonstration ? demanda Hunt.

Personne ne répondit. Ce n'était pas comme si le FBI allait arrêter d'enquêter sur un crime de cette nature. Ils avaient déjà été assez discrets, pour tout le monde sauf pour ceux qui savaient qu'ils en avaient après eux.

McKenzie répondit à un appel de son côté, puis regarda l'écran.

— Un copilote vient de s'effondrer entre Atlanta et Phoenix. Nous faisons détourner l'avion vers une base militaire dans l'Utah où nous pourrons les isoler et vérifier s'ils sont infectés par l'anthrax. Je dois aller m'en occuper.

— Est-ce qu'on se retire de cette enquête ? demanda Bourne.

— Non, monsieur. Mettez tous les agents disponibles sur cette affaire. Les choses évoluent à une vitesse vertigineuse et je pense qu'Atlanta est le point zéro. Kincaid sera l'agent responsable de l'affaire.

Même si c'était un réel honneur, cela aurait interféré avec son projet de rejoindre l'équipe de libération d'otages.

— Je suis flatté monsieur – et c'était une opportunité en or, de celles qui changeaient une carrière –, mais j'ai un très bon feeling avec certaines personnes. Je pense que je suis plus utile sur le terrain.

Il réalisa alors que c'était vrai. Il serait plus utile pour titiller un peu plus les scientifiques avec lesquels il avait établi une relation que pour coordonner une enquête qui allait représenter un travail à plein temps pour les années à venir.

McKenzie marqua une pause pour le considérer attentivement.

— J'ai parlé au directeur avant de vous parler. C'est la priorité numéro un du Bureau à partir d'aujourd'hui et nous voulons que la plupart des agents du bureau d'Atlanta travaillent sur cette affaire, mais pas un mot ne doit filtrer à quiconque, et surtout pas à la presse.

Hunt ignora le regard que son SAC lui jeta. Il n'avait pas l'intention de parler à Pip de l'arme biologique. Ce n'était pas pertinent pour leur relation. Et le fait qu'il y pense comme une relation l'effrayait au plus haut point.

— Nous allons trouver une histoire à raconter aux autres passagers. La base aérienne de l'Utah est suffisamment éloignée pour qu'ils puissent croire qu'il n'y a pas de couverture lorsqu'ils verront que leurs portables ne fonctionnent pas. Si ce truc agit aussi vite que ces connards le prétendent, nous saurons si c'est lié à BLACKCLOUD avant la fin de la journée. Espérons que le CDC pourra produire le vaccin en masse à temps pour éviter une épidémie.

Leur expression à tous devint sinistre.

— On fait le point dans deux heures.

McKenzie et Frazer coupèrent la connexion.

Bourne passa son doigt à l'intérieur de son col.

— Nous allons nous installer dans la salle des opérations. Je veux que les stores soient baissés et un black-out total des médias. Pourquoi ne voulez-vous pas le poste, Kincaid ?

Hunt affronta le regard de l'homme.

— Pour la raison que j'ai énoncée.

Il s'éclaircit la gorge.

— Et aussi parce que je prévois de postuler à l'équipe de libération d'otages. Je ne veux pas perturber ou ralentir cette enquête si elle est toujours en cours.

Bourne hocha la tête, pensif.

— Je ne veux pas avoir à m'occuper de ça jusqu'au jour de ma retraite. Je veux que ces personnes soient retrouvées et que cette affaire soit classée.

Le plus tôt serait le mieux.

— Je vais confier cette tâche à l'ASAC Levi. Appelons-le et mettons-le au courant, ordonna Bourne.

Hunt acquiesça et se dirigea vers la porte en demandant à la secrétaire d'appeler l'homme. Levi était un homme petit, optimiste, avec des cheveux gris poivre et sel. Il était également brillant et s'était fait les dents sur des affaires de mafia sous couverture au sein du bureau régional de New York.

Un million de pensées tourbillonnaient dans l'esprit de Hunt. Il ne pouvait se défaire de l'idée que quelque chose avait poussé le producteur d'anthrax à envoyer cette vidéo. Hunt lui avait-il parlé ? L'avait-il effrayé ? Était-il en train de gagner du temps ou pensait-il vraiment ce qu'il avait dit à propos du FBI qui se retirait ?

Le criminel devait savoir que le FBI ne reculerait jamais face à une telle menace pour la sécurité publique. Un peu comme Pip et son enquête sur la mort de son amie.

Et merde.

Il espérait qu'elle allait bien. Il espérait que ce qui s'était passé entre eux la veille au soir ne l'avait pas fait paniquer. Il espérait qu'elle prenait des précautions pour assurer sa sécurité. Il irait la voir plus tard, mais des vies étaient en danger et il ne pouvait pas renoncer à son devoir de les protéger juste parce que la femme qu'il commençait à aimer était sur la défensive. L'ironie de la chose était stupéfiante. D'habitude, c'était lui qui fuyait toute forme d'engagement, mais la nuit qu'ils avaient passée n'avait rien de comparable à ce qu'il avait connu. Ce n'avait pas seulement été des ébats époustouflants. Il pourrait être difficile de l'amener à s'engager dans autre chose qu'un coup d'un soir. Elle était glissante et évasive. Pourtant, il était bon dans ce qu'il faisait, et il était déterminé. Pip West avait fait irruption dans sa vie et il voulait apprendre à mieux la connaître, même si les chances d'un avenir ensemble étaient minces.

Il voulait aussi davantage de sexe époustouflant, il devait bien l'admettre. Il était peut-être un agent du FBI, mais il était aussi un homme, qui voulait Pip de toutes les manières possibles. Mais elle avait sûrement besoin d'un peu de temps et d'espace au lieu de la pression d'un intérêt amoureux trop vif.

Ne sois pas ce type, *Kincaid.*

Et il avait un travail à faire. Un travail très important. Trente minutes plus tard, l'ASAC Levi fit irruption dans la pièce et Hunt le briefa. Le regard d'horreur qui se dessina sur le visage de Levi reflétait le sentiment général.

Le suspect était intelligent et désespéré, et ne se souciait pas de qui il sacrifiait, tant qu'il ne se faisait pas prendre. L'attraper avant que quelqu'un ne meure allait nécessiter un miracle.

———————

À NEUF HEURES du matin, Pip frappa à la porte du conseiller de Cindy à Blake. Elle lui avait envoyé plusieurs e-mails et l'avait appelé à plusieurs reprises ces deux derniers jours, mais il n'avait pas répondu.

Après avoir quitté la maison de Hunt, elle était retournée dans sa chambre d'hôtel, s'était douchée et avait essayé d'oublier le bien-être qu'elle avait ressenti dans ses bras.

Qu'est-ce qui n'allait pas chez elle ? Elle avait couché avec un type qu'elle avait rencontré autour du cadavre de son amie. *Qui ferait ça ?*

Le son désagréable dans sa tête ressemblait à celui de Cindy émettant un bruit de dérision.

Qu'est-ce que tu faisais, Cindy ? Qui voyais-tu ? Pourquoi a-t-il fallu que tu meures ?

Elle frappa à nouveau à la porte et s'apprêtait à se partir quand elle vit une autre professeure avancer dans le couloir vers elle.

— Le professeur Everson a pris quelques jours de congé. Vous devriez avoir l'adresse e-mail de votre enseignant...

— Je ne suis pas une étudiante, le coupa Pip. Je suis une amie de Cindy Resnick.

Pip avait déjà rencontré cette femme après les funérailles de la famille de Cindy, mais ne se souvenait pas de son nom.

Le regard de la professeure s'éclaira. Elle portait une boîte en polystyrène sous un bras.

— Ah, je me souviens de vous maintenant. Désolée, je ne suis vraiment pas douée avec les visages. Je suis vraiment désolée pour Cindy et Sally-Anne.

Elle posa la boîte en équilibre sur une hanche et déverrouilla une porte portant le nom de « Prof. K. Spalding. Cheffe du département » avant d'entrer.

Pip resta devant la porte ouverte.

Spalding posa la boîte blanche sur les papiers et s'assit derrière son bureau.

— Je fais face à de nombreux cauchemars administratifs causés par la mort de Cindy et Sally-Anne et j'essaie de m'assurer que personne d'autre ne fasse de bêtises.

Pip tressaillit.

Spalding la regardait d'un œil critique.

— C'est une tragédie. Nous sommes tous sous le choc.

Sans blague. Pip insista.

— J'espérais demander au professeur d'être l'un des porteurs de cercueil et éventuellement de faire une lecture lors de la cérémonie, mais il ne répond pas à mes e-mails ou à mes messages.

— Je peux lui envoyer un e-mail, mais je ne peux pas vous donner son numéro.

— J'ai son numéro, avoua Pip.

Elle avait pris le carnet d'adresses de Cindy dans la maison.

— Il ne répond pas au téléphone.

— Je suis désolée, dit Spalding, ses yeux s'adoucissant. Quand a lieu l'enterrement ?

— Dimanche. À 14 heures à St. David.

Pip croisa les bras sur sa poitrine.

— C'est un peu précipité, mais c'est l'église que fréquentaient les parents de Cindy et c'est le seul créneau disponible la semaine prochaine et, eh bien…

Elle avait arrangé presque tout le reste. Le certificat de décès avait été signé. Le cercueil choisi. Adrian Lightfoot s'était occupé de la plupart des formalités administratives. La concession funéraire familiale était assez grande pour inclure Cindy, et Pip n'avait donc pas eu à s'inquiéter de cela non plus. Elle connaissait les fleurs préférées de Cindy – des roses, pas des lys – et elle avait choisi sa dernière tenue – un pantalon noir et un chemisier bleu à manches longues qui était le favori de Cindy. La musique serait *Adagio for Strings* de Samuel Barber que Cindy avait choisi pour les funérailles de ses parents, et *Yesterday* des Beatles parce que Cindy les adorait.

Adrian avait réservé un traiteur pour une veillée qui aurait lieu après la cérémonie dans la maison des Resnick. Pip voulait que Cindy retrouve sa famille le plus rapidement possible, afin de pouvoir décider de la suite, et faire le deuil de son amie. Elle posa sa main sur sa poitrine, espérant déplacer le poids du chagrin, mais il était coincé comme une lésion après une crise cardiaque.

L'organisation des funérailles avait semblé un peu trop facile. La mort aurait dû être plus difficile que ça, surtout quand elle vous arrachait les entrailles par la bouche.

Faire passer le mot et retrouver le conseiller de Cindy avaient été les seuls hics, si on omettait le fait qu'on lui avait tiré dessus la veille. Plus elle y pensait, plus elle se disait que cela avait sûrement quelque chose à voir avec son travail de journaliste plutôt qu'avec ses questions sur les personnes avec qui Cindy avait pu coucher. Elle ne doutait pas que l'agent Fuller la préviendrait quand le FBI attraperait le tireur. Cette femme était trop arrogante pour ne pas fanfaronner.

— Je peux promettre de transmettre l'information, mais le professeur Everson n'est pas plus susceptible de décrocher son téléphone pour moi que pour vous quand il est à son chalet. Trevor aime disparaître parfois.

Spalding sourit, non sans compassion.

— Ce n'est pas grave.

Pip ne comptait pas le lui dire, mais elle savait où se trouvait le chalet d'Everson. Elle était dans la voiture quand Cindy avait dû déposer un chapitre de sa thèse à Noël. Pip irait y faire un tour pour voir si elle pouvait parler au type.

Elle s'éclaircit la gorge.

— J'ai demandé à certains de ses amis s'ils voulaient porter le cercueil. Et la secrétaire de l'école a dit qu'elle posterait un avis pour que tout le monde soit au courant de la cérémonie.

Les funérailles de Sally-Anne avaient été prévues pour le mercredi de la semaine suivante.

Spalding fronça les sourcils.

— Peut-être que certaines des personnes qui travaillaient ici voudront aussi présenter leurs respects. Je vais envoyer un e-mail à mes connaissances pour faire passer le mot. Je suis désolée que vous deviez affronter ça. C'est une telle tragédie…

Le téléphone de Spalding sonna, elle le regarda et soupira.

— Le FBI.

Un petit sourire effleura ses lèvres.

— J'ai parlé à un très bel agent lundi matin. Le seul point positif d'une semaine difficile.

Pip fronça les sourcils.

— Lundi *matin* ?

Spalding hocha la tête distraitement.

— Le coordinateur ADM du Bureau. Il était là quand j'ai appris pour Cindy, en fait. J'imagine qu'il veut finir sa visite du reste de l'installation et parler aux autres chercheurs.

Hunt. Ça devait être Hunt. Le cœur de Pip eut un petit

bond d'excitation. Coordinateur ADM. *Voilà* pourquoi il avait été appelé pour enquêter sur la mort de Cindy.

Spalding les regarda, elle et la boîte qu'elle portait, visiblement désireuse de poursuivre sa journée. Pip ne s'attarda pas.

— Merci pour votre aide. N'hésitez pas à transmettre la date des funérailles à toutes les personnes intéressées.

— Je suis désolée pour Cindy. Je l'aimais bien. Elle était sur le point de faire de grandes choses dans le monde et maintenant tout ce potentiel était gâché. Peut-être qu'on pourra lui décerner son doctorat à titre posthume.

Spalding pinça les lèvres et secoua la tête.

— C'est vraiment dommage.

Pip lui dit au revoir.

À l'entrée du bâtiment, elle s'arrêta. Le temps était couvert et pluvieux, et elle était épuisée. Sûrement parce qu'elle avait passé la nuit à faire l'amour avec cet agent du FBI très sexy que tout le monde admirait.

Hunt Kincaid.

Elle repassa son nom dans sa tête. C'était un bon nom. Fort. Sans prétention. Qui allait droit au but. Ça lui convenait. Elle se demandait comment l'agent du FBI en question se sentait aujourd'hui. Et ce qu'il voulait à Karen Spalding.

Elle frissonna. La nuit précédente, il semblait qu'ils avaient une connexion émotionnelle, mais souvent, à la lumière du jour, les hommes semblaient capables de couper cette connexion par négligence ou par ignorance. Cette fois, il semblait que c'était elle qui avait agi ainsi. Le fait qu'il lui ait dit de ne pas fuir ce qu'il y avait entre eux avait fait fondre sa résistance. Et ce n'était pas bon.

Regrettait-il ce qui s'était passé avec le recul ? Elle ne pourrait pas lui en vouloir.

Elle ne devrait sûrement jamais plus le revoir. Ils ne sortaient pas ensemble. Ils avaient juste pris du bon temps après une journée totalement merdique. L'agent Fuller lui avait clairement fait comprendre qu'elle devait l'éviter, pour son bien autant que pour le sien.

Au diable l'agent Fuller.

Elle composa son numéro de téléphone, déçue quand elle tomba sur la messagerie vocale. Il était sûrement encore en train de parler au professeur Spalding. Elle ne laissa pas de message vocal.

Elle prit une profonde inspiration et décida de rentrer à pied à son hôtel plutôt que de prendre un taxi. L'exercice lui ferait du bien et ensuite elle pourrait aller faire un tour au chalet du professeur.

— Mlle West. Pippa !

Elle regarda par-dessus son épaule, surprise. Adrian Lightfoot se précipitait vers elle. Il portait un costume sombre d'apparence coûteuse qui faisait briller ses cheveux blonds. C'était vraiment un très bel homme.

— Je dois parler à des gens ici à propos d'un brevet en cours sur le travail de Cindy. Voulez-vous vous joindre à moi ?

Les yeux de Pip étaient embués par la fatigue et elle dut réprimer un bâillement.

— Non, sauf si je dois le faire.

Il la prit dans ses bras et la poussa vers un café voisin.

— Cindy et vous, vous vous ressemblez beaucoup. Elle n'était pas du matin non plus.

— Vous la connaissiez depuis longtemps, réalisa-t-elle.

Il hocha la tête et lui serra les épaules avant de la lâcher.

— Nos familles étaient amies. Adolescent, j'étais souvent

traîné aux barbecues des Resnick. Je me souviens d'elle quand elle n'était qu'une petite fille. Ridiculement intelligente, même à un jeune âge. Mais moi, ce qui m'intéressait, c'était d'échapper aux parents et d'aller traîner avec mes potes.

Elle sourit et toucha son bras.

— J'espérais que vous pourriez lire quelques mots à l'enterrement.

Il eut l'air ahuri et secoua la tête.

— Ça ne me semble pas correct. Je suis sûr qu'il y a des gens qui la connaissaient mieux que moi.

Sa voix se brisa et il détourna le regard, presque embarrassé.

Pip commanda son café, quelque peu déconcertée par le fait d'avoir dépassé une frontière invisible entre avocat et cliente.

— Je comprends.

Mais elle ne comprenait pas.

— Vous pensez vraiment que je dois venir à cette réunion avec vous ?

Adrian haussa les épaules.

— Vous n'êtes pas obligée, mais... je me bats pour défendre les intérêts de Cindy, qui sont maintenant aussi les vôtres, alors j'ai pensé que vous voudriez être impliquée.

Dit comme ça, comment aurait-elle pu refuser ?

CHAPITRE VINGT-QUATRE

IL ÉTAIT PRESQUE midi. Hunt était assis dans le bureau du SAC, attendant que McKenzie et Frazer apparaissent à l'écran. Il avait enquêté sur Raz Perez, un employé de l'aéroport international Hartsfield-Jackson d'Atlanta. Le type avait travaillé comme manutentionnaire de colis pendant près de sept ans et était marié à une infirmière. Ils avaient deux jeunes enfants. Pas d'antécédents, pas de diplôme en microbiologie, pas d'affiliation connue à un groupe terroriste, pas d'activité Internet bizarre à part une propension à regarder des sitcoms vraiment mauvaises.

L'ASAC Levi était assis dans un coin du bureau de Bourne, la mine sombre. Il avait déjà des gens qui vérifiaient les mouvements du copilote la nuit précédente, sa maison, sa voiture, et qui rassemblaient autant d'informations que possible sur les autres passagers.

La plupart des agents du bureau avaient été retirés de leurs autres affaires à court terme pour travailler sur BLACK-CLOUD. Heureusement, l'opération concernant la criminalité en col blanc avait été bouclée en début de semaine et la plupart des preuves avaient déjà été recueillies et remises au bureau du procureur. Fuller avait reçu l'ordre de rester sur la fusillade parce qu'il s'agissait d'une agression contre un agent fédéral, mais elle était seule maintenant et furieuse de manquer une affaire aussi importante.

Ironiquement, vu que le gars avait mis en doute son professionnalisme, Will était aussi énervé que Hunt ne lui ait pas confié plus de détails sur BLACKCLOUD.

McKenzie avait parlé d'envoyer plus d'agents à Atlanta, peut-être même de venir lui-même et de baser le groupe de travail dans leur bureau. McKenzie était de plus en plus convaincu que les criminels se trouvaient dans cette partie du globe.

Hunt ne savait que penser. Il était inquiet à l'idée que les suspects puissent libérer des microbes mortels à Atlanta ou dans les environs, et gonflé à bloc parce qu'il avait la possibilité de faire la différence et de faire tomber ces connards.

Les écrans vidéo s'allumèrent et McKenzie ne perdit pas de temps.

— Nous n'avons relevé aucune trace d'anthrax dans cet avion commercial, mais le copilote vient de mourir. Le médecin militaire pense qu'il est mort de l'anthrax.

Hunt poussa un juron.

— Quelqu'un d'autre est malade ? demanda Frazer.

— Non, répondit McKenzie. Nous avons isolé les passagers dans une vieille cabane Quonset. Ils ne savent pas encore pour le copilote.

— Allons-nous leur parler de la menace de l'anthrax ?

McKenzie fit la grimace.

— Non. On leur a dit qu'un des pilotes avait un problème médical et qu'il a fallu effectuer un atterrissage d'urgence. Nous avons pu faire sortir l'homme de l'avion avec l'aide de l'autre pilote et d'un steward. Comme nous n'avons pas trouvé de contamination dans l'avion lui-même, il est prévu de demander des prélèvements de salive par précaution avant de faire remonter les passagers à bord et de les remettre en route.

— Espérons qu'ils seront suffisamment désolés pour le copilote pour ne pas causer trop de problèmes, déclara Bourne.

— Avons-nous des suspects clairs ? demanda l'ASAC Levi.

— Qu'est-il arrivé à cette piste de la carte magnétique utilisée à Blake pour accéder aux laboratoires deux ans après le départ de l'étudiant ? demanda Bourne.

Hunt fit la grimace.

— J'ai trouvé la carte magnétique de Pete Dexter dans le pare-soleil du SUV de Cindy Resnick. Ça conforte son histoire.

Le SAC lui lança un regard noir.

— Pip West a dit que Cindy Resnick avait accédé au labo pendant les vacances de Noël, mais je n'ai pas encore obtenu les dates exactes.

Le regard noir se transforma en un regard furieux.

— Elle vous a donné la permission de chercher la carte magnétique ?

— Je ne lui ai pas dit ce que je cherchais.

Hunt hésita.

— Pip West refuse de croire que son amie aurait été assez inconsciente pour prendre de la drogue. Elle pense que Cindy a été violée et qu'on l'a forcée à se droguer. Pip espérait que je pourrais trouver des preuves pour le confirmer.

Il ignora la culpabilité qu'il ressentait pour avoir menti à Pip sur ce qu'il cherchait. Il garda une expression neutre, conscient qu'il avait passé des heures la nuit précédente à apprendre à connaître Pip dans les moindres détails, strictement contre la volonté de son patron. Il avait du mal à regretter quoi que ce soit, sauf le fait que leur temps ensemble avait été écourté. Son travail était important pour lui. Il ne lui en voulait pas souvent.

— C'est intéressant.

Fronçant les sourcils, McKenzie fouilla rapidement dans une pile de papiers sur son bureau.

— Nous venons de recevoir les résultats du laboratoire de Mlle Resnick. Il y a quelques particularités…

— J'aimerais en être informé, dit Frazer avec impatience.

Il consulta sa montre.

— Le CDC a intérêt à avoir des résultats rapidement ou je prends un vol pour l'Europe aujourd'hui.

Ils attendaient les résultats de l'ADN de la souche anthrax. Tout le monde s'impatientait.

— Très bien, très bien, marmonna McKenzie en sortant un autre dossier. Alors. Il y a certaines choses qui ressortent. D'une part, il y avait une trace infime de Rohypnol dans une bouteille d'eau sur les lieux et une petite quantité de cocaïne dans la bouteille de champagne.

Hunt cligna des yeux. *Quoi…?* Pip avait-elle eu raison d'avoir des soupçons ?

McKenzie poursuivit la lecture.

— Aucun des profils ADN masculins trouvés sur la scène n'était dans le CODIS et les empreintes digitales n'étaient pas dans l'AFIS.

— Pourquoi y aurait-il eu un sédatif dans sa bouteille d'eau ou de la cocaïne dans l'alcool ? demanda Hunt.

— C'est possible qu'elle l'ait utilisé pour dormir ? Elle était très stressée, non ? suggéra le SAC.

Personne n'avait l'air convaincu.

— Quant à l'autre chose qui me dérange… Les fichiers de son ordinateur portable sont corrompus. Les techniciens essaient de restaurer les données, leur apprit McKenzie.

— Peut-être qu'elle a eu une panne de système et qu'elle n'avait pas de sauvegarde. Peut-être que le fait de perdre tout ce travail l'a décidée à en finir, déclara Bourne.

— Elle a envoyé le fichier à son imprimante, et je soupçonne qu'elle a une sauvegarde sur le cloud, d'une manière ou d'une autre, dit Hunt pensivement, mais il ne savait pas si quelqu'un avait vérifié.

— Ça n'explique pas vraiment le Rohypnol, fit remarquer Frazer.

— Donc vous pensez que la journaliste tient quelque chose ? demanda Bourne. Peut-être qu'elle est impliquée dans quelque chose dont elle ne nous a pas parlé ? Quelqu'un a essayé de la tuer hier. Peut-être qu'elle a vendu les recherches de son amie, peut-être qu'elles étaient dans le coup ensemble ?

Hunt se hérissa.

— Sauf que son alibi pour la mort de sa meilleure amie est solide. Et c'est elle qui a insisté sur le fait que la mort de son amie n'était pas accidentelle, malgré ce qu'on lui a dit.

Le SAC lui lança un regard qui le fit taire, mais Hunt était furieux. Le résultat final était que Pip ne pouvait pas gagner. La mort de Cindy était-elle un meurtre maquillé en overdose ?

Et pour Sally-Anne ? Le dealer de drogue ? Étaient-ils des dommages collatéraux ? Une diversion ?

Une *putain* de diversion, et aucune preuve.

On frappa à la porte et Jez Place fit irruption dans la pièce en essuyant la sueur de son front, l'air épuisé. Ses vêtements étaient les mêmes que la veille et ses cheveux étaient hérissés.

Il ferma la porte au nez de la secrétaire qui se tenait derrière lui.

— Cette pièce est-elle protégée des écoutes électroniques ?

Cela ne laissait rien augurer de bon.

Bourne hocha la tête.

Le professeur se jeta sur une chaise et ouvrit le dossier qui se trouvait devant lui.

— Nous avons trouvé la souche.

Il se tamponna le front avec un mouchoir en papier.

— Et ? demanda McKenzie avec impatience.

Le scientifique poussa un profond soupir.

— C'est l'une des nôtres.

Et merde.

Tout le monde se mit à parler en même temps.

— Comment ça, « une des nôtres » ? demanda McKenzie plus fort que les autres.

Frazer grogna :

— Si vous me dites que nous avons un programme d'armement gouvernemental, je vais…

Jez le coupa.

— Non, rien de tel, mais avant 1969 ? Clairement.

— Je croyais que ces souches avaient été détruites ? demanda Hunt prudemment.

— Les stocks l'ont été, acquiesça le Dr Place. La plupart des travaux réalisés à l'USAMRIID l'ont été en réaction aux travaux des nations hostiles dans le monde. Mais lorsque nous avons laissé tomber, nous ne nous sommes pas paralysés au passage. Je veux dire que nous avons arrêté de développer de nouvelles souches ou de meilleures souches, mais nous avons conservé certains stocks de référence que nous avions trouvés dans l'Allemagne nazie et au Japon après la Seconde Guerre mondiale.

L'homme regarda autour de lui.

— La souche mère de l'arme biologique découverte dans BLACKCLOUD s'appelle SAHCAM45. Elle a été isolée sur un chameau dans le Sahara en 1945, à la fin de la guerre. Elle ne ressemblait à aucune des variétés indigènes trouvées dans la région et les alliés pensaient que les nazis l'avaient testée et voulaient observer son effet dans la nature. Nous ne savions pas à quelle vitesse elle tuait, mais nous n'avons pas trouvé un seul chameau mort, nous en avons trouvé plus d'une centaine. Et pas seulement les chameaux, mais leurs propriétaires et les gardes nazis. Tous retrouvés morts. Suggérant qu'elle agissait si rapidement que tous ceux qui étaient en contact avec mouraient. Heureusement, nous avions attrapé un éminent scientifique nazi spécialiste des armes biologiques à proximité et il a été identifié. Des soldats de la Twelfth Air Force vêtus de combinaisons de protection sont entrés et ont pris des échantillons. Le scientifique a tenté d'empoisonner ses gardes et a été abattu avant que les Alliés puissent lui parler. Les échantillons ont été envoyés à l'USAMRIID et les corps ont été brûlés et leurs cendres enterrées. À l'USAMRIID, la souche a été améliorée pour en faire une arme biologique.

— Mon Dieu, dit l'ASAC Levi à voix basse.

— Ce n'est pas une histoire dont nous pouvons nous vanter, mais après la Seconde Guerre mondiale, tout le monde cherchait à trouver un équilibre des forces entre l'Est et l'Ouest. L'annihilation nucléaire aurait détruit la planète.

— Alors que la guerre bactériologique ne détruit que les créatures vivantes, dit sèchement Frazer.

— Je ne suis pas d'accord avec ce qui s'est passé, mais je pense que nous devons nous rappeler que l'époque était différente, déclara Jez. La boîte de Pandore était ouverte et nous ne pouvions pas nous contenter d'ignorer ce qui se passait ailleurs. Nous ne pouvons toujours pas le faire, sauf si nous voulons risquer d'être anéantis par des terroristes ou des

États hors-la-loi.

Avec le gaz sarin utilisé sur des civils en Syrie et les agents neurotoxiques utilisés pour des assassinats ciblés dans le monde entier, Hunt ne savait plus très bien ce qu'il était possible de faire. À part enfermer à jamais tous ceux qui utilisaient des armes de destruction massive et frapper durement les pays qui commençaient à diffuser cette merde.

— La souche améliorée spécifique d'où provient cet anthrax est la SAHCAM45-65. C'est un scientifique du gouvernement qui travaillait dessus pour tenter de mettre au point un vaccin pour s'en protéger. Il a passé toute sa vie à chercher quelque chose, mais ne l'a jamais trouvé. Il s'appelait Vernon Grossman et il est passé de Fort Detrick au CDC, où il a travaillé de 1967 à 1981. Il a pris sa retraite à l'âge de soixante-huit ans et est décédé en 2013. À ma connaissance, il n'a jamais trouvé de vaccin.

Place avait l'air grave.

— Je vais demander à mes hommes d'enquêter sur tout ce qu'il y a à savoir sur Vernon Grossman.

McKenzie passa une note à un agent dans la pièce.

— Le fait est, poursuivit le Dr Place, l'air enthousiaste, que la veuve de Grossman, Elsa, est toujours en vie. Elle a quatre-vingt-douze ans et vit à Decatur.

Hunt se leva de sa chaise et se dirigea vers la porte.

— Je viens avec vous, agent Kincaid, dit Jez. Il est possible qu'il ait conservé des échantillons chez lui et si c'est le cas, je pourrai évaluer la scène.

— Prenez Will Griffin avec vous, dit Bourne.

— Bien, monsieur, acquiesça Hunt. Envoyez-nous l'adresse.

Il était secrètement soulagé qu'ils s'éloignent de Pip en

tant que suspecte, même si elle ne lui pardonnerait peut-être pas d'avoir ignoré ses théories sur la mort de son amie. Il réalisa qu'il voulait vraiment voir ce que lui réservait cette histoire avec Pip. Il ne voulait pas que ses patrons s'en mêlent juste parce qu'aucun d'entre eux n'aimait les journalistes. Le Bureau exigeait déjà assez de lui.

Il consulta son portable. Un appel manqué de Pip, mais il n'avait pas le temps de la rappeler. Il n'avait pas l'intention de contourner les règles, mais il n'était pas prêt à l'abandonner.

Les mailles du filet se resserraient et il semblait de plus en plus probable que cette terrible arme biologique avait un lien quelconque avec Atlanta.

Ils descendirent.

— Prenons mon véhicule. Je garde les équipements de protection dans le coffre, lui dit Jez, courant en soufflant derrière eux.

Hunt hocha la tête.

— Je vais chercher mon matériel, un fusil et l'agent Griffin. On se retrouve devant.

Hunt se sépara de l'homme du CDC. Il avait besoin des munitions de son bureau.

Mandy Fuller essaya de l'arrêter en cours de route.

— Le garde devrait s'en sortir, lui dit-elle en pressant le pas pour rester à sa hauteur.

— Je sais.

Hunt avait appelé l'hôpital plus tôt.

— C'est une excellente nouvelle.

— J'ai retracé le véhicule, mais son propriétaire l'a déclaré volé…

— Mandy, je ne peux pas m'arrêter.

Il leva les mains en signe d'excuse, mais elle savait que

l'enquête était d'une importance capitale.

— Tu me raconteras dès que j'aurai le temps.

Fuller parut contrariée, mais il lui sourit avec détermination. Il avait l'impression qu'ils avaient fait un grand pas en avant. Il espérait juste que la veuve pourrait les aider à résoudre cette énigme et que Pip lui pardonnerait de ne pas l'avoir écoutée si la mort de Cindy était liée d'une manière ou d'une autre. Il espérait aussi qu'il ne finirait pas par arrêter une vieille dame en tant que terroriste.

CHAPITRE VINGT-CINQ

ILS SE GARÈRENT en face de la maison de plain-pied dont l'allée en pente était surplombée de grands érables à sucre. La veuve vivait au nord-est du centre-ville de Decatur dans une maison de style ancien qui donnait sur des bois et un grand cimetière. Au fond du jardin, à peine visible à travers les arbustes envahissants, se trouvait un bâtiment de la taille d'un garage avec une cheminée en métal dépassant du toit. Hunt sentit ses cheveux se dresser sur sa nuque.

— Vous pensez que c'est une cuisine d'été ou un laboratoire maison ? demanda Will à Jez.

Le scientifique fit la grimace.

— Vous ne ramenez pas de choses à la maison, n'est-ce pas ? demanda Hunt.

L'homme sourit.

— Jamais, mais ça vous dirait de venir dîner un de ces jours ?

— Pas dans cette vie.

Hunt secoua la tête. L'humour permettait de désamorcer la tension.

Hunt et Will enfilèrent tous deux leurs vestes d'intervention, afin d'être facilement identifiables comme agents du FBI lorsqu'ils se promèneraient dans le quartier avec des armes d'épaule.

Ils ne voulaient pas effrayer les gens.

Jez leur remit à chacun un appareil respiratoire et un masque. Ils prirent les masques, mais ne les mirent pas immédiatement. Il n'y avait pas de danger évident et identifiable.

Tout était calme dehors. Les enfants devaient être à l'école. La plupart des gens au travail.

— Il faut mettre en balance panique à grande échelle et risque personnel. Je pense que le masque est une précaution raisonnable. Je vais certainement porter le mien si je vais là-dedans.

Jez désigna la dépendance.

Formidable.

— Donnez-nous cinq minutes, puis rejoignez-nous, dit Hunt au scientifique.

Pour commencer, Hunt et Will frappèrent à la porte d'entrée, mais après deux minutes sans réponse, ils contournè-rent la maison de plain-pied et s'approchèrent d'une porte-moustiquaire à l'arrière de la propriété. Hunt appuya à nouveau sur la sonnette.

Un étrange bourdonnement emplissait l'air, comme si quelqu'un avait allumé un briquet sous un nid de guêpes.

— Tu entends ça ? demanda-t-il à Will.

Son collègue fronça les sourcils et secoua la tête.

Hunt appuya à nouveau sur la sonnette et écouta attenti-vement. Encore ce bourdonnement bizarre. Un frisson lui parcourut l'échine.

— J'ai un mauvais pressentiment.

L'autre agent hocha la tête.

— On peut attendre les renforts.

Hunt se sentait stupide.

— Pour une vieille dame ?

— Pour un groupe de bioterroristes qui peuvent ou non être dans le coin.

Hunt fit la grimace. Il actionna la poignée, mais elle était verrouillée. Il s'approcha de la fenêtre et pressa son nez contre la vitre. Son cœur se mit à marteler ses côtes.

— J'ai compris d'où vient ce bruit.

Will se rapprocha de lui.

— Des mouches ?

— Ouaip.

Ils fixèrent tous deux une ombre sur le sol. Quelque chose perturba la masse dense qui s'éleva en un épais nuage pour se stabiliser à nouveau après quelques instants.

Jez arriva timidement, portant le casque de protection et la petite boîte noire qui était un testeur rapide d'anthrax. Il fronça les sourcils quand il les vit. Il jeta un coup d'œil à l'intérieur de la maison et laissa échapper un chapelet de jurons colorés.

— On ne peut pas savoir de quoi elle est morte d'ici. Si c'est de l'anthrax, elle constituerait une parfaite bombe biologique pour quiconque entrerait et s'occuperait du corps. Même ces mouches doivent être enfermées et tuées avant que nous ne puissions entrer.

Une mouche frôla la joue de Hunt et il la chassa.

— Et merde.

Le microbiologiste vérifia son détecteur.

— Je ne mesure rien et c'est une *bonne* nouvelle.

Il décrocha son téléphone, appelant les équipes de décontamination de la HMRU et du CDC.

— Pourquoi j'ai l'impression que quelqu'un fait le ménage ? dit Hunt à Will d'un ton crispé.

— Tu ne penses pas que la veuve ait pu être dans le coup ?

Hunt secoua la tête. Il doutait qu'une femme de 92 ans veuille tuer des centaines de milliers de personnes avec l'anthrax de son mari. Mais peut-être estimait-elle que c'était un scandale que personne ne connaisse son nom, ou qu'elle voulait qu'il reste dans l'histoire. Ça n'avait pas de sens pour lui, mais il ne pouvait écarter aucune piste pour l'heure. Il s'éloigna encore un peu de la maison, convaincu qu'il pouvait sentir l'odeur de la décomposition de dehors. Ils ne pouvaient rien faire pour la veuve – en supposant que ce soit la veuve de Grossman –, mais ils devaient vérifier la dépendance.

Hunt appela McKenzie et le mit au courant pendant qu'il attendait que Jez termine ses préparatifs.

— Nous allons avoir besoin d'une équipe complète de décontamination. Le Dr Place vient d'appeler la HMRU et le CDC.

— Causes naturelles ou meurtre ?

— Impossible à dire. Jez a dit qu'elle pouvait véhiculer la maladie donc nous ne sommes pas entrés dans le bâtiment principal.

Son estomac se retourna, mais il l'ignora. Rejoindre l'équipe de libération d'otages semblait une perspective de plus en plus réjouissante.

— Nous sommes sur le point d'entrer dans un garage aménagé qui pourrait être le laboratoire du vieil homme.

— Tenez-moi au courant.

McKenzie raccrocha.

Jez les rattrapa alors qu'ils s'approchaient de la dépendance dans le jardin. Ils s'équipèrent tous de l'appareil respiratoire couvrant leurs yeux, leur bouche et leur nez. Jez leur tendit des gants.

— Mais ne touchez à rien, ordonna le scientifique.

Hunt et Will hochèrent la tête. Ils n'étaient pas stupides. Jez passa devant, tourna la poignée de la porte et la trouva déverrouillée. Il leva la main et attendit quelques secondes, regardant l'écran de son équipement.

Puis il leur fit signe d'avancer. Il n'y avait vraisemblablement pas d'anthrax.

Hunt et Will le suivirent à l'intérieur d'une pièce qui ressemblait à un laboratoire rudimentaire avec un poêle au bout de la pièce, sûrement pour se chauffer.

Un grand congélateur était posé contre un mur. Jez le toucha et vérifia le fil.

— Quelqu'un l'a éteint.

Il ouvrit la porte avec précaution et Hunt s'attendait à trouver de la poudre ou de vieilles fioles, mais il n'y avait rien à l'intérieur, à part une odeur persistante d'eau de Javel.

Jez vérifia l'écran de son capteur et secoua la tête.

— Il a été nettoyé.

— Maintenant je sais pourquoi ils vous ont donné un doctorat, plaisanta Hunt.

— Personne ne m'a rien donné du tout, dit Jez entre ses dents serrées. Et là, je regrette de ne pas m'être arrêté en fac de bio.

Ils se répartirent dans la pièce, Jez se dirigeant vers la hotte d'aspiration adossée au mur ouest, Will vers le bureau. Hunt s'avança vers un mur voisin couvert de photographies et de certificats encadrés. Il utilisa son portable pour faire des copies et les envoya à Hernandez au SIOC.

Hunt longea le mur et arriva enfin devant une photo de groupe sûrement prise dans les années 70 à en juger aux vêtements. Un grand type à l'extrémité du groupe attira son attention, le poing serré fermement planté sur une taille maigre. Hunt prit une photo, puis appela les deux autres.

Jez regarda de plus près.

— Ce n'est pas… ?

— Le professeur Trevor Everson.

Et soudain, Hunt fut forcé de s'interroger sur la mort de Cindy Resnick et sur toutes les choses qui ne collaient pas. Le professeur avait-il tué Cindy et Sally-Anne ? Avait-il piégé le dealer pour détourner l'enquête ? Tué la veuve ? Tous les indices pointaient fermement dans sa direction.

Quelle que soit la vérité, Hunt espérait que Pip était en sécurité dans sa chambre d'hôtel, car les choses commençaient à mal tourner. Elle pourrait toujours lui botter le cul plus tard, il voulait juste qu'elle soit à l'abri.

PIP ROULAIT LENTEMENT sur une route pavée au sud de Cartersville qui longeait l'Etowah, à environ vingt minutes du cottage de Cindy. Le chalet du professeur était l'une des quatre ou cinq cabanes situées à l'écart de la route, près d'une ferme et de quelques écuries, cachées par de grandes parcelles feuillues et bordées au nord par la rivière. Les propriétés étaient plus rurales et moins développées que bon nombre de lotissements environnants qui avaient poussé comme des clones au cours des vingt dernières années.

Elle crut reconnaître la boîte aux lettres au bout de l'allée et s'arrêta à côté. Elle sortit du taxi et vérifia le nom sur une revue qui dépassait.

Nature. Et elle était adressée à Trevor Everson. Elle était au bon endroit.

Elle frissonna légèrement sous la brise de l'après-midi et enfila sa veste en cuir par-dessus son t-shirt. Le ciel était couvert, la température avait fraîchi pendant la nuit. Il avait plu par intermittence. Le temps reflétait son humeur.

Hunt ne l'avait pas rappelée et elle se sentait ridicule d'en souffrir. Il travaillait. Il faisait des choses importantes pour son pays. Il s'efforçait de mettre des criminels en prison. Et ils ne s'étaient fait aucune promesse. Il l'avait accusée de s'enfuir, mais ça ne voulait pas dire qu'il voulait un avenir avec elle.

Qu'est-ce que ça pouvait bien faire ? Hunt Kincaid n'était pas son grand amour et elle ferait mieux de l'éviter.

Alors pourquoi l'idée de ne plus le revoir lui faisait-elle si mal ?

Elle se demanda pendant un moment si elle devait conduire jusqu'au chalet ou simplement marcher. Mais elle pouvait voir le bâtiment à une centaine de mètres à travers les arbres et il lui sembla paresseux de prendre la voiture, et un peu présomptueux. Elle sortit le courrier du professeur de la boîte aux lettres, décidant de lui épargner le déplacement, espérant que cette petite attention atténuerait la gêne qu'il pourrait ressentir en la voyant débarquer sans y être invitée.

Elle commença à descendre l'allée, le gravier crissant sous ses baskets.

La réunion qu'elle avait eue avec le service de propriété intellectuelle de l'université et Adrian Lightfoot lui avait ouvert les yeux. Il semblait que Cindy était sur le point de révolutionner la recherche sur les vaccins, même si Pip ne savait pas encore exactement comment. Il faudrait quelques années avant que le brevet ne rapporte de l'argent. S'il y en avait suffisamment, Pip pensait créer une bourse de recherche au nom de Cindy. Le professeur pourrait envisager d'y ajouter son nom, afin d'immortaliser leur réussite.

Un couple de geais bleus bondit dans les arbres au-dessus de sa tête et la fit sourire. Pip repéra deux véhicules devant la petite maison. Une hybride argentée, et un pick-up gris et sale.

Elle se dirigea vers la porte de derrière, le courrier à la main, et frappa.

Elle crut entendre des voix à l'intérieur. Elle frappa donc à nouveau, plus fort cette fois. Les voix se turent brusquement et elle entendit des pas, puis le silence, bien qu'elle ne puisse voir personne. Personne n'aimait être traqué, surtout quand on essayait de s'échapper. Mais l'enterrement n'était que dans quelques jours. Il ne voudrait certainement pas manquer ça ?

Elle pinça les lèvres, luttant contre un mal de tête grandissant.

— Professeur ? Professeur Everson. C'est Pip West, l'amie de Cindy. Je voulais vous dire que j'ai organisé les funérailles pour dimanche prochain.

Elle éleva la voix pour se faire entendre à travers l'épaisse porte en bois.

— J'espérais que vous pourriez…

Le gravier crissa derrière elle et elle se retourna. Quelque chose de lourd vint la cueillir à la tempe, et une explosion de douleur lui transperça le crâne. Le monde vira au noir et elle s'effondra par terre.

CHAPITRE VINGT-SIX

Ils filaient sur l'autoroute, à dix minutes du chalet d'Everson quand le portable de Hunt sonna. Libby Hernandez. Deux autres équipes avaient été mobilisées depuis le bureau du FBI d'Atlanta, dont l'équipe du SWAT, mais Hunt, Will et Jez avaient vingt-cinq minutes d'avance sur eux. Jez Place avait le pied au plancher.

— Trois suppositions sur le dernier chercheur postdoctoral ayant travaillé pour Vernon Grossman ? demanda Hernandez sans préambule.

— Je ne joue plus aux devinettes, Libby, lui dit Hunt.

La démangeaison entre ses omoplates devenait une véritable réaction allergique.

— Everson.

— Everson était un postdoc de Grossman, dit Hunt aux autres.

— Ils n'ont pas publié d'articles ensemble, donc je n'en avais aucune idée, s'exclama Jez. Mais cela a du sens étant donné que leurs sujets d'expertise se chevauchent.

— Pouvez-vous tracer son portable et voir où il est ? demanda Hunt à l'analyste. J'ai parlé à sa cheffe de service et je l'ai convaincue de me donner l'adresse du chalet, mais je ne sais pas s'il y est.

D'autres équipes se mobilisaient pour faire une descente

dans sa résidence d'Atlanta.

— Donnez-moi cinq minutes, lui dit Hernandez.

— Nous devons l'interroger dès que possible. Et il nous faut une équipe du CDC à Blake, pour passer son laboratoire au peigne fin.

— Et sûrement une autre équipe ici, ajouta Jez. Juste au cas où.

Bon sang. Les scènes de crime potentielles étaient infinies et ils devaient aller lentement jusqu'à ce que chaque scène ait été nettoyée.

Juste au moment où ils tournaient sur la route à moins de deux kilomètres du chalet d'Everson, Hernandez le rappela.

— On ne peut pas tracer son téléphone portable. Il semble être dans une sorte de zone morte. Vous ne serez peut-être plus joignables là-bas.

Hunt poussa un soupir de frustration. Cela pourrait être une énorme perte de temps, mais ils ne le sauraient pas avant d'avoir frappé à la porte.

— Merci quand même.

Il raccrocha et leva les yeux. Il eut l'impression qu'on lui avait versé un seau d'eau glacée sur la tête.

— Droit devant.

Il désigna le SUV rouge garé à côté des boîtes aux lettres.

— C'est le véhicule de Pip West.

— Une idée de ce qu'elle fait là ? demanda Will.

Hunt serra les poings.

— Elle cherche des réponses sur la mort de son amie.

Will s'agita sur le siège derrière lui.

— On dirait qu'elle les a trouvés, à moins qu'elle ne soit impliquée…

— Elle n'est pas impliquée, dit Hunt.

— Tu en es sûr ?

— À cent pour cent.

Et il aurait l'air d'un imbécile s'il avait tort. Mais il ne se trompait pas.

Oui, elle était journaliste. Oui, elle causait des problèmes. Mais elle avait consacré sa vie à découvrir la vérité, pas à vendre des armes biologiques ou à faire chanter le gouvernement en menaçant de libérer des substances mortelles.

— Arrêtez-vous ici, dit Hunt à Jez.

Ils étaient à une centaine de mètres du véhicule de Pip, plus près de l'allée du voisin à l'est si Everson passait inopinément.

Il était impatient de sortir Pip de là au plus vite, mais pas assez stupide pour se lancer à l'aveuglette. Il avait des années d'expérience et d'entraînement aux descentes, mais cela n'avait jamais impliqué une personne à laquelle il tenait.

Ils portaient déjà des gilets pare-balles et avaient des munitions de rechange dans leurs poches. Ils marquèrent une pause juste le temps de sortir le sniper de Will de l'arrière du pick-up et de glisser leurs appareils respiratoires dans un sac de sport que Jez portait.

— Vous devriez rester ici, dit Hunt au scientifique. Nous ne savons pas à quel point c'est dangereux.

Jez lui jeta un regard.

— Les balles sont effrayantes, mais les agents pathogènes aussi, Kincaid. Allons-y.

Hunt sourit, mais il n'y avait rien de drôle. Pip était quelque part à proximité et elle pourrait bien être en danger. Si Everson les repérait et était impliqué, il pourrait essayer de la prendre en otage. Ils verrouillèrent le véhicule de Jez et se dirigèrent vers les bois, suivant Will qui se dirigeait prudemment vers le chalet. Hunt était conscient du bruit qu'il faisait, mais Jez était comme un bulldozer traversant la forêt.

Will leva la main et porta la lunette à son œil.

— Je ne vois aucun mouvement à travers les fenêtres. Une Prius argentée dans l'allée.

— Everson possède une Prius, confirma Hunt. Tu vois Pip ?

Will secoua la tête.

Hunt essaya de chasser son anxiété avec son entraînement. Ce n'était pas facile.

Le temps couvert les aidait à s'effacer dans l'ombre, mais ils étaient toujours exposés et visibles.

— Avançons à travers bois en utilisant les arbres comme couverture. Je vais y aller en premier pendant que vous me couvrez, dit Will. Quand j'arriverai à cette souche là-bas, je devrais avoir un bon aperçu de l'arrière du bâtiment et vous pourrez me rejoindre. Je vous couvrirai à partir de là.

Hunt hocha la tête. Il savait qu'ils auraient dû attendre que les renforts arrivent, mais Pip était là quelque part. Peut-être qu'elle avait une conversation parfaitement normale avec Everson, ou peut-être qu'il lui administrait des produits chimiques pour pouvoir la violer, la tuer et faire passer sa mort pour une nouvelle overdose.

Avait-il vraiment cru qu'il pourrait s'en tirer comme ça ?

Hunt se glissa derrière un gros hêtre et prit position. Il aurait aimé qu'ils aient des radios, car leurs portables étaient inutiles. Il attendit que Will se mette en place, puis il se glissa vers le chalet, frémissant lorsque Jez le suivit, aussi furtif qu'un rhinocéros aveugle.

Hunt avança prudemment jusqu'à ce qu'ils atteignent une épaisse ceinture d'arbres. Hors de vue, il s'accroupit et courut vers l'endroit où Will s'était installé.

— Tu vois quelque chose ?

Will grimaça.

— Il y a une silhouette allongée sur le sol juste au niveau de la porte de derrière. On dirait une femme.

Hunt sentit ses entrailles se glacer.

— Laisse-moi regarder.

Will lui remit le fusil et Hunt scruta le sol. Il ne pouvait pas voir le visage de la femme, mais il reconnut sa silhouette, ses vêtements et ses cheveux noirs brillants.

— C'est Pip.

Il avait la nausée. Elle ne bougeait pas. Il lui rendit le fusil.

— J'y vais. Couvre-moi.

Will lui adressa un regard dur, puis hocha la tête.

— Reste à l'arrière de l'allée. Je ne vois pas de fenêtres de ce côté de la maison.

Hunt était reconnaissant que l'homme n'ait pas essayé de l'arrêter. Il courut, faisant profil bas pour se frayer un chemin jusqu'à l'arrière du bâtiment. Une fois dans l'allée, il épousa les ombres en se déplaçant rapidement sur le terrain. Il se cacha derrière la voiture et s'approcha de l'endroit où Pip gisait, inerte.

Il toucha son cou, à la recherche d'un pouls, et sentit un léger afflux de sang rythmé qui faillit le mettre à terre. Mais il ne pouvait pas se permettre de baisser la garde et conserva l'arme levée, les yeux rivés sur la maison.

La porte de derrière était légèrement entrouverte.

Il posa sa main sur son dos, essayant d'oublier la sensation de sa peau contre ses lèvres. La poitrine de Pip se soulevait et s'abaissait régulièrement. Elle respirait et avait un pouls. Il passa sa main dans ses cheveux, tombant sur une zone humide et collante avec une bosse.

Et merde. Quelqu'un l'avait frappée assez fort pour l'assommer.

Il sentit la colère le gagner. Il la repoussa. Il avait besoin de sang-froid pour faire son travail. Il ne voulait pas la déplacer à moins qu'elle ne soit en danger imminent. Il pourrait causer des dommages irréparables s'il le faisait. Il fit signe à Will.

— Elle respire, mais elle est inconsciente. Rejoins la route et appelle une ambulance. Je vais jeter un coup d'œil rapide, histoire de voir ce que je peux trouver.

Il ne laissa pas à Will le temps d'argumenter. Il contourna le côté est du chalet et se glissa discrètement dans l'escalier qui menait à la terrasse. Il s'accroupit dès qu'il eut un visuel. La façade entière du bâtiment était constituée de fenêtres et il se tint immobile et jeta un coup d'œil à l'intérieur, essayant de percer les ombres. Il fallut du temps à ses yeux pour s'adapter à la semi-obscurité. Rien ne bougeait. Chaque seconde passée loin de Pip lui semblait durer des heures, mais il devait sécuriser la scène et s'assurer que les urgentistes pouvaient s'approcher en toute sécurité.

Un mouvement attira son regard. Quelque chose d'élégant et de félin. Un chat blanc. L'animal léchait quelque chose sur le sol.

Et merde.

Hunt distingua finalement la silhouette dans le fauteuil. C'était une personne, et d'après l'absence de mouvement, elle était inconsciente ou morte.

Il redescendit doucement les marches et fit le tour de la propriété par-derrière.

Jez sortit de l'ombre, brandissant le détecteur d'anthrax et effectuant des relevés.

Hunt attendit le retour de Will, une main sur le dos de Pip pour essayer de la réconforter, l'autre tenant son arme dégainée, prêt à intervenir. Quelques minutes plus tard, Will revint, soufflant fort, haletant. Hunt lui tendit un ensemble d'appareils respiratoires, et Will mit son fusil en bandoulière, SIG Sauer en main.

Hunt acquiesça en silence et ils enfilèrent tous deux les masques. Ils avaient une visière en plastique transparent offrant une bonne vision. Les renforts n'étaient pas loin. Ils ne devaient pas traîner si Pip voulait obtenir l'aide dont elle avait besoin. Hunt la chassa de sa tête, même si l'inquiétude le rongeait.

D'un geste de la main, il fit signe au scientifique de ne pas bouger. Will et lui dépassèrent Pip pour monter l'escalier de service. Hunt détourna les yeux de sa silhouette inerte.

Will et lui entrèrent. Ils fermèrent la porte derrière eux. S'il y avait des spores d'anthrax, il ne voulait pas qu'elles s'échappent.

Sa respiration était forte dans ses oreilles, son rythme cardiaque était plus rapide qu'il ne l'aurait voulu. Son inquiétude pour Pip l'empêchait de se concentrer et il ne pouvait pas se permettre cette distraction. Son partenaire non plus.

Il attendit un moment, se ressaisit et fit signe à son collègue quand il fut prêt. Ils se déplacèrent en formation rapide, inspectant chaque pièce à la recherche des suspects. Dans le salon, le professeur Everson était assis dans le fauteuil, son arme dans la main droite. Le chat leva les yeux, du sang sur ses moustaches et l'estomac de Hunt se retourna. La créature léchait le sang du professeur. Il revint à l'instant présent, vérifiant derrière l'îlot de cuisine, inspectant la salle de bain, les escaliers, se déplaçant rapidement, efficacement.

La sueur coulait dans son dos, son souffle embrumait le plastique intérieur du masque.

— R.A.S., dit Will.

Baissant son arme, Hunt redescendit les escaliers en courant et vérifia le pouls d'Everson. Mort. Rien d'étonnant étant donné qu'il lui manquait la moitié de la boîte crânienne.

Une caméra était posée sur la petite table à côté du fauteuil. Un ordinateur portable était ouvert sur l'îlot de la cuisine. Hunt s'approcha et appuya sur un bouton, s'attendant à une demande de mot de passe. Mais l'ordinateur s'ouvrit sur un fichier Word.

« Lettre de suicide »

Hunt le parcourut rapidement.

— Il est dit ici que c'est lui qui a essayé de vendre l'anthrax. La scène est sécurisée. Partons d'ici et laissons Jez tester l'endroit pendant qu'on apporte à Pip l'aide dont elle a besoin.

Will hocha la tête et ils sortirent par le chemin qu'ils avaient emprunté, ôtant le plastique lourd et aspirant des litres d'air frais. Jez les passa tous deux au détecteur, mais fit un signe de tête indiquant qu'ils semblaient exempts d'anthrax.

Hunt se dirigea vers Pip et lui toucha la joue. Du sang maculait ses cheveux.

— Pip.

Elle gémit et c'était le meilleur son qu'il ait jamais entendu, avec ou sans vêtements.

— Tout va bien, Pip. Accroche-toi. On va te trouver de l'aide.

Will était revenu en courant jusqu'à la route et Hunt savait que les secours arriveraient dès que possible.

Elle ouvrit les yeux. *Dieu merci.*

— Que s'est-il passé ? demanda-t-elle.

Il sourit.

— J'espérais que tu me le dises.

Elle essaya de bouger et il posa sa main sur son épaule.

— Ne bouge pas. L'ambulance est en route.

Elle se calma, mais fronça les sourcils au-dessus de ses yeux sombres.

— Je ne me souviens de rien. Je ne sais même pas qui je suis.

— Mais tu sais qui je suis ? demanda-t-il prudemment.

Elle voulut rire et grimaça.

— Je me souviens même de toi nu.

Hunt sourit, heureux que Jez soit sorti pour vérifier une éventuelle contamination. Il n'avait pas honte de Pip. Mais cette chose entre eux était nouvelle et ne regardait personne d'autre.

La voir blessée lui avait fait comprendre qu'il tenait à elle bien plus qu'il ne l'avait réalisé.

Le bruit des sirènes et le flash des gyrophares à l'arrivée de la cavalerie l'empêchèrent de s'inquiéter davantage. Elle était vivante. Le professeur était la source probable de l'anthrax et… et quoi ? Dès que la sélection serait ouverte, il partirait pour la Virginie.

Mais la sélection ne durerait pas éternellement et quand elle serait terminée, peut-être que Pip chercherait à le revoir.

Et s'il ne réussissait pas à rejoindre l'équipe de libération d'otages…

Il secoua la tête. Il n'était pas préparé à penser de cette façon. Il n'avait pas l'intention d'échouer à la sélection. Bien sûr, il y avait toujours la possibilité qu'ils ne le prennent pas dans l'équipe, mais pas parce qu'il aurait échoué.

La main de Pip se glissa dans la sienne et il la serra.

— Reste avec moi.

Il sentit son cœur bondir.

— Je dois d'abord régler certaines choses ici. Je viendrai te voir à l'hôpital dès que possible. D'accord ?

Sa bouche se resserra, elle cligna des yeux et retira sa main de la sienne.

— D'accord.

Il fut écarté par un infirmier apportant une minerve.

Hunt resta en retrait et les regarda placer Pip sur une civière, puis la charger avec précaution dans l'ambulance. Elle ne croisa pas son regard et même s'il voulait être avec elle, il ne le pouvait pas. Il avait un travail à faire et une partie de ce travail consistait à découvrir ce qu'elle faisait là et qui lui avait fait du mal. Il n'y avait aucune arme sur le sol, rien qui aurait pu être utilisé pour l'assommer.

Si on lui avait demandé son avis, il aurait dit que le professeur avait utilisé son pistolet pour assommer Pip avant de se faire sauter la cervelle, mais le FBI fonctionnait avec des preuves. Il les collectait. Et à cause de sa relation avec Pip, il devait se mettre en retrait pour ne pas compromettre quoi que ce soit au tribunal. Il ne pouvait pas non plus aller voir Pip, jusqu'à ce qu'elle ait été interrogée. Le fait même de lui parler à l'instant aurait pu enfreindre une procédure quelconque, mais il n'avait pas l'intention de rester là à la regarder souffrir.

Elle comptait pour lui.

Bon sang.

Tout comme son travail.

Les urgentistes étaient sur le point de fermer les portes.

— Attendez !

Il courut, sauta à l'intérieur et déposa un baiser rapide sur son front.

— Dès que j'en ai fini ici, j'arrive, d'accord ?

Ses yeux étaient remplis de douleur, mais elle sourit.

— Tu as intérêt.

— Donne-moi tes clés de voiture. Je vais ramener le SUV.

Il tapota la poche de son jean et trouva ses clés.

Il sauta du véhicule et l'ambulance s'éloigna.

Il se souvint du lundi matin où une ambulance avait emporté le corps de Cindy Resnick depuis un lac non loin d'ici. Avait-elle été impliquée dans ce plan ? Ou le professeur avait-il agi seul ?

Il trouverait les réponses pour que Pip n'ait pas à le faire.

CHAPITRE VINGT-SEPT

MANDY FULLER SORTIT de sa berline argentée et s'approcha de la grande maison individuelle située dans un quartier calme et verdoyant d'Atlanta. Elle poussa un juron en vérifiant son portable professionnel. Il y avait quelque chose qui n'allait pas avec ce truc, qui semblait se décharger à toute vitesse. Elle devrait en acheter un nouveau, mais bon sang, elle n'avait pas le temps. Et elle avait eu la bêtise de laisser son portable personnel chez elle.

Elle avait pris à déjeuner en chemin, irritée par le fait que l'équipe qui travaillait avec elle la veille avait été détournée sur cette mystérieuse enquête BLACKCLOUD. Will avait promis de la mettre au courant de ce qu'il pourrait ce soir-là.

Puis elle avait appris par un contact au DMV qu'un véhicule correspondant à la description de celui de la fusillade de la veille avait été retrouvé brûlé la nuit précédente dans une décharge illégale. Il était enregistré au nom d'un soldat nommé Cory Slater qui était actuellement déployé. La sœur avait signalé qu'il avait été volé dans son allée quand elle était rentrée du travail la nuit précédente.

C'était peut-être ce qu'elle recherchait ; cela valait la peine de poser quelques questions. Elle prit note de contacter le soldat. Histoire de voir si c'était une histoire d'assurance ou une rancune personnelle.

Mandy aurait menti en prétendant qu'elle n'était pas furieuse de rater toute cette frénérise au bureau. Le fait que Hunt ait été impliqué dans la traque d'un terroriste utilisant des armes biologiques et qu'il se soit quand même laissé distraire par cette journaliste la mettait en colère. Elle aurait parié jusqu'à son dernier centime qu'elle ou les autres agents féminins auraient été virées de l'affaire si elles avaient été distraites par un beau mec.

Cette semaine, Mandy avait déjà aidé à démanteler un important réseau de corruption et dirigeait à présent une enquête sur la tentative de meurtre d'un agent fédéral. Et quelqu'un se souviendrait-il de ce travail dans les mois à venir ? Évidemment pas. Tout serait englouti par la nouvelle d'une potentielle arme biologique.

Le vent fit bruisser les feuilles au-dessus de sa tête et elle poussa un soupir.

Les femmes devaient travailler deux fois plus dur et se battre trois fois plus fort pour obtenir quoi que ce soit, et cela valait également pour les forces de l'ordre et l'armée.

Elle n'avait pas voulu sortir avec Will pour cette raison. Elle était ambitieuse. Il était doué dans tous les domaines où elle l'était, et meilleur dans d'autres. Elle ne voulait pas finir dans son ombre.

Elle pensa à son sourire sexy. Elle craquait clairement pour lui. Et l'idée qu'il pensait qu'elle ne savait pas pour sa candidature à l'équipe de libération d'otages ?

Elle renifla.

Elle aimait le tenir en haleine, mais elle n'était pas sûre de savoir comment ils allaient gérer une relation à distance. Ils étaient sur le point de le découvrir.

Elle l'aimait.

Mandy examina la propriété en remontant l'allée. C'était une très belle maison. Avec des briques couleur terre de Sienne et des volets peints en rouge. Mandy devrait se marier ou gagner à la loterie pour s'offrir un tel endroit.

Personne ne travaillait pour le gouvernement fédéral pour l'argent.

Il y avait une belle Merco garée à côté du garage accolé à l'arrière de la maison.

Mandy était convaincue que le tireur de la veille avait visé Pip West. Elle avait passé en revue ses antécédents et avait trouvé des signaux d'alarme. Pip venait d'un foyer brisé et abusif et avait grandi en famille d'accueil. Sans tenir compte de son récent héritage, elle n'était pas riche, mais elle n'avait pas non plus de dettes importantes. Et elle avait un alibi en béton pour la mort de son amie.

La journaliste avait la réputation de faire un travail d'investigation qui avait mis en colère certaines personnes très importantes en Floride. Mandy avait appelé le rédacteur en chef de Mlle West, mais le type n'avait pas voulu lui donner d'informations.

Peut-être que Hunt pourrait en savoir davantage auprès d'elle.

Ses lèvres se retroussèrent. Kincaid était un bon agent, un travailleur acharné, mais d'après son expérience, les hommes étaient faciles à manipuler. Et si quelqu'un était impliqué dans une affaire louche, quoi de plus logique que d'aller draguer le bel agent fédéral le plus proche ?

Elle était cynique, certes, et alors ? La naïveté conduisait les gens à se faire tuer.

Elle frappa à la porte d'entrée et se mit en retrait, sur le côté, les mains devant elle et près de son arme de service.

Une femme aux longs cheveux roux, lâchés sur ses épaules, ouvrit. De petite taille, elle portait une tenue de sport. Elle transpirait légèrement, comme si elle avait couru.

— Puis-je vous aider ? demanda-t-elle poliment, ses yeux se posant sur le badge que Mandy tenait devant elle.

— Beatrice Grantham ?

Deux petites lignes se formèrent entre ses sourcils élégamment épilés.

— C'est moi.

— Vous avez déclaré le vol du véhicule de votre frère hier.

— Waouh.

La femme écarquilla les yeux.

— Ils ont envoyé le FBI pour ça ?

Mandy laissa échapper un petit rire.

— J'ai quelques questions et je me demandais si je pouvais entrer un moment ?

La femme essuya son front sur la manche de son t-shirt gris.

— Ce n'est pas vraiment le bon moment…

— Ça ne prendra qu'une minute.

Les épaules de la femme bougèrent lorsqu'elle soupira.

— Très bien. Mais j'étais au milieu d'une séance d'entraînement. Entrez.

Mandy la suivit à l'intérieur, les yeux écarquillés tandis qu'elle contemplait la belle maison. Une télé était allumée en arrière-plan.

— Ça vous dérangerait de venir dans ma salle de sport personnelle ? J'ai laissé la télé allumée.

— Votre frère est dans l'armée.

Ses lèvres pincées montraient son inquiétude et sa désapprobation.

— En Irak. J'espérais récupérer son véhicule rapidement pour qu'il ne soit jamais au courant de tout ça.

— Il y tient ?

La femme leva les yeux au ciel.

— On pourrait croire qu'ils sortent ensemble.

Elles traversèrent un couloir aéré et une cuisine blanche avec des comptoirs en bois. Mandy était jalouse de cette maison.

Elles traversèrent les pièces jusqu'à arriver à une salle de sport équipée de machines de musculation, d'un tapis de course et de tapis d'entraînement. La télé était si forte que Mandy dut résister à l'envie de se boucher les oreilles. Elle fit un pas de plus dans la pièce alors que Beatrice Grantham se dirigeait vers la télévision.

Une douleur ardente la traversa et elle baissa les yeux pour voir du sang couler sur le devant de sa chemise. Oh, mon Dieu. On lui avait tiré dessus ! Elle essaya de respirer, mais la douleur était insoutenable. Elle tomba à genoux et avant que ses doigts engourdis ne puissent ouvrir le bouton-pression, quelqu'un s'avança derrière elle et sortit son Glock de son étui.

— Attention ! cria Mandy pour prévenir l'autre femme.

Beatrice Grantham réduisit le volume de la télé, se retourna et dit calmement :

— C'est mieux comme ça.

Elle regarda la personne qui se tenait derrière Mandy et hocha la tête. Mandy ferma les yeux. Elle avait commis l'erreur classique de sous-estimer une femme en se basant sur son apparence. Elle aurait aimé avoir dit à Will combien elle l'aimait ce jour-là. Elle n'aurait pas d'autre chance.

CHAPITRE VINGT-HUIT

P IP ÉTAIT ALLONGÉE dans le lit d'hôpital et fixait les carreaux blancs du plafond. Elle avait eu le droit à une IRM et à huit points de suture. Apparemment, elle avait eu beaucoup de chance. Ils lui avaient donné quelque chose pour la douleur et un bruit sourd martelait désormais l'arrière de son crâne.

Pour l'heure, elle avait eu de la chance, mais quand cette chance tournerait…

Le bip électronique des machines et le murmure de voix dans le couloir formaient un bruit blanc qui la berçait. Elle fronça les sourcils, essayant désespérément de se rappeler ce qui s'était passé. Elle était allée à Blake et avait parlé à Adrian Lightfoot, puis elle avait pris le volant, mais après ça, elle… Bon sang, elle ne se souvenait pas de grand-chose, à part s'être réveillée sur le sol avec Hunt tenant son arme comme s'il s'attendait à devoir l'utiliser.

La porte s'ouvrit et son cœur se mit à battre d'un espoir vain. Ce n'était pas Hunt. L'un de ses amis, l'agent du FBI qu'elle avait rencontré la veille lors de la fusillade, entra dans la pièce. Elle ne se souvenait pas de son nom. Il avait la peau sombre, un beau visage, des yeux intelligents.

— Mlle West ? Vous vous souvenez de moi ? Will Griffin du FBI. Je suis un ami de l'agent Kincaid.

C'était étrange d'entendre à nouveau Hunt se faire appeler par son titre officiel après avoir passé la nuit nue dans son lit. C'était un bon rappel de ce qu'il était.

— J'espérais pouvoir vous poser quelques questions sur ce qui s'est passé plus tôt aujourd'hui ? Nous avons besoin de votre déposition.

Elle essaya de se redresser, mais eut des sueurs froides alors qu'un vertige l'envahissait. Une vague de nausées suivit, mais elle réussit à ne pas vomir.

Oui, elle avait eu de la chance.

— Doucement.

Will Griffin s'avança et souleva son lit de quelques centimètres.

— Puis-je vous apporter quelque chose ?

— Où est l'agent Kincaid ?

Sa voix était éraillée.

Will Griffin lui tendit un verre d'eau. Elle but goulûment à la paille, le liquide soulageant sa bouche et sa gorge desséchées.

— L'agent Kincaid n'est pas affecté à votre affaire.

— Mon affaire ? Quelle affaire ?

— Trouver qui vous a frappée à la tête.

Il sourit, ses yeux sombres se plissant aux coins.

— C'est compliqué.

Elle fronça les sourcils, étirant ce faisant sur la peau de son cuir chevelu. *Aoutch.*

— Cela a-t-il un rapport avec la mort de mon amie Cindy ?

Il prit une chaise et se pencha vers elle.

— Que vous rappelez-vous de ce matin ?

Hunt avait-il des problèmes pour avoir couché avec elle ? Pourquoi serait-ce le cas ? Était-elle sur une sorte de liste noire de *persona non grata* du FBI ? Elle détestait l'idée de nuire à sa carrière. Il lui avait dit à quel point son travail comptait pour lui.

— Je suis d'abord allée à l'université.

Ses pensées s'éclaircissaient quelque peu, mais le brouillard ne se dissipait pas entièrement.

— Je cherchais le conseiller de Cindy et la cheffe de service m'a dit qu'il était à son chalet.

Ses yeux croisèrent ceux de Will Griffin.

— Je ne l'ai pas mentionné, mais je savais où c'était parce que j'y étais allée avec Cindy à Noël pour déposer quelque chose.

— De quoi vouliez-vous parler au professeur ?

Will Griffin avait une belle voix. Profonde et apaisante, mais elle aurait préféré que ce soit un autre agent qui lui pose des questions. Elle voulait savoir ce qui se passait.

— Les funérailles de Cindy ont lieu dimanche prochain et je voulais demander au professeur de porter le cercueil.

Elle se toucha le front et prit une nouvelle gorgée d'eau.

— J'ai le vague souvenir d'avoir conduit jusqu'à son chalet, mais ensuite, c'est le trou noir.

Le médecin lui avait dit que c'était une amnésie traumatique et que la mémoire pourrait ou non lui revenir.

— Vous vous souvenez d'avoir récupéré le courrier dans sa boîte aux lettres ?

— Non, répondit Pip en secouant la tête. Je me souviens juste de m'être réveillée quand Hunt m'a trouvée.

Les larmes lui montèrent aux yeux. Où était-il ? Il lui avait dit de ne pas fuir ce qui se passait entre eux, alors pourquoi n'était-il pas là ? Elle chassa les larmes. Il avait dit qu'il serait là quand ils seraient tous les deux interrogés.

— Vous avez de la chance que nous soyons arrivés au bon moment.

— Pourquoi le FBI était-il là ? demanda-t-elle. Pourquoi voulaient-ils parler au professeur ?

— Je ne peux pas vous le dire.

Pip leva les yeux au ciel et laissa échapper un profond soupir.

— Vous réalisez à quel point c'est irritant, n'est-ce pas ?

Il rit.

— Parfois, je dois être irritant pour faire mon travail correctement.

— Moi aussi, rétorqua-t-elle sèchement.

Il sourit, mais ses yeux ressemblaient à ceux de Hunt lors de leur première rencontre. Pleins de suspicion.

Pip n'avait plus vraiment l'impression d'être une reporter. Elle avait perdu la motivation qu'elle avait eue autrefois, l'idée que le public avait le droit de tout savoir et de se faire sa propre opinion. Peut-être que c'était juste son crâne qui palpitait, mais quelque chose avait changé en elle au cours de ces deux semaines. Quelque chose de fondamental. La culpabilité de l'affaire Booker. La mort de Cindy. La prise de conscience que, parfois, la transparence ne servait pas les intérêts publics. Le public devait-il connaître le nom de chaque espion ? C'était une idée folle.

Mais qui n'avait aucune importance pour le moment.

— J'aimerais pouvoir vous en dire plus sur ce qui s'est passé ou qui m'a frappée, mais je ne m'en souviens pas.

Une pensée soudaine perça le brouillard.

— Le professeur va bien ?

Will Griffin pinça les lèvres et secoua la tête.

— J'ai bien peur que le professeur ait été retrouvé mort

dans son chalet.

— Quoi ?

Sa bouche s'entrouvrit d'horreur.

— Comment est-ce possible ?

Une autre pensée terrible lui vint.

— Oh, mon Dieu. Vous ne pensez pas que c'est moi qui l'ai fait, n'est-ce pas ?

Était-ce pour cela que Hunt n'était pas là ? Pensait-il qu'elle était une meurtrière ? Encore ?

— Honnêtement ?

Les yeux marron foncé de Will soutinrent son regard et elle ne détourna pas la tête.

— Je ne sais pas exactement ce qui s'est passé.

— Vous pensez que j'ai tué le professeur et que je me suis frappée avec une pierre.

Elle ne pouvait cacher l'amertume dans sa voix.

— L'avez-vous fait ?

Elle fit la grimace et toucha timidement la zone sensible sur son cuir chevelu.

— J'aurais fait semblant de façon moins réaliste.

Elle se fichait de ce que croyait l'agent fédéral. Elle essayait de comprendre ce qui avait bien pu se passer.

— Donc quelqu'un m'a frappée et l'a tué. Ou ils ont tué le professeur et je suis arrivée avant qu'ils ne partent, alors ils m'ont frappée à la tête.

Elle fronça les sourcils, essayant de se souvenir des détails, mais plus elle essayait, plus il était difficile de se rappeler quoi que ce soit.

— Ne stressez pas pour ça maintenant.

— Suis-je en danger ?

Ce n'était pas la première fois que quelqu'un essayait de la tuer dernièrement et ça commençait à devenir un peu lassant.

Il hésita.

— Je ne crois pas.

Elle hocha lentement la tête, essayant en vain de donner un sens à tout cela.

— Est-ce que ça a un rapport avec la mort de Cindy ?

— Disons que vous nous avez fait creuser davantage les circonstances du décès de Mlle Resnick et voir que les choses n'étaient peut-être pas aussi simples qu'il y paraissait.

— Je ne comprends pas.

Il parlait par énigmes. Il refusait de lui dire quoi que ce soit.

— Vous dites que vous pensez que Cindy a été assassinée maintenant ? Et pour Sally-Anne et le dealer ?

Will se leva, manifestement réticent à se confier. Son manque de coopération la rendait folle, mais elle savait que c'était son travail, et qu'il devait rester professionnel. Un peu comme un autre agent fédéral qu'elle connaissait.

— Hunt ne viendra pas, n'est-ce pas ? demanda-t-elle doucement.

Will hésita.

— Si vous tenez un tant soit peu à lui, il vaudrait mieux que vous ne le recontactiez pas, dit-il à voix basse avant de partir.

Elle fut piquée à vif, mais la sensation se dissipa rapidement. Elle s'y attendait.

C'était tout de même ironique. Le FBI faisait enfin ce qu'elle leur avait demandé depuis le début. Et à cause de cela, Hunt devait rester à l'écart.

Un torrent de larmes la submergea et elle fixa le plafond tandis qu'elles dégoulinaient sur son visage. Elle savait qu'elle ne devait pas s'attacher. Elle avait perdu le compte de toutes ses déceptions.

Elle ne pouvait pas se permettre ce genre de faiblesse.

Elle serra la couverture entre ses poings. Dieu merci, elle l'avait compris avant de lui ouvrir totalement son cœur. Elle déglutit et ignora ses larmes.

Oui, Dieu merci.

HUNT FAISAIT LES cent pas devant le chalet du professeur. Il voulait aller voir Pip, mais il savait qu'il ne pouvait pas. Pas encore. Le chalet et le terrain grouillaient de fédéraux et d'hommes en combinaison spatiale, comme si une invasion extraterrestre avait commencé.

Jez Place avait passé l'équipement de test de terrain sur tout le site et n'avait rien trouvé, mais il y avait des fioles pleines de poudre blanche dans le réfrigérateur marquées SAHCAM45-65. Le CDC avait fouillé le laboratoire du professeur à Blake et en était ressorti avec des spores et quelque chose qui ressemblait au vaccin.

Là encore, rien d'inattendu, compte tenu des circonstances, mais seuls des tests approfondis permettraient de déterminer s'il s'agissait ou non des mêmes produits que ceux vendus avec l'arme biologique.

D'après les notes de laboratoire trouvées par le CDC, Cindy avait testé son nouveau super vaccin contre la souche SAHCAM45-65 qu'Everson avait vraisemblablement obtenue de Grossman.

D'après ces notes, le vaccin avait fonctionné, ce qui était la seule bonne nouvelle dans cette série de désastres.

Le CDC avait effectué des tests préliminaires sur des cultures de cellules infectées par le *Bacillus anthracis* militarisé. Le vaccin qu'ils avaient reproduit à partir de la source BLACK-COUD semblait prometteur. Ils devaient encore comparer directement sa composition à celle du vaccin de Cindy pour confirmer qu'il s'agissait d'un seul et même vaccin.

La théorie actuelle voulait que le professeur Everson ait tenté de vendre l'anthrax et le vaccin pour gagner de l'argent et augmenter la valeur de son brevet. Si une nation ennemie avait accès à ce type d'arme biologique et à son antidote, vous pouviez être sûr que les États-Unis voudraient également produire en masse le vaccin.

Ce qui aurait signifié un gros bénéfice pour les détenteurs du brevet.

Un autre agent du bureau régional d'Atlanta, Kevin Christian, sortit du chalet avec un sac à scellés. À l'intérieur se trouvait la caméra que Hunt avait remarquée sur la table près du corps du professeur.

Kevin tourna l'écran vers Hunt et appuya sur Lecture. Il y vit la vidéo qui avait été envoyée au FBI tard la nuit précédente.

C'était une preuve accablante.

— Vous avez trouvé le modificateur de voix quelque part ? demanda Hunt.

— Pas encore. Une lettre de suicide sur son ordinateur portable dit qu'il est désolé. Le mot est très détaillé. Il dit qu'il a fait des choses terribles, et qu'il a perdu le contrôle. Il a tué Cindy pour l'empêcher de soumettre sa thèse après avoir découvert que le FBI avait intercepté la vente d'armes biologiques. Il a essayé de faire croire à une overdose, lui dit Kevin.

— Le Prof s'est dit que ce n'était qu'une question de temps avant que le CDC ne relie la source de l'anthrax au SAH-CAM45-65 et il savait que Cindy ne tairait pas le fait qu'il l'avait dans son laboratoire, ou que son vaccin avait réussi à combattre la maladie.

Pip avait donc eu raison pendant tout ce temps. Et il l'avait ignorée.

— Il dit qu'il a paniqué et que lorsque le FBI a commencé à enquêter sur la mort de Cindy, il a essayé de faire passer ça pour une série de décès dus à la drogue. Il avait déjà couché avec Sally-Anne par le passé et savait où elle achetait sa drogue. Il dit qu'il l'a mise dans son verre pour qu'elle fasse une overdose, puis a appelé le dealer pour qu'il le retrouve dans un endroit où ils s'étaient déjà rencontrés. Le gars ne l'a pas vu venir.

Hunt se souvint de la scène de crime chez Sally-Anne. Il avait fait plus que de lui donner de la drogue.

— C'est une sacrée lettre.

— Des aveux complets, fit Kevin en hochant la tête. Après ça, il parle du fait qu'il a envoyé la vidéo et infecté le copilote – il n'a pas dit comment ni où – et qu'il a finalement réalisé que ça ne s'arrêterait jamais. Il dit qu'il ne pouvait plus continuer. Il savait que le FBI finirait par le rattraper. Il a choisi la solution de facilité.

Hunt n'avait jamais pensé que se mettre une balle dans son propre crâne était facile, mais il n'avait jamais été aussi désespéré.

Il rendit la caméra à Kevin qui la plaça sous scellés dans le coffre de la voiture d'un technicien de la scientifique.

— Tu y crois ? demanda Hunt.

Le type haussa les épaules.

— Ça sonne vrai. Il y a un mobile. Un désespoir croissant alors que chaque acte faisait boule de neige...

Hunt avait parlé au professeur deux fois cette semaine. Son instinct l'aurait donc trompé ?

— Je dois parler à Pip.

Kevin secoua la tête.

— Elle doit d'abord être interrogée et aux dernières nouvelles, elle dormait après une IRM.

Le type devança la prochaine question de Hunt.

— L'IRM n'a rien donné d'anormal. Elle a mal au crâne, mais pas d'hémorragie cérébrale ni de dommages permanents à ce qu'ils savent. Il y a du sang sur la base de l'arme d'Everson qu'on peut essayer de faire correspondre à West. Le Glock est enregistré au nom de Cindy Resnick au fait.

Merde. Toutes ces fois où Hunt avait dénigré les théories de Pip sur la mort de Cindy... alors qu'il semblait qu'elle avait eu raison depuis le début.

— Hé, si elle est sérieuse à ton sujet, elle comprendra que tu dois faire ton travail.

Kevin le regardait avec un amusement subtil.

— De la même manière que nous sommes toujours si compréhensifs à l'égard de la presse quand elle fait son travail, rétorqua Hunt avec ironie.

— Ha ah, rit l'agent. Mais il faut laisser les choses suivre leurs cours, sinon cette situation planera à jamais au-dessus de ta tête. Elle est à l'hôpital. Laisse-nous le temps de l'innocenter. Elle ne peut pas s'attirer d'ennuis à l'hôpital, pas vrai ?

— Connaissant Pip ? Si.

Mais Kevin avait raison. Il devait suivre les règles s'il ne voulait pas que ça ruine sa carrière. Rejoindre l'équipe de libération d'otages du FBI était tout ce qu'il avait *toujours* voulu. Hunt se débarrassa d'une partie de sa tension. Pip devait savoir comment les choses fonctionnaient. Une fois que le FBI aurait rassemblé toutes les preuves sur la scène de crime et interrogé toutes les personnes impliquées, il pourrait aller la voir.

Pas avant.

Si elle tenait à lui, elle lui pardonnerait. Dans le cas contraire… mieux valait le découvrir maintenant avant que l'un d'entre eux ne s'implique plus. Ces quelques jours avaient été intenses. Ils étaient fous d'avoir partagé tout ça.

Kevin disparut à l'intérieur et Hunt décida de retourner en ville. Il marcha jusqu'au vieux SUV de Cindy Resnick et monta dedans. Le sac à main de Pip était sur le siège avant.

Hunt démarra et au bout d'une minute environ, il se trouva à portée d'une antenne-relais. Son téléphone commença à recevoir des messages, et il s'arrêta pour les consulter.

Il rappela d'abord Hernandez, activa le Bluetooth et continua sa route.

— Bien qu'Everson ait dit qu'il était à une conférence quand Resnick est morte, lui dit l'analyste, il aurait pu aller là-bas et revenir à Nashville sans que personne ne le remarque.

— Des témoins pour confirmer qu'il était là ?

— Nous interrogeons les gens, mais pour l'instant personne n'était avec lui ce soir-là.

Hunt poussa un profond soupir. Était-ce fini ? On aurait dit que oui. Le professeur avait tenté de dissimuler sa tentative de vente illégale d'une arme biologique en assassinant la seule personne qui aurait pu le relier sans conteste à la souche. Le lien avec le travail de Cindy serait apparu dès que sa thèse aurait été soutenue et ses articles publiés.

Il n'aurait jamais été attrapé si le FBI n'avait pas intercepté la vente d'armes.

— Qui tuerait trois personnes pour dissimuler un crime ?

— Quatre s'il a aussi tué la veuve. Et quelle sorte de personne essaierait de vendre un agent biologique qui pourrait tuer des milliers d'innocents à un ennemi des États-Unis ?

Hernandez laissa échapper une flopée de jurons colorés, puis soupira.

— Nous allons comparer les balles de l'arme du professeur à celles qui ont tué le dealer.

Il exprima ce qui le tracassait.

— Tout semble coller, à l'exception de quelques détails…

Il se sentait épuisé par ces montagnes russes. Il était temps de rentrer à Atlanta et de rédiger son rapport. Il devrait prendre son mal en patience jusqu'à ce qu'il soit autorisé à rendre visite à Pip. Il avait le sentiment qu'il lui devait des excuses.

CHAPITRE VINGT-NEUF

HUNT MONTA EN courant les escaliers menant au bureau de Bourne, reconnaissant de ne pas être dérangé par d'autres agents curieux de savoir ce qui s'était passé chez le professeur. Il aurait voulu rendre visite à Pip à l'hôpital, mais son SAC avait demandé à le voir. Et, pour l'heure, il ne pouvait pas la contacter, peu importait à quel point il le voulait. Pas encore. Pas avant de savoir exactement ce qui s'était passé et comment son amie pourrait être impliquée dans leur enquête.

Il frappa à la porte.

— Entrez.

Bourne leva les yeux d'un rapport qu'il lisait.

— Vous pouvez m'expliquer ce qui se passe ?

Hunt lui raconta avec précision ce qui s'était passé chez le professeur. Le fait que Hunt puisse en parler sans vomir prouvait qu'il est un professionnel, car la pensée que Pip ait frôlé la mort lui retournait les tripes.

— Tout porte à croire que le professeur pourrait être le fournisseur d'armes biologiques. On dirait qu'il a frappé West à la tête et qu'il s'est tiré une balle.

— Cette journaliste apparaît donc au moment où le professeur décide d'en finir, dit Bourne en fronçant les sourcils. Et il s'énerve parce qu'elle l'interrompt et la frappe à la tête ? Pourquoi ne pas la tuer, elle aussi ?

— Je ne sais pas, répondit Hunt.

— Peut-être qu'elle est impliquée. C'est peut-être elle qui vend l'anthrax.

Hunt se renfrogna et croisa ses bras.

— Elle a été gravement blessée.

— Elle aurait pu faire semblant. Elle tue le professeur, se frappe la tête avec une pierre.

Le SAC n'avait pas vu la quantité de sang qu'elle avait perdue, se rappela Hunt, retenant sa colère.

— Il n'y avait rien près du corps avec du sang. Je ne vois pas comment elle aurait pu s'assommer et se débarrasser de l'arme.

Bourne se leva et se mit à faire les cent pas.

— Elle aurait pu se frapper juste assez fort pour s'ouvrir la peau et jeter la pierre.

— Les techniciens pensent qu'elle a été frappée par la crosse du Glock que le professeur a utilisé pour se tuer, dit Hunt patiemment.

— Ont-ils trouvé son sang dans le chalet du professeur ?

Hunt secoua la tête.

— Ils n'ont pas encore eu le temps d'analyser les taches de sang, monsieur.

— Donc, c'est possible ? insista Bourne.

— Et quoi ? Elle tue le professeur, se frappe la tête assez fort pour saigner, abondamment d'ailleurs, puis va s'allonger par terre dehors dans l'espoir qu'on arrive ? Elle n'avait aucun moyen de savoir que quelqu'un allait la trouver rapidement.

Il n'avait pas dit à Pip où il irait ni ce qu'il ferait ce jour-là. La dernière fois qu'il l'avait vue, avant de la retrouver blessée, c'était quand il l'avait suivie à l'hôtel ce matin-là.

Bourne le regarda fixement.

— Vous savez que nous devons envisager toutes les possibilités, même les plus improbables, n'est-ce pas Kincaid ?

Hunt acquiesça à contrecœur. Bien sûr qu'il le savait.

— West me harcèle depuis le premier jour pour que je me penche de plus près sur la mort de son amie et a même demandé une seconde autopsie. Elle est allée voir les ex-petits amis de son amie pour essayer de savoir où Cindy s'était procuré la cocaïne alors que pendant tout ce temps, nous insistions sur le fait qu'il s'agissait d'une noyade accidentelle compliquée d'une overdose et que nous essayions de la convaincre de laisser tomber.

Hunt s'efforçait de garder un ton calme.

Bourne se rassit dans son fauteuil.

— Je suis d'accord, le fait qu'elle soit celle qui ait exigé la seconde autopsie joue en sa faveur, mais cela ne veut pas dire qu'elle ne pourrait pas avoir un autre mobile que nous n'avons pas exploré. Et je pense que le fait que vous ne puissiez pas le voir signifie que votre objectivité en ce qui concerne West est compromise.

Hunt serra les dents.

— Elle et le professeur auraient pu travailler ensemble et elle aurait pu craindre qu'ils soient sur le point de se faire prendre. Peut-être que c'est lui qui vous a tiré dessus hier ? Peut-être qu'elle a essayé de se frayer un chemin dans l'enquête en se rapprochant de vous.

Merde. Même si Hunt ne croyait pas que Pip avait délibérément essayé de se rapprocher de lui – et il était pratiquement impossible de se rapprocher plus qu'ils ne l'avaient fait la nuit précédente – les criminels s'immisçaient souvent dans les enquêtes.

Le visage du SAC Bourne afficha des lignes sévères.

— Et ça ?

Son patron tourna son écran d'ordinateur vers Hunt. Le gros titre criait *Le FBI et le CDC enquêtent sur la mort suspecte d'experts en armes biologiques.*

— Même si West n'est pas impliquée dans l'enquête BLACKCLOUD, ce gros titre a sûrement persuadé le professeur que tout était fini. Sa vidéo de menace n'avait pas fonctionné et ce n'était qu'une question de temps avant qu'il ne soit démasqué.

— Je ne crois pas que Pip ait divulgué des informations à la presse.

Bourne se gratta la tête et Hunt savait qu'il doutait de son objectivité.

— Où le professeur a-t-il filmé la vidéo qu'il a envoyée hier soir ? insista Hunt.

— Nous l'ignorons, admit Bourne.

— Comment a-t-il infecté le copilote ? demanda Hunt.

— L'enquête est toujours en cours.

Bourne s'adossa à son fauteuil et Hunt vit qu'il était épuisé.

— Nous pourrions ne jamais le savoir. L'architecte principal de ce projet semble être mort. Nous ne savons pas s'il avait des stocks d'anthrax ou s'il a réussi à vendre d'autres lots. Il a peut-être envoyé des colis par la poste. Il a peut-être un complice inconnu qui le lâchera du haut d'un grand immeuble dans une grande ville. Mais nous ne le saurons pas avant qu'il ne soit trop tard, car il s'est suicidé après que quelqu'un a divulgué l'histoire à la presse et que la pression était trop forte. Mais bon, dit le SAC avec un sourire qui n'atteignit pas ses yeux, au moins la presse a un sacré gros titre.

Merde.

— Est-ce que vous m'écartez de l'enquête ? demanda Hunt en se raidissant.

— Devrais-je le faire ?

Hunt déglutit péniblement.

— Je fréquente Pip West. Je devrais sûrement me retirer de l'enquête BLACKCLOUD.

L'explosion sonore qui retentit était l'implosion de sa carrière – tout ça pour une femme qui pourrait ne jamais vouloir le revoir.

— M'avez-vous menti ou avez-vous délibérément désobéi aux ordres, agent Kincaid ?

— Je ne vous ai jamais menti, monsieur. Je ne crois pas que Pip soit coupable de quoi que ce soit, sauf d'avoir essayé de découvrir la vérité sur son amie.

Tenir tête à son SAC allait sûrement lui causer plus de problèmes, mais il comptait bien se défendre après avoir travaillé comme un fou.

Bourne croisa les bras et regarda son imposant bureau.

— Vous avez sûrement raison, mais nous devons suivre les règles. Vous êtes de retour dans l'équipe des cols blancs. Je vais sûrement devoir en parler au Bureau de la responsabilité professionnelle.

L'estomac de Hunt se serra. Il n'avait rien fait de mal et il était convaincu que Pip non plus. Il refusait de plaider sa cause.

Le pire dans tout ça, c'était qu'après avoir travaillé dur, ils n'étaient toujours pas sûrs de l'étendue de la menace des armes biologiques et ne savaient pas si le danger était écarté ou non. Mais Hunt ne travaillait plus sur cette enquête et ne pourrait donc pas tirer les choses au clair. Ce n'étaient pas ses affaires. Plus maintenant. C'était terminé.

PIP SE RÉVEILLA dans l'obscurité, mais il y avait suffisamment de lumière ambiante provenant de la télévision en sourdine pour voir Hunt étendu et endormi dans la chaise sûrement très inconfortable à côté de son lit. Son cœur se serra à la vue de ses cheveux ébouriffés et de sa mâchoire couverte de poils.

Elle redressa son lit avec les commandes automatiques. Elle avait toujours mal à la tête, mais au moins la douleur intense s'était atténuée.

Le léger bourdonnement du mécanisme du lit réveilla Hunt.

— Comment te sens-tu ?

Il étira son corps magnifique et son cœur commença à battre plus fort et plus vite, ce qui n'aurait pas été grave si elle avait été la seule à le remarquer.

Hunt jeta un coup d'œil à l'écran, puis à ses joues rouges, et grimaça.

— J'espère que ça veut dire que tu vas un peu mieux.

Ses sourcils se rapprochèrent, montrant son inquiétude.

— Et pas que tu es sur le point de faire un arrêt cardiaque.

Elle ferma les yeux et inspira l'air jusqu'à ce qu'elle le sente au niveau de son plexus solaire, essayant de se recentrer sur elle-même et son tourbillon d'émotions. Elle n'aurait pas dû être aussi heureuse de le voir.

— Je ne pensais pas que tu serais autorisé à me rendre visite.

— Autorisé ?

Il s'avança vers elle et prit sa main entre les siennes.

— Je t'ai dit que je viendrais dès que je le pourrais.

— Ouais, mais j'ai parlé à ton ami Will plus tôt et il a dit…

— Will peut être un connard parfois.

Elle laissa échapper un soupir.

— Je suppose que je devrais être reconnaissante que ça n'ait pas été l'agent Fuller.

Il se pencha sur elle, tenant toujours sa main comme s'il avait peur de la blesser s'il la touchait ailleurs.

— Et j'ai remarqué que tu n'as pas répondu à ma question. Comment tu te sens ? Je suis un agent fédéral entraîné, tu te souviens ?

Elle rit de bon cœur cette fois, puis grimaça.

— Je vais bien. Je veux rentrer à la maison.

Sauf qu'elle n'avait pas de maison. Cette prise de conscience la frappa de plein fouet. Elle en avait assez de loger à l'hôtel, mais ne voulait pas aller chez Cindy. Les rappels de tout ce qu'elle avait perdu étaient trop énormes, trop tangibles.

— Laisse-moi parler à l'infirmière. Si elle est d'accord, on rentrera chez moi et tu pourras dormir.

Elle arqua un sourcil, mais sentit son cœur fondre à l'intérieur.

— Je ne me souviens pas avoir beaucoup dormi la dernière fois que j'étais dans ton lit.

— C'est pour ça que je suis si fatigué aujourd'hui.

Il caressa sa main jusqu'au bout des doigts.

— Mais aujourd'hui, tu as une légère commotion cérébrale donc ce sera du sommeil et rien d'autre, jeune fille.

Il voulut se lever, mais elle lui saisit l'avant-bras.

— Merci. De m'avoir sauvée.

Il plissa les yeux et elle tenta de freiner son pouls galopant.

— Je suis soulagé que tu ailles bien. Quand je t'ai vu allongée là…

Sa pomme d'Adam monta et descendit dans sa gorge

lorsqu'il déglutit.

— Putain, Pip. Au début, j'ai cru que tu étais morte.

Il soutint son regard, les pupilles écarquillées.

— C'était terrible. Alors pas besoin de me remercier, mais n'essaie plus de me faire avoir une attaque, d'accord ? J'ai assez d'excitation au travail.

Quelque chose changea dans ses yeux, mais elle ne put le déchiffrer.

Elle acquiesça, craignant, en ouvrant la bouche, de déverser des torrents de larmes et des promesses d'amour sincères.

Personne ne tombait amoureux au bout de quelques jours. C'était insensé. Sauf qu'il y avait ce cliché du coup de foudre. Et les clichés ne devenaient pas des clichés sans raison…

Elle remua, mal à l'aise. Sa vie était déjà bien assez chamboulée comme ça pour envisager quelque chose d'aussi stupide que de tomber amoureuse d'un type qu'elle venait tout juste de rencontrer. Un agent fédéral. Un homme qui regrettait sûrement déjà les problèmes qu'elle lui causait.

Il revint dans la pièce.

— L'infirmière a dit qu'ils avaient prévu de te garder en observation, mais que si je promettais de veiller sur toi ce soir, tu pourrais sortir. Je suis d'accord si ça te va.

Son sourire était une invitation au péché et le cœur de Pip décrivit un petit bond. Elle aurait facilement pu tomber amoureuse de lui, mais quelles étaient les chances qu'il l'aime en retour ? Autant que les Bucs gagnent le Super Bowl.

Elle savait que ces pensées étaient folles. Elle avait vingt-huit ans, pas dix-huit. Cela finirait par se terminer comme toutes les autres relations qu'elle avait eues. Avec le cœur brisé.

Au moins, je ne suis pas trop terrifiée pour sortir avec quelqu'un.

La voix de Cindy résonna dans son esprit. Pip était terrifiée. Elle ne savait pas comment gérer la proximité émotionnelle. Mais pour l'heure, elle voulait être avec lui et il semblait vouloir être avec elle, alors elle n'allait pas ressasser ou lutter. Elle allait juste essayer d'être moins terrifiée par la vie.

— Emmène-moi loin d'ici. S'il te plaît.

HUNT PORTA PIP pour passer sa porte d'entrée même si elle insistait sur le fait qu'elle pouvait marcher.

— C'est ma seule chance d'être chevaleresque. Ne gâche pas tout, lui dit-il.

Elle portait une blouse en coton, ses vêtements ayant été gardés comme preuves. Après le départ de Will, elle avait réalisé qu'ils chercheraient des éclaboussures de sang du professeur Everson, qu'ils ne trouveraient pas. Elle avait également insisté pour que quelqu'un vienne tester ses mains à la recherche de résidus de poudre. Elle n'avait rien à cacher.

Elle s'accrocha à la veste en cuir de Hunt, appréciant la sensation de ses muscles durs et de ses bras puissants qui la portaient avec aisance. Peut-être qu'il y avait des avantages à être menue. Il ferma la porte avec son pied et l'installa directement dans le lit qui n'était toujours pas fait depuis la nuit précédente.

C'était bizarre d'être de retour chez lui.

Il l'installa, plaça des oreillers derrière elle et se releva, l'air incertain et se frottant la nuque.

— Tu as faim ?

Elle grimaça et secoua la tête. Son estomac grondait, mais

sa tête qui tournait lui indiquait qu'il était trop tôt pour manger. L'idée de vomir devant quelqu'un était embarrassante. Elle n'avait pas l'habitude qu'on s'occupe d'elle quand elle était malade. D'habitude, elle se blottissait sous une couette pendant quelques jours et s'apitoyait sur son sort.

— Je vais te chercher de l'eau et te laisser dormir.

Il voulut s'éclipser et elle le laissa presque faire.

— Attends.

Elle déglutit nerveusement avant de demander :

— Ça te dérangerait de me prendre dans tes bras ?

Il se figea et hocha la tête un peu maladroitement, enlevant sa veste et son étui d'arme, ôtant ses bottes avant de grimper à côté d'elle et de l'attirer contre lui.

Elle posa sa joue contre sa poitrine et elle eut l'impression de rentrer à la maison – ce qui n'avait aucun sens, car pour elle, la maison avait toujours été un endroit solitaire qui n'impliquait pas d'écouter les battements de cœur de quelqu'un d'autre. Elle plaça une main sur son torse. Il lui caressa doucement les cheveux.

Elle pourrait bien s'y habituer. C'était une pensée effrayante.

— Qu'est-ce que tu voulais me montrer, hier ? demanda-t-elle.

Elle s'attendait à une blague sur le sexe, mais il se glissa hors du lit et revint avec une photographie encadrée avant de reprendre sa place. Elle toucha la surface froide du verre. Une image formelle d'un homme en costume. Très élégant. Avec les mêmes yeux bleus distinctifs que Hunt.

— C'est ton père ?

Elle le sentit acquiescer.

— J'avais sept ans quand il est mort. Tu as dit que je voulais sauver le monde, mais tu avais tort. Je voulais juste le sauver, lui.

— Tu voulais aussi le venger ?

Elle ne le jugeait pas.

— Peut-être, répondit-il d'une voix douce dans l'obscurité. Mais, comme je te l'ai dit, le FBI a attrapé et tué son meurtrier il y a des années, lors d'un autre braquage de banque. Une fois que j'ai porté un badge, j'ai réalisé que je n'avais pas besoin de le venger, mais que je pouvais aider à faire en sorte que d'autres enfants ne vivent pas la même chose que moi.

Elle lui caressa doucement la main.

— Sauf qu'il y a toujours quelqu'un quelque part, prêt à faire du mal aux autres.

Il hocha la tête et se tut. Il posa la photo sur la table de chevet, derrière la lampe.

— Je suis désolée pour ton père. Si ça peut aider, je pense qu'il serait très fier de ce que tu es devenu.

Il grogna et elle changea de sujet.

— Je pense que je vais devoir reporter les funérailles de Cindy. Les décaler.

Elle sentit son souffle dans ses cheveux.

— Il te reste beaucoup à faire ?

— Je voulais demander au professeur de lire à la cérémonie et de porter le cercueil. C'est pour ça que je suis allée à son chalet.

Ses bras se resserrèrent autour d'elle.

— Vous avez trouvé qui l'a tué ? Ton ami Will a dit que le FBI allait enquêter sur la mort de Cindy. Est-ce qu'ils pensent que j'avais raison ?

Il gémit.

— Je ne suis pas censé parler de ça.

Elle se crispa. Elle comprenait. Vraiment. Mais c'était la vie de Cindy. La mort de Cindy. Elle avait besoin de savoir.

— Je peux quand même te dire certaines choses.

Elle enroula ses doigts autour de son haut.

— Le labo a trouvé des incohérences sur scène de crime de Cindy.

— Quel genre d'incohérences ?

— Des traces infimes de Rohypnol dans sa bouteille d'eau.

L'esprit de Pip s'emballa si vite que sa tête recommença à la lancer. La dernière fois qu'elle avait eu des nouvelles de Cindy, son amie était en train de courir et avait dit qu'elle ne se sentait pas bien. La bouche de Pip s'assécha lorsqu'elle commença à reconstituer le puzzle.

— Tous ceux qui connaissaient Cindy savaient qu'elle courait tous les jours et prenait toujours sa bouteille d'eau.

— C'est pire que ça.

La voix de Hunt était grave et profonde.

— Des traces de cocaïne ont également été trouvées dans le champagne.

Pip sentit son cœur battre plus fort.

— Quelqu'un l'a droguée à son insu.

Elle avait raison depuis le début.

— Quelqu'un l'a tuée.

— On l'a sûrement droguée et emmenée au lac pour nager, en espérant qu'elle se noie.

L'horreur pour son amie la submergea dans une nouvelle vague d'angoisse.

— Est-ce qu'elle a été violée ?

— On l'ignore. On va faire des tests ADN, mais on ne le saura peut-être jamais.

— C'est la même personne qui a tué le professeur ? Et

Sally-Anne ?

Sa mort était-elle une coïncidence ? Savait-il qui l'avait tuée ? Était-ce la même personne qui avait tiré sur elle et Hunt la veille ? Était-elle en danger ?

Elle sentit Hunt déglutir.

— Pour l'heure, il semble que le professeur Everson se soit suicidé. On est plusieurs à penser, sans en être sûrs, que c'est lui qui t'a frappé à la tête.

— Quoi ?

Pip lutta pour s'asseoir, mais Hunt tint bon.

— Les preuves indiquent que le professeur est impliqué dans la mort de Cindy.

— Quoi ? Comment ? Pourquoi ?

Pip abandonna toute résistance et s'effondra contre sa poitrine.

Il lui caressa le bras.

— Je ne peux pas te le dire.

Mon Dieu, Pip détestait cette situation. Son cerveau essaya de rattraper le retard, mais c'était tellement horrible. Cindy s'entendait bien avec cet homme. Ils n'étaient pas amis, mais entretenaient un respect mutuel. L'idée qu'il ait pu tuer son amie, son élève et d'autres personnes, et qu'il l'ait attaquée... *Pourquoi ?*

— C'est lui qui nous a tirés dessus ? demanda-t-elle.

— Pip, dit Hunt d'une voix tendue. Je ne peux vraiment pas discuter de ça.

La frustration la gagna, mais il lui en avait déjà dit plus qu'elle ne s'y attendait. Elle ne voulait pas lui attirer d'ennuis, mais quand même...

— Je promets que je ne dirai rien. Je sais que tout le monde pense que je vais écrire un article, mais je n'ai même pas de travail. Je ne sais même plus si je veux continuer à être journaliste…

— C'est une enquête criminelle.

Sa voix était tendue à présent.

— Nous avons des raisons de ne pas tout déballer sur la place publique. Des raisons morales. Des raisons juridiques. Des raisons de procédure.

Elle essaya de s'éloigner, mais il garda ses bras fermement autour d'elle.

— Est-ce que tu sous-entends que je serais prête à faire quelque chose d'immoral ou d'illégal juste pour avoir une histoire à raconter ?

— Non.

Il passa une main frustrée dans ses cheveux.

— Et merde. Je ne sais plus ce que je dis. J'ai besoin de dormir. Tu as besoin de dormir.

Il avait l'air épuisé et elle se sentait mal de le harceler alors qu'il avait manifestement eu une journée difficile. C'était leur cas à tous les deux.

Elle essaya de lutter contre la fatigue pendant quelques minutes, mais elle était épuisée et les médicaments de l'hôpital étaient encore dans son système et la rendaient somnolente.

— Hunt, dit-elle, à moitié endormie.

— Oui ?

— Merci. Pour tout.

CHAPITRE TRENTE

H UNT SE RÉVEILLA avec Pip dormant sur sa poitrine. Il avait été frappé par beaucoup de choses au cours des dernières vingt-quatre heures, la plus frappante étant cette nouvelle relation avec Pip West qui était à la fois excitante et effrayante à souhait. Il essayait de ne pas penser au fait qu'on lui retirait l'enquête BLACKCLOUD ou que son patron le signale au Bureau de la responsabilité professionnelle. Il consulta le réveil. Il avait dormi pendant trois heures, ce qui semblait être la norme cette semaine-là.

Pip fronça les sourcils dans son sommeil et il se demanda si elle souffrait. Il devrait la réveiller bientôt. Le médecin avait dit qu'il y avait peu de chances qu'elle tombe dans le coma, mais que c'était possible. Il se souvint de ce qu'il avait ressenti pendant ces brefs moments où il avait cru qu'elle était peut-être morte…

C'était pour cela qu'il ne s'attachait pas aux gens.

Il n'était ni impétueux ni stupide. Il regardait toujours avant de s'élancer, mais que Dieu lui vienne en aide, cette femme avait fait ressortir tous ses instincts de protection et cela s'effrayait. Il ne pourrait pas la protéger plus qu'il n'avait protégé son père ou sa demi-sœur. Ni Cindy Resnick d'ailleurs.

Le cerveau aiguisé de Pip et sa recherche constante de

réponses n'étaient pas de bon augure pour sa carrière, et il lui en avait déjà dit plus qu'il n'aurait dû, car il voulait qu'elle puisse tourner la page concernant la mort de son amie.

C'était une erreur.

Il ne voulait pas que sa relation avec elle lui coûte la carrière au FBI pour laquelle il avait travaillé si dur, mais il voulait voir où cette histoire avec Pip allait le mener. Et il voulait s'assurer qu'elle allait bien après son agression. Elle n'avait personne d'autre.

Il secoua la tête devant ces arguments fallacieux. Même s'il y avait eu quelqu'un d'autre pour s'occuper d'elle, il voulait être cette personne. Il voulait qu'elle partage son lit, sa maison. Les choses allaient trop vite pour qu'il puisse se rendre compte de ce qu'il ressentait. C'était un nouveau territoire pour lui.

Son retrait de l'enquête BLACKCLOUD avait été un crève-cœur, mais c'était nécessaire. Hunt avait suivi les règles et n'avait pas compromis la recherche du vendeur d'armes biologiques, mais le SAC Bourne avait toujours l'air de vouloir l'étrangler. L'implication de Pip dans la production d'armes biologiques n'avait aucun sens, mais aurait-elle pu vendre cette histoire à un journal ?

Non. C'était impossible.

Mais s'il le pensait, ne serait-ce qu'un instant, alors tous les autres membres du Bureau le penseraient aussi. S'il restait au FBI, et avec Pip, il passerait toute sa carrière à la défendre.

Le chalet du professeur Everson était encore en cours d'analyse, mais il semblait évident que le professeur avait frappé Pip et s'était suicidé. Sa lettre de suicide suggérait que la traînée de corps était devenue trop importante. Peut-être n'avait-il pas eu le courage d'achever Pip, ou il avait supposé qu'elle était déjà morte.

Hunt ne pouvait pas se débarrasser de ce sentiment de malaise.

On leur avait fourni trop d'indices dans cette enquête, chacun d'entre eux s'étant révélé faux par la suite.

Les cheveux de Pip lui chatouillaient le nez, mais il ignora cette sensation. Il aimait la tenir dans ses bras.

Il était minuit passé. Il devrait essayer de dormir un peu plus. Juste au moment où il se rendormait, il entendit son portable professionnel vibrer. Doucement, il se sépara de Pip et s'éloigna de la chaleur de son étreinte.

Il attendit d'être dans la cuisine pour répondre. C'était Hernandez. Elle n'avait manifestement pas appris qu'il était officiellement retiré de l'affaire.

SON TÉLÉPHONE PORTABLE sonnait. Pip tendit le bras et tâtonna sur la table de chevet jusqu'à ce qu'elle le trouve, le portant à son oreille, groggy et confuse.

— Allô, fit-elle.

Il y eut un silence à l'autre bout et il lui fallut un moment pour se rappeler qu'elle était chez Hunt. Dans son lit. Et c'était son téléphone.

Et merde. Elle repoussa les couvertures et s'assit lentement. Sa tête était douloureuse, mais la douleur n'était plus lancinante.

— Pourquoi vous répondez au téléphone de Hunt ?

C'était Will, l'ami de Hunt, et il avait l'air énervé.

— Ne vous embêtez pas à essayer de vous justifier. Je veux dire, c'est évident, n'est-ce pas ? Malgré tout ce que j'ai dit plus tôt. Vous ne lui avez pas causé assez de problèmes ? Il vient de perdre sa place sur l'affaire et de perdre une occasion de procéder à une arrestation. Et maintenant il fait face à une enquête interne grâce à l'histoire que vous avez divulguée au journal.

Pip était sonnée.

— Comment ça ?

— Oubliez ça. Où est-il ? J'ai besoin de lui parler.

Elle leva les yeux et vit Hunt debout dans l'embrasure de la porte, tenant un autre téléphone à l'oreille.

— Je vous rappelle, dit-il à la personne au téléphone.

Il tendit la main et elle lui remit le téléphone.

Qu'avait voulu dire Will ?

— Quoi de neuf, connard ?

Pip vit l'expression du visage de Hunt passer de l'agacement à l'inquiétude.

— Non. Pourquoi ?

Elle n'entendait que la moitié de la conversation de Hunt.

— Vous vous êtes disputés ?

Il y eut une pause pendant que Will répondait vraisemblablement.

— Quelle est la dernière chose qu'elle a faite ?

Les rides sur le front de Hunt se creusèrent plus profondément, témoignant de son inquiétude. Quelque chose n'allait pas, mais Pip était prisonnière des pensées qui tourbillonnaient dans son cerveau comme des vautours attendant de dépecer une carcasse. À quoi Will avait-il fait allusion ?

— Tu as parlé à Bourne ? demanda Hunt. Tu as appelé toutes ses copines ? Appelle Bourne. Dis-lui ce que tu m'as dit. Je serai au bureau dans vingt minutes.

Hunt raccrocha.

Elle prit la parole en premier.

— Je ne voulais pas répondre à ton téléphone. Désolée.

Pour une femme qui n'avait jamais eu l'habitude de s'excuser, elle s'améliorait.

Il y avait une lueur dans ses yeux qu'elle ne sut interpréter. Ne la croyait-il pas ?

— J'étais à moitié endormie.

Elle regarda ses orteils.

— Je ne savais pas où j'étais quand ça a sonné.

— Ce n'est pas grave, dit-il sèchement. Désolé pour Will. Il est inquiet.

— Il a dit que tu n'étais plus sur l'affaire ?

Le silence s'étira, lourd de questions sans réponses. Puis Hunt s'activa, enfilant un t-shirt propre si rapidement qu'elle n'eut pas le temps d'admirer ses muscles sexy.

— Je me suis retiré de l'affaire, dit-il sans la regarder. Après qu'on t'a trouvée inconsciente chez le professeur Everson, c'est devenu immédiatement un conflit d'intérêts.

La culpabilité l'envahit.

— Je n'ai jamais voulu te causer des problèmes.

Quelque chose scintilla à nouveau dans ses yeux, mais il ne dit rien. Ne lui faisait-il pas confiance ? Elle serra les dents, puis se força à parler.

— Will a dit que tu faisais face à une enquête interne à cause d'une histoire que j'ai divulguée ?

Elle posa sa question d'un ton léger, comme si elle ne souffrait pas le martyre à cette idée.

Hunt secoua la tête en tirant le harnais de son arme par-dessus le t-shirt marron.

— Je ne crois pas que tu aies divulgué l'histoire.

Elle serra les poings et les reposa sur ses cuisses. C'était déjà ça.

— Quelle histoire ?

Il enfila une paire de chaussettes propres, puis une paire de grosses bottes noires.

— Quelle histoire, Hunt ?

— Quelque chose à propos du FBI qui enquête sur la mort de ces scientifiques.

— Pourquoi aurais-je fait ça ?

Elle fronça les sourcils.

— Pour essayer de tirer davantage de la mort de Cindy.

Il passa une main dans ses cheveux, les ébouriffant.

— Je ne pense pas que tu aies divulgué quoi que ce soit, mais c'est ce qu'on pourrait penser.

— Je ne te trahirais jamais comme ça…

Elle déglutit, essayant d'humidifier sa gorge sèche. Elle n'aurait jamais fait ça. Une relation personnelle l'emporterait toujours sur une histoire, et elle ne trahirait jamais une source. S'il ne le voyait pas, comment pouvaient-ils espérer avoir une vraie relation ?

Il s'agenouilla à côté d'elle et glissa une mèche de cheveux derrière son oreille.

— Comme je l'ai dit, je ne pense pas que tu aies divulgué quoi que ce soit. Mon patron déteste les journalistes.

— Toi aussi.

— Plus maintenant.

Il sourit et plaça ses mains sur les siennes.

— Je dois y aller. Rendors-toi. Je t'appellerai dans quelques heures pour vérifier que tu vas bien. C'est un vrai bordel, mais je te fais confiance.

Ses téléphones portables sonnèrent, l'un après l'autre, mais il les ignora alors qu'ils se fixaient silencieusement l'un l'autre. Elle voulait le croire. Elle voulait croire en eux.

Son téléphone fixe sonna. Sa voix emplit l'air, et elle sursauta en réalisant que c'était son répondeur. Elle pouvait l'entendre clairement depuis une autre pièce.

— Agent Kincaid. J'ai essayé vos numéros de travail et de portable, mais vous n'avez pas répondu alors j'essaie l'autre numéro que vous avez écrit sur votre carte de visite.

Hunt bondit sur ses pieds et quitta la pièce à grands pas. Pip le suivit dans la cuisine.

— C'est Karen Spalding de Blake.

La femme avait l'air stressée.

— Je dois vraiment m'opposer à ce que des agents du FBI et du CDC viennent sur le campus et prélèvent de l'anthrax et d'autres échantillons biologiques lors de descentes armées. Cela dépasse les bornes. Je me fiche de savoir s'il y a une menace ou non. Le CDC ne peut pas simplement entrer ici et prendre ce qu'il veut et nous faire passer pour des méchants.

Hunt se tenait à côté de la machine et inclinait la tête. Pip en avait déjà assez entendu. Spalding laissa son numéro et raccrocha.

Échantillons biologiques. Menace.

Pip posa une main sur le comptoir pour se stabiliser.

Menace biologique.

Anthrax.

Sa bouche s'assécha. Tout l'indiquait depuis le début. Le travail de Hunt. La façon dont les scènes avaient été traitées – elle avait été trop traumatisée pour comprendre.

— Donc, vous avez créé une histoire de couverture à propos de nouvelles procédures pour traiter avec des scientifiques morts parce que vous étiez inquiets que quoi, que Cindy développe une arme biologique ?

Elle rit en prononçant ces mots, mais l'expression de Hunt

lui indiqua qu'elle avait raison.

— Oh, mon Dieu.

Pip déglutit. Cela semblait irréel.

Tu ne sais pas tout.

— En aucun cas Cindy ne ferait de mal à quelqu'un, lui dit-elle fermement. Je suppose que vous pensez maintenant que c'était le professeur ? Il a tué Cindy pour cacher le fait qu'il fabriquait, quoi, de l'anthrax ?

Cette idée l'horrifiait.

— Pourquoi tu ne m'as pas prévenue ? J'aurais reculé…

Il enfonça ses doigts dans ses cheveux.

— C'est confidentiel…

— J'aurais pu mourir ! cria-t-elle si fort que la douleur lui vrilla le crâne.

Elle ferma les yeux et se détourna de lui, posant ses deux mains sur le comptoir.

— Tu ne dois parler de ça à personne. Si le public le découvre, il pourrait y avoir une panique générale…

Elle refusait d'entendre ce qu'il avait à dire. Malgré ce qu'il lui avait assuré quelques minutes plus tôt, il ne lui faisait pas confiance. Même s'il le faisait, ses collègues non. D'où le fait qu'il ait des problèmes au travail et que Will l'emmerde au téléphone.

— Je dois y aller, dit Hunt. Fuller a disparu. On pourra parler dans la matinée ?

Les émotions montèrent à nouveau dans sa gorge et elle chassa les larmes. Elle acquiesça et ne bougea pas quand il l'embrassa sur la tempe. Puis il partit, et elle se força à repousser la fatigue et la léthargie, et à s'activer. Elle ne pouvait pas rester seule chez lui.

Elle n'était pas assez forte pour protéger son cœur comme

elle l'aurait dû et cela lui ferait trop mal quand tout irait de travers. Et ça se passait *toujours* très mal. Elle suivait décidément à la lettre le « N'abandonne jamais. Ne te rends jamais » tatoué sur sa peau.

La porte d'entrée se referma, elle se dirigea vers la chambre et prit son sac à main. Elle était pieds nus et habillée en blouse, mais ne s'en souciait pas. Elle ne pouvait pas rester.

Elle prit les clés du SUV de Cindy et sortit. Hunt était parti. Elle monta dans le véhicule, posant avec précaution son pied nu sur la pédale alors qu'elle démarrait, reconnaissante pour le souffle d'air chaud du chauffage.

Elle l'appela. Elle n'allait pas se comporter comme une lâche. Elle n'allait pas lui mentir. Mais il ne décrocha pas et une partie d'elle, dégonflée, poussa un soupir de soulagement.

— Hunt. Je retourne à l'hôtel. Je ne suis pas à l'aise à l'idée de rester seule chez toi et je pense qu'on devrait prendre un peu de recul. Je…

Mon Dieu, c'était si dur. Quelques minutes plus tôt, elle était blottie dans son lit.

— J'apprécie ta gentillesse, mais cette *histoire* entre nous ne va pas fonctionner. Tu mérites quelqu'un de mieux que moi. Quelqu'un de plus courageux. Au revoir.

Elle raccrocha et eut immédiatement l'impression qu'elle allait vomir, et ce n'était pas à cause de sa blessure à la tête. C'était la folie de quitter - non, de fuir - un homme qui pourrait être l'amour de sa vie.

Mais ils ne seraient jamais compatibles. Elle n'était pas sûre de pouvoir supporter qu'il ait un travail qui l'empêchait de se confier à elle. Et même si elle pouvait l'accepter, il passerait toute sa carrière à la défendre et à s'excuser pour elle. Elle ne pouvait pas supporter l'idée de lui faire subir cette épreuve. De saper le seul travail qu'il avait toujours voulu. Il valait mieux qu'elle rompe maintenant avant qu'ils aient tous les deux le cœur brisé.

CHAPITRE TRENTE ET UN

La clé de la maison de Cindy était sur le porte-clés et elle se souvint qu'elle avait laissé quelques vêtements dans la chambre de la maison des Resnick.

Ce n'était pas si loin et c'était bien mieux que de rentrer à l'hôtel pieds nus et de ressembler à une figurante de *The Walking Dead*.

Dix minutes plus tard, elle entrait dans la maison de Cindy, avançant doucement dans la pièce par habitude. Pourquoi l'alarme ne s'était-elle pas déclenchée ? Elle devrait avoir une longue discussion avec la femme de ménage à propos de la sécurité.

Elle marcha silencieusement jusqu'à la moquette de l'escalier. Elle passa devant la porte fermée de la chambre de Cindy et alluma la lumière de son ancienne chambre. Tout lui était cher et familier. Elle réalisa autre chose. Le lendemain, elle quitterait l'hôtel et emménagerait dans cette maison jusqu'à ce qu'elle trouve une solution. Elle ouvrit un tiroir et en sortit un vieux t-shirt FSU et une paire de jeans en lambeaux. Elle trouva également un sweat à capuche gris, des chaussettes et une paire de vieilles baskets dans le placard. Son téléphone sonna et elle consulta le numéro. C'était Hunt. Il avait dû avoir son message.

Elle prit une profonde inspiration, mais avant de pouvoir

répondre, elle entendit le craquement d'une latte de plancher et se retourna. Dans l'embrasure de la porte se tenait Adrian Lightfoot. Il avait les yeux rouges et son costume était froissé comme s'il avait dormi là.

— Adrian ! s'exclama-t-elle.

— Que faites-vous ici ? demandèrent-ils à l'unisson.

— J'avais besoin de vêtements, dit Pip, se sentant mal à l'aise.

Les yeux de l'homme étaient un peu fous et elle commençait à se sentir mal à l'aise.

— Qu'est-ce que vous faites là, Adrian ?

Son téléphone se tut. Hunt avait laissé tomber.

Adrian ouvrit la bouche et la referma, puis passa sa main dans ses cheveux blonds, les dressant sur sa tête.

— Je suis venu un peu plus tôt. Je me suis endormi. Je suis vraiment désolé. J'ai entendu du bruit et j'ai pensé qu'un cambrioleur était entré.

Pip le fixa. Et soudain, certaines des choses que Cindy et Dane avaient dites s'imbriquèrent.

— Vous étiez amoureux d'elle. De Cindy.

Il renifla bruyamment et cligna des yeux en regardant ailleurs.

— En effet. Je pensais que c'était réciproque. Nous nous fréquentions depuis quelques mois et elle m'a envoyé un message pour me dire qu'elle avait terminé sa thèse et qu'elle prévoyait de la soumettre le lendemain. J'ai décidé d'aller au cottage, de la surprendre avec des fleurs.

Une autre chose devint claire.

— C'était votre ADN sur les draps de lit.

Pourquoi Cindy n'avait-elle pas mentionné qu'elle le voyait ?

Ses lèvres se tordirent.

— Sûrement. Je n'en suis plus sûr à cent pour cent maintenant.

— Comment ça ?

— Cindy me trompait. Elle voyait d'autres hommes.

Pip fronça les sourcils.

— Elle n'aurait jamais fait ça.

Il inclina la tête.

— Elle a commencé à me fréquenter alors qu'elle sortait encore avec ce clown de Dane.

Pip secoua la tête.

— Elle n'aurait pas couché avec vous deux en même temps. Pourquoi elle ne m'a pas parlé de votre histoire ?

— Je lui ai demandé de ne pas le faire. C'était une cliente, pour l'amour de Dieu, et elle était bien trop jeune pour moi.

— Elle avait vingt-huit ans, elle était assez âgée pour décider elle-même de ses fréquentations. Et vous êtes loin d'être croulant ou hideux. Et elle aurait pu prendre un nouvel avocat.

Il avait l'air accablé.

— Je voulais y aller doucement. Je lui ai dit de trouver quelqu'un d'autre, mais elle voulait que je m'occupe des problèmes de brevets qui arrivaient à leur terme.

Pip ignora la légère douleur que lui causait le fait que Cindy le lui ait caché.

Les souvenirs de leur dispute devenaient plus clairs à présent. Plus précis. Plus douloureux. Pip avait accusé Cindy de coucher à droite et à gauche alors qu'elle était déjà en couple avec cet homme. Cindy n'avait pas dû apprécier les leçons pieuses de Pip, surtout si elle avait promis à Adrian de garder leur relation privée.

Il retroussa les lèvres.

— Arrêtez de prétendre qu'elle était un ange.

— Elle l'était…

— Menteuse !

Sa voix se brisa.

Un frisson de peur la traversa. Hunt s'était-il trompé sur le meurtrier de Cindy ?

— C'est ce que je pensais aussi, jusqu'à ce que je la voie.

Il étouffa un sanglot.

— La nuit où elle est morte…

Une vague glacée engloutit Pip. Ses doigts planaient au-dessus du bouton pour rappeler Hunt.

— Elle baisait ce connard dans le salon du cottage.

— Hein ? Quoi ?

— Pete Dexter. Ce bâtard obséquieux.

Les jambes de Pip se dérobèrent et elle s'affala sur le lit.

— Vous l'avez vue faire l'amour avec Pete Dexter la nuit de sa mort ?

— Elle était nue. Il était habillé.

Sa voix était amère. Pip pouvait sentir le whisky dans son haleine.

— Faites-moi confiance. Elle passait le meilleur moment de sa vie…

— Non.

Son estomac se retourna. Hunt pensait que le professeur avait tué Cindy.

— Vous êtes sûr que c'était Pete ? Pas son conseiller ?

— Elle baisait son professeur, aussi ?

Adrian leva les yeux au plafond. Il tenait un livre. *Autant en emporte le vent*, réalisa-t-elle. Il était en mauvais état, comme s'il avait dormi avec. C'était donc lui qui l'avait offert à Cindy. Tout semblait logique à présent. Il avait été amoureux d'elle. Avait-il aussi pris le journal de Cindy pour que les autorités ne l'interrogent pas ?

— Pourquoi n'avez-vous pas parlé de Pete à la police ? demanda Pip, incrédule.

— Parce que l'autopsie a montré qu'elle était morte en se noyant après avoir pris de la drogue ! Je ne voulais pas détruire ma carrière en admettant notre liaison. Je ne voulais pas que tout le monde sache que j'avais été un imbécile.

— Mais vous vous trompez sur ce qui s'est passé.

Elle n'était pas sûre de devoir lui dire ce que Hunt lui avait confié, mais la douleur de cet homme la transperçait et elle avait besoin qu'il comprenne que Cindy ne l'avait pas trahi.

— Quelqu'un a glissé de la drogue dans sa bouteille d'eau quand elle est allée courir. Puis on l'a gavée de champagne à la cocaïne.

Adrian fronça les sourcils et tangua légèrement.

— Mais je l'ai vue…

— Vous l'avez vue se faire violer ! explosa Pip.

Adrian écarquilla les yeux.

— Quoi ?

— Quelqu'un l'a droguée et si ce que vous dites est exact – car s'il mentait, elle venait de réaliser qu'elle était seule dans la maison avec un fou furieux qui n'avait qu'une seule raison de mentir –, cette même personne l'a violée, puis lui a donné plus de cocaïne.

Pete Dexter. Elle sentit la haine l'envahir. Elle allait tuer ce fils de pute elle-même.

— Il est possible qu'il l'ait conduite exprès au lac, ou qu'il l'ait laissée seule et que, dans son état, elle ait décidé d'aller se baigner.

L'agonie puis la rage déformèrent les traits d'Adrian.

— Je vais le tuer.

Elle attrapa son bras, mais il la repoussa et elle tomba par terre. Le temps qu'elle se remette du choc paralysant, Adrian était parti. Elle se redressa en respirant laborieusement. Elle descendit prudemment, suivant les lumières allumées dans toute la maison. Elle atteignit le bureau du père de Cindy et vit que le coffre était grand ouvert. Elle regarda à l'intérieur. L'arme n'était plus là.

———

PIP AVAIT APPELÉ Hunt à plusieurs reprises et laissé des messages lui disant qu'elle devait lui parler d'urgence de la mort de Cindy, mais il ne l'avait toujours pas rappelée. Elle avait contacté les secours, mais ils ne l'avaient pas prise au sérieux, surtout qu'elle ne savait pas où se trouvaient Adrian et Pete. Il était hors de question qu'elle reste assise à attendre toute la nuit qu'un inspecteur vienne prendre sa déposition.

Elle se rendit à l'appartement où Pete vivait quand il sortait avec Cindy. C'était dans un quartier chic du nord-est de la ville. D'après les bases de données auxquelles elle avait accès sur son téléphone portable, il vivait toujours là. Elle regarda la fenêtre de l'appartement, mais il n'y avait pas de lumière.

Dans ses souvenirs, Pete était un lève-tôt et un couche-tôt. Il était deux heures du matin et la journée avait été longue. Elle martela le volant de ses doigts.

Elle ne voyait la voiture d'Adrian nulle part. Si elle appelait Pete pour le mettre en garde contre Adrian, il saurait qu'ils savaient qu'il avait violé Cindy et qu'il était sûrement responsable du meurtre de son amie. Et qu'il était peut-être impliqué dans cette histoire d'anthrax sur laquelle le FBI enquêtait.

La haine gonflait en elle. Elle ne le laisserait pas échapper à la punition qu'il méritait. Mais elle voulait que ce soit public. Elle voulait que ce soit légal. Elle voulait que ce soit *juste*.

Elle décida de l'appeler sur son ancien fixe en espérant que le numéro n'ait pas changé. Elle masqua l'identité de l'appelant pour qu'il ne voie pas qui était en ligne. Elle voulait juste savoir où il était.

Le téléphone sonna quatre fois avant que le répondeur ne se mette en marche.

Elle appela à nouveau.

Toujours pas de réponse. Assise seule dans la voiture, dans le noir, elle réalisa soudain qu'elle avait été idiote. Lâche.

Hunt enquêtait sur des menaces biologiques et des meurtres. Le fait qu'il lui ait confié des choses était un miracle, une preuve ultime de confiance. Rien que ça aurait pu lui coûter son travail si son patron le découvrait.

Et elle avait eu peur parce que la vie avait été dure avec elle. Mais blinder son cœur en repoussant les gens ne la protégeait pas, cela éloignait simplement tout le monde. Elle était donc seule dans le noir au beau milieu de la nuit à essayer de résoudre la mort de son amie alors que si elle n'avait pas paniqué et fui, elle aurait pu faire partie d'une équipe.

La solitude l'envahit.

Elle composa à nouveau le numéro de Hunt et il ne décrocha pas. Avait-il écouté son premier message ? Celui qu'elle lui avait envoyé quand, prise de panique, elle s'était rendue détestable pour qu'il lui soit plus facile de la repousser ?

Elle était tellement lâche.

Elle rappela et laissa un autre message. Elle essaya d'appeler le fixe de Pete une fois de plus, mais il ne répondit pas. Et s'il était, en ce moment même, en train d'essayer de s'échapper ?

Sa tête avait recommencé à lui faire mal et un frisson parcourut ses épaules et sa colonne vertébrale. Elle démarra et mit la ventilation pour se réveiller.

Elle allait passer devant l'immeuble brillant de Pete, puis se rendre au bureau régional du FBI et faire une déposition sur ce qu'elle avait découvert.

Elle doutait qu'elle ait une autre chance avec Hunt, mais elle ne pouvait pas laisser Adrian faire quelque chose d'irréfléchi, empêchant de traduire Pete Dexter en justice.

———————

HUNT JETA LE téléphone.

— Du nouveau ? demanda Will.

Hunt secoua la tête. Ça ne s'annonçait pas bien.

Will était penché sur son bureau, la bouche crispée. Les yeux inquiets.

Hunt avait été furieux contre son ami d'avoir essayé de tuer dans l'œuf toute relation entre Pip et lui, mais la disparition de Fuller était trop sérieuse pour garder de la rancœur à son égard. Hunt avait fouillé le bureau de Mandy. Elle allait le tuer quand elle verrait la pagaille qu'il avait mise. Mais rien n'indiquait où elle était allée cet après-midi-là.

On avait lancé un avis de recherche sur sa voiture. Informé les flics locaux de sa disparition. Toujours rien.

— Elle ne disparaîtrait pas comme ça, dit Will.

— Et vous ne vous êtes pas disputés ?

Will secoua la tête.

— Même si elle était en colère contre moi, elle ne

m'éviterait pas. Ce serait plutôt l'inverse.

Le téléphone de Hunt sonna. Pip. Il serra les dents. Il l'avait écoutée se défiler plus tôt et il était encore énervé et *blessé*, et il avait essayé de la rappeler, mais elle n'avait pas décroché. De la *gentillesse* ? Elle pensait qu'il était « gentil » ? Il n'avait pas le temps de s'occuper de ses insécurités pour l'heure. Il avait risqué sa peau pour elle et elle s'enfuyait au premier obstacle ?

Il la laissa tomber sur la messagerie vocale. Il avait besoin de prendre du recul pour l'instant. Et peut-être qu'elle avait raison. Peut-être que ça n'allait pas marcher entre eux et que prendre de la distance serait une bonne idée.

Mais bien sûr. Peu importe.

— Quel est le dernier appel téléphonique que Fuller a reçu ?

Will se gratta la tête.

— J'ai demandé au standard, mais ils ne le savent pas.

Hunt eut une idée. Il appela le SIOC. Libby Hernandez travaillait toujours. Avec la menace de l'anthrax, tout le monde faisait des heures supplémentaires.

— Nous avons perdu un agent.

— Perdu ? demanda l'analyste.

— Mandy Fuller. Elle a disparu. Son petit ami – Will grimaça devant cette description –, un autre agent du bureau régional d'Atlanta, n'a plus de nouvelles depuis ce matin. Elle n'est pas chez elle, sa Bucar n'est pas là non plus et on ne peut pas la localiser. Son téléphone est éteint ou n'a plus de batterie. Elle n'aurait pas disparu comme ça. Elle travaillait sur la fusillade d'hier.

— Vous voulez dire quand quelqu'un a essayé de vous transformer en gruyère et que vous avez été sauvé par un tas de romans à l'eau de rose ?

Il soupira.

— Il y avait quelques thrillers là-dedans, aussi.

Mais cela allait devenir sa légende au FBI. Il recevrait des romances chaque fois qu'il changerait de bureau. Il aurait le droit à des romances quand il prendrait sa retraite.

Le plus fou, c'était qu'il aurait voulu partager cette plaisanterie avec Pip, mais elle s'était enfuie parce qu'elle était encore plus effrayée que lui par l'idée d'une relation.

Rien de tout cela n'avait d'importance. Il était inquiet. À propos de Mandy. De sa carrière. À propos de ce truc avec Pip. Il savait qu'elle avait peur. Lui aussi était flippé. Comme si tout ce qui avait toujours compté pour lui n'était pas en jeu. Mais Mandy avait *disparu*.

Il reçut un texto.

— La dernière chose à laquelle Mandy Fuller a accédé sur son portable professionnel était une adresse.

Hernandez la lui donna, et Hunt l'écrivit et la remit à Will.

— Un véhicule correspondant à la description de celui qui a été impliqué dans la fusillade d'hier a été déclaré volé à cette adresse.

— Merci. Pouvez-vous me dire quelque chose sur les habitants ?

Hunt enfila son gilet pare-balles avant de prendre son manteau et de sortir. Will le suivait de près. Ils se précipitèrent sur le parking et prirent la Bucar de Will, qui était une Dodge Charger.

— La propriété et le véhicule sont listés comme appartenant à un soldat en service actif nommé Cory Slater qui est actuellement en déploiement. La maison est détenue conjointement par sa sœur, Beatrice Grantham.

— Répétez-moi ça.

Hunt ne pensait pas avoir bien entendu.

— Maison appartenant à Cory Slater qui est actuellement répertorié comme étant en Afghanistan et sa sœur Beatrice Grantham…

— Une certaine Bea Grantham travaille pour Universal Biotech Inc., dit rapidement Hunt.

Will le regarda tandis qu'ils s'éloignaient.

— Je n'aime pas ça. Je n'aime pas ça du tout. Appelez McKenzie et tenez-le au courant. Je vais parler à mon SAC. Merci, ajouta-t-il à Hernandez.

— Quoi ? Qu'est-ce qu'il y a ?

Les poings de Will étaient crispés autour du volant comme s'il allait l'arracher.

— Laisse-moi informer Bourne en même temps.

Hunt composa rapidement le numéro et parvint à joindre son patron toujours à son bureau au beau milieu de la nuit.

— Quelque chose d'étrange est arrivé. La dernière chose que Fuller a cherchée sur son portable est l'adresse d'un véhicule volé qui correspond à la description de celui impliqué dans la fusillade d'hier. Mais la maison appartient à une femme que j'ai rencontrée à Universal Biotech cette semaine. L'assistante personnelle de Pete Dexter. Du moins, il y a une femme qui porte le même nom, corrigea-t-il.

Il n'y avait aucune garantie que ce soit la même personne.

Et merde. Cela ne pouvait pas être une coïncidence. Ce nom n'était pas courant.

Bourne resta silencieux si longtemps que Hunt crut qu'il l'avait perdu. Enfin, il poussa un juron.

— Je ne veux pas qu'on prenne de risques. Faites intervenir le SWAT. Griffin et vous, n'entrez pas là-dedans.

Will le regarda d'un air noir et Hunt sentit son humeur s'assombrir.

— Avez-vous trouvé où le professeur a filmé cette vidéo ? Ou comment il a infecté le pilote ?

— Pas encore. Ce n'est que le début, Kincaid, et vous n'êtes plus sur l'affaire, rappelez-vous.

Hunt le savait, mais ces détails le rongeaient.

— Ne vous rendez pas seuls dans cette maison ou je vous retire vos deux badges. Envoyez-moi l'adresse et le SWAT sera là dans 20 minutes.

Hunt poussa un profond soupir.

— Bien, monsieur.

Il raccrocha et regarda Griffin.

— Tu l'as entendu.

— Je suis du SWAT, grogna Will.

— Pas cette fois.

— Je ne peux pas rester sur la touche…

— Tu n'as pas le choix si tu veux garder ton boulot.

Hunt envoya l'adresse par SMS à son patron.

Will continua à avancer et s'arrêta sur le bord de la route dans un crissement de freins.

— Je ne sais pas ce que je vais faire si quelque chose lui est arrivé.

Le désespoir rongeait Hunt. Il ne connaissait que trop bien ce sentiment.

— Fuller va bien. Elle est sûrement en train de descendre des margaritas dans un bar chic, sans savoir qu'on est tous en train de flipper.

Mais quelque chose clochait, même s'il ne voulait pas inquiéter son ami avec son mauvais pressentiment. Chaque fois qu'ils pensaient avoir résolu cette affaire, elle se transformait en autre chose. Quelque chose de plus compliqué.

Hunt sentit son téléphone vibrer dans sa poche. C'était encore un message vocal de Pip. Il faillit l'ignorer, car il devait trouver Fuller et que le manque de confiance de Pip le blessait, mais il n'était pas un lâche.

— Hunt, c'est Pip. Je suis allée chez Cindy pour prendre des vêtements et je suis tombée sur Adrian Lightfoot.

À cette heure-ci ?

— Je sais que je n'aurais pas dû le faire et je suis vraiment désolée d'avoir trahi ta confiance et je sais que tu ne me pardonneras peut-être pas et que tu penseras que tu avais raison depuis le début, mais… Il avait une liaison avec Cindy. Écoute, je sais que je m'emballe, mais Adrian a dit qu'il avait vu Pete Dexter faire l'amour avec Cindy cette nuit-là et il a cru qu'elle le trompait. Et je lui ai dit, je sais que je n'aurais pas dû. *Bon sang, je suis tellement stupide.* Mais je lui ai parlé du Rohypnol et ensuite Adrian est sorti de la maison avec l'arme du père de Cindy et je sais qu'il va essayer de trouver Pete pour le tuer, ce qui serait mérité, quelque part. Mais ce que je veux vraiment, c'est que Pete paie pour ce qu'il a fait à Cindy, et Dieu sait qui d'autre.

Hunt poussa un juron.

Elle faisait sûrement référence à Sally-Anne et au dealer. Mais si les mensonges de Dexter allaient plus loin que ça ? Et si Dexter et ses associés d'Universal Biotech, ainsi que Bea Grantham, couvraient un crime bien plus important et avaient piégé le professeur, de la même manière qu'ils avaient piégé le dealer plus tôt dans la semaine ?

Le message vocal continuait.

— J'ai voulu passer par l'appartement de Dexter pour empêcher Adrian de le confronter, mais les lumières sont éteintes et je ne vois aucun signe de vie. Je suis dans la voiture.

Il l'entendit déglutir.

— J'ai réalisé que tu étais la première personne que je voulais appeler et ce n'est pas seulement parce que tu es un agent du FBI. Je suis nulle en matière de relations. Je ne m'attends pas à ce que tu me pardonnes, mais je suis désolée de t'avoir laissé tomber.

Elle raccrocha et il fixa le téléphone, en état de choc. *L'avoir laissé tomber* ? C'était donc ça ? Et merde.

— Qu'est-ce qu'il y a ? demanda précipitamment Will.

Hunt ignora son ami et composa le numéro de Pip, mais l'appel tomba directement sur la messagerie vocale. Son cœur battait si fort qu'il pouvait à peine entendre le bip pour laisser un message.

— N'approche pas Dexter. Retourne à l'hôtel. Le FBI est en route. Pip…

Et merde, que pouvait-il dire ? Il était soudain convaincu que Dexter avait tenté de développer et de vendre des armes biologiques à des fins financières et qu'il avait tué au moins cinq personnes pour le dissimuler. Il espérait que Fuller n'était pas sa sixième victime.

— S'il te plaît, reste en sécurité. Je…

Il buta sur les mots. Pas de déclaration d'amour, puisqu'il ne la connaissait que depuis une semaine. Même pas. Comment pourrait-il l'*aimer* ? Mais il y avait quelque chose qui bouillonnait dans son sang et ce n'était pas la peur que l'on ressentait pour une amie.

— Je veux que tu restes en sécurité. Rappelle-moi.

Il rappela Bourne et lui expliqua ce que Pip avait dit pendant que Will serrait les dents, muet d'inquiétude. Hunt expliqua :

— Je pense que Dexter a tué Cindy parce qu'elle était en travers de son chemin.

Dexter avait aussi été l'un des étudiants du professeur Everson. Ils avaient peut-être secrètement testé leurs vaccins sur cette souche militarisée pendant leurs recherches. Dexter avait peut-être emporté un échantillon d'anthrax quand il avait ouvert sa société. Et peut-être que Cindy avait été la seule chercheuse capable de créer un vaccin contre cette souche encore plus mortelle de la bactérie tueuse et qu'une fois qu'elle avait rempli sa mission, ils l'avaient tuée ?

Était-ce pour ça que Pete était sorti avec Cindy, mais avait couché avec une autre femme ? Peut-être que l'autre femme était la jolie rousse ?

— Je vais obtenir un mandat d'arrêt et des mandats de perquisition pour sa maison et sa société. Le SWAT est en route vers la maison de l'assistante en ce moment même, lui apprit Bourne.

— Bien, monsieur.

Hunt raccrocha.

— Et maintenant, Hunt ? Où est Mandy, bon sang ? demanda Will.

S'il avait raison à propos de Dexter, alors le gars devait savoir que son plan s'effondrait. Bien sûr, le suicide apparent du professeur avait permis de suspendre l'enquête pendant un court moment, mais les trous dans l'histoire ne tarderaient pas à se transformer en cavernes.

— Pip a dit qu'il n'y avait personne à l'appartement de Dexter. Je pense qu'on devrait aller voir au siège de la société. Ces trous du cul vont s'enfuir, mais ils vont prendre leurs affaires avec eux.

Et même si les choses ne se présentaient pas bien pour

Mandy, il refusait de perdre espoir.

— Et si Fuller n'est pas chez Bea Grantham à l'arrivée du SWAT, elle sera à Biotech. Allons la chercher.

CHAPITRE TRENTE-DEUX

LA DOULEUR ÉTAIT insoutenable, mais Mandy savait qu'elle ne pouvait pas se trahir en faisant du bruit. Les gens qu'elle entendait se crier dessus pensaient clairement qu'elle était morte et essayaient de trouver un moyen de se débarrasser de son corps.

Elle tremblait de peur. La bâche dans laquelle elle était enveloppée rendait sa respiration difficile. Elle avait reçu deux balles dans la poitrine et avait l'impression que quelqu'un continuait à la poignarder avec un tisonnier chauffé à blanc. Elle se sentait nauséeuse, faible, et avait très froid.

Elle pouvait attester que se vider lentement de son sang via deux impacts de balles n'était pas amusant. Elle réprima un sanglot de douleur.

Quelqu'un avait-il remarqué son absence ?

Will ? Mais même s'il l'avait remarqué, il était en plein milieu d'une nouvelle affaire. Il était occupé. Il ne la retrouverait jamais à temps.

Elle se sentait perdre conscience et essayait de se concentrer pour rester éveillée.

— Mais pourquoi lui as-tu tiré dessus ? demanda une voix. Il suffisait de dire que le véhicule avait été volé et c'était tout. Maintenant, ils vont s'en prendre à nous.

— J'ai paniqué.

C'était une voix masculine.

— Ça n'a plus d'importance. On ne peut pas la dé-tuer.

— On doit se tirer avant qu'ils ne comprennent qu'on a essayé de vendre l'arme biologique.

— Pourquoi ?

La réponse était mordante. Une femme. Il y avait quatre personnes qui se disputaient sur son cadavre comme si elle n'était qu'un inconvénient mineur.

— Le seul sang présent dans la maison était sur les tapis de gym qu'on a transportés ici avec elle. J'ai abandonné sa voiture dans la carrière avec son portable et son arme.

Le FBI détestait que les agents perdent leur badge et leur arme.

— Dis aux fédéraux qu'elle n'est jamais venue. Dis-leur que tu n'étais pas chez toi ou que tu n'as pas entendu la sonnette. Personne ne sait qu'elle t'a vue.

— Tu crois vraiment qu'on peut s'en tirer comme ça ?

Une voix masculine éclata de rire et Mandy eut envie de l'éviscérer.

— On s'est en bien sortis avec tout le reste. En attendant, restons calmes pendant la mise en route de l'usine au Chili. Le temps qu'ils s'en rendent compte, on aura disparu depuis longtemps et on aura sûrement plusieurs contrats gouvernementaux pour fournir des vaccins aux troupes.

Tout ça était lié à l'affaire de l'anthrax, comprit Mandy. Comme c'était ironique. Elle pensait avoir eu la mission de merde alors qu'en réalité elle avait foncé droit sur les suspects. Ils avaient sûrement tiré sur Pip West parce qu'elle posait trop de questions, puis avaient été surpris par Hunt qui leur avait tiré dessus.

Une alarme se déclencha.

— Et merde. C'est qui, putain ?

— Cet avocat que Cindy voyait.

Une des femmes cria.

— Simon, va te débarrasser de lui. Je vais appeler les pompiers et leur dire que c'est une fausse alerte.

— Je vais allumer l'incinérateur.

Cette dernière voix fit vibrer la peur dans ses os. Mandy ferma les yeux et réprima un sanglot. Il n'était pas question qu'ils la brûlent vive. Quelqu'un traîna la bâche sur le sol et elle dut se mordre la langue pour ne pas crier de surprise et de douleur. Que Dieu lui vienne en aide. Elle devait trouver un moyen de s'échapper.

CHAPITRE TRENTE-TROIS

P IP SE GARA au même endroit que lorsqu'elle avait surveillé Universal Biotech Inc. le mercredi avant de se faire tirer dessus. Cela semblait remonter à un million d'années.

Le SUV était plus haut que sa noble petite berline, ce qui lui offrirait une vue dégagée lorsque la cavalerie arriverait. Elle ne comptait pas faire quoi que ce soit de stupide. Si elle voyait Pete partir, elle le suivrait à bonne distance et appellerait les flics.

Elle examina la scène. Le poste de garde à l'entrée était sombre et vraisemblablement désert. Des lumières parsemaient les différentes fenêtres du bâtiment. Le hall principal brillait comme au soleil de midi.

Une voiture garée dans le parking ressemblait beaucoup à l'Audi de luxe que conduisait ce salaud de Pete Dexter. Il y avait un gros SUV noir garé près de la baie de chargement latérale. Ses paumes devinrent moites et elle les essuya sur son jean. Celui d'Angela Naysmith ? Était-ce le véhicule qui avait failli la faire sortir de la route le lundi matin avant qu'elle ne trouve Cindy ?

Un crissement de freins attira son regard sur la route principale qui la séparait du bâtiment. Quelqu'un accélérait et s'engageait sur la route d'accès sans ralentir.

Et merde. Adrian.

Le véhicule explosa la barrière et les pneus crissèrent alors qu'il se dirigeait droit vers le bâtiment. La voiture percuta la porte vitrée de l'entrée, mais heurta la bordure en béton dans un fracas d'acier. La voiture s'arrêta en tremblant.

— Oh, bon sang.

Elle démarra le SUV et mit une vitesse, composant le numéro de Hunt avec son pouce gauche.

— Hunt, je suis à Universal Biotech. Je viens de voir Adrian Lightfoot foncer droit sur la façade du bâtiment et je dois aller voir s'il va bien. Envoie une ambulance. Il y a d'autres véhicules ici. J'ai le sentiment qu'il se passe quelque chose de grave…

En le disant, elle réalisa ce que cela signifiait. Ces gens étaient très dangereux. Ils n'avaient pas seulement tué Cindy, ils avaient aussi fait quelque chose de méprisable avec des agents pathogènes, même si elle ne savait pas exactement ce que c'était.

Elle retira son pied de l'accélérateur et hésita. Puis elle vit la lueur des flammes sous la voiture d'Adrian et se souvint de la mort des parents et du frère de Cindy. Il était peut-être piégé à l'intérieur. Peut-être même sérieusement blessé. Elle ne voyait personne venir à son secours.

Elle réalisa qu'elle était toujours sur la boîte vocale de Hunt.

— Au fait. Par rapport à ce que j'ai dit plus tôt.

Elle s'éclaircit la gorge.

— J'avais peur. Être seule chez toi n'est pas le problème. Je suis seule presque tout le temps. C'est le fait de tomber amoureuse de toi qui m'a poussée à m'enfuir, mais peut-être que ce n'est pas suffisant pour une vraie relation.

Elle attendit un moment.

— La voiture d'Adrian est en feu et je vais l'aider à en sortir. Désolée d'avoir été lâche.

Elle raccrocha et poussa un profond soupir.

Elle traversa les restes brisés de la barrière et s'arrêta sur le côté du bâtiment, assez loin de la voiture accidentée d'Adrian pour que son SUV ne prenne pas feu. Des flammes vacillaient dans le verre brisé. Elle repoussa sa peur et courut vers la voiture endommagée, terrifiée à l'idée qu'elle puisse exploser. Elle jeta un coup d'œil à l'intérieur. Et merde. Il n'était pas là.

L'alarme commença à hurler. Elle repéra du mouvement à l'intérieur. Adrian se dirigeait vers les ascenseurs. Il avait une arme à la main.

Elle avança avec précaution sur le verre brisé qui craquait sous ses baskets.

— Adrian ! cria-t-elle pour couvrir l'alarme.

L'homme se retourna vers elle.

— Ne faites pas ça !

Il se contenta de secouer la tête et entra dans l'ascenseur.

Elle fit demi-tour. Elle allait retourner dans sa voiture et attendre les flics. Avec un peu de chance, le FBI était aussi en chemin, et Pete Dexter allait payer pour ce qu'il avait fait.

Le fait que Cindy ait tu sa relation avec Adrian laissait penser à Pip qu'elle tenait beaucoup à lui et qu'elle avait respecté sa volonté de garder leur liaison privée. Cindy avait aimé ce type.

L'émotion obstruait la gorge de Pip. Que son amie ait été violée et assassinée lui donnait envie d'embrocher Dexter, elle aussi, mais ce serait mieux de le jeter en prison. De laisser ce bâtard arrogant pourrir derrière les barreaux. Il serait alors entouré des siens, des criminels et des psychopathes. Il verrait qu'il n'était pas plus intelligent que les autres.

Elle enjamba avec précaution le verre brisé et les morceaux d'acier, s'éloignant le plus possible de la voiture accidentée, car elle craignait qu'elle n'explose. Le soulagement l'envahit lorsque la brise fraîche s'abattit sur elle. Elle inspira profondément et tourna vers l'endroit où elle avait laissé le SUV.

Quelque chose heurta son crâne et elle tomba dans un cri d'agonie silencieux et se recroquevilla en boucle. Quelqu'un fouilla dans ses poches, prit son téléphone. Où étaient les pompiers ? Où était Hunt ?

Son estomac se serra, mais elle s'efforça de donner l'impression qu'elle était inconsciente. Elle avait commis une grave erreur et il semblait qu'elle allait rejoindre Cindy bien plus tôt qu'elle ne l'avait prévu. Et son plus grand regret n'était pas d'avoir échoué à obtenir justice ou à venger son amie, c'était d'avoir abandonné Hunt Kincaid.

———

HUNT REÇUT LE message vocal de Pip au moment où ils arrivaient en vue du bâtiment d'Universal Biotech.

— Merde. Pip est là. Elle dit qu'Adrian Lightfoot a percuté le bâtiment avec sa voiture et qu'elle est partie voir s'il va bien.

Quand il l'entendit lui dire qu'elle s'était enfuie parce qu'elle était tombée amoureuse de lui, sa poitrine se serra.

Ses sentiments pour Pip ne pouvaient pas être minimisés ou ignorés simplement parce qu'ils ne cadraient pas avec son plan de vie. Il la comprenait. Il la voulait. Il était terrifié à l'idée d'être amoureux d'elle. Et elle essayait de lui prouver quelque chose sur le genre de personne qu'elle était en courant dans un putain de bâtiment en feu. Il était tellement en colère qu'il pouvait à peine parler.

Il prit son téléphone et demanda des renforts immédiats. Il raccrocha alors que Will tournait au coin de la rue et passait à travers les barrières brisées. Les flammes léchaient le capot du véhicule qui avait percuté la porte. Si le réservoir de carburant explosait, cela pourrait mettre le feu à tout le bâtiment.

— Où est l'extincteur ? demanda Hunt.

— Sous ton putain de siège.

Will avait du mal à tenir le coup.

Hunt était inquiet, lui aussi. Mandy avait disparu et Pip était là quelque part. Il regarda autour de lui, mais ne la vit pas. Pourquoi ne pouvait-elle pas rester en sécurité dans son lit ?

Parce que la vie ne fonctionnait pas comme ça, et même si quelqu'un restait chez lui, il n'y avait aucune garantie qu'il soit en sécurité.

Il le savait. Il le savait *très bien*. Mais il avait combattu cette réalité toute sa vie.

Le SUV rouge de Pip était garé sur le côté du bâtiment. Les lumières étaient allumées à l'étage et Hunt repéra une ouverture sur la droite.

Le petit extincteur entama à peine les flammes, et Will et lui furent forcés de reculer devant l'intensité de la chaleur. Il jeta l'extincteur vide sur le côté.

— Laisse tomber. Allons voir où sont nos femmes.

Will le regarda, surpris, tandis que Hunt désignait la rampe de chargement. Will sauta dans sa Bucar et ils s'arrêtèrent devant un van blanc qui était garé là.

Will et lui mirent leurs vestes d'intervention par-dessus leurs gilets. Will prit le fusil sur le support au-dessus de sa tête. Ils se déplacèrent comme un seul homme, roulant sous la porte de la baie. Il faisait sombre dans la zone de chargement, et froid. Ils se dirigèrent vers la porte et pénétrèrent dans le bâtiment principal. La porte avait été calée en position ouverte. Quelqu'un espérait s'enfuir rapidement.

Hunt vérifia le couloir. Désert.

— On couvrira plus de terrain si on se sépare. Tu prends les bureaux de l'étage et je prends les labos au sous-sol. Hunt était déjà venu là et connaissait mieux les lieux que Will.

Will acquiesça.

— Je vais prendre les escaliers et aller voir. Je t'appelle si je trouve Mandy ou Pip.

La gorge de Hunt se serra. Son ami n'avait pas encore réalisé que si Fuller avait été en vie, c'était elle qui aurait mené cet assaut.

Il prit les escaliers, reconnaissant pour le bruit incessant des alarmes incendie qui couvrait sa progression, même s'il masquait aussi les mouvements de tous les autres.

Où était Pip ? Où était l'avocat ? Et où étaient tous les suspects ?

La démangeaison entre ses omoplates lui indiqua que c'était la fin de la partie. Mais en aucun cas ces connards ne s'en sortiraient. Pas question qu'il perde Pip. Pas aujourd'hui. Pas alors qu'il venait juste de la trouver.

CHAPITRE TRENTE-QUATRE

P IP ÉTAIT ALLONGÉE sur un sol froid et impitoyable, désorientée et confuse. Elle avait dû s'évanouir à un moment donné. Elle plissa les yeux face à la lumière vive. Une vive douleur lui transperça le crâne tandis qu'une alarme retentissait en arrière-plan. À quoi cela rimait-il ?

Un froissement s'éleva d'une grande bâche bleue derrière elle. Puis elle remarqua une longue traînée de sang scintillant sur le sol et une vague d'horreur l'envahit.

Elle bougea la tête, puis se retourna immédiatement et vomit. Son front se couvrit de sueur et elle s'essuya la bouche avec le dos de sa main.

Deux blessures à la tête en un jour, c'était deux de trop. Elle se força à s'asseoir en vacillant, peinant à y voir clair. Le connard qui l'avait amenée ici – ça devait être Pete Dexter, réalisa-t-elle – enfilait une combinaison spatiale et l'attachait à un tuyau d'air.

Pourquoi ?

Son cerveau s'était mis en mode panique, mais ses membres étaient trop tremblants pour suivre les ordres. Son regard flou suivit une autre traînée de sang – une fine ligne de gouttes sur le sol, qui se terminait sur un placard.

Bizarre. Sa tête roula contre le sol étanchéifié.

C'est alors qu'elle comprit. Quelqu'un qui saignait avait

réussi à ramper jusqu'à ce placard et à s'y cacher.

Pip réussit à mettre ses pieds sous ses fesses et à se redresser en s'accrochant à une paillasse.

Dexter la dévisagea, mais continua à travailler. Il portait un gant isolant pour protéger une main tandis qu'il retirait de longs tubes métalliques d'un conteneur d'azote liquide, qu'elle avait vu lors de visites au laboratoire avec Cindy. Il vida les tubes sur la paillasse, puis les jeta dans une boîte en polystyrène. Des volutes de fumée en sortaient.

Non, pas de la fumée.

De la neige carbonique.

Il chargeait des échantillons pour le transport.

— Pourquoi avez-vous tué Cindy ? demanda-t-elle, obligée de parler fort pour couvrir la stupide alarme qui retentissait à l'extérieur des murs de verre du laboratoire. Tout lui martelait le cerveau et intensifiait la douleur.

Le bâtiment était-il en feu ?

C'était une idée terrifiante, mais au moins les services d'urgence devraient arriver sous peu, ce qui était sûrement la raison pour laquelle Pete saisissait des échantillons aussi vite que ses doigts le lui permettaient.

Les renforts étaient en route. Une décharge d'énergie la traversa. Elle pouvait le faire. Elle devait juste survivre jusque-là.

— Je n'ai pas tué Cindy.

Il sourit.

— Elle est allée nager et s'est noyée.

Elle sentit la haine monter en elle. Il avait drogué son amie, l'avait violée et l'avait regardée mourir. Et maintenant il en riait.

— Vous étiez jaloux, s'étouffa Pip. Votre ego ne pouvait

supporter le fait qu'elle était tellement plus intelligente que vous.

Son expression se déforma sous son masque de plexiglas.

— Ça ne lui a été d'aucune utilité à la fin, n'est-ce pas ?

— Vous êtes dégoûtant, vous le savez ?

Il sourit.

— Bouhou. Pippa, la pauvre petite orpheline. Quel gâchis. Personne ne veut d'elle.

Ce qui était faux. Elle n'en dit rien, mais elle le savait. Cindy avait voulu d'elle. Et elle était presque sûre que Hunt aussi. Du moins, avant qu'elle ne le repousse.

Elle devait faire parler Pete, se rappela-t-elle. Les fédéraux étaient en route. Hunt recevrait son message et Dickster serait traduit devant la justice.

— Personne ne veut de *vous*. Vous avez trompé Cindy parce que même son amour n'était pas suffisant pour un narcissique comme vous.

Il ricana.

— J'ai commencé à sortir avec Cindy simplement pour garder un œil sur ce qui se passait dans le laboratoire d'Everson. Nous avons choisi le maillon le plus faible. Il suffisait de la séduire. Faire semblant de l'aimer. Tout se passait bien jusqu'à ce qu'elle trouve les sous-vêtements de Bea dans ma poche.

Pip se redressa. Elle détestait ce monstre. Son mal de tête et sa douleur étaient insignifiants comparés à la colère qui l'envahissait en pensant à ce qu'il avait fait à son amie.

— Vous avez volé ses recherches.

— Elle avait basé ses idées sur le travail des autres. Je l'ai juste affiné davantage.

Pip faisait les cent pas et il devait se tourner pour la regarder.

— Non. C'est elle qui l'a affiné. Elle a fait quelque chose d'incroyable, n'est-ce pas ? Et vous ne vouliez pas qu'elle en obtienne le crédit. Vous êtes un sale jaloux.

Il émit un son laid.

— Je ne voulais pas qu'elle ait *l'argent*.

Il prit un pistolet qu'elle n'avait pas remarqué sur la paillasse et le pointa sur elle.

— Asseyez-vous sur la bâche et tenez compagnie à l'agent du FBI mort.

Pip se figea. Cela pourrait-il être Hunt ? Non. Il avait été appelé au travail. Elle serra les poings. *Ça ne pouvait pas être lui*. Fuller…

— Vous avez tué un agent du FBI ?

Elle parvint à peine à prononcer ces mots.

— Ils vont envahir cet endroit.

— Et je ne serai pas là quand ça arrivera.

Pete sortit une autre série d'échantillons de l'azote liquide.

— Mais vous, oui.

— Et pour Sally-Anne et le professeur ? demanda-t-elle. Avez-vous mis en scène leur mort, aussi ?

Ses lèvres se retroussèrent derrière le masque.

— Ce n'était pas difficile. Sally-Anne a même pris son pied. Elle a passé un bon moment jusqu'à la fin.

Pip avait envie de vomir.

— Le professeur commençait à comprendre. Quand vous avez impliqué les Fédéraux, il devait mourir.

Essayait-il vraiment de lui mettre ça sur le dos ?

— Angela Naysmith a failli me faire sortir de la route lundi matin quand j'allais au cottage de Cindy. Est-ce qu'elle et Simon Corker sont impliqués dans ce complot ?

Pete posa une tige métallique sur la paillasse et elle se rapprocha.

Il haussa les épaules.

— J'ai oublié de laisser ma carte d'accès à Blake dans le véhicule de Cindy comme prévu, alors Angela s'en est chargée pour moi. Nous avions tous besoin que ça fonctionne.

C'était donc la fameuse carte magnétique qui avait semblé intéresser Hunt quand ils l'avaient trouvée. Beaucoup de choses commençaient à avoir plus de sens, à présent. Il cherchait un bioterroriste.

— Votre entreprise ne se porte pas très bien, Pete ?

Il lui lança un regard noir.

— Ces salauds de fédéraux ont tout gâché.

— Je pense que c'est leur travail, dit-elle ironiquement. Que s'est-il passé ? Vous avez essayé de vendre de l'anthrax au marché noir, n'est-ce pas ? Et le vaccin de Cindy, aussi.

Ses acolytes et lui étaient des monstres. Ils ne se souciaient pas de qui ils mettaient en danger.

Il pointa l'arme droit sur sa tête.

— Nous avons décidé d'attiser la demande pour notre produit en augmentant les niveaux de menace. Mais une fois que le FBI a intercepté la vente de notre anthrax militarisé, nous avons dû passer au plan B et essayer de détourner l'attention de nous.

Le plan B étant de tuer tous ceux qui pourraient les suspecter et de foutre le camp. Voilà pourquoi Hunt avait été si discret. Cette affaire était bien plus importante que toute question de confiance entre eux.

— Dès que les fédéraux ont mis la main sur les échantillons que nous avions essayé de vendre, Cindy et le professeur devaient mourir.

Et maintenant c'était *leur* faute ?

Sa prise changea sur l'arme.

— Asseyez-vous par terre comme je vous l'ai dit. Je n'ai pas beaucoup de temps.

Pip préférait mourir en se battant plutôt que de rester assise pendant que quelqu'un l'utilisait comme cible. Elle attrapa la barre de métal la plus proche et le frappa avec. Le manche était si froid qu'il lui brûla la peau, mais elle n'en avait que faire. Elle le frappa à nouveau. Le coup partit et elle sentit la chaleur d'une balle lui effleurer la joue.

Et merde. Elle sursauta et tomba par terre, se rattrapant avec ses avant-bras.

Pete laissa tomber une fiole ouverte à un mètre de là où elle était allongée.

Une poudre blanche flotta dans l'air, puis se dissipa.

Il se mit à rire, puis plaqua d'un bras la boîte en polysty-rène sur sa poitrine, le pistolet pointé inébranlablement dans sa direction.

— Cette fiole est remplie d'une forme virulente d'anthrax que le professeur Everson et moi-même avons extraite du congélateur de son ancien superviseur datant de la guerre froide. La veuve du vieil homme a demandé à Trevor de l'aider à nettoyer son laboratoire maison. Naturellement, Trevor a voulu utiliser une main-d'œuvre étudiante gratuite et m'a demandé de m'en charger. Je parie qu'il regrette de ne pas l'avoir fait tout seul maintenant.

Son ton était sournois.

Pip fixa avec horreur la poudre blanche comme de l'os éparpillée sur le sol.

Elle déglutit péniblement.

— Donnez-moi le vaccin.

Pete recula vers la sortie.

— Nous avons tout expédié dans nos nouveaux locaux le lendemain de la mort de Cindy. Ne vous en faites pas. Ça ne prendra pas longtemps, mais ça fera mal. Nous l'avons testé sur quelques volontaires avant de décider de le vendre au plus offrant. Nous avons filmé leur mort violente et nous avons filmé la fille qui a survécu. C'est pour ça que les acheteurs étaient prêts à verser autant d'argent.

Il secoua la tête alors qu'elle se dirigeait vers lui.

— Tu-tu. Si vous me suivez, vous répandrez les spores dans tout Atlanta, et qui sait combien de personnes mourront ?

Pip se figea, indécise. En quelques secondes, il avait disparu.

Et merde. Et merde. Et merde.

Elle essaya d'ouvrir la porte qu'il avait franchie, mais il l'avait fermée de l'extérieur. Bon sang.

Elle prit un masque et le plaça sur sa bouche et son nez. Cela risquait d'être trop peu et trop tard. Elle prit deux serviettes en papier et les posa sur la fiole cassée pour essayer de contenir les spores. Puis elle se précipita vers le placard et ouvrit les portes.

L'agent Fuller était à l'intérieur, recroquevillé en boule. Le sang recouvrait ses vêtements et maculait le revêtement du placard. L'agent essaya d'ouvrir les yeux, mais ses paupières s'affaissèrent immédiatement. Elle était visiblement affaiblie par la perte de sang et qui savait de quels dommages internes elle souffrait ?

Pip la traîna hors du placard.

— Réveillez-vous, agent Fuller. J'ai besoin que vous vous réveilliez.

Elle tapota la joue de la femme et fut récompensée par un regard groggy. Peut-être aurait-elle dû la laisser dans le placard, car en l'état actuel des choses, elles allaient mourir toutes les deux. Elle passa le bras de Fuller sur son épaule et commença à avancer vers la porte du laboratoire.

C'était étonnant de voir comment la gueule béante de la mort imminente faisait ressortir tous les regrets et toutes les erreurs avec une clarté sans précédent. Pip aurait donné n'importe quoi pour revenir en arrière et ne pas fuir la maison de Hunt, ne pas lui dire qu'elle ne voulait même pas essayer de voir comment les choses pourraient évoluer entre eux.

Mais son travail était dangereux et il devait faire face à ce genre de situation tous les jours. Elle ne pensait pas pouvoir supporter l'idée de le perdre si elle écoutait son cœur.

— Nous devons trouver un moyen d'entrer dans un autre laboratoire et ensuite contacter vos collègues pour pouvoir sortir d'ici.

Plus longtemps elles restaient là, plus elles avaient de chances d'être exposées, mais il était inutile d'inquiéter Fuller. Sa vie ne tenait déjà plus qu'à un fil.

CHAPITRE TRENTE-CINQ

UNT VÉRIFIA CHAQUE pièce. L'étage était une masse tentaculaire de laboratoires et il ne voulait pas manquer Pip si elle se cachait quelque part ou si elle s'était perdue.

Son portable professionnel vibra et il le porta à son oreille, même s'il était difficile d'entendre quoi que ce soit avec ce bruit.

Will cria :

— Je suis dehors. J'ai un homme et une femme en état d'arrestation : Simon Corker et Angela Naysmith. L'étage est en feu.

— Tu as trouvé Fuller ou Pip ? demanda Hunt.

— Non. J'espérais que toi oui. Aucune trace non plus de Pete Dexter, Bea Grantham ou de l'avocat. Je vais sécuriser ces deux-là et descendre au sous-sol avec toi. Les pompiers sont en route, mais ils risquent de ne pas entrer dans les locaux s'ils ignorent quels agents inflammables ou biologiques se trouvent à l'intérieur.

— Et éteins cette foutue alarme avant de venir. Je n'entends rien du tout.

Hunt fourra son téléphone dans sa poche et continua à inspecter chaque pièce aussi rapidement que possible. Puis, devant lui, une silhouette en blouse apparut avec une boîte en polystyrène dans une main et une arme dans l'autre. Hunt se figea et se tapit dans l'ombre.

Dexter.

Ce fut alors qu'il remarqua les murs en parpaings peints en gris. Comme dans la vidéo. Ces types avaient tué Cindy, Sally-Anne, la veuve de Grossman, et sûrement le dealer, et le professeur, aussi. Qui savait quand ils avaient infecté le copilote. Et ils avaient filmé la vidéo juste ici. Hunt envisagea de crier à l'homme qui s'éloignait de lui dans le couloir qu'il était en état d'arrestation. Au lieu de cela, il sprinta, sachant qu'il ne l'entendrait pas à cause de l'alarme.

Il s'approcha à quelques mètres et enfonça son SIG dans la colonne vertébrale de Dexter.

— Les mains en l'air, beugla-t-il. Vous êtes en état d'arrestation.

Hunt prit l'arme de la main de Dexter et la mit dans une poche.

— Pose la boîte soigneusement sur le sol, connard. C'est terminé.

Dexter posa la boîte et essaya de s'enfuir. Hunt le rattrapa en quelques secondes et l'écrasa sur le sol. Il tira les bras de Dexter derrière son dos et passa des menottes métalliques sur les poignets du bâtard.

L'alarme cessa enfin de sonner et le silence sembla se répercuter autour d'eux.

Dexter se mit à rire.

— Vous m'avez eu. Bravo. L'intrépide agent du FBI a finalement attrapé l'homme qui l'a mené par le bout du nez toute la semaine. Dommage que vous ne l'ayez pas fait avant que je tue l'agent du FBI ou l'amie stupide de Cindy.

Le cœur de Hunt s'arrêta. *Mon Dieu, non.* Il traîna Dexter à ses pieds et coinça son bras contre sa gorge.

— Où sont-elles ?

— Oh, vous voulez la jouer comme ça ? fit Dexter avec un rire moqueur. Elles sont au labo. Pippa n'est pas encore morte, mais ça ne va pas tarder. Tout comme vous.

Il voulut donner un coup de pied à la boîte sur le sol, dans le but évident d'en briser le contenu, mais Hunt anticipa son geste. Il bloqua le coup de pied avec sa jambe et poussa Dexter plus loin dans le couloir, loin des microbes mortels qui se trouvaient dans la boîte.

Hunt jeta Dexter au sol, sans se soucier qu'il atterrisse sur le visage, sans possibilité d'amortir sa chute. Hunt utilisa sa botte pour pousser la boîte dans le laboratoire le plus proche et ferma la porte.

— Qu'est-ce que vous leur avez donné ?

Accroupi, Hunt plaqua son arme sur la tempe de Dexter.

Dexter sourit, mais Hunt vit la peur dans ses yeux.

— De l'anthrax. Mais vous ne pouvez rien faire. Nous avons déjà expédié le vaccin hors du pays.

— Et si je verse une fiole dans ta gorge, connard ? Tu trouveras le vaccin alors ?

Dexter ricana.

— Je suis déjà vacciné, alors allez-y.

Il se mit à sourire, puis Hunt enfonça son arme dans sa bouche, prêt à tout pour en finir avec cette petite merde maléfique. L'idée de perdre Pip lui rappelait toutes les raisons qu'il avait eues de tenir ses amantes à distance au fil des ans. Aimer les gens était facile, mais les perdre ? C'était terrible.

Des bruits de pas s'élevèrent. Hunt ramena l'arme contre la joue de l'homme.

— Il menace de me tuer ! s'écria Dexter.

Hunt se releva à l'approche de Will.

— Ce connard dit qu'il a exposé Fuller et Pip à l'anthrax et qu'il n'a pas de vaccin ici.

Will poussa un juron.

— Qu'est-ce que vous avez fait à l'agent Fuller ?

Dexter ricana à nouveau et son visage irrita Hunt au point que son doigt le démangeait sur la gâchette.

— Elle est morte depuis des heures. Elle est arrivée comme un agneau à l'abattoir. Elle a saigné comme un porc – aoutch.

Will frappa l'homme à l'estomac, mais Hunt l'empêcha de le blesser davantage.

— C'est un enfoiré de menteur. Ne perds pas espoir. Sors-le d'ici.

Même s'il aurait adoré le faire souffrir, il fallait qu'ils sachent où Dexter avait expédié le vaccin et toutes les autres saletés. Hunt sortit son portable et appela Jez Place du CDC.

— Jez ? Je vais avoir besoin d'un peu de ce vaccin que vous avez fabriqué. Assez pour trois adultes. Et on en a besoin immédiatement à Universal Biotech. Retrouvez Will à la porte de la baie latérale. Amenez une ambulance et des médecins. Faites vite.

Dexter prit un air suffisant.

— S'il provient du labo de Cindy, ça ne fonctionnera pas. Je l'ai remplacé par du sérum.

— Ce n'est pas le vaccin de Cindy, dit calmement Hunt.

En réalité, il était tout sauf calme sur ce qu'il était sur le point de faire, mais il allait le faire quand même.

— Fais-le sortir d'ici, dit-il à Will. Je serai à la porte de la baie latérale dans 15 minutes. Retrouve-moi là-bas avec Jez. Rien ne doit se mettre sur son chemin. Pas de conneries de la part du Bureau. Pas de blocage de la scène de crime.

Will acquiesça.

— Ramène-la-moi vivante, Hunt.

Will tira Dexter sur ses pieds et le poussa le long du couloir, se déplaçant avec raideur, clairement terrifié pour Fuller, mais déterminé à faire son travail.

Hunt courut vers le couloir latéral d'où Dexter était sorti. Il se souvenait des lieux depuis sa dernière visite. Les laboratoires de confinement. Il courut le long du couloir et repéra la porte de secours, mais il ne put entrer. Il se dirigea vers la fenêtre et aperçut Pip, avec Fuller sur les épaules, qui essayait de sortir par la porte principale. Il n'y avait pas le temps pour ça. Il frappa fort sur la fenêtre, la faisant sursauter et se tourner vers lui. Ses yeux bruns s'emplirent de joie, puis elle parut bouleversée. Elle traînait Fuller, mais sa collègue était en mauvais état. Elle était couverte de sang et à peine consciente.

Il montra la porte de secours, mais Pip secoua la tête et il lut sur ses lèvres « anthrax ».

— J'ai le vaccin, cria-t-il.

Il lui fit des signes de la main pour qu'elle se bouge. Il mentait, mais il s'en fichait. Il devait la faire sortir de là et la ramener à Jez aussi vite que possible. La fumée commençait à envahir le couloir. Il ne voulait pas qu'ils meurent tous brûlés en plus de tout ce que ces femmes avaient subi.

Il regarda Pip prendre une grande inspiration et appuyer sur le gros bouton rouge. La porte s'ouvrit, les portes coupe-feu se refermèrent de chaque côté et la douche se mit en marche alors qu'elle et Fuller tombaient dans ses bras.

CHAPITRE TRENTE-SIX

P IP N'ARRIVAIT PAS à croire qu'elle était dans les bras de Hunt. De l'eau chaude et fumante se déversait sur leurs têtes, les trempant. Une odeur de l'eau de Javel s'élevait du spray près de leurs chevilles. Elle toussa alors que les fumées remplissaient ses poumons.

Hunt la déchargea du poids de Fuller et la maintint debout. L'eau devint rouge vif alors que le sang coulait de ses vêtements.

— Ils pensaient qu'elle était morte, lui dit Pip, commençant à frissonner malgré la chaleur de l'eau.

— Fuller est trop têtue pour mourir.

L'inquiétude assombrit son sourire alors même qu'elle était captivée par l'intensité de ses yeux bleus, qui la parcouraient rapidement. Il lui toucha la joue.

— Où est le vaccin ? demanda-t-elle.

Hunt grimaça.

Oh, mon Dieu.

— Je n'ai pas menti, la devança-t-il. J'ai un médecin du CDC qui arrive à la porte latérale avec le vaccin au moment où nous parlons. Combien de temps avez-vous été exposées ?

Les dents de Pip commencèrent à claquer, ce qui aggrava son mal de tête. Au début, elle pensa que c'était parce qu'elle avait pris une douche tout habillée, mais ensuite elle réalisa qu'elle ne se sentait pas bien. Elle ne savait pas si c'étaient les blessures à la tête, l'anthrax ou autre chose.

— Environ cinq, dix minutes.

— La douche est réglée sur un court timer qu'on ne peut pas annuler, mais comme ça, on ne transportera pas d'anthrax.

Pip essaya de ne pas s'inquiéter tout en l'aidant à soutenir Fuller.

— Elle a perdu beaucoup de sang.

Hunt hocha la tête. Il souleva la chemise de Fuller et révéla deux plaies suintantes.

— Je suppose que le fait qu'elle ne soit pas encore morte signifie que les balles n'ont rien touché de vital.

Pip cherchait quelque chose de positif à tirer de cette situation. Il y avait encore de très gros risques que la femme meure. Cela lui rappela ce que risquaient les agents des forces de l'ordre lorsqu'ils se rendaient au travail chaque jour.

Hunt prit le pouls de Fuller.

— Faible, mais présent.

— C'est un miracle.

Ses poumons étaient serrés.

— Tu as trouvé Adrian ?

Elle sentit une légère odeur de fumée. Elle aurait voulu s'accrocher à Hunt et ne plus le lâcher.

— Pas encore.

Elle se força à dire calmement :

— Je suppose que le bâtiment est en feu ?

Hunt hocha la tête.

— Tu es quand même venu nous chercher.

Elle sourit.

— Je ne sais pas si je dois être horrifiée ou impressionnée.

— Je préférerais que tu sois impressionnée.

Il soutint son regard, plus clair cette fois.

— Je suis désolée d'être partie de chez toi.

Elle jeta un regard autour d'elle.

— Vraiment désolée.

Il hocha à nouveau la tête.

— Je suis vraiment désolée d'avoir trahi ta confiance avec Adrian. Il avait l'air un peu déséquilibré et j'essayais de le calmer et de le convaincre que Cindy ne l'avait pas trompé.

Hunt hocha la tête.

— On en parlera plus tard.

Cela ne laissait rien augurer de bon, mais étant donné qu'il avait pris le risque de s'exposer à de l'*anthrax* pour les sauver, elle et Fuller, elle ne pouvait pas se plaindre. L'eau ralentit, puis s'arrêta. Il y eut un léger déclic quand les portes s'ouvrirent.

— Allez, fichons le camp d'ici.

Hunt portait l'agent Fuller, mais obligea Pip à s'accrocher à sa ceinture lorsque la fumée commença à s'épaissir.

— Je ne veux pas te perdre.

Elle se força à ne pas interpréter ses mots. Quel avenir pouvaient-ils espérer après ce gâchis ?

Elle avançait péniblement derrière lui, le suivant à l'aveuglette dans un dédale de couloirs gris épaissis par la fumée. Ils arrivèrent enfin à une porte avec un panneau de sortie et il la franchit à reculons.

Elle s'ouvrait sur une baie de chargement caverneuse et un air frais précieux. Des flashs de lumière apparurent. Des policiers et des pompiers se pressèrent autour d'eux, les regardant fixement tandis qu'ils passaient tous trois la porte en titubant.

Quelqu'un l'enveloppa dans une couverture et remonta sa

manche, lui enfonçant une aiguille dans le bras. Elle était tellement engourdie que ça ne lui fit même pas mal. On l'installa sur un brancard et on la chargea dans une ambulance. Elle vit un groupe de personnes s'affairer autour de l'agent. Fuller se faisait vacciner, tout comme Hunt. Quelqu'un installait une perfusion. L'agitation parut s'intensifier et tout à coup, quelqu'un commença un massage cardiaque.

Cela la ramena à la découverte du corps de Cindy le lundi matin et à la tentative de réanimation de son amie morte.

— Faites qu'elle survive.

Pip ferma les yeux et pria. Elle les ouvrit alors qu'ils faisaient monter Fuller à l'arrière d'une autre ambulance, quelqu'un à califourchon essayant de faire battre à nouveau son cœur. La bravoure de ces personnes, le danger constant qu'elles affrontaient chaque jour en allant travailler, la frappèrent de nouveau. La perspective de faire face à cette inquiétude pour Hunt chaque jour...

Sa gorge était à vif à force de retenir ses émotions.

Elle tourna la tête et vit Dexter à l'arrière d'une voiture de police, avec un sourire en coin. Sortant de nulle part, Adrian Lightfoot s'approcha de la vitre et tira trois coups de feu sur l'homme qui avait tué sa meilleure amie. Elle sursauta à chaque balle. Il leva la main et Pip fut terrifié à l'idée qu'il se fasse sauter la cervelle, mais au lieu de cela, il jeta l'arme sur le toit de la voiture de police et mit ses mains sur sa tête. Il tomba à genoux et fut assailli par des agents armés. Une femme cria.

Une rousse que Pip reconnut comme étant l'assistante de Pete essaya de courir vers Dexter. La femme qu'il avait vue derrière le dos de Cindy pendant toute leur relation. Elle était menottée. À en juger par son chagrin, elle tenait vraiment à ce connard.

Pip regarda la lune basse qui brillait dans le ciel, la même lune qu'elle et Cindy avaient regardée tant de fois sur la terrasse du cottage.

— À bientôt, Cindy.

Une étoile traversa le ciel juste au moment où elle commençait à s'endormir.

— N'y pense même pas, Pip.

La voix de Hunt perça le brouillard dense qui tentait de s'emparer de son cerveau. Sa gorge lui faisait mal.

Il voulut l'embrasser, mais elle se détourna.

— Non. Je pourrais t'infecter.

Il se pencha sur elle et elle réalisa soudain que l'ambulance était en mouvement et qu'ils roulaient vite, sirènes hurlantes.

— Qu'est-ce qui t'a pris d'aller là-bas sans renfort ? demanda-t-il, soudain en colère.

Elle fronça les sourcils. Cela semblait avoir du sens alors, mais avec le recul ? Ce n'était peut-être pas la chose la plus sensée qu'elle ait faite. Elle croisa son regard.

— Je suppose que je voulais prouver que ce n'était pas moi la méchante. Je voulais prouver que j'avais du cran.

Ses lèvres disparurent alors qu'il retenait visiblement son émotion.

— Si tu n'étais pas si mal, je te dirais à quel point c'est n'importe quoi. Tu n'avais pas besoin de prouver quoi que ce soit. Pas à moi. Pas au FBI. Tu n'avais rien fait de mal.

Elle lui serra les doigts.

— Je suis désolée.

Apparemment, ces mots étaient plus faciles à dire avec de la pratique.

— Comment va l'agent Fuller ?

L'expression de Hunt devint encore plus sinistre.

— Elle est vivante. C'est tout ce que je sais pour le moment.

— Elle est forte, essaya de le réconforter Pip. Elle va s'en sortir.

Ses yeux commencèrent à se fermer, malgré ses tentatives pour les garder ouverts. Mais elle sut que Hunt lui avait tenu la main jusqu'à l'hôpital.

HUNT AURAIT VOULU frapper l'agent qu'ils avaient placé devant la chambre de Pip. Elle avait de la fièvre et avait été placée en isolement complet. Il s'était changé, avait fait son rapport, et s'était précipité à l'hôpital pour trouver sa chambre barrée par un gars de la taille de l'Empire State Building gardant la porte.

Hunt était presque sûr de pouvoir le battre.

Mais alors il perdrait son travail à coup sûr. Et il voulait garder son travail et garder Pip. Il voulait tout.

Les pompiers n'avaient pas réussi à maîtriser l'incendie chez Universal Biotech. Bien que Simon Corker l'ait nié, l'enquêteur des incendies avait établi que quelqu'un avait versé de l'essence quelque part à l'étage et avait volontairement mis le feu au bâtiment. Étant donné la nature de tout ce qui se trouvait à l'intérieur, ils avaient décidé de le laisser brûler, tuant les microbes dangereux dans le brasier qui s'était développé.

Simon Corker, Bea Grantham, Angela Naysmith et Adrian Lightfoot étaient tous en garde à vue. Pete Dexter était mort à son arrivée à l'hôpital.

Cela était égal à Hunt. Il espérait que ce fils de pute rôtirait en enfer.

— Comment va-t-elle, Doc ? demanda Hunt à un médecin qui sortait de la chambre de Pip.

Il pouvait voir à l'intérieur, mais elle était recouverte d'une tente en plastique et il ne pouvait pas distinguer ses traits.

— Elle dort, agent Kincaid. Elle a de la fièvre et une commotion cérébrale, donc nous la surveillons de près. On lui a administré davantage de vaccin, ce qui devrait vaincre les agents pathogènes dans son système avant qu'ils ne commencent à produire des toxines, mais il faudra attendre quelques jours pour en être certain. Comment vous sentez-vous ?

Hunt regarda de travers le videur digne de la WWF.

— Bloqué.

Le docteur sourit et lui tapota le bras.

— Écoutez, ça va prendre du temps et il n'y a vraiment rien que vous puissiez faire ici. Si vous lui écrivez un mot, je m'assurerai qu'elle le reçoive.

Hunt hocha la tête. C'était une bonne idée. Peut-être qu'il pourrait mettre sur papier une partie de ce qu'il ressentait.

Apaisé, il partit à la recherche de Will Griffin.

Fuller était toujours au bloc. Il passa son bras autour de la silhouette voûtée de son ami alors que l'agent était assis dans la salle d'attente, le teint cireux.

— Je ne sais pas ce que je vais faire si elle meurt, Hunt.

— Elle ne va pas mourir.

Mais le bruit de l'horloge était insoutenable tandis qu'ils attendaient que le chirurgien sorte de la salle d'opération. Bourne arriva quelques minutes plus tard et leur jeta un coup d'œil. Mais que pouvaient-ils faire d'autre ? Hunt et Pip avaient aidé à sauver leur collègue, mais plus l'opération se prolongeait, plus ils étaient inquiets.

Enfin, le chirurgien entra dans la pièce, mais ils savaient que c'était une mauvaise nouvelle avant même que l'homme n'ouvre la bouche. Mandy Fuller était morte sur la table d'opération. Les balles avaient fragmenté et sectionné deux veines, un fragment se logeant dans son poumon et un autre entaillant son rein. Malgré tout ce qu'ils avaient essayé de faire pour elle, elle avait perdu trop de sang. Elle était partie.

Hunt se leva, hébété. Mandy était courageuse et déterminée, aussi compétente et forte que n'importe lequel d'entre eux. Un froid glacial l'envahit devant cette perte dévastatrice. Will s'accroupit par terre. Hunt essaya de le réconforter, mais le chagrin était insurmontable. D'autres agents affluèrent dans la salle d'attente alors que la nouvelle se répandait.

Le choc se reflétait sur tous les visages. L'idée qu'ils aient perdu l'une des leurs…

Hunt s'affala sur une chaise et essaya de ne pas craquer. Mandy avait été une agent incroyable. Intelligente. Tenace. L'idée que c'était sa faute… mais ça ne l'était pas. C'était le travail. Elle aurait été furieuse qu'il tente d'endosser la responsabilité de ses décisions à elle.

Il commença à trembler de cette vieille peur familière. Son impuissance à protéger les gens auxquels il tenait.

Les gens mouraient. Il devait comprendre que ce n'était pas sa faute. La mort faisait par essence partie de la vie. Il se souvenait de ce qu'il avait fait subir à Pip le lundi, lorsqu'il l'avait interrogée à quelques mètres de l'endroit où sa meilleure amie gisait sans vie. Son estomac se retourna.

Il avait beau aimer son travail, parfois il était terriblement difficile.

Il mit mon visage dans ses mains et ne sut pas qu'il pleurait jusqu'à ce qu'il sente une main sur son dos.

Il releva les yeux. Bourne s'assit à côté de lui.

— Ce n'est pas de votre faute, Kincaid. C'est un miracle que Fuller ait tenu aussi longtemps. Corker a passé un accord pour éviter la peine de mort. Il nous a dit qu'elle s'est présentée à l'improviste chez Bea Grantham et que Dexter a paniqué et lui a tiré dessus. Ils déplaçaient discrètement leurs opérations au Chili. Corker nous a dit où tous leurs échantillons ont été expédiés. Nous avons des agents en route pour les intercepter et nous assurer qu'ils ne tombent pas entre les mains de l'ennemi. Nous avons trouvé des vidéos en ligne de sujets humains sur lesquels ils ont testé le vaccin. Ces gens vont tous tomber.

Hunt le fixa d'un regard vide.

— Nous avons attrapé les méchants, fils. Nous allons retracer tous leurs faits et gestes depuis qu'ils ne portent plus de couches. La mort de l'agent Fuller ne restera pas impunie.

Hunt s'efforça de hocher la tête. Son regard croisa celui de Will, mais son ami était une coquille vide. Il n'était plus vraiment présent dans la pièce.

Hunt connaissait cette réaction et ne pouvait pas le blâmer, mais il n'allait pas fuir cette fois. Ni mentalement ni physiquement. Il ne fuirait pas Pip. Elle ne méritait pas ça. Et peut-être que lui non plus. Il se leva et retourna surveiller Pip depuis le couloir donnant sur sa chambre. Il ne comptait pas la laisser. Il n'irait nulle part.

CHAPITRE TRENTE-SEPT

P IP ÉTAIT ASSISE dans son lit, écrivant sur le bloc-notes que Hunt lui avait fait parvenir quelques jours plus tôt, lorsqu'elle s'était enfin sentie assez bien pour garder les yeux ouverts pendant plus de cinq minutes.

Son mal de tête avait mis quelques jours à disparaître et depuis, elle s'ennuyait ferme dans sa petite tente en plastique qui ne lui permettait de voir que les contours flous des gens. Hunt avait commencé à lui envoyer des choses. Elle n'avait apparemment pas le droit aux dispositifs électroniques. Un bloc-notes. Un stylo. Des livres – dont un exemplaire d'*Autant en emporte le vent* de Margaret Mitchell, qu'elle n'avait jamais lu, et un nouvel exemplaire de *Firestorm* de Rachel Grant qui avait un impact de balle en plein milieu du « O ». Ce livre leur avait littéralement sauvé la vie à elle et Hunt.

Il lui envoyait des poèmes, des messages et des citations tirées des livres. La première avait été : « *Tu es la personne la plus forte que je connaisse. Vive. Déterminée. Mais si tu te brises, je recollerai les morceaux pour que tu sois de nouveau entière.* »

Puis, « S'il te plaît, ne meurs pas » avec un cœur et l'initiale H écrite dans une écriture tremblante à côté.

Elle avait tenu cette note contre sa poitrine pendant deux jours entiers. Plus tard, lorsque les médecins s'étaient montrés plus optimistes quant à ses chances de survie, elle s'était autorisée à espérer et à penser à l'avenir. À Hunt. À son amie, et à ce qui s'était passé. C'était le travail de Cindy sur les vaccins qui lui avait sauvé la vie, et Pip savait que son amie aurait été heureuse de le savoir.

Hunt avait continué à lui écrire. Cindy aurait été heureuse de le savoir également.

« Je sais juste que quand je suis avec toi, je ressens une décharge d'énergie, de plaisir. Une vitalité qui n'existe pas sans toi. Et quand je suis en toi, je ressens une connexion. C'est plus que du sexe. Plus profond. Plus intense. C'est plus que ce que j'attendais. Plus que ce que je voulais. »

La deuxième partie de la citation était arrivée juste avant que Hunt ne rentre chez lui cette même nuit. Elle l'avait entendu parler aux infirmières et vu sa silhouette claire près de la fenêtre d'observation. Le message qu'il lui avait envoyé l'avait rendue toute chose.

« Tu me rends accro et ça me fait peur. Tu es comme une drogue dont je n'aurai jamais assez. Je veux ressentir ce piquant. Cette intensité. Le frisson d'être avec toi. En toi. Et ça me fout la trouille vu les risques que tu prends. »

Elle avait eu du mal à respirer après l'avoir lu, car elle ressentait exactement la même chose.

« J'ai peur de ce que je ressens pour toi. Peur de m'attacher. Peur d'aimer. »

La note se terminait par « Je t'aime » et son cœur s'était mis à battre la chamade quand elle avait réalisé que ces mots ne venaient pas du livre.

La veille, il lui avait écrit :

« Je t'ai attendue plus longtemps que n'importe quelle femme »

Elle avait fini par trouver ces mots dans le roman épique de Margaret Mitchell sur la guerre de Sécession. Pip lui avait répondu qu'il avait attendu *cinq* jours.

Il avait répondu avec un visage triste et elle avait gloussé.

Elle était curieuse de savoir ce qu'il allait inventer ensuite et fixa sa montre. Elle aurait aimé qu'il soit déjà 18 heures, heure à laquelle il arrivait habituellement. Il ne dormait pas sur place, mais venait la voir plus souvent qu'une personne saine d'esprit n'aurait dû le faire.

Et elle l'aimait pour ça.

Elle n'avait pas trouvé comment le lui dire ou comment réagir, voilà tout.

Cette fois, il aurait une surprise en arrivant. Elle avait été déclarée exempte d'anthrax et non contagieuse. On lui avait retiré tous ces tubes inconfortables et on lui avait enlevé sa tente.

Elle était à présent assise dans son lit, dans un pyjama que Hunt avait récupéré à l'hôtel. Ses mots étaient posés sur la table de chevet, à côté des livres. Sa présence avait rendu ces derniers jours supportables, surtout quand une des infirmières lui avait appris le sort de l'agent Fuller. Pip avait sangloté. Ils avaient essayé si fort de la sauver et la femme s'était battue si vaillamment pour vivre. Ça semblait irréel. Injuste.

Elle n'était toujours pas sûre de pouvoir accepter le fait qu'en tant qu'agent fédéral, les situations dangereuses étaient la norme pour Hunt. Comment pourrait-elle le regarder passer la porte chaque jour, sans savoir s'il reviendrait ou non ?

Et elle s'inquiétait que les adorables petites attentions de Hunt soient dues à la culpabilité et à la mort de Fuller. Peut-être que lorsqu'il se serait remis du choc de ce qui était arrivé à sa collègue, il réaliserait que les émotions qu'il ressentait étaient fugaces et non réelles. Elle n'était pas sûre de pouvoir y faire face non plus. Être seule, blinder son cœur était tellement plus facile.

Hunt avait reporté les funérailles de Cindy.

Il y avait beaucoup de choses à régler, mais Adrian avait fait ce qu'il avait pu pour elle depuis la prison. Elle n'avait aucune idée de ce qui lui arriverait, mais elle était prête à témoigner en sa faveur. L'homme était clairement en état de choc. Il n'était ni sain d'esprit ni rationnel quand il avait tiré sur Pete Dexter.

Le public n'avait pas été informé des événements de ce jour-là. Les gens n'étaient pas au courant pour l'anthrax hautement mortel ni pour le vaccin étonnant de Cindy qui avait sauvé la vie de Pip. Cette dernière n'avait pas l'intention de révéler des détails qui pourraient perturber l'équilibre délicat de la lutte contre les armes biologiques. Elle écrivait à nouveau, mais ce n'étaient pas des articles pour un journal. C'était une fiction. Elle s'était retrouvée à écrire une histoire impliquant un virus mortel et une belle chercheuse qui tombait amoureuse d'un agent du FBI enquêtant sur une mort suspecte.

Elle n'était pas sûre de ce que ça allait donner, mais c'était mieux que de rester à regarder le mur.

Une silhouette apparut derrière la vitre et le souffle de Pip s'arrêta tandis que son cœur se serrait. Elle s'était brossé les cheveux et avait même mis un peu de gloss. Elle sourit et Hunt fit de même. Il était si beau, la cravate de travers, les cheveux dressés sur la tête. Il se tourna pour parler à quelqu'un et soudain la porte s'ouvrit et il s'avança vers elle.

Son cœur recommença à battre à cent à l'heure. Pas de panique. Pas de peur. D'impatience. Il prit sa main dans les siennes et lui frotta les doigts, avant de se pencher et de poser ses lèvres contre les siennes.

La connexion était choquante et la fit haleter. Il sourit contre sa bouche et la tint contre lui un moment.

— Pip, dit-il enfin, doucement.

Il se retira et elle passa sa main sur sa mâchoire à la barbe naissante.

— Tu m'as manqué, dit-elle.

Il l'embrassa à nouveau, avidement. Son bloc-notes tomba par terre. Elle passa ses bras autour de son cou.

Quelques secondes plus tard, une forte toux les interrompit et ils se séparèrent.

— Peut-être devriez-vous continuer cette conversation à la maison ? dit l'infirmière avec un sourire, en rendant le bloc-notes à Pip.

— Je peux partir ? demanda Pip avec enthousiasme.

Elle n'arrivait pas à croire qu'elle allait enfin pouvoir quitter cet endroit.

L'infirmière hocha la tête et Hunt se leva d'un bond pour tirer le rideau autour du lit. Il lui avait apporté des vêtements quand il avait récupéré son pyjama. Elle sortit tout de l'armoire. Leggings. T-shirt. Chaussettes. Baskets. Elle leva les yeux d'un air suspicieux.

— Tu as oublié mes sous-vêtements.

Il haussa un sourcil et lui adressa un clin d'œil exagéré.

— Apparemment.

Elle rit.

— Tu ne pensais pas au sexe quand tu as récupéré mes vêtements.

— Non, mais j'aurais pu si j'avais fouillé dans ta lingerie. De toute façon, dit-il, soudain sérieux, tu n'en as pas besoin.

Les médecins ont dit que tu devrais passer au moins trois jours complets au lit. C'était une condition de libération anticipée.

— Très bien.

Elle était heureuse de pouvoir s'en aller. Il sortit de derrière le rideau quand l'infirmière entra. Pip s'habilla rapidement – *sans* soutien-gorge ni culotte – et rassembla les livres, toutes les notes et autres choses que Hunt avait envoyées au cours des derniers jours et les plaça soigneusement dans un sac en plastique. C'était drôle comme ces notes et ce bloc-notes étaient devenus plus précieux pour elle que des diamants ou du prestige. Elle remercia l'infirmière et les autres membres du personnel qui s'étaient si bien occupés d'elle.

Lorsqu'elle eut terminé, Hunt lui tendit le bras et fronça les sourcils. Ils atteignirent la sortie et continuèrent à marcher. Elle était désespérée de mettre ce chapitre de sa vie derrière elle.

— Tu gardes les notes que je t'ai envoyées ?

Il regardait le sac qu'elle refusait de lâcher.

Pip le ramena contre sa poitrine dans un geste protecteur et fit appel à la déesse qui était en elle.

— Elles sont à moi.

— Tant que tu ne dis à personne que je peux citer Yeats.

— « J'ai étalé mes rêves sous tes pieds », murmura-t-elle avec un soupir.

Il s'arrêta et l'attira contre lui.

— « Marche d'un pas léger, car tu marches sur mes rêves ».

Il se baissa pour l'embrasser, mais quand il se retira, il avait une expression inquiète sur le visage.

— Tu veux un café ? Il faut qu'on parle.

Il y avait un petit café et il la mena dans cette direction.

Une vague de peur et d'incertitude l'envahit. Il avait quelque chose d'important à lui dire. Elle le devinait à ses doigts crispés et aux lignes inquiètes autour de sa bouche.

Il l'attira vers une petite table vide avec deux chaises.

— Qu'y a-t-il ? demanda-t-elle.

Elle en était arrivée au point où elle ne voulait pas de douleur persistante. Si tout cela n'était qu'un énorme mensonge destiné à lui faire passer son séjour à l'hôpital, elle préférerait qu'il le lui dise sans plus attendre.

— Je sais que je t'ai dit que je t'aimais, mais…

La douleur dans la poitrine de Pip lui faisait penser à un couteau qu'on aurait tordu.

— Mais tu ne m'as jamais dit ce que tu ressentais pour moi.

Elle cligna des yeux. Comment pouvait-il l'ignorer ?

— Et je, eh bien, j'ai pris quelques libertés quand tu as été admise. Et, si tu ne ressens pas la même chose que ce que je ressens pour toi, tu vas penser que c'est une sorte de harcèlement bizarre et tu voudras sûrement qu'une tierce personne te protège de moi.

Elle resta bouche bée.

— Je ne t'ai jamais dit ce que je ressentais ?

Les anneaux d'or dans le bleu de ses yeux brillèrent puis se ternirent.

— Je ne te mets pas la pression. Tu étais un peu occupée, infectée et inquiète à l'idée de mourir…

Elle le fixait, bouche bée, incapable de parler. Il avait fait tout ça pour elle, lui avait apporté des livres, lui avait tenu compagnie, lui avait envoyé des mots d'amour sans savoir qu'elle était folle de lui. Elle essaya de repenser à ce qu'elle avait écrit sur ces morceaux de papier. Pas de mots d'amour.

Seulement des choses amusantes. Des témoignages de gratitude, mais jamais elle n'avait écrit « Je t'aime ».

Comment avait-elle pu être aussi insensible ?

Parce qu'elle n'avait pas cru qu'il l'aimait vraiment. Elle se voyait toujours comme quelqu'un de fondamentalement indigne d'être aimée.

Elle était restée silencieuse trop longtemps.

— J'aime mon travail. Je sais que comme tu es journaliste, je ne pourrai pas toujours discuter de certaines choses avec toi, mais je pense que ça peut marcher. Je postule pour l'équipe de libération d'otages et si je suis accepté, je serai plus ou moins basé au même endroit.

— La Virginie, dit-elle.

Il lui tenait toujours la main. Il lui tenait la main et ne l'abandonnait pas, même si elle ne lui avait pas dit ce qu'elle ressentait vraiment.

Il voulait en dire plus, mais elle plaça son doigt sur ses lèvres et il se tut.

— L'idée que tu fasses quelque chose d'aussi dangereux me fait peur. Beaucoup. J'ai blindé mon cœur pendant des années parce que l'idée de m'ouvrir et ensuite de perdre quelqu'un est douloureuse.

Il prit ses mains dans les siennes et embrassa ses doigts.

— Je sais. Mais j'ai enfin trouvé quelque chose que je n'avais jamais eu auparavant et l'idée de te repousser juste pour ne pas être blessé si quelque chose t'arrive…

Il déglutit.

— Je ne pense pas pouvoir vivre sans toi. Je ne veux pas essayer.

La vision de Pip se brouilla. Elle n'avait pas imaginé que l'agent du FBI Hunt Kincaid serait un tel romantique lorsqu'elle l'avait rencontré, mais il lui avait offert tout ce qu'une femme pouvait demander.

— Je crois que je suis tombée amoureuse de toi pour la première fois quand tu t'es jeté entre moi et une pluie de balles. Et à nouveau quand tu as risqué de mourir de l'anthrax pour me sauver d'un bâtiment en feu.

L'expression inquiète disparut du visage de Hunt.

— Mais le moment décisif, c'est quand tu m'as envoyé ces mots d'amour. Tout homme qui a le courage de citer des romans d'amour pour courtiser une femme fait partie des plus courageux. Je t'aime. Je pensais l'avoir dit dans l'ambulance ou à un moment donné au téléphone.

Elle plongea son regard dans ses jolis yeux.

— Je travaille sur mes insécurités. Je travaille à être plus ouverte et à avoir moins peur d'être blessée, mais ça ne se fera pas du jour au lendemain.

Avec un sourire soulagé, il passa une mèche de cheveux de Pip derrière son oreille.

— On a le temps.

— Je l'espère bien.

Elle attrapa sa main à nouveau, incapable d'arrêter de le toucher.

— Je ne pense pas me remettre au journalisme. Du moins pas tout de suite.

— N'abandonne pas pour moi.

— Pourquoi pas pour toi ? demanda-t-elle. Pour qui d'autre ferais-je un sacrifice ?

Il prit une profonde inspiration, sans trop savoir que dire.

Elle sourit devant son expression incertaine.

— Mais je n'abandonne pas pour toi. Je ne pense pas pouvoir redevenir la personne que j'étais avant que Lisa Booker et ses enfants ne soient assassinés. Même si Cindy n'était pas morte…

Il l'attira contre lui pour que leurs têtes reposent sur leurs épaules respectives.

— Mais malheureusement, c'est arrivé.

Pip inspira profondément et lui confia le désir secret qui avait commencé à fleurir dans ce lit d'hôpital ennuyeux.

— Je vais essayer d'écrire un roman.

Ses yeux s'illuminèrent.

— De la romance ?

Il avait l'air intrigué par cette idée.

Elle rit.

— Peut-être. Ou un thriller. Je n'ai pas encore décidé.

— Je pense que c'est une excellente idée et je te soutiendrai à chaque étape du processus. Viens.

Il la mit sur ses pieds, lui prit la main et la conduisit à son véhicule dans le garage au sous-sol.

Quand il prit la direction du nord, elle le corrigea avec un geste par-dessus son épaule.

— L'hôtel est dans l'autre sens, par là.

— Oui, c'est une des choses folles dont je t'ai parlé. Je suis allé à l'hôtel, j'ai pris toutes tes affaires et je les ai ramenées chez moi.

Il fit la grimace.

— Je sais que tu voulais peut-être aller chez Cindy, mais je voulais que tu sois près de moi…

Elle passa la main sur l'avant-bras de Hunt.

— On verra comment ça se passe.

— Et j'ai menti au personnel de l'hôpital en leur disant qu'on était fiancés pour qu'ils me laissent rester après les heures de visite.

Un profond sentiment de nostalgie l'envahit.

— Et j'ai parlé de toi à ma mère, et elle et mon beau-père viennent nous rendre visite dans quelques semaines pour te rencontrer.

Elle cligna des yeux, surprise. Elle n'avait pas vraiment pensé au fait qu'il avait une famille.

Elle se mordit la lèvre.

— Flippée ? demanda-t-il en lui jetant un regard rapide.

— Un peu.

Beaucoup, en fait. L'apprécieraient-ils ? Et si ce n'était pas le cas ?

— Ma mère est une force de la nature, mais ne t'inquiète pas, elle va t'adorer. C'est moi qu'elle va harceler pour s'assurer que je te traite correctement. Si tu trouves que ça va trop vite, on peut prendre notre temps.

Il avait l'air nerveux. Cet agent du FBI costaud semblait soudain peu sûr de lui et elle l'aimait d'autant plus qu'il lui montrait cette vulnérabilité.

— Je sais. On prendra le temps qu'il faut pour nous habituer à l'idée que *toi* et *moi* formons un *nous*.

Il se pencha vers elle et lui caressa la joue.

— Je t'aime, Pip West.

— Je sais.

Elle prit sa main et lui embrassa les doigts.

— Je t'aime aussi, agent spécial Hunt Kincaid. Ramène-nous à la maison.

Merci d'avoir lu *De sang-froid* ! J'espère que vous avez apprécié Hunt Kincaid et Pip West.

Prêts pour d'autres aventures de la série *Le Sommeil des Justes* avec Alex Parker et Mallory Rooney ? Que diriez-vous de la naissance d'un bébé tant attendu ? Commandez le premier tome de la série de Toni Anderson *Le Sommeil des Justes, Les Négociateurs : Glacé à cœur*, où Toni vous présente de nouveaux personnages, mais aussi d'autres bien connus que vous avez adorés.

Lauréat de la récompense Daphne du Maurier dans la catégorie Mystère/Suspense, et du Golden Quill en Suspense romantique.

Glacé à cœur

Ces négociateurs en prise d'otages sont capables de se tirer de n'importe quelle situation... à l'exception des pièges de l'amour.

Dominic Sheridan, négociateur de crise pour le FBI, est particulièrement à l'aise dans les situations à haut risque et les conditions dangereuses. Mais rien ne l'avait préparé à la débutante obstinée, Ava Kanas, qui semble déterminée à saboter sa carrière naissante pour assouvir ses idéaux de justice.

Alors que plusieurs agents trouvent la mort à peu de temps d'intervalle, il devient vite évident que le meurtrier a pris le FBI pour cible, et Dominic en particulier. Ensemble, Dominic et Ava se mettent à la recherche du tueur, tout en combattant une attirance interdite qui va tout compliquer, surtout à présent qu'ils sont dans le viseur d'un redoutable prédateur.

Toni Anderson nous présente de tout nouveaux personnages ainsi que d'autres bien connus que les lecteurs ont adorés dans la série Le Sommeil des Justes. Découvrez ces nouveaux thrillers romantiques palpitants.

Commandez en un clic *Glacé à cœur* dès aujourd'hui !

Inscrivez-vous à la newsletter de Toni Anderson pour recevoir les dates des nouvelles parutions, des scènes bonus et un exemplaire gratuit de The Killing Game :
www.toniandersonauthor.com/newsletter-signup
en française :
www.toniandersonauthor.com/french-translations

DÉFINITIONS UTILES DE QUELQUES ACRONYMES UTILISÉS DANS LES LIVRES DE TONI

PG : procureur général

ASAC (Assistant Special-Agent-in-Charge) : agent spécial adjoint responsable

ATF (Alcohol, Tobacco, and Firearms) : alcool, tabac et armes à feu

DSC : département des sciences du comportement

BOLO (Be On the Look-Out) : avis de recherche

BUCAR (Bureau, Car) : voiture du FBI

CIRG (Critical Incident Response Group) : groupe de réaction aux incidents critiques

CMU (Crisis Management Unit) : cellule de gestion de crise

CN (Crisis Negotiator) : négociateur de crise

CNU (Crisis Negotiation Unit) : cellule de négociation de crise

CODIS (Combined DNA Index System) : banque de données qui répertorie les profils ADN

PC : poste de commandement

DEA (Drug Enforcement Administration) : administration pour le contrôle des drogues

DDN : date de naissance

DOJ (Department of Justice) : département de la Justice

EMT (Emergency Medical Technician) : urgentiste

ERT (Evidence Response Team) : (police) scientifique

FOA (First-Office Assignment) : première affectation

FBI (Federal Bureau of Investigation) : bureau fédéral d'enquête

FO (Field Office) : bureau régional

IC (Incident Commander) : commandant des interventions

HRT (Hostage Rescue Team) : équipe de libération d'otages

HT (Hostage-Taker) : preneur d'otages

LAPD (Los Angeles Police Department) : département de police de Los Angeles

LEO (Law Enforcement Officer) : agent des forces de l'ordre

ML : médecin légiste

MO : mode opératoire

NAT (New Agent Trainee) : nouvel agent stagiaire

NCAVC (National Center for Analysis of Violent Crime) : centre national pour l'analyse des crimes violents

NCIC (National Crime Information Center) : centre national d'information sur la criminalité

NYFO (New York Field Office) : bureau local de New York

CO : crime organisé

OCU (Organized Crime Unit) : unité de lutte contre le crime organisé

OPR (Office of Professional Responsibility) : bureau de la responsabilité professionnelle

POTUS (President of the United States) : président des États-Unis

RA (Resident Agency) : agence locale

SA (Special Agent) : agent spécial

SAC (Special Agent-in-Charge) : agent spécial en charge

SAS (Special Air Squadron) : forces spéciales aériennes

SIOC (Strategic Information & Operations) : informations et opérations stratégiques

SSA (Supervisory Special Agent) : agent spécial superviseur

SWAT (Special Weapons and Tactics) : armes et tactiques spéciales

TC (Tactical Commander) : tacticien

TOD (Time of Death) : heure du décès

UNSUB (Unknown Subject) : sujet inconnu, suspect

ViCAP (Violent Criminal Apprehension Program) : programme d'arrestation pour actes criminels violents

WFO (Washington Field Office) : bureau régional de Washington

REMERCIEMENTS

En mai 2017, j'ai eu la chance de me rendre à Atlanta, en Géorgie, pour la deuxième fois. J'en ai profité pour appeler une auteure de romances travaillant au Centre de contrôle et de prévention des maladies (CDC) et visiter le musée qui s'y trouvait. Bien que je n'aie pas utilisé cet endroit autant que je l'avais prévu, j'ai pu me faire une idée de cette branche et du travail essentiel qu'elle accomplit. Merci, Jennifer McQuiston !

Un grand merci encore à Angela Bell du FBI pour avoir répondu à mes questions étranges – je pense qu'elle est habituée maintenant. J'apprécie son travail et son dévouement.

Kathy Altman mérite une médaille pour avoir été ma partenaire critique. Si ce livre offre une certaine cohérence, c'est parce qu'elle est patiente et brillante et qu'elle fait des miracles. Je l'adore. Un grand merci également à Rachel Grant pour sa fabuleuse bêta-lecture où elle a repéré toutes sortes de bizarreries de mon fait. Et ces adorables citations à la fin du livre ? Elles sont vraiment tirées de son roman FIRESTORM. Il est tout simplement formidable. Achetez-le !

Merci à mes relectrices, Alicia Dean et Joan Turner de JRT Editing, pour leur regard neuf. Merci à ma graphiste, Regina Wamba, pour cette fabuleuse couverture. Et à Paul Salvette (BB eBooks) qui met en forme mes ebooks avec tant de soin et de professionnalisme.

Et je tiens à remercier mon mari qui n'a pas *trop* levé les yeux au ciel quand je lui ai dit que c'était vraiment le pire livre que j'aie jamais écrit et que ma carrière d'écrivain était finie. Je t'aime !

Être écrivain, c'est embarquer sur des montagnes russes de désolation et d'exaltation, et j'aime ça malgré toute la douleur, le sang, la sueur et les larmes. Mes remerciements les plus sincères à mes lecteurs fidèles qui achètent mes livres !

DÉCOUVREZ L'UNIVERS DE LA SÉRIE COLD JUSTICE (EN ANGLAIS)

COLD JUSTICE
A Cold Dark Place (tome #1)
Cold Pursuit (tome #2)
Cold Light of Day (tome #3)
Cold Fear (tome #4)
Cold In The Shadows (tome #5)
Cold Hearted (tome #6)
Cold Secrets (tome #7)
Cold Malice (tome #8)
A Cold Dark Promise (tome #9 ~ nouvelle de mariage)
Cold Blooded (tome #10)

COLD JUSTICE – THE NEGOTIATORS
Cold & Deadly (tome #1)
Colder Than Sin (tome #2)
Cold Wicked Lies (tome #3)
Cold Cruel Kiss (tome #4)
Cold As Ice (tome #5)

COLD JUSTICE – MOST WANTED
Cold Silence (tome #1)
Cold Deceit (tome #2)

La série *Cold Justice* en anglais est également disponible en audiolivres interprétés par Eric G. Dove, et dans de nombreuses collections et coffrets.

Surveillez les nouvelles parutions de Toni sur son site web (www.toniandersonauthor.com/books).

À PROPOS DE L'AUTEURE

Toni Anderson est une auteure de best-sellers classés par le *New York Times* et *USA Today*, finaliste de RITA®, accro aux sciences, touriste professionnelle, amoureuse des chiens, jardinière et maman. Originaire d'une petite ville d'Angleterre, Toni a étudié la biologie marine à l'Université de Liverpool (B.Sc.) et l'Université de St. Andrews (Ph.D.) avec l'intention de ne jamais s'éloigner de l'océan. Jusqu'à ce que ce plan vole en éclats et qu'elle atterrisse dans les prairies canadiennes avec son mari, professeur de biologie, deux enfants, un chien rescapé et un gecko léopard nonchalant. Ses plus belles réussites sont d'avoir compris le fonctionnement du métro de Tokyo, gravi le mont Ben Lomond, plongé dans la Grande Barrière de corail et survécu à de nombreux hivers à Winnipeg. Elle adore voyager à des fins de recherche et elle a eu la chance de visiter le centre des opérations et de l'information stratégique au quartier général du FBI à Washington en 2016. Elle a également réussi l'exploit notoire de déclencher une sortie de route lors de sa formation en course-poursuite à l'académie de police pour écrivains, dans le Wisconsin. Chaud devant, le monde, j'arrive !

Inscrivez-vous à la newsletter de Toni Anderson en anglais :
www.toniandersonauthor.com/newsletter-signup

Inscrivez-vous à la newsletter de Toni Anderson en française :
www.toniandersonauthor.com/french-translations

Suivez Toni Anderson sur Facebook :
facebook.com/toniandersonauthor

Découvrez la bibliographie de Toni Anderson :
www.toniandersonauthor.com/books-2

Suivez Toni Anderson sur Instagram :
instagram.com/toni_anderson_author

www.ingramcontent.com/pod-product-compliance
Lightning Source LLC
Chambersburg PA
CBHW051307190726
48290CB00001B/49